怪しい街の不思議な城で
エキサイティングな犯人探しを——

수상한 도시의 신비한 성에서
흥미진진한 범인찾기에 도전해보실까요?

아리스가와 아리스

여왕국의 성 1

JOOKOKU NO SHIRO (CASTLE OF THE QUEENDOM)
by Alice Arisugawa

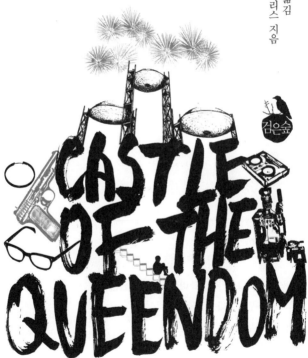

여왕국의 성 1

아리스가와 아리스 지음
김선영 옮김

검은숲

등장인물

노사카 미카게…인류협회 회조(會祖)
노사카 기미코…인류협회 대표
노사카 도시코…인류협회 전 대표
유라 히로코…인류협회 가미쿠라 총본부 총무국 주사
후부키 나오…인류협회 총무국장
우스이 이사오…인류협회 재무국장

〈인류협회 직원〉
마루오 겐
이나코시 소스케
아오타 요시유키
혼조 가야
도이 겐사쿠
히로오카 시게야

시모자와 다카히토…인류협회 미국 지부 홍보담당
패트릭 하가…인류협회 연구국 직원
사사키 마사하루…인류협회 회원, 의사
구마이 지카우…건축가

아마카와 아키히코 · 도미에⋯아마노가와 여관 주인

아마카와 아키코⋯도미에의 질녀

가네이시 겐조⋯가미쿠라 주민

가네이시 지즈루⋯겐조의 손녀

에가미 지로⋯에이토 대학 문학부 4학년

모치즈키 슈헤이⋯에이토 대학 경제학부 4학년

오다 고지로⋯에이토 대학 경제학부 4학년

아리스가와 아리스⋯에이토 대학 법학부 3학년

아리마 마리아⋯에이토 대학 법학부 3학년

이시구로 미사오⋯에이토 대학 추리소설연구회 OB

아라키 주지⋯UFO 연구가

쓰바키 준이치⋯전직 경찰

다마즈카 마사미치⋯아마카와 아키히코의 소꿉친구

구도 에쓰시⋯자객

차례

제1장 여왕이 다스리는 곳 11

제2장 입국 57

제3장 마을의 사건 111

제4장 은하수 아래서 159

제5장 급변 185

제6장 어느 화창한 오후 234

제7장 페리하 281

제8장 닫힌 성 327

제9장 스타십 380

제10장 C동의 밤 418

1권

제10장 C동의 밤 (1권에서 이어집니다)

제11장 S&W

제12장 우리에게 자유를

제13장 혼돈(CHAOS)

제14장 합류와 분산

제15장 이상한 성의 앨리스

제16장 디스커션

제17장 어둠을 헤치고

독자에 대한 도전

제18장 질서(COSMOS)

에필로그

작가 후기

문고판 작가 후기

역자 후기

2권

* 이 책은 2011년 도쿄소겐샤에서 출간한 《여왕국의 성》 상, 하권을 완역한 것입니다.
* 본문 내 모든 주석은 옮긴이가 작성하였습니다.
* 외곽선으로 표시된 숫자의 장은 마리아의 시점에서 전개됩니다.

돌아가신 아버지께

제1장
여왕이 다스리는 곳

1

깜빡 졸았다.

5월 오후의 햇살이 너무나 따사로웠던 탓이다. 원래 조수석에서는 졸지 않으려 애쓰는데 눈꺼풀 밑에 닿는 빛을 느끼며, 그만 깜빡.

흡사 천국.

깃털이불에 감싸인 기분.

그런데 귀에 거슬리는 이 음악은 뭘까? 삼도천 모래강변에 흐르는 찬불가. 전혀 어울리지 않는다.

이곳은 천국일까, 지옥일까? 대체 어디지?

나는 슬그머니 눈을 떴다.

자동차가 눈앞에 있었다.

2

스무 살 나이에 죽는 건가?

억울하다, 너무 이르다.

나는 핸들을 왼쪽으로 홱 꺾었다가 바로 오른쪽으로 돌렸다. 더할 나위 없이 절묘한 타이밍이었으리라. 1초 후, 자동차는 가드레일과도, 맞은편 차량과도 부딪치지 않고 차선 중앙으로 돌아왔다. 차체가 돌거나 넘어지지도 않고, 아무 일 없었다는 듯이 달리고 있다. 다들 말이 없었다. 카스테레오에서는 여전히 음울한 노래가 흘렀다.

가슴이 벌렁거렸다. 정면충돌할 뻔한 밴의 운전석에서 입을 떡 벌리고 있던 아저씨와, 그 옆에서 뭉크의 〈절규〉 포즈를 취하고 있던 여성의 얼굴을 오늘 밤 잠들 때까지 잊지 못할 것 같다. 그나저나……

한 바가지 쏟아질 욕설을 각오하고 있었는데 영 반응이 없다. 조수석을 훔쳐보자 "앞"이라고 했다.

"앞을 보고 운전해, 아리스. 아, 위험해."

그녀, 아리마 마리아의 목소리는 조금 떨리고 있었다. 5월 한낮의 햇빛을 잔뜩 받고 있는데도 그 옆얼굴은 핏기가 사라져 창백했다. 가엾게도.

"붉은 꽃이 피어 있어. 봐, 저기."

"오, 저거. 야생 철쭉인가? 예쁘네."

뒷좌석에서 두 선배의 목소리가 들렸다. 부자연스러울 정도로 태평스러운 대화다. 어디에 피어 있나 싶어 좌우에 솟은 산을 이리저리 두리번거리자……

"아리스, 뭐 하는 거야, 간을 배 밖으로 내놨냐!"

"앞 좀 보라니까!"

기겁할 정도로 험악하게 외쳐 대서 하마터면 운전대를 놓칠 뻔했다. 하지만 우리 선배는 귀여운 구석이 있는 사람들이라 내게 화를 내고 나서는 "부탁이야", "제발 좀" 하고 덧붙였다. 기묘한 분위기를 떨쳐버리기 위해 여기서는 확실하게 사죄해야겠다.

"죄송해요. 조심하겠습니다. 하지만."

변명할 기회는 줬으면 좋겠다. 방금 전 해프닝은 나 혼자만 잘못한 게 아니라, 맞은편 차량도 난폭 운전을 했던 것이다.

"알았어, 알았어", "그랬겠지", "아리스가와 군 말이 맞지", "상대가 잘못했네", "하지만 죽은 다음에 불평해봤자", "무슨 소용이냐?", "그러니까 안전운전", "이거 렌터카다", "다시 말해 빌린 차", "초보운전자답게", "아직 스무 살이잖아", "에가미 선배도 아직 못 만났고", "사고를 내려면 하다못해 돌아가는 길에", "멍청아, 그것도 안 돼."

긴장을 풀려고 그러는지 갑자기 시끄러워졌다. 멍청이라고 구박한 쪽이 모치즈키 슈헤이. 구박받은 쪽이 오다 고지로. 들쭉날쭉 콤비라 앉아 있어도 높낮이가 다르다.

"그보다 모치 선배, 이거 끄면 안 돼요?" 조수석의 아리마 마리아가 애원했다. 음악을 말하는 것이다. "란포나 요코미조보다 스산해서 무서워요. 찬불가 같아서 불길하고."

모치즈키가 가져온 것은 J. A. 시저의 곡을 편집한 오리지널 테이프였다. 로큰롤 찬불가를 들으며 승천하다니 웃을 일이 아니다. 모치즈키는 순순히 받아들이고 다른 테이프를 꺼냈다. 그것이 카르멘 마키&OZ의 〈닫힌 도시〉. 흘러간 옛 노래를 그리는 마음은 막을 수 없나? 고질라가 나올 법한 기타의 리프가 시작되었다.

"역시 면허에 잉크도 안 마른 녀석한테 목숨을 맡길 수는 없겠어." 오다가 말했다. "산길로 들어가기 전에 나한테 운전대 넘겨, 아리스. 기적은 두 번 일어나지 않는다."

"그러겠습니다."

우리는 기소 산속에 있는 가미쿠라라는 '도시'로 향하고 있다. 가미쿠라는 나가노 현과 기후 현 경계 부근에 있기 때문에 교토에서 출발하면 두 가지 경로로 갈 수 있다. 하나는 나고야·나카쓰가와를 경유해 기소 후쿠시마에서 북쪽으로 올라가는 코스. 또 하나는 기후에서 히다 다카야마를 거쳐 남쪽으로 내려가는 코스. 의논 끝에 전자를 택한 것은 소요시간이 아주 조금 짧았기 때문이다. 봄방학 때 운전면허를 딴 나는 고마키 분기점에서 주오 고속도로로 들어가 기소 후쿠시마를 지날 때까지 연습도 할 겸 운전사로 나섰는데, 아무래도 해고당한 모양이다. 하지만 사실 바라던 바로, 1차선 산길에 도전할 정도로 무모하지는 않았다.

나는 조심스럽게 말했다.

"저기, 슬슬 가이다 같은데, 지도 좀 봐줄래? ……여보세요, 마리아. 아리마 씨?"

잠시 넋을 놓고 있던 마리아는 "어?" 하고 도로지도를 펼쳤다. "가이다 고원부터 어떻게 가느냐고? 잠깐만, 어어."

"오오!"

바로 뒤에서 모치즈키가 몸을 쭉 폈다. 무슨 일인가 싶었더니, 때마침 완만한 커브 너머로 웅장한 풍경이 드러났다. 푸른 하늘을 등진 온타케 산이었다. 울퉁불퉁한 사다리꼴의 산세는 변화무쌍했고, 잔설이 보랏빛 산 표면에 얼룩무늬를 그리고 있었다. 산기슭의 빛나는 신록도 아름다워, 마치 벨벳 융단을 펼쳐놓은 것 같았다. 수해(樹海) 속에 인가가 듬성듬성 흩어져 있었다. 홋카이도가 떠오르는 웅장한 경치라고 말하고 싶지만, 서글프게도 홋카이도 땅을 밟아본 적이 없어 차마 그러지는 못하겠다. 하염없이 바라보고 싶었지만 한눈을 팔면 네 사람의 목숨이 위험하므로 슬쩍 쳐다보는 데 그쳤다.

"저게 기소의 온타케 산이구나. 처음 봤어. 신앙의 산이라더니, 정말 웅장하네."

마리아가 감탄 어린 목소리로 말했다. 뒤에서 모치즈키가 카메라를 꺼내는 기척이 났지만 한발 늦었다. 비탈을 내려갈 수록 절경은 빛을 잃어갔다. 룸미러를 보니 필름도 아직 안 넣었는지 덮개를 열고 꼼지락거리고 있었다.

"딱 신성한 산봉우리라는 느낌이네." 사진 찍을 타이밍을 놓친 선배가 말했다. "아름답고 위풍당당하기만 한 게 아니야. 어딘가 미스터리어스하잖아."

짝꿍인 오다가 말했다. "미스터리어스라. 너는 뭐든 미스터리라고 하더라."

"이의 있어?"

"아니, 없어." 오다는 순순히 인정했다. "예나 지금이나 신앙을 끌어 모으는 힘이 있는 산이니까."

차는 가이다 마을에 접어들었다. 일부는 별장지로 개발했다고 들었는데, 분위기도 차분하고 요란한 간판들도 없다. 도로변에는 받침대에 채소를 늘어놓은 무인 판매대가 보였다. 마리아는 "저렇게 큰 양배추가 100엔이라니!" 하고 놀라다가 "저기서 왼쪽으로 꺾어"라고 길 안내를 해주었다.

"이대로 361번 도로를 똑바로 달려. 히와다 고원 근처에서 왼쪽으로 꺾으면 되는데……. 거기 가기 전에 노부나가* 선배하고 교대해."

"어디서 잠깐 쉬자."

노부나가라는 애칭을 가진 선배의 제안에 나를 포함한 모두

*일본 전국 시대 무장 오다 노부나가와 성이 같은 데서 유래한 오다 고지로의 애칭.

가 찬성했다.

간신히 필름을 넣고 영차, 하고 카메라를 가방에 넣으려는 모치즈키를 오다가 말렸다.

"잠깐, 잠깐. 카메라는 그냥 꺼내놔. 가방 속에 두면 여차할 때 못 찍잖아. UFO는 언제 어디서 나타날지 모른다고."

"오늘따라 대장 노릇을 못 해서 안달이네. '하늘의 배'가 대낮부터 나타나겠어?"

"유령이 아니니 대낮에도 방심할 순 없지. 여기가 어딘 줄 아는 거야? 이미 성지가 코앞이니, 놓치면 후회한다."

모두, 무심코 하늘을 올려다보았다.

3

신슈*에서도 손꼽히는 메밀국수의 명소인 만큼 '메밀국수'라고 적힌 포렴이 곳곳에 보였다. 하지만 왕성한 식욕의 대학생 네 명이 모여 있어도 공교롭게 허기와는 거리가 먼 시간대였다. 마을 관공서를 지나 한참 달리다가 커피를 팔 것 같은 로지를 발견하고 차를 세웠다. 숙박시설 같았지만 카페만 이용하기로 했다.

허스키견이 폴짝거리는 앞마당 구석에 오토바이가 네 대 세

*현재의 나가노 현, 메밀면의 발상지로 유명하다.

워져 있었다. 뭐에 홀린 듯 다가가 머신을 관찰하는 오다의 모습을 본 마리아가 웃으며 말했다. "소년이네." 민들레가 개집 주변을 화사하게 장식하고 있었다.

여유로운 살롱 같은 분위기의 가게에는 그윽한 커피와 나무의 향기, 그리고 오프 비트의 재즈가 흐르고 있었다. 한쪽 구석에는 중후한 난로가 자리하고 있었다. 손님은 중년이라 부르면 싫어할 듯한 남자 세 명과 20대 후반으로 보이는 남자 한 명뿐이었다. 오버올 차림의 세 사람은 숙박객인지, 앞치마를 두른 주인에게 "그럼 오노시마 섬 폭포에 갔다가 다카야마까지 다녀오겠습니다" 하고 말한 후 나갔다.

우리는 창가 테이블에 앉아 숨을 돌렸다. 주문을 마치기가 무섭게 조용히 오른손을 내미는 오다의 손바닥에 자동차 열쇠를 떨어뜨렸다.

안쪽에서 "응응? 이 책 읽어줘" 하고 조르는 소녀의 목소리가 들렸다. "또 그 책? 아침부터 벌써 세 번째잖아." 어머니로 보이는 여성이 웃으면서도 다정한 목소리로 찬찬히 읽어주기 시작했다. 마리아가 생긋 웃으며 속삭였다. "나도 저랬어." 지금은 《구리와 구라》에 푹 빠져 있는 저 소녀도 어쩌면, 그야말로 신만이 알겠지만, 우리처럼 미스터리를 떼놓지 못하는 사람으로 성장할지 모른다.

"좋은 곳이네. 여기서 놀다 가는 것도 즐겁겠다. 느지막한 고원의 봄을 즐길 수 있겠어. 얼마 있으면 물파초를 볼 수 있을 텐데, 2주 일찍 와버렸네. 흐음, 여긴 기소 말의 산지래. 좋은데? 한 번쯤 말을 타보고 싶었는데."

현관 옆에 놓여 있던 지역 안내 홍보물을 든 모치즈키가 중얼중얼 주절거리고 있다. 취업준비에서 잠시 해방되어 흥이 난 건지도 모른다.

여기서 놀다 가는 것도 즐겁겠다는 말은 어디까지나 '만약에 가능하다면'이라는 뜻이다. 뻔히 알면서도 오다는 진지한 얼굴로 말했다.

"중요한 목적을 잊은 건 아니겠지? 우리는 느지막한 고원의 봄을 즐기러 여행 온 게 아니야."

"아아, 그렇지." 모치즈키는 그래도 계속 팸플릿을 들여다보며 말했다. "자작나무숲을 하이킹하러 온 것도 아니고, UFO 사진을 찍으러 온 것도 아니야. 에가미 지로 부장의 신변을 염려해 취업 전선을 이탈한 거지."

"알면 됐어."

"하지만 에가미 선배도 벌써 스물아홉이잖아? 아직 여덟이었나? 가끔은 홀로 여행을 떠나고 싶을 나이 아닌가? 이것저것 고민거리가 있을지도 모르잖아."

정말 그뿐이라면 좋겠다. 나는 그런 생각을 했다. 이를테면 희망적 관측이다.

비단 우리 모교 에이토 대학에 국한된 이야기가 아니라, 대학은 8년까지밖에 다닐 수 없다. 집안 사정 및 이런저런 이유로 입학까지 2년이나 걸리고, 또다시 우아하게 네 번이나 유급을 거듭한 에가미 선배는 졸업증서를 거머쥐든 그렇지 못하든 내년 3월에는 대학을 떠나야 한다. 그런데 취업을 준비하는 낌새도 보이지 않아, 대체 어쩔 심산인지 후배들이 걱정하고 있는 것이다.

"에가미 선배가 혼자 있고 싶었던 거라면 이렇게 쫓아오지 않는 게 좋았을지도……."

무심코 중얼거리자 모치즈키는 메탈 프레임 안경을 벗더니 내 쪽으로 삿대질을 했다.

"아리스, 여기까지 와서 그런 소리 마. 에가미 선배가 마음에 걸려서 가미쿠라에 가보자는 말을 꺼낸 건 너잖아. 내가 여기서 놀다 가는 것도 즐겁겠다고 한 말은 어디까지나 농담이야. 즐겁기야 하겠지만 그건 또 다른 기회를 노려야지. 가미쿠라에 여관도 잡아놨잖아. 한숨 돌리면 갈 길을 서두르자. 거기에 에가미 선배가 있는지 없는지, 빨리 확인하자고."

음료와 함께 작은 접시에 담긴 쿠키가 나왔다. 느긋하게 쉬다 가라는 주인의 한마디에 온정이 담겨 있어 그만 오래 머무르고 싶어졌다.

맞은편에 앉은 모치즈키의 어깨너머로 또 한 사람의 손님이 보였다. 혼자 여행을 온 것일까? 눈을 찌르는 빨간 블루종이 어울리는 것 같기도 하고 어색한 것 같기도 하다. 굵은 눈썹에 또렷하고 커다란 눈을 한 그 남자는 스푼으로 컵을 휘저으면서

멍한 시선으로 창밖을 바라보고 있었다. 마당에는 햇살이 따사롭게 쏟아지고 있었다. 다람쥐 한 마리가 나뭇가지 위에서 날쌔게 움직였다.

안쪽에서 모녀의 목소리가 들려왔다. "낮잠 잘 시간이야", "응, 알았어." 그 정도만 알아들을 수 있었다.

모치즈키는 에가미 지로 부장의 신변을 염려했다고 말했지만, 그 표현이 과연 우리의 심경을 얼마나 정확히 나타내고 있는지는 의심스럽다. 연휴가 끝나고 얼마 지나지 않아 에가미 선배는 "잠깐 멀리 다녀올지도 몰라"라고 말하고 여행을 떠났다. 아니, 훌쩍 사라졌을 뿐이지 사실 정말로 여행을 떠난 건지도 확실하지 않다. 기소 산속의 가미쿠라에 간 게 아닐까, 하는 상황 증거가 있을 뿐이다. 그 목적이 무엇인지는 짐작도 가지 않지만, 약간의 불안 요소도 있다. 가미쿠라는 상당히 특수한 '도시'이기 때문이다. 그래서 상황을 살펴보러 가자는 말을 꺼낸 것이지만……

모르겠다. 썩 행복하지는 않았던 듯한 과거를 입에 담으려 하지 않는 에가미 지로라는 사람은 차분하고 사색적인 타입일 뿐더러, 여차할 때는 놀랍도록 두뇌 회전이 빠르다. 그래서 가까이서 봐도 신비한 면이 있었지만 딱히 사생활을 숨기는 일은 없었다. 그런 만큼 갑작스러운 여행이 마음에 걸렸다. 하지만 굳이 뒤를 쫓아 사생활에 간섭하는 것도 꺼려졌다. 어린애도 아니고, 사실 우리보다 일고여덟 살이나 더 많거니와 장로니 늙은 현자니 하는 별명이 어울리는 선배이니 돌아오기를 기다리면 되지 않을까. 아니, 아니, 역시 걱정된다. 가미쿠라라는 '도시'는…….

생각이 쳇바퀴만 돈다.

"저도 조심스럽긴 하지만, 갈 걸 그랬다고 후회하게 되는 건 싫어요."

마리아가 분위기를 살피듯 중얼거렸다. 목소리가 낮아지는 것도 이해한다. 작년 가을, 마리아는 무작정 달아나 시코쿠의 산속에 있는 예술가 마을에 숨어버렸다.*

그때는 그녀의 아버지에게 마리아가 어디에 있는지 듣자마자, 에가미 선배를 비롯한 우리 모두 우르르 달려가서 단단한 껍질을 깨뜨렸다. 거의 구출에 가까웠다. 그뿐 아니라 마을에서 기괴한 연쇄살인에 휘말리기까지 했으니, 마리아는 괜한 의무감을 느끼는 것이다.

다만 지난번과 이번 경우는 상황이 많이 다르다. 마리아의 경우 그녀의 아버지에게 묘한 마을에 틀어박힌 딸을 데려와달라는 부탁을 받아 서쪽으로 향했지만, 에가미 선배의 경우 훌쩍 변덕스럽게 여행을 떠난 것인지, 첫사랑을 찾으러 떠난 것인지, 꾸준히 집필 중이라는 환상의 장편 대작 미스터리 《적사관 살인사건》의 취재 여행을 떠난 것인지, 전혀 사정을 짐작할

*전작 《쌍두의 악마》 참고.

수가 없는 것이다. 그 점이 고민되는 부분이었다.

"후회하기는, 싫지."

오다가 발밑에 내려놓았던 류색을 뒤져 크래프트 봉투를 꺼냈다. A4 서류가 들어가는 사각 2호 봉투로, 내용물이 접히지 않도록 마분지를 대놓았다. 에가미 선배에게 전해야 하는 물건인데, 무엇이 들어 있는지는 모른다.

"만약 가미쿠라에서 에가미 선배를 만났는데 '뭐하러 왔어. 오지랖도 넓네' 하고 화를 내면 '이걸 서둘러 전하는 게 좋을 것 같아서요' 하고 변명하면 끝날 일이야. 사실은 그리 급한 용건은 아닌 것 같았지만."

봉투는 에가미 선배와 함께 이 서클, 추리소설연구회를 창설한 이시구로 미사오가 맡긴 물건이었다. 그저께 목요일, 우리가 자주 모이는 학생회관에 찾아온 그는 에가미 선배의 부재 소식을 듣고 혀를 끌끌 찼다. 그리고 "이번 주 내내 그 녀석을 만나지 못했어? 서둘렀나 보네. 그럼 돌아오면 이걸 전해줘. 사실은 출발하기 전에 보고 싶었을 텐데, 어긋났군"이라고 말하더니 우리에게 봉투를 맡겼던 것이다. 뭐가 들어 있느냐고 대뜸 물어볼 수는 없었다. 이시구로는 봉투를 붙이고 이음매 부분에 사인을 했다. 설마 우리가 멋대로 뜯어볼까봐 우려한 건 아니겠지만.

"좋아, 여기 담긴 내용물이 뭔지 추리해보자."

모치즈키는 봉투를 들고 상하좌우로 흔들었다. 부스럭부스럭, 건조한 소리가 날 뿐이었다. 편지나 사진이 아닐까?

"쓸데없이 캐내려 들지 마." 오다가 타일렀다. "신사숙녀들의 추리소설연구회니까, 품위를 잃지 않도록. 게다가 데이터도 없는데 어떻게 추리를 해? 그만둬."

모치즈키는 실눈을 뜨고 밖에서 쏟아지는 햇빛에 비춰보다가 봉투를 제자리에 돌려놓았다.

"안 보이네. 하지만 이걸 전해주려고 넷이서 일부러 가마쿠라까지 왔다는 것도 이상하잖아. '옳거니, 날 걱정해서 찾아왔구나' 하고 꿰뚫어볼걸. 들켜도 상관없지만."

"그래서 성지가 등장하는 거죠." 내가 말했다. "에가미 선배에게 무슨 일이 있는 건 아닐까 걱정되어서 가마쿠라까지 가는 거지만, 그런 속사정은 조금도 내비치지 않고 '이시구로 선배가 맡긴 물건을 전해주러 왔다는 건 핑계고, 사실은 소문의 성지를 구경하러 온 거예요' 하고 말하면 '어쩐지, 이 멤버라면 그러고도 남겠네' 하고 넘어가주지 않을까요?"

"이 멤버라니, 나하고 모치는 중요한 취업 준비를 내팽개치고 왔단 말이다. 다른 녀석들은 지금쯤 여기저기서 합격 통지를 받고 있을 텐데. 에가미 선배가 그렇게 태평한 소리를 믿어줄까? 믿어주겠지. 나하고 모치니까."

"혼잣말 좀 그만해." 모치즈키는 쿠키를 오물거렸다. "그보다 아리스 군, 아리마 양, 내년까지는 괜찮다고 해도 앞으로 몇년 후에는 기업의 채용 의사가 감퇴할지도 몰라. 일본 경제도 한풀 꺾였으니까. 거품경제의 꿈도 슬슬 끝나가는 거지. 일본 뿐만 아니라 세계도 크게 변할 거야."

취업 준비에 시달려서 그런지 요즘 모치즈키는 그런 말을 자주 한다. 확실히 시대는 흔들리고 있다. 작년 11월에 베를린 장벽이 무너지면서 동서로 나뉘어 있던 독일의 통합은 이제 시간문제다. 동유럽 공산주의 정권은 줄줄이 쓰러졌고, 고르바초프 대통령 밑에서 개혁을 추진하던 소비에트 연방의 정세도 지극히 유동적으로 변했다. 내가 태어나기 전부터 존재했던 동서 냉전 구도가 무너지고, 새로운 시대의 막이 오르려는 것이다. 이러다가 우리는 무심코 '서독'이라는 말을 흘려 젊은이들에게 놀림받는 쇼와* 세대 아저씨가 되는 걸까? 최근 중국에서도 민주화를 추구하는 목소리가 높아지고 있었지만 그쪽은 천안문 사태로 기세가 꺾이고 말았다. 바로 지금, 이웃 나라에서 대학생들이 학살당하고 있는지도 모른다고 생각하면서 텔레비전만 보고 있기는 답답했다. 뉴스를 본 다음 날, 뭔가 행동으로 옮긴 건 아니지만.

세상이 급속도로 좁아졌다. 전에는 아득히 먼 외국의 사건들은 사람들의 관심을 그리 끌지 못했는데, 요즘은 뉴스가 눈 깜짝할 새에 지구를 한 바퀴 돈다. 당연한 일이지만 우리는 부모 세대와는 다른 시대를 살 것이다. 노스트라다무스가 예언한

*1926년부터 1989년까지 일본에서 사용한 연호.

1999년 7월에 세상이 멸망하지만 않는다면.

국제 정세의 변화는 오늘내일의 우리 생활에 당장 영향을 주지는 않지만, 거품경제의 붕괴는 그렇지 않다. 80년대 후반부터는 학생들에게 선택권이 있는 공급자 시장이었다. 곧 졸업할 대학생들을 붙잡기 위해 기업이 '우리 회사는 이렇게 후한 복지 제도를 갖추고 있습니다. 직원 식당도 세련된 레스토랑으로 바꾸었습니다. 리조트 휴양지에서 즐거운 시간을 보낼 수 있도록 유급 휴가도 더 늘리겠습니다'라고 간드러진 목소리로 손짓을 했지만…….

작년, 닛케이 평균 주가는 1년 사이 23퍼센트나 상승했고, 연말 마지막 거래에서 38,915엔이라는 사상 최고가를 찍어 5만 엔도 내다볼 수 있다는 예측까지 나왔지만, 올해 들어 급락했다. 마침내 올 것이 온 모양이다. 아직 일본경제는 거품의 여파 속에 있고, 여전히 세상은 들떠 있지만 이런 잔치가 언제까지고 이어질 리는 없다. 땅값 폭등에 대해서도 바로 얼마 전 일본은행이 금융 정책의 실패를 인정했다. 슬금슬금 오르고 있는 공정보합*이 또 오르는 것이다.

그나저나 거품경제란 참으로 기묘한 단어다. 그 한복판에서 모두가 "지금 경기는 물거품이야. 허황된 번영이야. 언젠가 펑 터져서 난리가 날 게 뻔해" 하고 자조한다. 훗날 사람들은 이

*2006년 이전 일본에서 기준 할인율 및 기준 대부이율을 가리키는 용어.

사실을 믿지 못할지도 모른다. "거품경제라는 건 무너진 뒤에 붙은 이름 아니었어? 거짓말!" 하고 말이다. 정말 다들 제정신이 아니다. 어렸을 때부터 소심했던 나는 이윽고 내가 나가야 할 사회를 두려워하고 있었다. 분골쇄신해서 맞서지 않으면 대항할 수 없는 두께와 깊이를 가진 세계라고 믿었다. 하지만 그렇지 않았다. 사회란, 세상이란, 상상했던 것보다 허술한 것 같다. 에이, 뭐야, 라고 생각하는 반면, 그 또한 두렵다.

"아리스. 말이 없네. 세계평화라도 빌고 있는 거야?"

오다가 내 얼굴을 들여다보며 말했다.

"아니, 별것 아니에요."

"아리스가 말한 것처럼." 모치즈키는 테이블에 흘린 쿠키 부스러기를 손가락으로 모으면서 말했다. "에가미 선배가 귀찮아해도 '요즘 소문난 인류협회 총본부가 있는 '도시'도 구경하고, 운 좋으면 UFO를 보고 싶어서 놀러 왔습니다'라고 대답하면 그만이야. 미스터리 명소를 탐방하고, 아무나 좋으니 서클 회지에 리포트를 쓰는 거지. 아리스는 창작을 하고 싶댔나? 그럼 마리아, 네가 쓸래?"

마리아가 고개를 젓자 어깨를 덮은 불그스름한 머리카락이 팔랑팔랑 흔들렸다. 마리아는 무릎에 두 손을 얹은 채로 말했다.

"에가미 선배는 저하고 달라서 어린애 가출 같은 짓을 할 사람이 아니에요. 그렇게 믿고 있어요. 하지만 행선지가 가미쿠라라면 역시 걱정되어요. 안 그래요? 인류협회 총본산이잖아요. 이상한 '성'이 솟아 있고, 신자들끼리 산속에 모여 사는 '도시'라고요. 우리 몰래 그런 곳에 갔다면, 그 수상한 교단에 들어가려고 그런 건지도 몰라요."

덜컹.

새빨간 블루종을 입은 남자가 자리에서 일어섰다.

4

남자가 계산을 마치고 나가자, 때마침 음악이 끊겼다. 주변이 고요해지면서 대화에 정적이 생겼다. 오토바이가 떠나는 소리가 들렸다.

모치즈키가 온화하게 말했다.

"걱정하는 마리아 심정은 이해하지만, 괜히 헛고생 하고 있는 게 아닐까? 일단 에가미 선배가 '몰래 그런 곳에 갔다'는 말부터 이상해. 에가미 선배는 딱히 남몰래 여행을 떠난 게 아니야. 행선지도 목적도 확실히 밝히지는 않았지만 '잠깐 멀리 다녀올지도 몰라'라고 말했잖아. 그렇지? 게다가 가미쿠라에 간 사람이 반드시 인류협회 신자가 된다고 할 수는 없어. 그 협회인지 교단인지는 요즘 입방아에 오르내리고 있고, '성'이 있는 괴상한 '도시'에는 세상의 호기심이 집중되고 있지. 기소 첩첩산중에 있는데도 지난 황금연휴 때는 구경꾼 때문에 자동차가

줄을 지었다잖아. 에가미 선배도 그냥 대중적인 호기심으로 어떤 곳인지 구경하러 가고 싶었던 건지도 몰라. 있을 법한 이야기잖아. 그게 부끄러워서 어디 간다는 말을 못 한 거지. 듣기 좋은 소리를 하는 게 아니라, 나는 실제로 그럴 거라고 생각해. 가미쿠라에서 만나면 에가미 선배는 쓴웃음을 흘리겠지. 그러면 '저희는 왜 안 불렀어요?' 하고 타박할 생각이야."

"낙관적이네요, 모치 선배는."

모치즈키는 그런 마리아의 말을 일단 수용했다.

"맞아, 그럴지도. 난 겁 많은 낙천가니까. 그렇지만 마리아도 모순된 말을 하고 있어. 에가미 선배를 믿는다면 심란하게 걱정할 필요 없잖아. 그 장로께서 정체 모를 신흥 종교의 유혹에 빠질 사람이야? 만약 에가미 선배가 제 발로 들어가려 한다면 인류협회라는 곳은 수상한 집단이 아니라 멀쩡한 가르침을 설파하는 곳일지도 몰라. 실제로 항간에는 수상쩍은 종교단체가 횡행하지만 인류협회는 그렇지 않다는 평판도 있어. 자식이 푹 빠져 있어 걱정하는 사람들도 있는 모양이지만, 인류 멸망의 위기가 닥쳤다고 떠들어대며 겁주거나, 헌금을 강요하거나 억지로 출가를 권하지는 않는다지. 물론 주변에 작은 트러블은 있겠지만 그만한 규모가 되면 어떤 조직이든 다소의 문제는 있는 법이잖아. 지난달 폭파를 예고하는 장난전화 때문에 경찰이 출동해 '성'에 들어가봤지만 안에 수상한 구석은 없었다고 하던데."

"제가 모순된 걸까요?" 마리아는 불만스러운 기색이었다.
"에가미 선배를 믿기는 하지만, 사람이니까 실수할 때도 있잖
아요. 그러니까……."

때마침 앞치마를 두른 주인이 다가와서 마리아는 입을 다물
었다. 살갑지만 정중한 말투로 "리필해드릴까요?" 하고 묻자
두 선배가 희망했다.

"저."

마리아가 한 손을 들며 쭈뼛쭈뼛 말했다.

"저희는 가미쿠라로 가는 길인데요, 거기 사는 사람들은 모
두 신자들인가요?"

뉴스에서는 대부분이 신자라고 했지만 그것은 과장이라는
설도 있다. 실태가 어떤지, 나도 궁금했다.

"아아, 가미쿠라에 가십니까? 방금 전 손님하고 같네요. 그
분은 일부러 후쿠오카에서 UFO를 보러 왔다더군요. 그것도
오토바이로." 빨간 블루종을 말하는 건가? "가미쿠라 주민이
모두 인류협회 신자는 아니지만, 9할 정도는 관계자일 겁니다.
작지만 종교 도시니까요."

인류협회, 영어로는 'Human Species Society'. 이 명칭으로 세
계 각지에서 포교 활동을 펼치며 아시아, 오세아니아, 유럽, 북
미, 남미 16개국에 지부를 두고 있다.

"9할이라니 대단하네." 오다가 감탄했다. "그런 곳에 살면 의
리 때문에라도 믿게 될 것 같은데. 옛날에는 평범한 동네였지

요? 그걸 협회가 차지한 건가."

"차지했다는 것도 틀린 말이죠. 그곳에 살던 사람들이 모두 신자가 되었으니까. 원래 60세대밖에 없는 마을이었습니다. 협회의 전신이 생겼을 때는 인구도 250명이 채 되지 않았죠. 그런 곳에 내방자 페리파리가 강림해 노사카 미카게에게 계시를 내리고, 시골 동네였던 가미쿠라가 지구상에서 유일한 성지가 되었으니 대소동이 난 거죠. 그래서 심보 고약한 사람들만 빼고 마을 사람들은 줄줄이 가입했답니다. 심보가 고약하다는 말은 너무한가? 마을이 종교 일색에 빠지는 걸 참지 못한 사람들이 밖으로 나가는 한편, 성지를 찾아 신자들이 쭉쭉 유입되었지요. 거의 12년에 걸쳐 지금의 '도시'가 형성된 것입니다."

노사카 미카게는 인류협회의 교조(敎祖). 페리파리는 미카게 앞에 나타나 가르침을 내린 다른 별에서 온 내방자, 즉 외계인이다. 사실 인간은 발음하기 어려운 이름이지만 비교적 유사한 음을 붙이면 페리파리가 된다나. 이 요상한 이름은 웃겨서 그런지 인지도가 굉장해서, 일본에서 설문조사를 하면 무조건 80퍼센트 이상은 알고 있다고 대답할 것이다.

"아무래도 외지인은 눈에 띌 텐데, 그냥 구경하러 가면 싫어하지 않을까요?"

내가 우려했던 문제를 마리아가 물어주었다.

"머나먼 은하계에서 UFO를 타고 찾아온 구세주를 기다리는 단체라 언론에서 우스꽝스럽게 보도하고는 있지만, 무척 선량하고 친절한 사람들입니다. 총본부에서 일하는 직원들이 가끔 저희 가게에 들러 식사를 들거나 커피를 마시고 가는 터라 잘 압니다. 산속에 총본산을 둔 이유는 내방자 페리파리가 강림한 성지이기 때문이지, 원래는 패쇄적인 단체가 아니에요. 신자가 급증하고 그런 훌륭한 총본부를 만들었으니 의심스럽게 보일지도 모르지만, 수상쩍은 곳은 아닙니다. 너무 강조하면 제가 협회 스파이 같겠군요. 알고 보면 여기가 밖에서 오는 사람들의 경계심을 풀기 위한 출장소일지도 모르죠. 하하."

그 정도 설명으로는 마리아의 근심이 풀리지 않는다.

"하지만 좋지 않은 소문도 돌던데요."

"가족이 인류협회에 푹 빠져서 곤란하다는 얘기겠지요? 그건 어쩔 수 없어요. 그래 봤자 남편이 골프에 빠져 있어 외롭다, 아내가 봉사활동에 열을 올리는 게 탐탁지 않다, 그 정도 불만 아니겠습니까? 물론 곁에 두고 싶은 아들이 총본산 가미쿠라로 이사를 가버렸다는 어머니의 한탄도 이해는 가지만요. 그건 협회 책임이 아니에요. 언론이 그런 자잘한 트러블을 보도하는 이유는 첫 번째가 신기한 종교에 대한 과잉반응이고, 두 번째가 법석을 떨어야 그들 장사에도 도움이 되니 그런 것 아니겠습니까?"

그럴지도 모른다. 무엇이 진실인지, 가미쿠라에 가보면 인류협회의 본모습을 볼 수 있다.

"이 부근에 사는 분들은 협회를 어떻게 생각하고 계시나요?"
그렇게 물어보았다.

"산 너머 동네 일이고, 입회 권유도 하지 않으니 딱히 별생각 없습니다. 나잇살은 먹어서 UFO니 외계인이니 술렁거리는 특이한 사람들이지만 해는 없는 것 같으니. 연휴 때는 멀리서 구경꾼들이 몰려와 길이 혼잡했지만 그 대신 오며 가며 돈을 쓰고 가니 기뻐하는 사람도 있지 않겠습니까? 다만 이러다 뭔가 저지를지도 모른다고 경계는 하고 있습니다. 입회하는 사람 말인가요? 그야 아주 없지는 않지만, 가이다에 귀찮은 문제는 없어요. 옆 동네 히라노는 입회 문제로 가족 사이에 싸움이 났다는 소문도 있지만. 그쪽에서 숙박하십니까?"

가미쿠라에 단 하나뿐인 숙박시설, 아마노가와 여관에 예약을 했다. 얼마나 시골 냄새 나는 숙소일지 기대가 된다.

"여러분이라면 아마노가와 여관에 묵겠군요. 신자라면 협회 시설에 묵을 수도 있는데. 하지만 언제 올지도 모를 UFO를 밤새 관측할 생각이 아니라면 굳이 하루 묵을 만한 곳이 아닙니다. 딱히 볼 게 없어요. 총본부에 들어가려면 허가를 받아야 하고, 들어가더라도 페리파리가 강림한 동굴은 비공개 구역입니다. 30분쯤 '도시'를 산책하면서 밖에서 총본부를 바라보고 사진을 찍으면 충분할 겁니다. 가미쿠라에 다녀왔다는 기념도 되고. 유명한 건축가가 설계한 자료관이나 보물관도 있기는 한데, 그것도 하루씩 들어가며 볼 만한 건 아니고요."

"예, 그건 알고 있습니다." 오다가 마음에도 없이 살갑게 웃었다. "하룻밤 잘 만한 관광지가 아닌 건 알지만, 역시 가미쿠라에서 UFO를 찾아보고 싶어서요. 좀처럼 없는 기회니."

"그럼 건투를 빌겠습니다. 밤은 쌀쌀하니 감기 조심하시고요. 모처럼 오셨으니 반짝반짝 빛나는 걸 보실 수 있으면 좋겠군요."

"이 부근에서도 수수께끼의 물체가 보이나요?"

모치즈키가 묻자 주인은 가까운 의자에 걸터앉았다. 뒤늦게 손님 옆에서 우뚝 서 있으면 오히려 실례라고 생각한 것이리라.

"유감스럽게도 흥미로운 물체는 보이지 않아요. 외계인은 오로지 가미쿠라 상공만 오가는 모양입니다." 씨익 웃는다. "여러분은 어린애가 아니니 사실대로 말씀드리지요. 이 부근도 그렇지만, 가미쿠라는 특히 일교차가 커서 아침과 밤에 안개가 자주 낍니다. 산 전체가 베일을 덮고 있는 것처럼, 제법 짙은 안개가요. 그게 UFO의 정체겠지요. 산길을 가는 자동차 불빛이 안개에 반사되어 수수께끼의 비행 발광체로 보이는 겁니다. 안개 사이로 보이는 화성이나 금성을 UFO로 착각하는 경우도 있다더군요. 게다가 매일 밤 유성이 여럿 떨어지거든요. 아니, 이건 제 의견이 아니라 저희 숙소에 묵었던 기상학자 선생님께서 하신 말씀입니다. UFO 목격담은 알고 보면 전부 착각이라고 단언하시던데."

다 아는 정보다. 가미쿠라는 UFO 팬들 사이에서는 예로부터 유명해, 영험한 지역으로 오컬트 잡지에 실린 적도 많다. 하지만 기상학자 선생님의 해설을 들을 것까지도 없이 안개의 장난이라는 견해가 이미 널리 퍼져 있었다. 인류협회 신자가 볼 때는 억울한 비난이겠지만.

"1965년 무렵부터 '하늘을 나는 원반을 보았다'고 주장하는 사람은 있었던 모양입니다. 노사카 미카게가 내방자 페리파리를 만나 본격적으로 신 내림을 받기 전부터 그곳은 UFO의 고장이었어요. 그렇지 않으면 일본 전역에 가미쿠라의 이름이 퍼질 일도 없었겠지요. 아니, 지금은 전 세계에 퍼지고 있나? 그런데……." 주인은 우리를 둘러보았다. "여러분은 학생이지요? 몇 학년인가요? 혹시 미스터리 연구회라도 됩니까?"

이 자리에 없는 에가미 부장을 대신해 모치즈키가 설명했다. 3학년과 4학년. 2년 전부터 신입부원이 들어오지 않아 위태롭다는 말도.

"미스터리는 맞지만 조금 다릅니다. 교토에 있는 에이토 대학 추리소설연구회라는 서클입니다. 서클은 맞지만 최근 영국에서 화제가 된 미스터리 서클하고도 또 다르고요."

"추리소설 팬도 UFO를 좋아하나 보군요."

"그런 게 아니라 조금 특이한 곳에 가보고 싶었던 것뿐입니다. 모두 UFO나 유령을 믿지 않는 유물론자들이라."

"그렇군요, 추리소설연구회라." 주인은 턱을 천천히 쓰다듬었다. "어쩌면 여러분에게도 가미쿠라는 흥미로운 땅일지도 모릅니다. 그 마을에는 10년 전에 묘한 사건이 있었거든요. 이게 참 기이한 사건이라, 지금껏 해결되지 않았지 뭡니까. 알고 계십니까?"

그건 아무도 몰랐다. 모치즈키의 눈에 요사스러운 빛이 감돌았다.

5

"미궁에 빠진 건가요? 어떤 사건인데요?"

"살인사건이라던데, 범인이 누군지 감조차 못 잡았답니다. 처음에는 자살인 줄 알았는데, 현장에서 범인이 연기처럼 사라졌다나요. 좀 더 자세히? 그렇게 말씀하셔도. 전 원래 이곳 사람이 아니어서요. 5년 전까지는 나고야에 살았지요. 이 로지를 운영하려고 회사를 그만두었어요. 그래서 오래전 이야기는 풍문으로만 들었습니다. 하지만 외딴 마을에서 미궁에 빠진 살인사건이 터졌다는 것만으로도 이상한 일이지요. 주민 모두 서로 얼굴을 아는 좁은 동네니까요. 당시 노사카 미카게는 이미 인류협회의 전신인 교단을 일으켰지만 규모는 아직 작았습니다. 수사를 넘겨받은 사람은 있겠지만 이제 와서 해결할 가망은 없겠지요. 듣자 하니 살해당한 사람도 마을에서 눈엣가시였던 모양이고, 범인도 외부에서 온 사람일 가능성이 커서 다행히 공동체의 질서는 무너지지 않았던 모양입니다. 흥미진진한 표정이군요. 그쪽에서는 이 이야기는 하지 않는 게 나아요. 분명 불쾌해할 겁니다."

모치즈키가 입술을 꾹 다물고 표정을 가다듬었다.

"물론 '여기서 예전에 묘한 살인사건이 일어났었다고 들었습니다' 하고 떠들지는 않을 겁니다. 그렇지 않아도 특수한 장소니, 언동에는 신경을 쓸 생각입니다."

"현명한 판단입니다. 무서운 곳은 아니지만 손님 말처럼 '특수한 장소'니까요. 때와 장소에 따라서는 외부의 상식이 통하지 않는 경우도 있을지 모릅니다. 불필요한 마찰을 일으키지 않도록 조심하시면서, 진기한 여행을 즐기고 가십시오."

주인은 미소를 지으며 카운터 안쪽으로 물러났다. 그 모습을 지켜본 우리는 머리를 맞댔다.

"가마쿠라에서 미궁에 빠진 사건이 있었다니, 금시초문이야. 그것도 '현장에서 범인이 연기처럼 사라졌다'면 밀실 살인이잖아?"

목소리를 낮추어 말하는 모치즈키에 장단을 맞춰 오다도 밀담이라도 하듯 속닥거렸다.

"'현장에서 범인이 연기처럼 사라졌다'는 말만으로는 밀실인지 아닌지 알 길이 없어. 하지만 작은 마을에서 미궁에 빠진 사건이라니……."

"그보다."

나와 마리아가 동시에 입을 열었다. 먼저 말해, 하고 마리아가 손짓했다.

"에가미 선배가 가마쿠라로 간 건, 그 사건하고 연관이 있는 게 아닐까요? 어쩌면 그걸 조사하러 간 걸지도 몰라요."

모치즈키가 끙끙댔다.

"으음, 가능성은 있지만 근거가 희박한 억측이야. 얼마나 미스터리어스한 사건인지는 모르겠지만 에가미 선배가 단순한 호기심으로 미궁에 빠진 사건을 조사한답시고 산속까지 갈 리는 없어. 만약 그렇다면 사건의 피해자나 관계자하고 개인적인 친분이 있는 걸지도 몰라."

오다가 륙색에서 방금 전 보았던 크래프트 봉투를 꺼냈다. 탕, 소리를 내며 테이블 위에 내려놓더니 팔짱을 꼈다.

"감이 온다. 여기 든 건 사건 자료가 아닐까? 에가미 선배는 그걸 수집해달라고 이시구로 선배한테 부탁했던 거야."

이시구로 미사오는 도쿄에서 프리랜서 라이터로 일하고 있다. 사건사고 전문은 아니지만 그 방면의 취재 능력도 있을 것이다. 에가미 선배는 그걸 알고 사전 조사를 부탁했던 건지도 모른다. 이 자리에서 뜯어보면 알 수 있지만, 역시 뜯어볼 수는 없다.

마리아가 집게손가락으로 뺨을 짚었다.

"글쎄요, 사건 자료라면 이걸 받기도 전에 출발했다는 건 이상하지 않아요?"

"그건 말이지." 오다가 즉각 대답했다. "자료가 오기를 기다리고만 있을 수 없는 사태가 생긴 거야. 황급히 떠난 거지. 그게 어떤 사태인지는…… 감이 오지 않는군."

"어쩌면 인류협회하고 관계가……."

마리아가 중얼거리는 내 목소리를 들은 모양이다.

"무슨 소리야, 아리스? 그 미제사건하고 인류협회 사이에 무슨 관계가 있는지도 아직 모르잖아."

"그래, 몰라. 다만 '자료가 오기를 기다리고만 있을 수 없는 사태'란 말을 들으니, 요즘 협회에 새로운 동향이 있었다는 게 생각나서. 왜, 겨우 두 달 전에 수장이 바뀌었잖아. 거기선 뭐라고 하더라?"

"대표. 되도록 종교색을 드러내지 않으려고 그렇게 불러. 교조도 회조(會祖)라고 부르고. 아아, 생각났다." 마리아는 천장을 올려다보며 말했다. "미용실에 갔다가 주간지에서 봤어. 우리하고 몇 살 차이 안 나는 여자가 새로운 대표로 취임했어. '가미쿠라 성에 새로운 여왕 탄생'이라는 제목이었는데. 이름은…… 노사카 기미코."

나는 그 정보를 길에서 훑어본 주간지로 알았다. 협회 홍보부가 제공한 사진을 보면 가련한 분위기의 여린 인상으로, 그런 평범한 아가씨가 전 세계 20만 명이 넘는 신자를 보유한 교단의 대표라는 사실이 뜻밖이었다. 모치즈키와 오다도 같은 사진을 보았다. 두 사람의 입담이 시작되었다.

"그래, 노사카 기미코. 노사카 미카게의 양녀. '지구를 대표하는 미소녀'라고 적혀 있었지? 스물한 살인데 미소녀라는 표현은 억지스럽지만. 노부나가가 좋아할 만한 미녀였어."

"응, 스트라이크존 정중앙에 가까워. 미소녀는 좀 심했지만, 아직 앳된 티가 남아 있던데. 정체 모를 신흥 종교의 리더로 보이지는 않았어."

"리더는 아니야. 인류협회 대표라는 건 협회의 상징적 존재일 뿐, 강력한 카리스마는 필요 없대. 그럭저럭 중요한 역할을 맡고는 있어도 신자 앞에서 청산유수로 연설하는 일도 없고, 신자용 비디오로 설법을 논하는 것도 아니야. 적어주는 메시지를 읽어주는 정도지, 표면에는 거의 나오지 않을걸. 뭐, 그게 신비하다면 신비하니까, 그들이 노리는 바일지도 모르지만. 예전 대표도 그랬잖아."

"예전 대표라니, 그걸 용케 아네."

"노사카 도시코. 미카게의 딸이야. 건강상의 이유로 '퇴위'했는데 처음부터 노사카 기미코에게 바통 터치할 때까지 징검다리 역할이었어. 기미코가 스물한 살이 되면 대표 자리에 앉도록 회조가 정해놓았거든."

"예습 잘했는데? 흐음, 그런가. 대표가 노사카 기미코로 바뀐 뒤로 가입하는 젊은 남자들이 늘었다던데. 유행 타는 녀석들이 많아."

"넌 훅 안 넘어갔어?"

"훅 넘어가서 종교에 빠질 정도로 경솔하지 않네요. 가와라마치 부근에서 노사카 기미코 사진이 붙은 팸플릿을 나눠준다면 손을 내밀겠지만. 대표라는 사무적이고 쌀쌀맞은 직함은 어울리지 않아. 반쯤 재미 삼아 그러는 거지만 언론이 '여왕'이라고 부를 만해."

"너도 충분히 유행 타고 있잖아. '여왕'은 무슨. 나 같으면 어차피 여왕을 모실 거라면 엘러리……"

숭배하는 엘러리 퀸의 이름을 입에 담으려던 모치즈키가 말을 삼켰다. 뭔가 생각났는지 자신만만한 표정으로 고개를 끄덕였다.

"어이, 왜 그래? 기분 나쁘게."

"에가미 선배가 가미쿠라에 간 이유 말인데, 기소 산속에서 미궁에 빠진 살인사건을 조사하러 간 게 아니라 좀 더 인간적인 이유일지도 몰라. 지금까지 나온 데이터를 모아보면 그럴듯한 그림이 나오잖아. 모르겠어? 세속에서 초탈한 구석이 있기는 하지만 그 선배도 뜨거운 피가 흐르는 사람이야. '가미쿠라 성'에 탄생한 새로운 '여왕'의 사진을 보고 반해서 꼭 실물을 보고 싶어진 게 아닐까?"

"설마요." 일언지하에 부정한 것은 마리아였다. "어울리지 않는 것도 정도가 있죠, 에가미 선배답지 않아요."

"어떻게 단언할 수 있어? 질투야? 아아, 농담 좀 한 걸 갖고 그렇게 화내지 마. 근거 없는 억측이기는 마찬가지지만 살인사건 조사보다는 현실성이 있잖아. 에가미 선배도 우리가 못보는 곳에서 어떤 암약을 벌이고 있을지 누가 알아? 올해로 스물여덟인데 이성의 낌새를 찾아볼 수가 없잖아. 그런 장로께서 사진만 보고 한눈에 반해 폭주했다면 얼마나 반가운 일이야. 동성인 마리아의 눈에 노사카 기미코가 어떻게 비칠지는 모르겠지만 그런 타입에 약한 남자는 있다고. 마리아처럼 누구나 인정하는 미소녀보다 평범해 보이는 구석에 끌리는 남자들 말이야. 왜 화를 내? 칭찬하는 건데. 농담이 아니라 노사카 기미코가 에가미 선배의 스트라이크존." 오다가 재빨리 미트를 내미는 시늉을 했다. "정중앙이라 해도 이상할 건 없지."

"도저히 엘러리 퀸 마니아 같지 않은 망상이네요."

마리아는 기가 막힌다는 표정이다. 하드보일드 팬인 오다는 노코멘트.

"아리스는 어떻게 생각해?" 마리아가 물었다.

솔직히 모치즈키의 가설에서는 현실성을 느낄 수 없었다.

"굉장히 엉뚱한 가설 같아. 모치 선배에게 묻겠습니다. 에가미 선배가 '여왕'에게 한눈에 반했다 쳐요. 그렇다 해도 가미쿠라에는 뭘 하러 간 거죠? 아까 들었잖아요. 그곳 '성'에 들어가려면 허가가 필요하다고요. 신자도 아닌 사람이 헐레벌떡 달려간다 해도 동경의 대상을 만날 수는 없을 거예요. 겨우 아이돌 한 번 만나겠다고 에가미 선배가 종교단체에 들어갈 리도 없고."

"사랑이 불꽃이 활활 타올랐다면 또 모르지……. 농담이야, 농담! 설마 그럴 리는 없겠지. 에가미 선배는 가미쿠라로 가면 아름다운 그녀의 모습을 먼발치에서 바라볼 수는 있을지도 모른다는 생각에 여행을 떠난 게 아닐까? 미궁에 빠진 살인사건 조사인가, 사랑의 폭주인가? 그도 아니면 전혀 다른 이유가 있는 걸까? 지금은 뭐라 판단할 수가 없네. 진상을 알아내기 위해, 슬슬 가미쿠라로 가볼까? 여기, 참 편했는데."

이제 곧 4시다. 오다가 자동차 열쇠를 쥐었다.

계산을 하려고 일어서자 때마침 주인이 안쪽에서 나왔다. 돌돌 만 잡지를 손에 들고 있었다.

"가시려고요? 노사카 대표 이름이 들리기에 이런 걸 가져와봤는데. 지난 신문하고 함께 버리려던 차였으니 괜찮으시면 가져가세요." 지난주 사진 주간지였다. "대표의 최근 사진과 협회에 관한 소문이 실려 있습니다."

감사히 받기로 했다.

"노사카 대표 말인데요." 마리아가 물었다. "이 부근에 오기도 하나요? 실제로는 어떤 분인가요?"

모치즈키가 이상한 소리를 해서 신경 쓰이나?

"저희 가게에 오신 적은 없습니다. 앞으로도 없겠지요. 그분은 가미쿠라 밖으로는 거의 나오지 않습니다. 총본부인 '성'에만 틀어박혀 있다고 하니 구중궁궐 속 귀인이나 다름없지요. 속세와는 격리된 곳에 계시는 겁니다."

그렇다면 얼굴을 볼 수 있는 영광을 누리려면 종교를 믿는 것만으로는 부족하고 간부가 되어 '등성(登城)'해야만 하는 건가? 그렇게 베일에 싸여 있는 사이 은밀한 생불이 되어 카리스마를 띠게 된다. 흔해 빠진 수법이지만 효과는 있다. 더군다나 '여왕' 본인은 여러모로 제약을 받지만 협회로서는 가장 비용이 가장 적게 드는 연출이다.

"'여왕'까지 갈 길이 머네. 에가미 선배도 고생이겠어." 그렇게 말하는 모치즈키를 마리아가 흘겨보았다.

오다가 만일에 대비해 길을 묻자 친절한 주인은 온타케 산 주변까지 나온 지도에 사인펜으로 경로를 그려주었다. 가미쿠라에는 '인류협회 총본부'라는 이름과 두 개의 탑이 솟아 있는 '성'과 아담스키 타입* UFO 일러스트가 그려져 있었다. 성지는 성지인가보다.

"40~50분쯤 가면 도착할 겁니다. 해 지기 전에 '도시'를 둘러볼 수 있을 거예요." 주인은 마지막으로 덧붙였다. "괜히 살인사건이 있었다는 말을 하고 말았네요. 오해하지 마십시오. 그곳은 친절하고 온화한 사람들의 '도시'입니다. 누누이 말씀드리지만 자극적인 이야기는 꺼내지 마십시오."

그들의 신앙을 업신여기거나 미궁에 빠진 사건을 들추지 말라는 뜻이다. 우리가 불쾌한 일을 당하지 않도록 충고해주는

---

*인류 최초로 외계인과 접촉했다고 주장하는 조지 아담스키가 묘사한 UFO로, 넓은 접시 위로 동체가 튀어나온 형태다.

것이다. 얌전히 고개를 끄덕이고 인사를 했다.

주인과 똑같은 앞치마를 두른 안주인이 나와서 현관 앞에서 배웅해주었다. 돌아가는 길에 이곳에 또 들르고 싶다.

6

바람이 불자 높이가 20미터는 됨직한 낙엽송 숲이 술렁거렸다. 장정이 한 그루 한 그루 흔들고 있는 것처럼, 저마다 오른쪽 왼쪽으로 멋대로 움직이고 있다.

우리를 태운 자동차는 가이다 고원을 뒤로하고 히라노 마을로 접어들었다. 이시구로 미사오의 고향으로, 이 부근부터 UFO를 봤다는 정보가 많아진다고 한다. 작은 계곡을 흘러가는 물줄기는 사쿠라가와 강. 이시구로 선배에게 산벚꽃이 흩뿌리는 하얀 꽃잎에 물드는 강이라는 말을 들은 적이 있지만, 그런 광경을 보기에는 계절이 조금 늦었다. 다리를 건너자 작은 마을은 순식간에 차창 뒤로 사라졌다.

오다와 교대로 뒷좌석에 앉은 나는 로지 주인에게 받은 주간지를 훑어보았다. 먼저 노사카 기미코의 컬러 사진을 뚫어져라 쳐다보았다. 설명문을 보니 은하계를 표현한 패널을 배경으로 찍은 상반신 사진은 역시 인류협회 홍보부가 제공한 것이었다. 또 한 장은 뒷산을 산책하는 모습을 카메라맨이 몰래 찍은 것이었다. 가끔은 '성' 밖에 나오기도 하나 보다. 양쪽 다 협회의 정장, 품이 넉넉한 파란 옷을 두르고 있었다. 지구의 하늘과 바다를 표현했다는 코발트블루 재킷. 같은 계열의 색을 사용한 블라우스와 바지. 소재는 전부 실크로, 종교색이 크게 느껴지지 않는 복장이다. 가슴에 하얀 바탕에 지구를 나타내는 푸른 원이 그려진 협회 엠블럼만 없다면 한번 입어보고 싶을 정도로 예쁘다고 생각하는 여성도 있을 것이다.

홍보용 사진은 확실히 훌륭했다. 상큼하고, 이지적이고, 건강하고, 사랑스럽고도 자비로운 미소를 띤 사진 속 여성에게 적대감이나 반발심을 느끼는 이는 없을 것 같다. 카리스마의 결여는 조직의 대표로서 약점이 되기는커녕 안도감과 신뢰감으로 이어진다. 그녀가 대표로 선택된 배경은 모르겠지만, 이 외모도 한 가지 중요한 요인이 아니었을까?

노사카 기미코의 외모는 일본인이 가장 호감을 느끼는 여성의 얼굴, 즉 '미인은 아니지만 귀여운' 인상에 정확히 맞아떨어지는데 아무래도 그게 전부는 아닌 것 같았다. 단순히 일본인의 취향에 부합하는 것만이 아니라 지구상의 다양한 민족이 호감을 느끼는 특징을 조금씩 지닌 듯했다. 전 세계의 요리를 몽땅 담은 호화 도시락을 만들면 식욕이 감퇴할 결과가 나오겠지만, 그녀의 얼굴은 절묘한 균형으로 바람직한 호화 도시락을 꾸미고 있는지도 모른다. 아몬드 모양의 길쭉한 눈, 크고 검은 눈동자는 어느 나라 사람들에게 호감을 주는가? 가느다란 콧대와 살짝 올라간 코끝은 어느 지역에서 매력을 느끼는가? 도톰하고 우아한 입술, 매끄러운 언덕 같은 뺨은 어디에서 사랑받는가? 누가 그렇게 묻는다면 대답을 할 수는 없지만.

인류협회는 우주 저편에서 찾아올 초월적 존재와의 해후를 믿는다. 영광의 그날까지 인류는 최대한 자신을 갈고닦아야 한다고 믿고 행동하는 사람들의 집단이다. 세계적 규모로 급속하게 신자를 늘려가고 있으니 되도록 많은 사람들에게 호감을 사는 얼굴을 한 사람을 대표로 내세우는 게 현명한 방책인 것은 의심할 여지가 없다. 전 인류를 대표할 얼굴이기도 하니까.

기사에 별다른 내용은 없었다. 1천 자 정도 되는 분량으로 대부분 기자가 대충 갈겨 쓴 수필이었다. 수수께끼 교단의 옥좌에 신비한 미녀가 취임. 이것이 '가미쿠라 성'의 새로운 왕. 인류가 에일리언 앞에 내세우는 궁극의 아이돌. 세기말의 '여왕'. 입회를 둘러싼 트러블이 북미에서도 다수 발생. 프랑스 정부는 사교로 지정. 그 정도 정보가 다였다.

"아까부터 엄청 열심히 보네." 모치즈키가 말을 걸었다. "에가미 선배가 정말 사랑에 빠졌는지는 알 길이 없다 치고, 네가 '여왕님'을 보고 설레는 것 아니야?"

"쓸데없는 소리 좀 그만하세요. 어디까지나 조사라고요."

"그럼 다행이고. 너까지 이상해지면 보호자로서 내가 괴로우니까."

"언제부터 제 보호자가 됐다고 그래요? 터무니없는 소리만 한다니까. 게다가 '너까지'라는 건 에가미 선배가 이상해졌다는 걸 전제로 하는 말이니 부적절하다고요. 자, 여기. 모치 선배도 기초 지식을 쌓아두세요."

읽던 잡지를 건네고 앞쪽을 바라보았다. 바로 앞에 마리아의 머리가 있다.

주간지 가십 기사로 사전 조사. 예전에도 경험했던 일이다. 그렇다, 지금으로부터 약 6개월 전, 마리아가 고치 현 기사라 마을이라는 비밀스러운 곳에 있다는 사실을 알고 그곳의 자료를 모아, 어떤 곳인지 예습하고 차를 몰아 시코쿠로 향했다. 그때와 똑같다. 마리아가 에가미 선배로 바뀌었지만, 우리는 또다시 똑같은 드라이브를 하고 있다.

다카야마로 이어지는 361번 국도를 벗어나 히와다 고원을 지나서 진로를 서쪽으로 잡자 산세가 깊어졌다. 온타케 산 북쪽 산기슭을 달리고 있는데 산과 너무 가까워서 경치는 잘 보이지 않았다.

앞으로 찾아갈 '도시'에서 좋지 않은 일이 벌어지지 않아야 할 텐데. 나의 불길한 예감은 우울하게도 잘 맞는다. 교토를 떠나기 전부터 에가미 선배의 신변에 까다로운 문제가 생긴 건 아닌지 걱정했는데, 바로 지금 불온한 낌새가 단숨에 나를 덮쳤다. 잠들어 있던 짐승이 천천히 눈을 뜨는 것처럼. 기분 탓이다, 고원에서 산길로 들어와 마을에서 멀어진 탓에 그만 마음이 불안해진 것뿐이다. 그렇게 생각하려는데 안개 같은 불안은 가슴속에 끈질기게 남아 있었다.

"입 열면 혀 깨문다. 길이 울퉁불퉁해서 덜컹거릴 거야."

오다의 경고대로 차는 몇 번 크게 튀어 올랐다. 보수 공사가 끝나지 않은 것이다. 그러고 보니 인류협회는 나가노와 기후 두 현에 앞으로 성지를 찾아올 신자들이 비약적으로 늘어날 테니 가미쿠라로 이어지는 도로를 개선해달라는 요청을 넣었고, 곧 수락될 추세라고 들었다.

공사 구간을 지나자 마리아가 말했다.

"용케 이런 길 끝에 총본부를 세웠네요. 페리파리 강림 기념일이라는 10월 1일은 엄청나대요. 전국에서 신자가 모여드니까, 이 길에 전세 버스가 줄을 이어서 교통이 마비되는 거죠. 동네 사람들이 제일 피해를 보는 게 그거라네요."

오다가 물었다. "10월 1일이라면 불꽃놀이를 하는 날이지?"

"불꽃놀이라고 하면 신자들이 아니라고 정정할 거예요. 단순히 축제에 흥을 돋우는 쇼가 아니니까요. 그건 하늘을 향해 쏘아 올리는 진지한 메시지래요. 희천제(希天祭)라고 부른댔나? '멀리 계신 고귀한 분들께. 우리는 여기에 있습니다. 다시 모습을 드러내주십시오. 길을 인도해주십시오.' 그런 기원을 담아 쏘아 올리는 거예요. 스미다 강 불꽃놀이처럼 1만 발을 펑펑."

"흐음, 종교행사야? PL교단* 같네."

---

* 'Perfect Liberty'의 약자로 오사카에 본부가 있는 신흥 종교.

나는 반사적으로 끼어들었다.

"상당히 달라요."

오사카 남부, 돈다바야시 시에 있는 퍼펙트 리버티 교단 본부에서는 매년 교조의 기일인 8월 1일에 세계 최대로 일컬어지는 불꽃 축제를 개최한다. 그것을 보러 오는 사람들의 차로 인근 도로는 꽉 차고, 전철역도 러시아워 이상으로 붐빈다. 비용이 얼마나 드는지는 모르지만 그 대형 이벤트에서 처음 등장하는 꽃불도 많으니 기술 혁신에도 기여하고 있을 것이다. 어째서 종교단체에서 그런 쇼를 하는가 하면, 정확한 인용은 어렵지만 초대 교조가 "내가 죽어도 슬퍼할 필요 없다. 가르침이 온 세상에 퍼져나가는 것을 기뻐하며 꽃불로 축하해다오"라는 유언을 남겼기 때문이라고 한다.

"유난히 빠삭한데, 아리스. 옳거니, 너 PL학원 야구부에서 공이라도 주운 거 아냐?"

"그렇게 자랑스러운 경력은 없습니다. 이 정도는 오사카에서는 상식이라고요. 아, 정식으로는 불꽃축제가 아니라 '교조제 PL 불꽃 예술'이라고 불러요. 취업 시험 면접 문제로 나오지는 않겠지만, 교양으로 알아두시라고요."

오다가 중얼거렸다.

"커다란 종교단체는 주머니가 두둑하구나. 인류협회의 '성'도 대단하잖아. PL교단은 그렇다 치고 인류협회는 신자 수에 비해 자금 사정이 너무 좋아. 역시 거품경제 영향일까?"

"맞아요." 마리아가 단호하게 말했다. "인류협회의 경우, 유복한 신자가 많은 건 사실이래요. 그런 사람들이 거품경제로 번 돈을 인심 좋게 펑펑 퍼붓는 거죠. 왜 그러는지는 모르겠어요. 텔레비전에서 어느 사회학자가 분석하던데. 인류협회의 뉴에이지 사상은 딱히 드문 현상이 아니지만, 우주 저편과 교신하려는 호방한 허세가 거품경제로 성공한 사람들의 마음을 끈다나 뭐라나. 돈을 쉽게 벌면 보석 대신 종교를 좋아하게 되는 걸까요? 인류협회는 현세의 이익을 내세우지는 않는데, 자기 힘으로 부를 쌓은 사람은 그 점을 좋아한다는 설도 있나봐요. 궁상스럽지 않은 게 좋다는 거죠."

"하나도 설명이 안 되는데." 오다가 웃었다.

"인류협회 로고는 일장기를 패러디한 것처럼 하얀 바탕에 지구를 나타내는 푸른 원. 그게 또 헤이세이* 버블, '저팬 애즈 넘버원'을 상징한다는 설도 있어요. 언젠가 일본이 세계의 선두에 선다는 예견으로 받아들이는 사람도 있다고 하고."

"그런 말에 속는 외국 신자들이 불쌍하다."

결국은, 유행이다. 인류협회는 지금 유행하는 말로 일종의 트렌드다. 우아한 유흥을 하나도 모르는 졸부에게 헌금은 속물 정신을 충족시키는 세련된 낭비인 것이다. 허울 좋은 노사카 기미코가 대표로 취임한 이후로 그 경향은 더욱 강해지는

*1989년 이후 현재까지 사용되고 있는 일본의 연호.

것 같았다. 우주와의 교신인지 페리파리 님의 강림인지 모르겠지만, 마치 기미코를 향한 축의금처럼 돈다발이 날아들 것이다.

"거품경제의 부산물인가. 이상한 단체로군." 오다가 한숨을 쉬었다. "역시…… 동양 철학, 서양 철학 다 섭렵한 문학부 8학년 에가미 선배가 그런 종교에 빠질 것 같지는 않네."

모치즈키가 룸미러 속 운전사에게 인류협회 대표의 사진을 들이밀었다.

"그러니까 노사카 기미코를 보라니까. 우주의 초월적 존재를 숭배할 마음은 없어도 이 얼굴과 자태에 무릎을 꿇고 싶어졌을지도 모르잖아. ……그만두자. 차 안 분위기가 무거워졌네. 마리아가 질투에 사로잡혀 화내고 있어."

"화 안 났어요"라고 대답하는 뒷모습이 화를 내고 있었다. 솔직하기는.

7

자동차가 흔들릴 때마다 스윙을 타는 붉은 세미롱 헤어를 보면서 나는 생각했다.

마리아는 에가미 선배가 다른 여성에게 끌린다는 게 불쾌한 걸까? 정말 질투하는 걸까? 만약 내가 에가미 선배 같은 상황이었다면, 지금과 똑같은 반응을 보일까? 아까까지 느꼈던 막

52

연한 불안은 뒤로 물러나고 다른 종류의 번거로운 감정이 고개를 들었다.

사흘 전, 5월 15일 화요일.

월요일부터 캠퍼스에 모습을 드러내지 않은 에가미 선배가 마음에 걸려 예비 열쇠를 숨겨두는 장소도 알겠다, 니시진에 있는 하숙집을 찾아가보았더니 가미쿠라에 갔다는 사실을 암시하는 흔적이 있었다. UFO를 탄 구세주가 찾아온다고 믿는 수상한 교단의 성지다. 늘 지갑이 얄팍한 에가미 선배가 호기심에 찾아가기에는 너무 멀다. 남에게 말 못 할 사정이 있을 것 같았다. 그냥 내버려둬도 언젠가 돌아오겠지. 그렇게 생각하려고 했는데, 참을 수가 없어서 상황을 살피러 가고 싶다고 말했다.

취업 준비로 정신없을 4학년 선배 둘은 시간적 여유가 없을 테니 혼자 갈 생각이었다. 다만 마리아는 내게 동의해줄지도 모른다고 생각했다. 마리아도 에가미 선배가 돌아오기를 잠자코 기다리지는 못할 거라고 생각했던 것이다. 만약 그렇다면 마리아와 둘이서 여행을 간다. 그것도 즐거울 것 같았는데…….

내가 봐도 참 이상한 발상이다. 더 많은 관심을 가져주길 바라면서, 다른 남자를 염려하는 마리아의 마음을 이용하다니 이런 모순이 없다.

어쨌거나 일단 큰 방향은 잡았다. 차로만 갈 수 있는 곳인데,

운전면허를 딴 지 얼마 되지 않은 나는 렌터카와 함께 계곡 밑으로 떨어질지도 모른다. 정기 버스가 기소 후쿠시마에서 매일 아침저녁 한 대씩 다닌다고 하니 혼자 가든 마리아와 함께 가든 그 버스를 타는 수밖에 없었다.

"나도 갈 거야."

마리아의 대답을 들었을 때는 기뻤지만, 모치즈키와 오다가 같이 가자고 했을 때는 깜짝 놀랐다. 중요한 시기니 다시 생각해보는 게 어때요? 우르르 몰려가면 에가미 선배에게 오히려 폐를 끼칠지도 몰라요. 조금 특이한 곳이기는 하지만 도깨비 소굴도 아닌데, 저하고 마리아만 가도 충분해요. 다 함께 갔다가 에가미 선배하고 엇갈리면 큰일이잖아요. 실례지만, 돈은 있어요? 저는 생각보다 수월하게 면허를 따서 군자금도 남아 있고, 마리아도 넉넉한 집 아가씨라 문제없는데. 그렇게 두 사람의 마음을 돌려놓을 온갖 재료가 머릿속에 떠올랐지만 실제로 입 밖에 낸 말은 "아, 그래요? 든든해서 마음이 놓이네요"였다.

"앗!"

마리아가 소리를 지르더니 몸을 숙여 차창 너머로 하늘을 올려다보았다.

"모치 선배, 카메라! 시가형 물체가 날고 있어요! 굉장해! 저렇게 크구나. 믿을 수 없어."

"UFO야?!"

모치즈키는 무릎 위에 놓아두었던 주간지를 밀쳐내고 가방을 뒤지기 시작했다. 어느새 또 집어넣어버렸던 것이다. 중요한 순간에 약한 사람이다. 허둥지둥 카메라를 찾아낸 모치즈키는 내게 자리를 바꿔달라고 했다. 달리는 차 안에서 어떻게 자리를 바꾼단 말인가? 애가 타서 호들갑을 떠는 카메라맨에게 조수석에서 한마디.

"믿었어요?"

"설마." 모치즈키는 어안이 벙벙한 표정이다. "질투하네, 화났네, 해서 복수한 거야? 우와, 깜빡 속아버렸어. 어른을 놀리면 못써, 꼬마 아가씨."

마리아는 굳이 안전띠까지 풀고 뒤를 돌아보았다. 좌석 등받이를 두 손으로 잡고 고개를 꾸벅 숙였다.

"당황했어요? 죄송해요. 하지만 예행연습이 됐잖아요. 진짜 UFO를 보면 끝에 꼭 덧붙일게요." 마이크를 쥐는 시늉을 한다. "'이것은 훈련이 아니다. 반복한다. 이것은 훈련이 아니다.'"

저 들뜬 모습이라니, 역시 예사롭지 않다. 목적지에 다가갈수록 부풀어 오르는 불안을 잊고 싶은 건지도 모른다. 오다가 안전띠를 매라고 타일렀다.

"또 흔들릴 거야. 거의 다 왔어."

"야마타이 국*에 들어가는 건가." 모치즈키가 이상한 소리를 했다.

---

*2~3세기 무렵 고대 일본에 있었다고 전해지는 나라로, 무녀(巫女)로서 종교적 권위를 지니고 있던 히미코 여왕이 즉위하여 통치했던 20여 개의 소국가 연합.

"가마쿠라가 왜 야마타이 국이에요? 산속의 미래 도시겠죠."
나는 반박했다.

"눈치 없기는. 《위지왜인전》에서 인용하자면 거기는 '여왕이
다스리는 곳'. 히미코 님 아닌 기미코 님이 계신 왕국, 아니지,
'여왕국'이잖아."

"꺄악, 어른의 개그다!"

마리아는 완전히 들떠 있었다. 모치즈키도 그에 못지않았
다.

"평범한 어른에서 탈피할 때가 왔다. 초월적 존재로부터 계
시를 받아, 나는 영적으로 진화할 것이다. 컴온, 페리파리. 앗,
저게 우주로 이어지는 미래 도시구나!"

삼나무 숲이 끝나고, 두 개의 탑이 솟아 있는 '성'이 보였다.

제2장

입국

1

　동서고금을 통틀어 도착 장면에서 시작하는 이야기는 많다. 독자를 작품 세계라는 낯선 곳으로 이끌기에 효과적인 수법이리라. 에드거 앨런 포의 〈어셔 가의 몰락〉 서두는 몇 번을 읽어도 짜릿하다. 그 주인공처럼 암울하게 깔린 구름 밑에서 온종일 말을 몰아 달려온 것은 아니지만, 범상치 않은 '성'이 있는 땅에 도착한 나는 마치 이야기 속에 끌려들어간 듯한 기분이었다.

　음악이 들렸다. 교회 음악을 흉내 낸 뉴에이지 스타일의 전자음악으로, 무척 감미로웠다. 마침 5시였으니 협회 본부에서 시간을 알리려고 내보내는 걸지도 모른다. 꽤 운치 있네. 귀를 기울이자 음악은 곧 그쳤다.

　회천제 때는 버스가 길게 줄을 설 듯한 주차장을 지나 마침내 '도시'로 들어갔다. 구불구불 꺾인 길이 한참 이어졌다.

　"예상 이상이네."

아리스의 말에 동감한다. 생각보다 더 기묘한 곳이었다.

그 광경을 더 잘 관찰하려고 오다는 걸음걸이에 가까운 속도로 차를 몰아 '도시'로 들어갔다. 우리는 쉴 새 없이 두리번거렸다.

먼저 산속에 용케 이만한 평지가 있다는 사실에 놀랐다. 아니, 물론 기복이 상당해서 비탈에 있는 집도 많으니 실제로는 대단한 면적이 아닐지도 모르지만, 상상했던 것보다는 훨씬 넓었다. 고원이라고 해도 되겠다. 전체가 매끈한 타원형을 띤 인공적인 구조로 보건대 대규모 공사를 한 것 같았다.

항간에 떠도는 미래 도시라는 표현은 절반은 과장이고, 절반은 사실이었다. '도시' 입구인 남쪽에는 눈바람을 견뎌왔을 낡은 가옥이 눈에 띄었지만 중심부와 동서쪽 가장자리에 서 있는 것은 다른 곳에서는 구경도 못 해본 건축물이었다. 전부 선명한 푸른색 슬레이트 지붕으로, 외벽은 하얀 페인트칠이 되어 있었다. 지붕 경사가 가파른 이유는 겨울철에 눈이 많이 내리기 때문이리라. 꽤나 맵시가 있다. 똑같은 디자인으로 통일되어 있어 차분해 보이는가 하면, 꼭 그렇지는 않았다. 오히려 모델하우스처럼 새침한 분위기였다. 아직 생활감이 정착되지 않아서 그런 걸지도 모른다. 가옥들은 신자가 거주하는 집 같았다. '도시' 곳곳에 우뚝 선 네 개의 협회 시설은 외관이 파격적이었다. 하나는 솔방울, 하나는 엎어놓은 나팔, 하나는 엿처럼 녹아내린 트로피, 또 하나는 만들다 만 거대 로봇처럼 생겼다. 하나같이 기발한 모양이라 통일감이 전혀 없었다. 그런데 외부 마감재로 똑같은 메탈시트를 써서, 은색 갑옷이 태양 빛을 반사하고 있었다.

알고 있었다. 잡지 사진을 본 적도 있고, 텔레비전에서 보도해준 적도 있었으니까. 그래도 현지에 직접 와보니 정말 있었구나 싶어 새삼 깜짝 놀랐다. 영상으로 봤을 때는 저 건물들이 들쭉날쭉 엉망인데도 기묘한 조화를 이루고 있다는 것을 알 수 없었다.

"마치 구마이 지카우 건축전 같아."

모치즈키가 쉴 새 없이 셔터를 눌러대기에 친절한 마음으로 말렸다. 이런 곳에서 흥분하다가는 필름이 아무리 많아도 모자란다. UFO를 목격할 기회는 없다고 해도 '도시' 곳곳에서 기념 촬영을 하려면 필름을 아껴둬야 한다.

인류협회가 이곳 '도시'의 전체 디자인을 맡긴 건축가가 바로 구마이 지카우였다. 일본을 대표하는 젊은 건축가 중 한 명으로, 세계적으로도 알려진 귀재였다. 씀씀이가 후한 의뢰인을 만난 구마이는 마음껏 솜씨를 발휘해 이 미래 도시를 창조했다. 기괴한 성격으로도 유명한 그는 자기가 상상한 그림이 현실에서 형태를 갖추자 "이곳이야말로 지구의 중심이다!"라고 외치고 인류협회에 들어가버렸다. 그리고 리베이트라도 주듯이 설계비에서 1억 엔을 기부금으로 내놓았다고 한다. 호사스러운 이야기다.

"마리아 말이 맞아." 오다가 그렇게 말하며 방향지시등을 켰다. "감탄하기에는 아직 일러. 저 모퉁이를 돌면 아마 메인스트리트가 나올걸."

그대로 서행해 오른쪽으로 꺾자 길 폭이 20미터 이상 넓어지더니 시야가 탁 트였다. 우리 말고 다른 차량은 한 대도 없어 한산했다. 통행인도 거의 없었지만, 누가 봐도 분명 메인스트리트였다. 길은 북쪽으로 똑바로 뻗어 '성'으로 이어졌다. 탄성을 억누를 수 없었다.

"아직 참아요. 모치 선배, 성급하게 이런 데서 찍으면 안 돼요. 더 가까이 가서 제대로 찍으라니까요."

내가 끈질기게 잔소리하자 모치즈키는 카메라를 무릎 위에

도로 내려놓았다.

야트막한 대지에 우뚝 선 '성', 총본부도 구마이 지카우가 설계했다. 예비지식 없이 보면 마치 현대 예술 갤러리처럼 보일지도 모른다. 남색 본관은 편평하게 좌우로 뻗어 있고, 뒤쪽에선 여섯 개의 기둥이 크기가 다른 세 개의 원반을 떠받치고 있었다. 허공에 떠 있는 원반들은 크기도 높이도 다 달라서 좌우 대칭이 깨져 있었다. 기둥이 본관을 꿰뚫고 있는 것처럼 보이는 대담한 설계다. 그것뿐이라면 흔한 미래 이미지에 그치겠지만, 이채로운 것은 양쪽에 솟아 있는 백색 탑이었다. 높이는 40미터쯤 될까? 건물과 이루고 있는 놀라운 조화가 실로 스마트했다. 꼭대기는 오벨리스크처럼 뾰족했고, 그 밑에는 실내 공간이 있는 것 같았다. 작은 창문이 있고, 회랑이 바깥을 감싸고 있다. 보는 이를 압도하는 장엄함은 없지만 종교 건물답게 초연한 분위기를 띠고 있었다. '성' 앞은 원형 광장으로, 작은 바티칸이라 부를 만했다.

"보세요." 나는 손가락으로 가리켰다. "우리가 묵을 여관 간판이 있네요. 저기."

화살표를 따라 오른쪽으로 꺾자 바로 보였다. 예상했던 대로 낡아빠진 2층짜리 여관이었다. 유리문에 적힌 '아마노가와 여관'이라는 글자는 색이 바래 잘 보이지도 않았다. 거품경제와는 아무 인연 없는 숙소다.

"좋아, 도착했다. 일단 짐을 풀까? 우리 목소리를 듣고 에가미 선배가 불쑥 튀어나올지도 모르지. 깜짝 놀라게 해줘야지."

오다가 활기차게 말했지만 불안해진 나는 나약한 목소리로 묻고 말았다.

"에가미 선배가 정말 여기에 있을까요? 아리스가 전화했을 때도 그런 손님은 없다고 했다면서요."

여관의 응대는 쌀쌀맞았다고 한다. 그것만으로 에가미 선배가 가미쿠라에 오지 않았다고 판단하는 것은 섣부른 짓이다. 설마 노숙을 하지야 않겠지만, 다른 곳에서 신세를 지고 있을지도 모르고, 사정이 있어 가명을 썼을 가능성도 있다.

"만약 엉뚱한 착각으로 헛수고 한 거라면 어쩔 수 없지. 성지를 견학하고 돌아가면 그만이야." 차가 멈췄다. "내리자. '입국' 해야지."

2

주차장에는 방금 가이다 고원 산장에서 보았던 오토바이가 있었다. 그 UFO 마니아도 이곳에 묵는 모양이다. 상대방은 우리를 동지로 착각하고 있을지도 모른다.

안에 들어가보니 그리 초라하지는 않았다. 기둥이나 바닥은 낡았지만 청소 상태도 깔끔하고 조명도 밝았다. 대형 텔레비전과 응접세트가 있는 휴게실도 쾌적해 보였다. 쇼케이스에는 소박하지만 기념품도 전시되어 있었다. 나중에 자세히 봐야지. 이런 곳은 흔히 벽에 현지의 사계절 풍경 사진이 걸려 있는 법이다. 우리가 묵을 아마노가와 여관에는 계절마다 찍은 UFO 사진이 전시되어 있었다. 푸른 하늘에 떠 있는 참깨 같은 얼룩과 밤하늘을 가르는 빛이 대부분이었지만.

군이 부르기 전에 덧옷을 걸쳐 입은 숙소 주인이 나왔다. 도수 높아 보이는 안경을 쓴 상고머리 아저씨로, 첫인상은 험상궂었다.

"예약한 모치즈키……."

카메라를 목에 건 선배가 말을 끝내기도 전에 주인은 "예예" 하고 성급하게 끄덕거렸다. 뭘 먹고 있는 것도 아닌 듯한데 계속 입을 오물거리고 있다. 혹시 소인가? 인상이 무뚝뚝했지만 현관에 나와 있는 네 켤레의 슬리퍼를 보건대 우리를 신경 써주는 것 같기도 했다.

"방은 두 개 예약하셨지요?"

남자 셋 여자 하나, 인원을 확인하고 2층으로. 계단이 삐걱거렸다. 2층 복도도 원래 그렇게 만든 것처럼 꾀꼬리 울음소리를 냈지만 그것 말고는 구석구석 손질이 잘 되어 있는 여관이었다. 복도 북쪽의 커다란 창문으로 '성'이 보였다.

"이 방하고, 이 방을. 그럼 이걸."

모치즈키가 태그가 달린 열쇠 두 개를 받았다. 우리가 쓸 방은 안쪽 객실 두 개였다. 안쪽이라고 해도 그 앞에 짧은 계단이 있고 복도가 오른쪽으로 꺾여 있는 것으로 보아 증축한 부분이

여왕국의 성1

있는 것 같았다. 모퉁이 방이 다다미 두 장쯤 더 넓어서 그 방을 우리가 쓰기로 했다. 일단 두 무리로 갈라졌다.

천장에 빗물이 샌 낡은 흔적이 있었다. 탁한 황토색 벽지가 다소 음습했지만 그럭저럭 괜찮은 방이다. 지갑이 늘 얄팍한 우리에게는 이 정도가 딱 알맞다. 창가의 등나무 의자에 앉아 한숨을 쉬었다. 여관에 도착하면 늘 하는 습관이다. 온타케 산을 바라보는 방일 텐데, 앞쪽의 다른 산에 가려 보이지 않았다.

"아이구야, 멀긴 머네." 오다가 양쪽 어깨를 주무르고 있었다. "산길 운전은 피곤해. 오토바이로 달리면 재미있을 길이었는데."

모치즈키는 장지문과 문을 낱낱이 열어보며 어디에 뭐가 있는지 확인하고 있다. 저마다 개성이 나오는 법이다. "화장실이 있네" 하고 기뻐했다.

"그야 당연히 있어야지." 오다가 하품을 했다. "멀쩡한 여관이네. 꽤 장사가 되나봐. 성지를 찾아오는 신자는 물론이고 UFO 마니아나 건축과 학생들도 묵지 않을까? 제법 최근에 증축한 것 같던데. 계단 너머로 보였던 복도, 새것 같았잖아."

"큰 행사가 있을 때는 어떻게 하지? 이 여관 수용인원은 뻔할 텐데. 다들 당일치기로 오나?"

나의 혼잣말에 모치즈키가 대답했다.

"'도시'에 도장 같은 게 있다니까 거기서 뒤엉켜서 잘 수는 있겠지. 보안 문제 때문에 '성안'에는 손님방이 몇 개 없어. 그걸로는 부족하니까 빈 땅에 커다란 호텔을 떡하니 지을 계획을 세웠다던데. 완전히 자기들 마음대로야. 아, 이 유카타 짧은데. 정강이가 보이잖아."

"보안이라니, 무슨 뜻이에요?"

"안전성 말이야."

맥이 빠진다. "그건 알아요. 어째서 안전성이 문제가 되는지 묻는 거라고요. 신자들 틈에 껴서 협회에 비판적인 사람이 숨어드는 걸 막으려는 걸까요?"

"댓츠 라이트. 바로 그거야. 아리스, 사전 조사가 부족한 거 아니야? 난 인류협회는 좀 오타쿠 같아서 그렇지 무해한 종교집단이라고 생각하지만, 적도 있거든."

"입회에 반대하는 가족이나 경쟁하는 종교단체 말인가요?"

"가족과의 마찰은 큰 문제가 아니야. 무책임한 일부 언론이 문제를 날조하려들기는 하지만 그런 건 보통 '딸이 연예기획사하고 멋대로 계약을 해버려서 걱정스럽다' 이런 수준이야. 아니면 '가업을 이어받을 아들이 음악가가 되겠다고 길거리에서 노래를 부르기 시작했다' 이런 거나."

썩 적절한 비유 같지는 않은데.

"판단력이 부족한 어린애를 끌어들이는 건 아니니, 가족들이 그냥 자기 욕심 때문에 반발하는 경우도 많은 모양이야. 어느 시대나 세상에는 수상쩍은 사이비 종교단체가 창궐하니 그럴 수도 있지만, 인류협회는 지금까지 반사회적인 행동을 저지른 적은 없어. 출가해서 가족과 인연을 끊으라고 강요한 적도 없고. 기부는 어디까지나 자율의사야. 뭐, 어느 정도는 물고 늘어지겠지만. 라이벌 종교단체도 적은 아니야. 원래 종교라는 건 버글버글 들끓어서 늘 대립하잖아. UFO나 외계인을 숭배하는 종파만 해도 얼마나 많은데."

"그럼 뭐가 적이라는 거예요?"

"협회 내부에 대립이 있어. 자세한 사정은 모르지만 온건파와 강경파 같은 것 아닐까?"

"강경파라니 뭐가 어떻게 강경하다는 거예요? 좀 더 강제적으로 전도하자, 이런 건가요?"

"포교 방법에 대해서도 의견은 갈리겠지만, 그게 아니야. 강경파라는 표현 때문에 오해했나. 지극히 대충 말하자면 언젠가 우주 저편에서 초월적 존재가 찾아온다고 믿고 매일 보다 선하게 살자, 그런 느긋한 신앙을 가진 게 온건파고 주류파야. 목가적이지? 그에 비해 그런 미적지근한 신앙으로는 박력이 부족하다……고 생각한 건지는 모르겠지만 위기의식을 가진 일파가 나타났어. 몇 년 동안 UFO도 찾아왔고, 외계인과 마주친 사례도 수없이 많아. 그렇다면 내방자는 이미 지구에 정착한 게 아닐까? 그런데 세상이 이렇게 혼미하기 그지없는 이유는 그게 신성하고 선한 초월적 존재가 아니라 사악한 내방자이기 때문 아니겠느냐, 그런 거지."

"조사 많이 해왔네." 오다가 감탄했다. "사악한 내방자라니,

요컨대 악한 외계인이란 말이야?"

"그래. 세상이 여전히 비참한 이유는 그들이 재앙의 씨를 뿌리고 있기 때문이야. 그렇다면 입을 벌리고 하늘에서 단물이 떨어지기만 기다릴 게 아니라, 사악한 내방자를 처치해야 한다는 소리까지 하고 있대."

"상당히 만화 같은 전개네요."

"그런 고루한 표현은 만화에 실례야, 아리스. 원래 협회에는 꿈 많은 UFO 오타쿠가 잔뜩 있으니 그런 망상에 사로잡히는 사람이 나올 만도 하지. 이상한 소리지만, 사악한 내방자가 이미 지구에 정착해 세상을 어지럽히고 있다고 생각하는 게 재밌지 않아?"

나는 고개를 끄덕였다. 오다가 "동감, 동감"이라고 말했다. 노사카 기미코 대표, 진지하지 못해서 죄송합니다.

"그렇지? 수상한 낭만이 있어 설레잖아, 그렇게 나와야지, 하고 적극적으로 나서는 신자도 있을 거야. 태평한 주류파는 그걸 아예 부정하지. 그런 사실이 있으면 페리파리가 알려줬을 텐데, 그 후에도 경고는 없었으니 그것은 사실이 아니다. 미신은 버려라, 이거지. 하지만 비주류파는 받아들이지 않아. 이단파라고 부를까? 사악한 내방자가 내려왔느니 아니라느니 논쟁이 벌어질 판국이야. 심지어는 '우리의 통찰이 옳다. 그들에게 마인드컨트롤을 당하고 있어 사악한 내방자의 존재를 부정하는 것 아니냐'고 의심하는 이단자들까지 나왔어. 외부에서 보면 컵 속의 폭풍이고 어리석은 노릇이지만, 당사자들은 진지하기 짝이 없어. 참다못해 탈퇴한 간부도 있어."

간부들까지 다투고 있나? 만화…… 아니 희극 같다.

"협회가 그 문제로 분열할 가능성도 있나요?"

"그 정도는 아니야. 이단파는 한 줌의 낭만주의자들인 모양이니."

"'사악한 내방자를 처치해야 한다'고 그랬죠? 구체적으로 뭘 한다는 건가요? 대체 사악한 외계인을 무슨 수로 찾아낸다는 거죠?"

"그 발견이 바로 중요한 과제야. 이단파는 밤하늘에 염원을 보내거나 기도를 할 시간이 있으면 당장 사악한 외계인을 찾아낼 방법을 연구하라고 주장하고 있어. 어떻게 연구하냐고? 대충 상상이 가잖아. 밤하늘에 염원을 보내 텔레파시가 감응하기를 기다리지 않을까?"

그게 무슨 연구야.

"내 생각에는." 오다가 실실 웃으며 말했다. "외계인은 거울에 비치지 않아. 그리고 새끼손가락이 구부러지지 않는다는 특징이 있지."

"들어갈게요."

마리아의 목소리가 들리더니 문이 열렸다. 새끼손가락을 꼿꼿이 세우고 있는 오다를 보더니.

"어머, 노부나가 선배, 사랑타령이에요?"

"절대 아니야." 본인이 대답했다.

"그럼 무슨 얘기를 하고 있었어요? 모치 선배의 열변이 벽 너머로 다 들리던데."

벽이 얇은가보다.

모치즈키가 여차저차 요령 있게 설명했다. 마리아는 실눈을 뜨고 귀를 기울였다.

"협회 내부에 파란이 있다는 말이군요. 그게 보안하고 무슨 상관이에요? 설마 이단파 사람들이 '성'을 습격하지는 않을 텐데."

나와 똑같은 질문을 한다.

"설마 그럴 리는 없겠지만, 협회도 예민한 상태겠지. 수상한 인물이 '성'에 들어올까봐 눈에 불을 켜고 있어. 출입하는 사람들은 간부라도 예외 없이 공항에 버금가는 신체검사를 받는데. 이단파의 난입만 저지하려고 경계하는 게 아니야. 사실 2년 전 '성'이 생겼을 때부터 보안은 엄중했대. 그 까닭은……
사악한 존재의 침입을 막기 위해서."

"뭐야, 결국 이단파하고 마찬가지로 '악한 외계인이 무서워서' 그런 거야?"

오다가 비웃자 모치즈키는 신자도 아니면서 옹호하고 나섰다.

"그들에게는 사악한 외계인이 지구에 잠입할 가능성도 상정해둬야 할 문제야. 비록 확실한 증거나 징후는 없더라도 신중해질 수밖에 없지. 어쨌거나 전 인류의 미래를 두 어깨에 짊어지고 있으니까. 그런 이유로 많은 신자들을 '성'에 들이기가 여의치 않으니 성 밖에 숙박 시설을 세우려고 하는 거야."

이제야 이야기가 일단락되었다.

"모치 선배는 모르는 게 없네요." 마리아의 말에 모치즈키가 거들먹거렸다.

"그렇게 존경의 눈빛으로 바라보지 않아도 돼."

마리아가 풀썩 쓰러지는 시늉을 했다. 간사이 생활도 3년째에 접어드니 태가 난다.

"아직 궁금한 게 있는데요." 내가 손을 들었다. "이단파는 사악한 내방자를 분간해내는 방법을 연구한다고 했죠? 찾아내서 처치해야 한다고 했는데, 어떻게 처치한다는 거예요?"

"몰라. 모조리 감옥에 처넣는 것 아닐까? 그러다 외계인 전용 앨커트래즈 섬을 만들지도 모르겠네."

마리아가 시계를 흘끔거렸다. 시간은 5시 반을 지나고 있었다.

3

"느긋하게 굴다간 날이 저물겠어요. 슬슬 에가미 선배를 찾으러 가요."

"갈까? 바로 나갈 수 있는데, 뭐라도 한 벌 걸치는 게 낫겠다."

오다가 얇은 스웨터를 가방에서 꺼내는데 노크 소리가 났다. 기모노를 입은 오동통한 여성이 "실례합니다" 하고 들어왔다. 안주인이 뒤늦게 다과를 가져다준 것이다.

"죄송합니다. 남편이 눈치가 없어서 늦게 내왔네요. 드세요." 여주인이 차를 끓이며 말했다. "여기에 대표분 성함과 주소 좀 적어주시겠어요?"

씩씩하게 출격하려 했는데 그만 김이 새버렸다. 아니, 꼭 그렇지만도 않다. 나는 예약 전화를 걸었던 사람인데요, 하고 말한 뒤 물었다.

"전화로도 여쭤봤었는데 에가미라는 사람을 찾고 있습니다. 여기에 묵지 않았나요? 20대 후반이고 머리카락을 어깨까지 기른……."

"여기 오른쪽 끝에 있는 사람이에요."

마리아는 손가방에서 미리 준비해두었던 사진을 꺼냈다. 학생회관 라운지에서 찍은 스냅사진이다. 안주인은 언뜻 보더니 바로 반응했다.

"아아. 저희 여관에 묵지는 않았지만 본 적은 있어요."

낚싯줄을 던졌더니 바로 입질이 왔다. 역시 부장은 가미쿠라에 왔던 것이다. 우리는 입을 모아 물었다. "언제 보셨어요?" "어디서?" 안주인은 우리 네 사람의 얼굴을 똑같이 바라보면서 대답했다. "사흘 전 화요일이었어요."

딱 요맘때쯤, 버스로 오는 예약 손님이 있어 안주인은 '도시' 변두리 정류장까지 마중을 갔다. 버스에서 내린 것은 일부러 하와이에서 찾아왔다는 부부 동반 예약 손님 말고도 낯익은 신자가 두 명, 그리고 숄더백을 멘 장발의 청년, 에가미 선배였다. 뭐 하는 사람일까, 의아하게 여기고 있는데 상대가 먼저 담배에 불을 붙이면서 "여관 분이십니까?" 하고 물었다고 한다. 부부 손님과 나눈 대화로 눈치챈 것이다. "예약은 하지 않았는데, 오늘 밤 묵을 방이 있을까요?" 하고 묻기에 "예"라고 대답했더니 "어쩌면 신세를 지게 될지도 모르겠습니다"라는 말을 남기고 '성' 쪽으로 걸어갔다고 한다.

"총본부에 숙박하는 신자이거니 했어요."

"'성' 쪽으로 걸어갔다고 모두 거기서 묵는 건 아니지 않나요?"

마리아가 물었다. 안주인은 모치즈키가 쓴 숙박객 명부를 흘깃 보고 말했다.

"여러분은 교토에서 오셨나 보군요. 교토라, 좋죠. 물론 밖에서 '성'을 보려고 찾아갔을 수도 있어요. 하지만 거기에 묵지 않는다면 저희 여관으로 오는 수밖에 없어요. 가미쿠라에서 장사하는 여관은 여기뿐이니까요. 그때는 이미 돌아가는 버스도 끊겼고요. 아니면 누가 차로 바래다줘서 돌아갔으려나?"

그 말을 듣고 마리아의 얼굴이 어두워졌다. 하지만 낙담하기에는 이르다. 에가미 선배는 사정이 있어 '성'에 묵고 있을지도 모르니까. 마리아는 질문을 거듭했다.

"'성', ……총본부는 신자가 아닌 사람이 갑자기 찾아가도 재워주나요? 경비가 굉장히 삼엄하다고 들었는데요."

"원하면 묵지 못할 것도 없지만, 종교시설이니 갑갑하기만 하죠. 손님 맞을 준비도 안 되어 있는 곳이고. 맞아요, 경비는 삼엄하답니다. 비밀스러운 냄새가 나니, 그게 좋은 것 아니겠어요?"

"실례지만 인류협회 신자는 아니십니까?"

오다는 그 점이 궁금했던 모양이다.

"저요? 예, 아니에요. 저희 집안은 조상 대대로 정토진종* 신자거든요. 니시혼간지(西本願寺) 절요. 외계인이나 UFO를 믿지는 않지만 협회분들께는 진심으로 감사드리고 있어요. 이 마을은 협회 없이는 살아가지 못해요. 도시로 떠난 젊은이들이 돌아올 정도예요. 협회 덕분에 저희도 손님이 제법 많이 늘었답니다. 너무 늘어서 신자가 천 명이나 묵을 수 있는 시설을 지을 계획까지 세웠다던데요. 저희야 그런 건 안 생기는 게 고맙지만요."

말투가 쾌활한 게, 빈정거리는 기색이 없다.

"매년 10월 1일 희천제 때는 말도 못 하니까, 커다란 시설을 세우려는 협회 입장도 이해해요. 이런 산속에 버스가 200대씩 몰려와서 북새통을 이루니까요. 게다가 해마다 요란해지고 있어요. 버스가 그렇게 몰려들면 좁은 도로가 꽉 막히지 않

*일본 불교의 한 종파.

느냐고요? 그렇죠, 그래서 보통 전날 밤중에 온답니다. 경찰하고 의논한 결과 그렇게 되었대요. 그 전에는 사고 한 번 없이 잘 끝났는데, 빨리 도로를 확장해주지 않으면 글쎄요. 그래서 그리 많은 사람들이 묵을 곳은 없다 보니 도장에서 자는 사람이나 신자들 집에 묵는 사람들 말고는 축제가 끝나면 타고 왔던 버스로 바로 돌아간답니다. 거의 동틀 녘에야 마지막 버스가 가미쿠라를 떠나니, 차 안에서 이틀을 자는 셈이라 체력 없는 분들에게는 고행이죠. 협회에서는 그 문제를 해소하고 싶은 거예요. 그럴 만도 하지요. 게다가 협회에서 호텔을 짓더라도 신자 전용 시설이라면 저희 장사에도 문제는 없어요. 요즘은 일반 손님들도 많이 오시거든요. 그런데 여러분은 무슨 일로 오셨나요? 그냥 사람만 찾으려고요?"

우리가 어째서 에가미라는 사람을 찾는지 캐묻지는 않았다.

"관광도 하고 사람도 찾고, 겸사겸사지요." 오다가 태연히 대답했다. "가미쿠라에 관심이 있어서요. 또 이것저것 여쭤봐도 되겠습니까?"

"예, 물론이지요. 식사 후에도 괜찮아요. 저는 슬슬 버스로 오시는 손님을 마중하러 가야겠어요. 어머나. 중요한 말씀을 안 드릴 뻔했네. 수다만 실컷 떨고, 주책이네요. 저녁 식사는 아래층 식당에 준비해놓겠습니다. 계단 옆으로 들어오시면 바로 식당이에요. 7시쯤이면 될까요? 알겠습니다. 비상구는 굳이 설명드릴 게 못 되는데, 올라오셨던 계단으로 내려가면 됩니다. 그럼, 편히 쉬세요."

안주인이 나가자마자 모치즈키가 팔짱을 끼고 끙끙댔다.

"으음, 에가미 선배는 역시 '성'에 갔구나. 그렇다면……."

마리아가 발을 쿵 굴렀다. 어울리지 않게 행동이 사납다.

"모치 선배, 우리 너무 말만 많은 것 아니에요? 입으로만 떠들지 말고 '성'에 가봐요. 에가미 선배가 바로 코앞에 있다고요. 빨리요."

맞는 말이다. 만나면 그간의 사정도 들을 수 있을 것이다. 듣고 보면 별것 아닐지도 모른다. 빨리 걱정을 덜고 싶다.

"좋아, '가마쿠라 성'으로 돌진!"

오다의 호령에 맞춰 우리는 여관을 나섰다. 계산대에 있던 상고머리 아저씨에게 "잘 다녀와요"라는 배웅을 받으며.

4

하늘에는 저녁노을이 막 드리우려는 참이었다.

집들의 그림자가 길게 드리웠고, 우리 그림자도 쭉 뻗어 있다. 메인스트리트로 나가보니 오가는 사람들이 제법 있었다. 협회의 푸른 의상도 섞여 있었지만 '도시'의 신자가 모두 그 옷을 입는 것은 아니다. 저 복장은 근무할 때 입는 유니폼인 것이리라. 마주친 사람들은 모두 미소를 머금고 대화하고 있었다.

마침내 인류협회 총본부에. 옆으로 나란히 서서 에가미 선배가 사흘 전에 지났던 길을 걸었다. 한 걸음 뗄 때마다 크게 다가오는 '성'. 그것은 협회의 가르침을 진지하게 받아들일 수 없는 내게도 역시 매력적이었다. 물론 그런 건 세련된 건축에 대한 찬양일 뿐이지만, 믿는 자들에게는 참으로 거룩한 곳이리라.

'성'은 지상에서는 편평한 원형으로 보이지만 실제로는 부메랑처럼 생긴 건물이라고 한다. 도심 속이었다면 고층빌딩 틈바구니에 파묻혔겠지만 이곳에서는 주위를 압도하며 위풍당당하게 솟아 있었다. 아이들도 이해하기 쉬운 SF 같은 디자인이지만 신전, 궁전의 품격도 지니고 있다. 철탑 같은 기둥이 받치고 있는 허공의 원반 밑에 일렁이는 빛은 그 아래쪽에 받아 놓은 물에 햇빛이 반사되어 생기는 현상 같았다. 이렇게 건축에 동적인 이미지를 가미하는 것도 구마이 지카우의 특징적인 수법이었다. 좌우에 솟은 쌍둥이 첨탑은 아래쪽이 본관과 연결된 것처럼 보였다. 높이로 보건대 탑 내부에 엘리베이터가 있을 것이다.

원형 광장에는 스카이블루색의 장식 벽돌이 동심원 모양으로 깔려 있고, 그 중심에 지름 10미터 가량 되는 공백이 있었다. 그곳만 하얀 타일을 깔아놓은 것이다. "저게 무슨 뜻인지 알아?" 모치즈키가 우리에게 물었다.

"저들은 여기에 내방자의 UFO가 내려설 날을 손꼽아 기다리고 있는 거야. 한가운데만 하얀 원형 광장은 하늘에서 보면

과녁처럼 보이겠지? 봐, 주변에 서치라이트가 있잖아. 야간비
행으로 올 경우 저걸로 유도하려는 거겠지. 이런 면적으로 착
륙 공간이 나오느냐고? 내가 그걸 어찌 알겠냐. 분명 친절한
내방자께서 적당한 크기의 UFO를 골라서 타고 오시겠지. 세
계 각지의 목격 정보에 따르면 에일리언은 각종 우주선을 가지
고 있다니까. 물론 협회에서도 진심으로 중력마저도 제어하는
고도의 기술이 집약된 비행체를 서치라이트로 유도하겠다고
생각하는 건 아니야. 저건 어디까지나 우리는 내방자의 강림
을 기원하고 있다는 메시지인 거지. 참고로 고딕 양식은 아니
지만, 수직으로 뻗은 두 개의 첨탑은 천계를 향한 상승 의지를
나타내고 있어."

　모치즈키는 마리아의 눈을 보며 강연을 마무리했다.

　광장에서 '성'까지는 오르막이라 계단과 슬로프가 설치되어
있었다. 한 단 오를 때마다 '성'이 시야를 가득 채워 가슴이 설
레었다. 끝까지 올라가자 높이가 5미터는 됨직한 철책이 좌우
로 굽이굽이 뻗어 있었다. 울타리 안쪽에는 촘촘한 그물까지
쳐놓았으니 꼼꼼하기 그지없다. 큰 행사 때만 여는지 중후한
'성문'은 굳게 닫혀 있었다. 그 옆에 따로 작은 문이 달려 있고,
튜브처럼 생긴 통로가 '성'의 입구로 이어져 있었다. 이상한 구
조지만 신흥 종교의 총본부니까 그리 신기한 일은 아닐지도 모
른다.

　튜브 옆 초소에는 푸른 유니폼을 입은 문지기가 있었다. 나

이는 우리와 비슷해 보였지만 근육질의 우람한 남자로, 눈썹이 굵고 다소 치켜 올라갔다. 가슴에 달린 이름표에 '丸尾拳(환미권)'이라고 적혀 있는데, 설마 자기가 다니는 복싱장 이름은 아니겠지. 한자 밑에 'MARUO Ken'이라고 영문이 함께 적혀 있었다.

"실례합니다. 이 안에는 들어갈 수 없나요? 괜찮다면 견학 좀 하고 싶은데요."

오다가 매끄럽게 묻자 상대는 "회원이십니까?"라고 물었다. 그들은 신자라는 표현을 쓰지 않는다. 대표라는 호칭도 그렇고 이름표도 그렇고, 경박한 느낌은 부정할 수 없지만 조직의 보편성과 개방성을 강조하고 싶은 것이다. 확실히 기업 연구소를 겸한 듯한 느낌도 난다.

"아닙니다, 회원은 아닌데, UFO나 인류협회에 관심이 있어서요. 그런 사람은 안 찾아오나요?"

"오시기는 하는데, 이 건물에는 견학할 만한 곳이 없습니다. 다들 밖에서 사진을 찍는 게 전부지요. 저쪽 자료관에 가면 아마 원하는 것을 볼 수 있을 겁니다."

마루오는 '도시' 중심부 기준으로 북동쪽에 솟아 있는 얼기설기한 건물을 가리켰다. 만들다 만 거대 로봇은 자료관이었던 것이다.

"아쉽게도 6시에 문을 닫는 곳이라, 지금 가도 전시물을 전부 볼 수는 없을 겁니다. 비디오도 상영하는데 그것도 아마 이미 끝났을 겁니다. 그래도 괜찮다면 서두르십시오."

대응이 정중하다. 그는 계속 안내해주었다.

"저쪽 보물관에는 지구 밖에서 날아온 유물이 전시되어 있습니다. 그걸 보려고 찾아오는 분들도 꽤 계십니다."

솔방울 안에도 신기한 게 있을 것 같지만, 지금 당장 볼 필요는 없다. 오다는 단도직입적으로 찾아온 이유를 밝혔다.

"에가미 지로라는 사람이 여기에 묵고 있다고 들었습니다. 그 사람을 만나러 왔습니다. 어, 그러니까 어떻게 하면 좋을까요? 라운지 같은 곳에서 면회할 수 있다면 불러주실 수 없을까요?"

"흠, 에가미 지로 님이라고요? 그분은 회원이 아닙니까? 일반 숙박 손님이군요. 잠시 기다리십시오."

마루오는 초소로 돌아가 전화를 걸었다. 그 모습이 커다란 유리창 너머로 보였다. 본부에 문의하면 금방 알 수 있을 줄 알았는데, 좀처럼 수화기를 내려놓지 않는다. 또다시 불길한 예감이 들었다.

길게만 느껴졌지만 기껏해야 3분 남짓이었을까? 마루오가 돌아와 "죄송합니다만" 하고 입을 열었다.

"에가미 님은 어제부터 100시간 명상에 들어가 지금은 어느 분과도 만날 수 없습니다. 양해 부탁드립니다."

역시나. 그렇게 생각할 근거는 없었지만 뭔가 장애가 눈앞을 가로막겠지, 하는 생각이 들었던 것이다. 명상 중이라는 이유는 놀라웠지만.

"그, 그건 어떤 의식입니까?" 모치즈키가 안경을 고쳐 쓰며 물었다. "100시간이라면 꼬박 나흘하고도 네 시간이잖아요? 그동안 어디에 틀어박혀서 명상을?"

"예. 홀로 명상용 방에 들어가 성찰을 위해 정신을 정화하는 겁니다. 수상한 의식은 아닙니다. 식사나 수면은 자유로이 취할 수 있으니, 다른 위험도 없거니와 몸에 부담도 없습니다. 바쁜 일상을 보내는 분들에게는 정양에 가깝지요. 가만히 앉아서 내면의 자신을 바라보고, 우주와의 연결을 느끼는 겁니다."

"수상하잖아." 오다가 내게만 들리는 목소리로 중얼거렸다.

"명상 중에는 연락할 방법이 없는 겁니까? 하다못해 저희가 왔다는 소식이라도 전해주세요."

마리아가 부탁하자 마루오는 유감스럽기 짝이 없다는 듯 고개를 저었다. 태도는 신사적이지만 타협의 여지는 없다.

"에가미 님 본인의 뜻이라, 그럴 수가 없습니다. 100시간 명상은 잠시도 중단해서는 안 됩니다. 박정하게 규정만 내세우기 죄송하지만 이것만큼은……. 가벼운 마음으로 불렀다가는 저희가 무슨 소리를 들을지 모릅니다. 이해해주십시오."

마리아를 찾아 시코쿠 예술가 마을에 갔을 때도 우리는 문앞에서 쫓겨났다. 그때와 똑같다. 그때는 상대방의 오해로 문전박대를 당했지만, 지금 상황은 어떤가? 마루오의 설명은 일리가 있어, 전부 사실일 가능성도 있었다.

모치즈키와 오다는 나와 마찬가지로 망설이는 듯했다. 마리
아만 뺨이 불그스름하니 흥분한 기색이었다. 마루오더러 들으
란 듯이 우리에게 말했다.

"좀 이상해요. 100시간 명상이라니, 들어본 적도 없고 에가
미 선배답지도 않아요. 믿을 수 없어요."

"아니." 모치즈키가 머리를 긁적였다. "그런 의식이 있기는
해. 인류협회 팸플릿에도 실려 있어. '회원이 아닌 분도 편히
체험해보십시오. 새로운 활력을 얻을 수 있습니다'라고 적혀
있었어. 그래, 참가비는 12만 엔."

마루오가 고개를 끄덕였다.

"12만 엔!" 마리아는 모치즈키의 두 어깨를 붙잡고 뒤흔들
기세로 험악하게 따졌다. "모치 선배, 이상하잖아요! 혼자서
명상하는 거라면 자기 방에서도 할 수 있는데. 에가미 선배가
그러겠다고 12만 엔이나 되는 거금을 낼 것 같아요? 내고 자시
고, 그만한 경제적 여유가 없다는 걸 알잖아요. 명상이라니, 말
도 안 돼요!"

"마리아 말이 맞아요." 내가 가세했다. "대선배님께 실례되
는 말일지도 모르지만 여기까지 오는 교통비도 만만치 않았을
거예요. 그런데 참가비만 12만 엔이라니, 엄청난 비용이잖아
요. 아니, 유익한 경험은 되겠지만." 이건 마루오의 귀를 의식
한 말이다. "에가미 선배가 할 행동이 아니죠."

"나도 그렇게 생각해."

오다가 복잡한 표정으로 말했을 때, 푸른 옷의 남자가 끼어들었다.

"여러분, 혹시 에이토 대학 학생입니까?"

"어떻게 알았죠?" 마리아가 경계하는 기색을 보였지만 그리 대단한 일은 아니다. 내가 '선배'라고 말한 것을 마루오가 잽싸게 주워들은 것이다.

"접수 때 에가미 님은 에이토 대학 문학부 철학과 학생이라고 들었습니다. 이번 명상은 신흥 종교를 주제로 쓸 졸업논문에 참고할 목적이라고 했습니다. 젊은 분께 12만 엔은 큰돈이겠지만 소중한 연구를 위해 큰마음 먹고 참가하셨겠지요. 별로 이상한 일은 아닌 것 같습니다만."

우리는 나란히 할 말을 잃었다. 마루오의 설명에는 적당한 현실성이 있다. 에가미 선배와 졸업논문을 연결 짓지 못한 것은 실수였다. 8학년인 그 선배는 올해 반드시 졸업해야만 한다. 졸업논문 주제가 신흥 종교라니 영 이상하지만, 그렇다면 무슨 내용을 다루면 받아들이겠느냐고 묻는다면, 짐작도 못하겠다. 수업을 거의 듣지 않은 에가미 선배의 연구 분야가 무엇인지조차 모르는 것이다.

"신흥 종교를 주제로 졸업논문을 쓰려고……. 그래서 몰래 떠났단 말이야?"

오다는 당혹스러운 눈치였다. 마리아는 여전히 회의적이었다.

"그 점이 부자연스럽잖아요. 우리한테 숨길 필요가 어디 있어요? 그런 이유로 잠시 멀리 좀 다녀오마, 하고 말하는 게 뭐가 부끄럽다고. 돌아온 다음에 실은 이런 사정이 있었어, 하고 이야깃거리로 삼으려고 몰래 갔을 리도 없잖아요."

우리는 그렇게 친밀하게 어울리는 사이는 아니지만 소규모 서클만의 가족적인 유대감이 있었다. 에가미 선배가 아니더라도 누군가 일주일이나 자리를 비우게 되면 당연히 그 이유를 알린다. 맞는 말이라 점점 더 혼란스러웠다. 에가미 선배에게 진상을 따져 묻고 싶지만 그럴 수가 없어 답답했다.

"어쨌거나 에가미 님은 면회할 수 없습니다. 어제 오후 3시부터 명상에 들어갔으니 이제 27시간쯤 지났습니다. 나오실 때까지 앞으로 73시간 남았군요. 기다리시던지, 다시 찾아오시는 방법밖에 없습니다. 일부러 교토에서 찾아오셨는데 죄송합니다."

"급한 사정이에요."

마리아가 도끼눈을 떴다. 여기서 선의의 거짓말을 발휘할 셈인가?

"어머님께서 위독하다는 소식을 받았어요. 꼭 알려야만 해요."

마루오는 노골적으로 의심스럽다는 표정을 지었다. 그런 긴급한 연락 사항이라면 가장 먼저 말해야지, 거짓말이 서툴군요, 하는 얼굴로 쓴웃음을 짓고 있다. 그걸 눈치챈 마리아가

"정말이에요"라고 덧붙였지만, 사족이 따로 없다.

"여러분은 느긋하게 산책이라도 하는 걸음걸이로 찾아오셨잖습니까? 선배 어머님이 위독하다는 소식을 전하러 온 분들처럼 보이지는 않던데요. 처음 질문은 '이 안에는 들어갈 수 없나요?'였고 'UFO나 인류협회에 관심이 있어서요'라고 말씀하셨잖습니까. 솔직하고 착한 분들이군요."

조롱하는 말투는 아니었다. 진심으로 칭찬하는 투였다. 마리아가 끈질기게 매달리려는 찰나, 튜브 안쪽에서 발소리가 다가왔다. 뒤를 돌아본 마루오가 허리를 꼿꼿이 폈다.

"문제라도?"

그렇게 말하며 우리 앞에 나타난 것은, 장신의 여성이었다.

5

내가 조금 더 속물적인 남자고, 때와 장소를 가리지도 않고, 휘파람을 잘 불었다면 바로 지금 불었을 것이다. 표정이 희박한 얼굴에 진홍색 립스틱. 서늘하면서도 고운 눈매. 어깨에 굽이쳐 떨어지는 풍성한 머리카락. 빼어난 비율에 놀랍도록 아름다운 자세. 화려한 분위기 때문에 패션모델이 등장한 줄 알았는데, 의상은 마루오와 똑같았다. 가슴께가 다소 갑갑해 보이는 점이 다를 뿐. 이름표에는 '유라 히로코'라고 적혀 있었다.

"명상 중인 손님을 찾아온 분이 계시다고 들었는데, 이분들인가?"

협회 안에서 그녀의 지위가 더 높다는 것은 마루오의 태도로 알 수 있었다. 유라는 팔짱을 낀 채로 마루오가 심각한 표정으로 보고하는 경위를 듣고 있었다.

"그렇군. 타이밍이 나빴네, 안타깝게도." 유라가 팔짱을 풀고 말했다. "마루오가 설명한 것처럼 지금 당장은 연락할 수 없습니다. 저희는 에가미 님의 명상을 책임져야 하는 입장이니, 이해해주세요."

눈에 힘이 있다. 이거 안 되겠다. 나는 눈짓으로 마리아를 부추겼다. 이런 여성을 마주하면 남자들은 대부분 움츠러들어 힘을 못 쓴다. 특히나 우리처럼 순수한 남자들은. 그래서 출동 신호를 보냈다. 마리아는 알았다는 듯이 쏘아붙였다.

"실례인 줄 알지만 말씀드릴게요. 인류협회는 신자의 가족과 약간 분쟁이 있지요? 아무리 경찰이 수색해도 먼지 하나 나오지 않을 만큼 성실한 종교단체고, 수상한 구석은 눈곱만큼도 없는 곳이라 해도 외부에서 보면 역시 실태를 알기가 어려워요. UFO를 타고 찾아오는 외계인을 기다린다는 신앙도 엉뚱하기 짝이 없으니 그쪽 말씀을 곧이곧대로 믿기는 어렵군요. 저희 심정도 헤아려주세요. ……죄송합니다."

"사과할 필요 없어요. 그렇게 솔직히 말씀해주시니 오히려 기분이 좋네요. 저희 신앙은 앞으로 더 확산될 예정이니 아직은 미심쩍게 보아도 어쩔 수 없지요."

유라가 살며시 벌린 입술에 집게손가락을 갖다 댔다. 이런 여성이 종교단체에 있다니 반칙이다. 사람의 마음을 홀리지 않나.

"그럼 이렇게 하지요. 회원의 수행은 아니니 필담은 가능합니다. 에가미 님께 전하고 싶은 말을 종이에 적어주세요. 그걸 저녁 식사와 함께 명상실에 전하겠습니다. 그러면 어떻겠습니까?"

어머니가 위독하다는 소식을 전하러 왔다면 그렇게 느긋하게 굴 때가 아니지만, 거짓말이라는 건 이미 들켰다. 이쯤에서 타협해야겠지. 유라가 정말 메시지를 전해줄 것인지 의심스럽기는 했지만.

"그렇게 할까?"

오다가 양해를 구하듯 묻자 마리아는 태연히 조건을 붙였다. 에가미 선배의 답장을 받아달라고.

"알겠습니다. 그렇게 전하기는 하겠지만, 반드시 답장을 받을 수 있다는 보장은 없습니다. 그 점만은 알고 계세요."

"말로 전해주셔도 돼요, 한마디만이라도 괜찮아요. 부탁드립니다."

마리아는 꾸벅 고개를 숙이더니 수첩을 꺼내 재빨리 써내려갔다. 내용은 이러했다.

'갑자기 사라져서 걱정되어 만나러 왔어요. 불편하다면 사과할게요. 아마노가와 여관에 묵고 있어요. 가능하면 연락 주세요. 에가미 선배가 이 메시지를 읽었다는 걸 확인하고 싶으니 답장을 보내주시겠어요? 협회분에게 전언으로 부탁해도 상관없어요. 우리만 알 수 있는 내용으로.'

말미에 우리 네 사람의 이름을 나란히 써넣었다. '우리만 알 수 있는 내용으로' 답장을 요구한 게 핵심인가? 다만 이래서야 전달해줄 협회 사람을 믿지 못하겠다고 말하는 꼴이나 마찬가지다. 그래서 유라가 "봉투에 넣어드리지요"라고 말했을 때는 마음이 놓였다. 상대의 심리를 헤아리는 데 뛰어나고 머리 회전이 빠른 사람이다.

"봉투를 가져오겠습니다." 마루오가 초소로 돌아간 틈에 마리아가 냉큼 '이 편지는 봉투에 넣어 전달할게요'라고 덧붙였다. 이 또한 현명한 판단이다.

봉투를 찾는 마루오의 모습을 보며 유라를 밀어젖히고 강행 돌파하면 어떨까 싶었다. 예술가 마을에서 쫓겨났을 때는 에가미 선배를 필두로 야습을 꾀했는데, 여기서는 시도해볼 가치도 없어 보였다. 넷이서 한꺼번에 냅다 달리면, 두 사람 정도는 어찌어찌 튜브를 지나 성까지 갈 수 있다 해도 성안에 들어가자마자 신자들에게 붙잡힐 게 눈에 뻔히 보였다. 무엇보다 아직은 그렇게까지 비상식적인 행동을 할 필요가 없었다.

"인류협회 가미쿠라 총본부 총무국 유라 히로코라고 합니다. 불쾌한 대응으로 마음 상하지 않으셨기를 바랍니다."

그런 일은 없었다고 확실하게 대답했다. 그렇지 않으면 나중에 마루오가 호된 질책을 받을 것 같았다.

"다행이군요. 여러분은 아마노가와 여관에 묵으시나요?"

"그렇습니다."

유라 히로코의 질문에 모치즈키가 대답했다. 미녀가 똑바로 바라보니 시선을 어디에다 두어야 할지 어쩔 줄 모르는 기색이다. 자기 시선에 상대를 위압하는 힘이 있다는 사실을 본인이 잘 알고 있는 것이다. 어지간히 둔감하지 않고서야 당연히 자각하겠지.

"그럼 걸어서 5분 거리군요. 명상 중인 손님은 7시에 저녁 식사를 합니다. 그때 답장을 받아올 테니 나중에 다시 오세요."

마루오가 돌아오자 유라는 마리아가 건넨 메시지를 봉투에 넣어 봉함했다. 이 정도면 문제없다.

"같은 과 후배인가요?"

봉투를 재킷 안주머니에 넣으며 묻기에 마리아가 사실 그대로 대답했다. 추리소설연구회가 어떤 서클인지 이해가 안 가는지 의아한 표정을 짓기에 모치즈키가 설명을 덧붙였다.

"추리소설 애호가들의 모임입니다. 읽은 책에 대한 감상을 주고받으며 친목을 도모하는 서클이지요."

활동이 그뿐이냐고 묻고 싶은 눈치였다. 회원의 창작물이나 평론을 실은 회지를 만들 예정이지만 이런저런 사정으로 아직 실현하지는 못했다.

"에가미 씨는 나이가 훨씬 많을 텐데요. 하지만 대학원생은 아닌가보군요."

이번에는 오다가 대답했다. 이 또한 이런저런 사정으로 스무 살에 대학에 들어와 유급을 네 번 되풀이했다는 설명을. 그러자 어지간히 한가한지, 아니면 에가미 선배에게 개인적인 관심이 있는 건지, 어째서 그렇게 계속 유급을 했는지 캐물었다. '에가미 님'이라고 부르던 호칭도 어느새 '에가미 씨'로 바뀌었다.

"사적인 이유예요."

마리아가 잘라 말하자 유라는 "그런가요" 하고 온화한 미소를 지었다.

"선배가 이상한 종교에 빠진 건 아닌지 걱정이 되어 여기까지 오셨겠지요. 제가 이런 말을 하면 이상하겠지만, 훈훈하군요. 저희 인류협회는 그렇게 아름다운 우애가 지구상에 충만하기를 매일 기원한답니다. 참고 삼아 여쭤보고 싶은데, 에가미 씨는 언제부터 인류협회에 관심을 보이셨습니까?"

우연이겠지만 나를 보며 묻기에 칠칠치 못하게 마른침을 꼴깍 삼키고 대답했다.

"그런 기색은 전혀 못 느꼈습니다. 그래서 여기서 명상을 하고 있다니 굉장히 뜻밖이었습니다."

"UFO에 관심은?"

"없습니다. 있다면 놀랄 거예요."

"다른 신앙은 갖고 계신가요?"

"그런 것도 없습니다. 철학과라 사상적으로 종교에 관심은 있겠지만, 특정 종교를 믿었던 것 같지는 않습니다. 은둔 그리스도인*처럼 벽장 속에 제단을 숨겨뒀을 리도 없고."

유라가 피식 웃었다.

"재미있는 표현이군요. 여러분은 내방자가 타고 올 UFO를 믿으십니까? 저는 신경 쓰지 말고 솔직히 대답해주세요."

내방자란 즉 외계인이다. 미지의 자연 현상이나, 모 대국이 개발한 비밀병기로서의 UFO라면 있을 수도 있지만, 외계인은 뜬금없다. 대뜸 "안 믿어요"라고 대답한 것은 마리아였다. 남자들도 차례로 부정적인 대답을 했다. 유라 히로코는 표정 하나 바꾸지 않고 고개를 작게 끄덕였다.

"추리소설에 나오는 탐정이란 미스터리어스한 사건을 세상의 이해 속으로 돌려놓는 영웅이니까요. 여러분이 UFO의 존재를 믿는다면 그편이 이상할지도 모르겠군요. 에가미 씨는 다른 단체에도 소속되어 있나요?"

"아니요, 다른 건." 마리아가 그렇게 대답하고 거꾸로 물었다. "어째서 그런 걸 여쭤보시는 건가요? 질문의 의도를 잘 모르겠는데요."

"의도라니요, 그런 거창한 이유는 없습니다. 어떤 손님들이 명상을 하러 오는지 조금 조사를 해보고 싶었던 것뿐이에요.

---

*일본 에도 막부 시대 도쿠가와 이에야스의 기독교 탄압 이후 비밀리에 신앙을 지켜간 신자들.

그럼 실례하겠습니다. 7시에 다시 오세요."

유라는 뒤꿈치를 축으로 자연스럽게 몸을 돌리더니 성큼성큼 걸어갔다. 걸음걸이도 당당하고 아름답다. 마루오가 차렷 자세로 그 뒷모습을 배웅했다.

"일단은 여기서 물러날까?"

우리는 광장 쪽으로 걸음을 돌린 오다의 뒤를 졸졸 따라갔다. 중앙까지 가서 뒤로 돌아 '성'을 올려다보았다. 저 건물 어딘가에 에가미 선배가 있다. 마루오나 유라의 말이 정말 사실이라면, 어떤 방에서, 어떤 모습으로 명상을 하고 있는 걸까? 저 창일까? 이쪽 창일까? 아무리 둘러보아도 사람 그림자는 보이지 않았다. 날도 서서히 저물어, 쌍둥이 탑의 매직미러가 눈부시게 빛나고 있었다.

"한 시간 남았네. 일단 여관으로 돌아갈까요? 아니면 '도시'를 둘러볼까요?"

"그러게." 모치즈키의 짧은 대답을 끝으로 모두 입을 다물고 말았다. 방금 전 입구에서의 응수를 되새기고 있는 것이다. 들쭉날쭉한 네 개의 그림자가 동쪽으로 길게 뻗어 있다. 두 번째로 작은 그림자가 입을 열었다.

"7시가 되면 답이 나오지 않겠어? 만약 에가미 선배에게서 아무 대답이 없다면, 난 문제 상황으로 간주하겠어."

가장 큰 그림자가 고개를 끄덕였다.

"나도. 하지만 그럴 경우 어쩌면 좋지? 저 높은 울타리를 뛰어넘어 침입하거나…… 경찰에 신고하거나……. 아니, 경찰은 안 되겠지. 이 정도 일로 움직여줄 리도 없고."

가장 작은 그림자가 머리카락을 쓸어 올렸다.

"숨어들기는 거의 불가능해요. 창처럼 뾰족한 저 울타리를 뛰어넘는 것도 위험하고, 분명 보안 시스템이 작동할 거예요. 이렇게 보니 '성'이라기보다 '요새' 같네요."

"그 정도로 견고한 감옥은 아니라 해도 기사라 마을처럼 어설프진 않을 것 같아."

내 말에 마리아가 고개를 끄덕거렸다.

"그때도 '어떻게 숨어들까' 하고 이렇게 머리를 맞댔던 거구나. 내가 마을에서 그림 모델이나 하고 있었을 때."

"노을도 안 졌는데 분위기 잡지 마." 오다는 팔꿈치로 파트너를 쿡쿡 찔렀다. "에가미 선배 대신 작전 좀 세워봐."

그러자 모치즈키는 엉뚱한 방향을 가리켰다. 세단 한 대가 우리 쪽으로 다가오고 있었다. 은색 차체에 찍힌 하얀 바탕에 파란 동그라미 로고. 인류협회 소유다. 광장으로 들어온 자동차는 오른쪽으로 꺾어 '성' 동쪽 끝으로 달려갔다.

"뒷문이 있을지도 몰라. 그쪽도 미리 확인해두자. 경비가 허술하면 땡 잡는 거고."

"그러네. 날이 저물기 전에 살펴보자. 그 전에, 카메라."

"뭘 찍으려고?"

"기념사진 찍어야지, 여기서. 전투가 시작되면 그럴 겨를 없을 테니까."

모치즈키가 먼저 카메라맨 역할을 맡았다. 이어서 내가 카메라를 받아 두 번째 사진을 찍으려는데, 모치즈키는 몸을 숙이고 손바닥을 뒤집더니, "'성'이 손바닥 위에 있는 것처럼 보여?" 하고 묻질 않나, 오다는 가운뎃손가락을 세우고 카메라를 노려보질 않나, 사이에 낀 마리아도 덩달아 눈을 까집고 혀를 내밀고 있다. 다들 너무 호전적이잖아? 기가 막힌 마음으로 셔터를 눌렀다.

6

철책을 올려다보며 부메랑 모양의 '성' 오른쪽으로 깊숙이 돌아갔다. 철책 바로 안쪽으로 생울타리가 나란히 이어졌는데 높이가 낮아 눈가림은 되지 못했다. 원예 담당자가 있으니 이 상태를 유지할 수 있는 것이다. 철책 군데군데 덩굴장미가 얽혀 있었다. 평지라면 지금이 한창때일 텐데, 이 고원에서는 아직 봉오리만 맺혀 있었다.

어느 각도에서 보아도 '성'은 박력이 있었다. 빛을 받아 빛나는 세 개의 원반은 하늘로 날아오르려는 것 같기도, 착륙하려는 것 같기도 했다. 사각 기둥의 모퉁이를 살짝 깎아낸 팔각형 탑은 그것만으로도 충분히 아름답고 화려한 건축물이었다. 씀씀이가 후한 의뢰인을 만난 건축가가 이때다 하고 양식의 절충을 즐기며 마음껏 만들어낸 것이다.

"정말 호화롭네. 종교의 세속적인 일면을 본 기분이야." 모치즈키가 투덜거렸다. "민중은 이런 사치에 약하다는 걸 아는 거야. 가톨릭 대성당이 전형적인 예잖아. 하느님을 믿으면 천국에 갈 수 있습니다. 보세요, 우리 신자가 되면 이토록 호화찬란한 천국에."

오다가 "천벌받을 소리를 하는 녀석일세. 여긴 바티칸은 아니지만 미니 종교 도시니 말조심해. 게다가 인류협회는 죽으면 천국에 갈 수 있다는 선전은 하지 않잖아?"

"그건 알아. 협회는 사후 구원이나 현세의 이익에는 관심이 없어. 언젠가 UFO를 탄 초월적 존재가 찾아오기를 기대함으로써 삶에 평안을 찾는 사람들의 모임이야. 뜬구름처럼 판타스틱한 종교도 다 있지. 그러니까 그걸로 만족 못 하고 이단으로 치닫는 신자도 나오는 것 아니겠어?"

산이 가까워지자 막다른 지점에 슬로프가 있었다. 그 위에는 소형 트럭이 출입할 수 있는 뒷문이. 하지만 여기에도 작은 초소가 있고 문설주에는 비디오카메라가 설치되어 있었다. 이런 산속에서 너무 거창하지 않나? 슬로프 밑에서 까치발을 들어보았지만 안쪽 상황은 잘 보이지 않았다.

"경계가 삼엄하네."

"경보기도 달려 있는 것 같아."

모치즈키와 오다가 목소리를 낮추고 쑥덕거렸다.

이윽고 '성' 뒤쪽에 솟은 뒷산과 만나 길이 막혔다. 철책도 거기서 끝났지만 뒷산도 협회 부지인지 가파른 비탈에 철망이 쳐져 있었다. 빈틈은 없어 보이지만 철망 하나뿐이라면 어딘가 구멍이 하나쯤 뚫려 있을 법도 하고, 없으면 만들 수도 있다. 여차하면 멀리 돌아가서 뒷산을 타고 미나모토 요시쓰네의 히요도리고에*처럼 기습 공격을 할 수도 있지 않을까? 그렇게 제안했다가 오다에게 기각당했다.

 "아서라. 잘 봐, 철망 안쪽에도 철조망이 있어. 산에서 내려올 기습에 대비해 굳게 방어해놓은 거지. 빈틈이 없는 적이야."

 "철조망 정도야 니퍼만 있으면……. 하긴, 입으로야 무슨 말을 못 하겠어요."

 어디 돌파구가 없을까? 슬로프 밑에서 오도 가도 못 하고 있자 초소에 있던 남자와 그만 시선이 딱 마주쳤다. 아차, 싶었지만 남자는 미소를 머금고 우리에게 손을 흔들었다. "여, 안녕하십니까?" 하기에 "안녕하세요" 하고 대답했다.

 "회원분들이십니까? 아니라고요? 그럼 견학을 오신 거군요. UFO를 찾으러 오셨습니까?"

 머리는 다소 벗어졌지만 피부가 건강해 연령을 짐작하기 어렵다. 서른 안팎일까. 눈매가 온화한 게, 상점의 작은 나리 같은 인상이다. 이름표에 따르면 '이나코시 소스케' 씨였다. 이나

---

*일본 헤이안 시대 말기에 무장 요시쓰네가 정예기병 70기를 이끌고 절벽을 내려가 적군을 급습하여 승리를 거둔 전투.

코시가 슬로프 중간까지 내려왔다.

"오늘 밤은 분명 별이 아름다울 겁니다. 별똥별 정도는 몇 개 볼 수 있을 거예요. 여러분이 원하시는 UFO를 볼 수 있을지는 장담할 수 없지만요."

"그렇겠지요. 오로라나 신기루 구경보다 훨씬 어려울 테지요. 여기 계시나 본데, 자주 보십니까?"

오다가 UFO 마니아 시늉을 했다.

"예, 이곳은 메카니까요. 정말 장엄한 광경입니다. 크기나 색, 형태, 숫자는 그날그날 다릅니다만."

무심코 웃음을 터뜨릴 뻔했다. 그때그때 다른 걸 보고 착각하니까 그렇게 종류가 다양한 거겠지. 인류협회 사람들이 메카라고 부를 만도 하다.

"저희도 UFO라는 속칭을 일상적으로 쓰고는 있지만 회원들 사이에서는 '하늘의 배' 혹은 그냥 '배'나 '십(ship)'이라고 부르는 경우가 많습니다. 봄 안개가 깔린 새벽녘에 보랏빛으로 물든 능선을 스치고 날아오르는 '배'. 별이 찬란한 여름 밤하늘을 배경으로 기이한 항적을 그리는 '배'. 시리도록 푸른 가을 하늘에 유유히 떠다니는 '배'. 차가운 겨울 새벽에 금성보다 몇 십 배는 밝게 빛나는 '배'. 하나같이 정취가 있답니다."

UFO판 〈마쿠라노소시〉*인가?

---

*일본 헤이안 시대에 고위 궁녀 세이쇼나곤이 집필한 일본 수필문학의 효시. 사계절의 멋을 노래한 구절이 유명하다.

"여러분은 어디서 오셨습니까? 오호라, 교토에서. 모처럼 오셨으니 부디 '배'를 보고 돌아가시면 좋겠네요. 제가 콘택티라면 기도로 부를 수도 있을 텐데, 마음처럼 되지 않는 문제라."

'콘택티'가 무엇인지 설명해주지 않았지만 그 정도는 주워들어 알고 있다. 텔레파시로 외계인과 교신해서 UFO를 자유자재로 부를 수 있는 사람을 뜻한다. 사실 초등학생 때 "형 책을 읽고 UFO를 부르는 방법을 알아냈어"라는 친구를 따라 학교 건물 뒤에서 주문을 읊었던 적이 있다. 하늘을 향해 팔을 뻗으며, 정말 UFO가 날아오면 어쩌나 걱정했었다.

"저……." 마리아가 어깨를 움츠리며 손을 들었다. "뭐 좀 여쭤봐도 될까요? 어째서 뒷문까지 이렇게 경비가 삼엄한 거예요?"

"정면만 삼엄하게 경계하면 소용없으니까요." 맞는 말이다. "저희 조직 스타일이 그렇습니다. 유비무환. 감시 카메라 최고. 비디오 최고. 건물 안에도 빈틈없이 지켜보는 사람들이 있어요. 물론 그건 일종의 기원이지만."

무슨 소리를 하는 건지 모르겠다. 이나코시는 바로 설명을 덧붙였다.

"내방자 페리파리의 출현을 놓치지 않도록, 협회 사람들이 성스러운 동굴 앞 대기실에 모여 있답니다. 그리고 기도를 올리지요."

"성스러운 동굴은 건물 밖에 있는 게 아닌가요?" 내가 물었다.

"성스러운 동굴 자체는 뒷산 동굴이 맞는데, 그 동굴 입구는 건물과 연결 통로로 이어져 있습니다. 그래서 밖에서는 전혀 볼 수 없지요."

"다시 말해 건물이 종유동굴을 에워싸고 있다는 거군요."

"종유동굴이 아니라 용암동굴입니다. 온타케 산 부근이라 검은 용암이 흘러내린 흔적도 있어요. 지금으로부터 12년 전, 그곳에 내방자 페리파리가 강림하셨습니다. 페리파리는 알고 계시겠지요? 협회 창시자, 노사카 미카게 회조께 계시를 내리신 우주의 사자. 인류협회 탄생의 시초지요. 곧 그 동굴이야말로 성지 중의 성지인 셈이라, 성스러운 동굴이라 부릅니다. 페리파리는 '언젠가 다시 이곳으로 돌아오리라'라고 말씀하셨습니다. 저희는 그 말씀을 중대한 약속으로 받아들이고 돌아오시면 당장 맞이할 수 있도록 24시간 체제로 대기하면서 성스러운 동굴에 불을 밝히고 지키는 겁니다."

"아침부터 밤까지, 밤에 잠도 안 자고요?"

당연한 질문을 하고 말았다. 부끄럽다.

"예, 그렇습니다. 비가 오나 눈이 오나 쉬지 않고, 늘 누군가 지킵니다. 물론 연중무휴로. 아직까지 두 번째 강림은 없었지만 자리를 지키고 있노라면 가슴이 설렌답니다. 단조롭고 지루한 역할이라고 생각하시겠지만 천만에요. 기다림의 행복을 곱씹을 수 있는, 설레는 일입니다. 운이 좋으면 제 눈앞에 페리파리가 모습을 드러내실지도 모르니까요. 아아, 그 영광을 누리고 싶습니다."

몸부림이라도 칠 기색이다. 마리아가 그 모습에도 움츠러들지 않고 또 물었다.

"그 말씀을 들으니 저도 성스러운 동굴을 한번 보고 싶네요. 안에 들여보내주실 수는 없나요?"

이나코시는 기쁜 듯 하얀 이를 씩 드러내더니 바로 서글픈 표정을 지었다.

"여러분처럼 차밍한 분들의 부탁이라면 기꺼이 도와드리고 싶지만, 제게는 그걸 허가할 권한이 없습니다. 협회에 정식으로 신청해주십시오. 바로 허가가 나지는 않을 테니 나중에 다시 오셔야겠지만."

"규정대로 신청하면 누구나 볼 수 있는 건가요?"

"특별한 자격이 필요한 건 아닙니다. 회원이 아닌 분도 보실 수 있습니다. 다만 페리파리가 강림하신 성지라는 사실을 빼면 그냥 동굴입니다. 안에 들어갈 수도 없고요."

"여기서 숙박할 수도 있다고 들었는데요. 여기 묵으면 볼 수 있나요?"

"예, 그건⋯⋯. 하지만 지금은 묵을 수 없습니다."

"어째서요?"

"어수선해서요. 그게⋯⋯ 내부 공사도 있고."

말을 점점 얼버무린다. 성스러운 동굴에 관한 금기라도 있나? 그렇다면 자기가 먼저 이야기를 꺼내지는 않았을 텐데. 이상한 일이다.

모치즈키가 단도직입적으로 물었다.

"친구가 이곳 손님으로 명상을 하고 있는데, 어디에 있는지 알 수 있을까요?"

"명상실은 동쪽 탑 꼭대기인데……. 손님이 지금 거길 쓸 리는 없습니다. 친구분은 어떤 분입니까?"

"이나코시 씨!"

귀에 익은 목소리가 날아들었다. 유라 히로코였다. 슬로프 위로 아름다운 얼굴이 나타났다. 이나코시가 천천히 고개를 들었다.

"무슨 일이십니까, 주사님?"

유라 주사가 재빠르게 말했다.

"제사국 회의 전에 조정할 일이 생겼어요. 그 문제로 의논 좀 하고 싶은데 10분 정도 시간 좀 내줄 수 있습니까? 초소 안에서 이야기하죠."

"예, 알겠습니다." 이나코시가 우리를 돌아보며 말했다. "그럼 일이 있어 그만 실례하겠습니다. 궁금한 점이 있으면 홍보 담당에게 물어보시지요."

유라는 우리에게 "그럼 나중에" 하고 목례를 하고는 이나코시와 함께 초소로 들어갔다. 오다가 불쾌하다는 듯이 말했다.

"슬로프 밑도 감시 카메라 범위에 들어가나 보네. 입담 좋은 이나코시 씨가 우리하고 접촉한 걸 보고 말리러 온 거겠지. 하나부터 열까지 비밀투성이로군."

"이나코시 씨가 명상실에 손님은 없다고 했어요." 마리아가 말했다. "유라 씨가 거짓말을 했다는 뜻이죠. 아아, 잽싸게 가 버리는 바람에 추궁을 못 했네."

그렇게 따져봤자 이나코시의 착각이라고 잡아뗐을 것이다. 에가미 선배는 정말 명상실인지 뭔지 하는 곳에 있는 걸까?

나는 동쪽 탑 꼭대기를 올려다보았다. 동화 속 등장인물이 된 기분이다. 고성에 유폐된 공주님을 구하러 찾아온 네 명의 기사라는 설정은 에가미 선배와 마리아가 뒤바뀌지 않으면 좀 그런가?

"정말 '요새' 같네. 아니, '열리지 않는 성'인가? 역시 내 표현력은 뛰어나군."

시시한 소리를 해대는 모치즈키 옆에서 마리아가 불안한 기색으로 말했다.

"뒷산에 동굴. ……기사라 씨 저택하고 똑같아."

유쾌하지 않은 일치다. 반년 전, 마리아는 그곳에서 타살 시체를 발견했다. 끔찍한 기억이 아직 선명할 것이다. 나는 마리아와 시선을 나누며 말했다.

"사람을 찾아왔는데 못 만나게 하는 상황도 비슷하네. 이상한 일은 일어나지 않아야 할 텐데."

"나도 그렇게 생각해. 기도하고 싶을 정도야."

마리아가 갈라진 목소리로 말했다.

7

문득 깨닫고 보니 오다가 없었다. 주위를 둘러보자 조금 떨어진 곳에서 조릿대 수풀을 헤치고 있었다.

"여기 샛길이 있어. 어디로 통하는지 잠깐 가보자. '성'을 굽어볼 수 있는 곳이 나올지도 몰라. 7시까지 아직 30분쯤 남았으니 시간 때우기에도 딱 좋겠어."

"험한 길이면 싫어요. 전 운동화도 안 신었는데."

그렇게 말하면서도 마리아가 먼저 뒤를 따랐고, 모치즈키와 내가 한발 늦게 따라갔다. 입구는 수풀에 가려 눈에 잘 안 띄었지만 생각보다 길은 걷기 편했다. 오다와 마리아가 성큼성큼 걸어갔다.

"모치 선배, 정말 '열리지 않는 성'이라면 큰일인데요. 기사라 마을하고 사정이 완전히 다르잖아요. 불법침입은 불가능해요. 가능하다 해도 다시는 그런 짓 하고 싶지 않고."

"다시는 하고 싶지 않다니, 진심이야? 즐거운 청춘의 한 페이지로 간직해놓은 주제에." ……뭐, 그럴지도 모른다. "괜찮아. 여기가 카프카의 '성'이라도 어떻게든 안에 들어가고 말 테니. 에이토 대학 추리소설연구회, EMC의 사전에 불가능이란 단어는 없다."

"옳소, 옳소!" 오다가 맞장구를 쳤다. 4학년씩이나 되어서 아직도 프랑스어와 중국어 수업을 듣고 있는 선배들이 하는 말이라 설득력이 몹시 부족하다.

구불구불한 샛길은 오른쪽으로 휘어 있어 '성'을 바로 뒤에서 굽어보는 지점이 나올 것 같지는 않았다. 커다란 커브 중간에 왼쪽으로 갈라진 갈림길이 있었다. 그곳을 지나 저물어가는 햇빛이 잎사귀 사이로 눈부시게 쏟아지는 숲속을 지나는 사이 비탈이 완만해지더니 '도시'를 오른쪽으로 굽어보며 남쪽으로 향하게 되었다.

'성'에서 너무 떨어지지 않는 게 좋다고 생각한 순간, 앞장섰던 오다가 걸음을 멈추었다. 돌아가자는 신호를 보낼 줄 알았는데 그대로 우뚝 멈춰 있기에 모치즈키가 물었다.

"왜 그래? 곰이라도 있어? 만약 그렇다면 온몸으로 막아줘. 난 달아나마."

정말 곰이 있다면 경솔할 정도로 목소리가 컸다. 오다의 어깨너머로 앞을 살피던 마리아가 대답했다.

"아이였나봐요. ……여자아이가 있었어요."

"여자아이? 그럼 안 되지, 집에 돌아갈 시간인데. 겨우 아이 갖고 그렇게 놀라지 마."

마리아는 우리 쪽을 돌아보며 말했다. "상대가 우리를 보자마자 달아나서, 무슨 일인가 싶었던 거예요. 우리가 그렇게 수상한 외지인인가?"

"외계인으로 착각한 건 아닐까? 아니면 상대방이 외계인이었을지도."

그렇게 말했더니 쏘아보았다.

"성지에서 이상한 소리 하지 마, 아리스. 묘하게 현실성이 있잖아. 이런 시간, 이런 곳에서, 여자애가 혼자 놀고 있다니 좀……."

몸집으로 보아 초등학교 저학년 같았는데, 나무 그늘 속에서 튀어나와 어둑한 저녁 햇빛을 가르며 달려가버리는 바람에 뒤를 돌아보았을 때도 얼굴은 제대로 보지 못했다고 했다.

"페리파리는 어떻게 생겼어요?"

모치즈키가 잘 알 것 같아 물어보았다. 마리아는 그 질문에도 항의하고 싶은 눈치였다.

"어린 소녀처럼 생기지는 않았던 것 같은데. 소매가 바닥까지 내려오는 하얀 드레스를 입은 중성적인 사람이었다고 해. 아련한 빛에 감싸여 있었고."

"사람이라니, 인간하고 비슷한 모습이라는 뜻이에요?"

"그래. 휴머노이드라고 하나? 어이, 재미없다는 표정으로 봐도 곤란해. 인간하고 똑같은 외모의 우주인이라니 황당무계하다고 우습게 보는 거지? 그야 진부하긴 하지만 내 상상력이 부족해서 그런 게 아니라 노사카 미카게 님이 하신 말씀이니 얌전히 들어."

오다가 이슬을 털어내듯 손을 설레설레 흔들었다.

"그만 돌아서. '성'으로 돌아가자."

이번에는 모치즈키가 앞장서게 되었다. 붉게 물들어가는 서쪽 하늘, 일몰이 가까웠다. '도시'의 저녁 풍경이 아름답다. 걸어가면서 모치즈키가 사진을 한 장 찍었다.

여행으로 칼로리를 소비해서 그런지 배에서 꼬르륵 소리가 났다. 저녁은 7시부터 먹을 수 있다는 여관 안주인의 말을 떠올렸다. 여관에는 조금 더 늦게 돌아가게 되겠지.

"그나저나." 뒤에서 오다가 말했다. "총무국 주사라는 게 얼마나 높은 직함일까? 초소에 있던 마루오라는 사람은 엄청 눈치 보던데."

나와 마리아를 사이에 두고 모치즈키와 오다의 대화가 시작되었다.

"주사라니, 이해가 잘 안 가는 직함이야. 관공서라면 젊은 사무직원에게 붙기도 하지만, 기업에 따라서는 중역급일 때도 있잖아. 인류협회에서는 어떤지 조직도를 보기 전에는 모르겠어. 하지만 높은 자리겠지, 관록이 있었어."

"유라 히로코라는 사람, 이제 겨우 서른 좀 넘어 보이던데. 출세 코스를 타고 있는 거야."

"신자 전도에 큰 공헌을 한 게 아닐까? 어쨌거나…… 그렇지?"

"그렇지. 그건 위험해. 우리 대학 캠퍼스에서 전단지라도 돌리는 날에는 고독한 남학생들이 넋을 잃고 가로등에 날아드는 나방 신세가 될걸. 당장 신입회원이 50~60명은 모일 거야."

"너도 고독한 남자 중 한 명이잖아. 어때, 날아갈 거야?"

"하룻밤만 생각할 시간을 줘. 가족과 친구를 버릴 결심 좀 하게."

"에가미 선배는 사흘 전에 여기에 왔어. 그리고 어제부터 명상에 들어갔으니, 그사이 이틀이 친구를 버리기로 결심하는 데 들인 시간인가?"

"정말. 그딴 소리 그만해요."

마리아였다. '그딴'과 '그만'이 압운을 이루고 있다.

"마리아는 잠자코 있어. 남자들만 아는 이야기야. 그렇지, 아리스?"

"노부나가 선배, 괜히 끌어들이지 말아주실래요? 에가미 선배도 그런 소릴 듣다니 억울할지 몰라요."

"지금쯤 귀를 긁고 있을지도 모르지." 오다는 그런 소리를 하면서도 질리지 않고 말했다. "그 주사가 '여왕'으로 즉위하는 게 신자 모집에 유리할 거야. 모치즈키 선생의 의견은?"

"노사카 기미코보다 유라 히로코. 기미코 님보다 히로코 님이라고? 두 사람을 합치면 히미코가 되네."

"왜 두 사람을 합쳐? 만담 콤비도 아닌데."

"만담 콤비는 모치 선배하고 노부나가 선배라고요."

마리아에게 너무 진지하게 잔소리하면 만담 트리오가 될 거라고 충고해주고 싶었다.

'성' 뒤쪽으로 돌아왔다.

정문으로 돌아가니 초소에 마루오가 있었다. 아직 교대 시간이 아닌가보다. 서로 목례만 나누고 우리는 광장 중앙에서 기다리기로 했다. 기온이 떨어진 탓에 바람이 지나가자 몸이 부르르 떨렸다.

7시 정각.

튜브 안에서 유라 히로코가 나왔다. 오른손에 봉투 같은 것을 들고. 마리아가 종종걸음으로 다가갔다.

"오래 기다리셨습니다. 여러분이 부탁한 메시지는 확실히 에가미 씨에게 전달했습니다. 명상 중에는 침묵을 지켜야 하지만, 귀는 자유로우니까요. 구두로 사정을 설명하고 여러분에게 보낼 답장을 써달라고 했습니다. 이것입니다."

손을 쭉 뻗은 마리아가 헛손질을 했다. 유라가 심술궂게 봉투를 들어 올린 것이다.

"우리한테 쓴 편지잖아요?"

"명상 중인 손님에게 괜한 부탁을 하고 말았습니다. 저희로서는 마지못한 조치였습니다. 여러분이 간곡히 부탁해서 그 규정을……."

"무시하고 저희 부탁을 들어주신 거지요? 예, 감사드려요. 고맙습니다."

마리아가 고개를 깊숙이 숙였다. 그 모습을 본 유라의 손이 천천히 내려온 순간, 마리아는 잽싸게 봉투를 낚아채 속에 든 편지를 꺼냈다. 주사는 화도 내지 않고 쓴웃음을 지었다.

　남자들은 세 방향에서 마리아의 손을 들여다보았다. 구석에 아담스키 타입 UFO의 실루엣이 박힌 인류협회 편지지였다. 볼펜으로 이렇게 적혀 있었다.

　나는 내 뜻으로 여기 머물고 있어.

　사라기 마을 때하고 똑같아.

　걱정을 끼쳐 미안하지만, 사흘 후면 끝나니 교토로 돌아가서 기다려줘.

에가미 지로

　추신

　모치에게. 빌려 간《중국 오렌지 미스터리》빨리 돌려줘.

　일단은 필적 감정이다. 달필이라기에는 지나치게 개성적이지만 물 흐르듯 매끄러운 필체. 에가미 선배의 글씨가 틀림없다.

　"이거야말로 손 글씨의 미학. 에가미 선배 글씨네." 모치즈키도 인정했다. "급히 쓴 것 같지도 않은데……."

　"이상해, 여기."

　마리아가 지적하기도 전에 다들 이미 눈치챘다. 이 편지를 보낸 사람은 '마리아가 기사라 마을로 달아났을 때와 마찬가지로, 나도 자유의사로 여기에 왔으니 걱정할 필요 없다'고 전하고 싶었던 것이리라. 그런데 사라기 마을이라고 적혀 있다.

"뭐 이상한 점이라도 있나요?"

유라의 질문에 함박웃음으로 대답한 것은 마리아였다.

"아뇨, 천만에요. 억지를 부려 정말 죄송했습니다. 사과드릴
게요. 기회가 되면 에가미 선배에게 성과 있는 체험이 되기를
바란다고 전해주세요. 그럼, 실례하겠습니다."

우리는 그 자리에서 떠나는 마리아의 뒤를 쫓아갈 수밖에 없
었다. 마리아는 광장을 지나 메인스트리트까지 와서야 걸음을
멈추고 편지를 펼쳐 얼굴 높이로 치켜들었다.

"이거, SOS 맞죠?"

셋 다 고개를 끄덕였다. 역시나 EMC.

그렇다, 전달자가 눈치채지 못하도록 암호로 쓴 SOS 신호
다. 에가미 선배가 기사라 마을을 사라기 마을이라고 잘못 쓸
리도 없고, 엘러리 퀸 마니아인 모치즈키에게 뒤늦게 《중국 오
렌지 미스터리》를 빌려줬을 리도 없다. 이 두 가지가 암호 해독
의 열쇠다. 《중국 오렌지 미스터리》는 시체의 옷부터 실내 책
장, 추시계, 융단, 액자까지 전부 거꾸로 뒤집힌 살인현장이 나
오는 작품으로, 시종일관 거꾸로 된 모티브가 나온다. 그리고
기사라 마을을 사라기 마을이라고 잘못 썼다는 건······.

"이 편지 내용은 실제 상황과 반대. 즉 '나는 내 뜻으로 여기
머물고 있어'라는 말은 사실이 아닌 거야. 에가미 선배는 본인
의사와 달리 갇혀 있어."

마리아는 그렇게 말한 내 코앞에 집게손가락을 바짝 들이댔다.

"맞아. '걱정을 끼쳐 미안하지만, 사흘 후면 끝나니 교토로 돌아가서 기다려줘'의 반대는 '신변이 위험하니 교토로 돌아가지 말고 구해다오.'"

비약이 심하다.

"글쎄 그건 좀. 문제가 생겨 난처한 정도 아닐까?"

"아리스, 너 참 태평하다. 그 문제에 휘말려서 '성' 밖으로 나갈 수도 없다니, 굉장히 위험한 상태잖아. 게다가 암호가 아니면 편지도 마음대로 못 써. 에가미 선배는 도움을 청하는 거야."

하긴, 그 견해를 부정할 수는 없다.

"하지만 어쩌면 좋지?" 모치즈키가 눈살을 찌푸렸다. "이걸 경찰에 가져가도 표면적인 글만 보면 걱정할 필요 없다고 할 거야. 사라기 마을도 단순히 착각한 거 아니겠느냐고 하면 그만이잖아."

오다가 대꾸했다. "우리끼리 어떻게 해보려고 해도 적의 수비가 삼엄해."

뒤를 돌아보았다가 흠칫 놀랐다. '성' 뒤쪽에 서치라이트가 설치되어 있었던 모양이다. 날이 저물자 불이 들어왔는지, 여러 개의 빛기둥이 하늘을 향해 뻗어 있었다. 마치 우리를 도발하듯이.

제3장
마을의 사건

1

아마노가와 여관 현관에 들어서자마자 안주인이 "식사는 차려놨습니다"라고 말했다. "바로 가겠습니다" 하고 답하고 짐과 겉옷을 내려놓으려고 일단 방으로 돌아갔다.

"아, 깜빡했다." 오다가 혀를 찼다. "이시구로 선배가 맡긴 봉투를 안 가져갔네. 메시지하고 함께 에가미 선배에게 건넸으면 좋았을 텐데."

아니, 그러지 않길 잘했다.

"깜빡한 게 다행이에요. 그런 짓을 했다가는 유리 씨가 압수했을지도 모르니."

"그렇게까지야 하겠어?" 모치즈키가 말했다. "어쩌면 봉투 속에는 에가미 선배가 절실하게 원하는 정보가 들어 있을지도 모르잖아. 감금에서 풀려날 열쇠가 될 만한 단서가. 뜯어볼까?"

"안 돼."

오다는 어디까지나 반대했다. 나도 내키지 않았다. 아무 상
관도 없는 사적인 내용이 나오면 미안해서 에가미 선배를 볼
낯이 없다.

이 문제는 식사 후에 의논하기로 하고, 아래층 식당으로 향
했다. 먼저 와서 테이블 안쪽 자리에 앉은 마리아에게 종업원
이 차를 따라주고 있었다. 이미 저녁 식사를 마친 중년 부부가
"먼저 실례하겠습니다" 하고 자리에서 일어났다. 다른 손님이
두 명 더 있었는데, 그쪽 접시도 거의 비어 있었다. 가이다 로
지에서 만난 오토바이 남자와, 백발의 마른 남자였다. 두 사람
은 식사를 하다가 친해졌는지 담소를 나누고 있었다.

"이 부근은 표고(標高)가 1,300미터나 되니까요. 기온이 후쿠
오카보다 10도는 낮아요. 특히 밤에는 쌀쌀하니 모쪼록 조심
하십시오."

"걱정 마십시오. 밤에 입을 재킷을 가져왔으니까요. 철저하
게 준비했지요. 아이고, 고맙습니다."

맥주를 주거니 받거니, 완전히 의기투합한 눈치였다. 후쿠
오카에서 온 남자는 역시 밤에 활동하는 모양이다. 속 편한 여
행이 부러웠다.

안주인과 종업원이 요리를 척척 내왔다. 허물없는 말투로
보건대 종업원 '아키코 씨'는 친척 같았다. 메뉴는 감자 샐러
드, 민물생선 소금구이, 새우튀김, 수북하게 담은 표고버섯구

이로 야릇한 조합이었지만 다 맛있었다. 표고버섯의 양이 너무 많았지만 마리아는 독버섯과 환각버섯만 아니면 다 좋다고 할 정도로 버섯을 좋아해서 "이렇게나!" 하고 가슴 앞에 손을 모으고 환호했다.

"너무 많았나요? 죄송합니다." 안주인은 착각하고 있다. "표고버섯만 수북하죠. 이거, 저희가 직접 기른 거랍니다."

"그래요? 저흰 운이 좋네요. 그럼 여기 묵는 동안 많이 먹을 수 있겠군요."

"질릴 정도로 나올 거예요. 그렇게 좋아해주시니 바깥양반에게 말해줘야겠네요. 아마 씨익 웃을 거예요, 그 사람."

이곳 주인은 데릴사위였다. 원래 표고버섯 재배로 생계를 꾸려나가고 있었는데 여관 주인이 된 후로도 반쯤 취미로 표고버섯 재배에 열을 올리고 있다나. 요리사도 겸하고 있어 손님에게 그가 자랑하는 표고버섯을 잔뜩 내놓는 것이다.

나이 차 나는 두 손님의 대화가 절로 귀에 들어왔다. 사흘 전(에가미 선배가 가마쿠라에 도착한 날이다) 다이쇼와 제지의 명예 회장이 고흐가 그린 〈가셰 박사〉를 회화 부분 사상 최고가인 125억 엔으로 낙찰받은 것에 대해 "어리석은 짓이야", "하지만 굉장하지 않습니까" 하고 말하고 있다. 명예 회장은 어제도 르누아르의 〈물랭 드 라 갈레트〉를 비롯한 그림 두 점을 구입했다. 구매 금액은 총 250억 엔. 세계가 깜짝 놀란 거품 가득한 토픽이다.

"그런데." 모치즈키가 안주인에게 물었다. "하루만 묵을 예정이었는데 일단 하루 더 묵을 수 있을까요? 어쩌면 더 연장할지도 모릅니다만."

'여기 묵는 동안'이라는 마리아의 말에 조금 더 묵어야 한다는 것을 깨달은 것이다.

"어머나, 이런 시골에 며칠씩 계시면 지루할 텐데요? 사람을 찾는다고 하셨죠. 혹시 그게 잘 안 풀렸나요?"

너무 자세히 설명하면 나중에 지장이 있을지도 모른다.

"선배를 만나러 왔는데 예정이 조금 어긋나서요. 게다가 여기가 맘에 드는군요. 아직 조금밖에 못 둘러봤지만요. 요즘은 학생도 마음고생이 많아서 피곤하거든요. 여기서 느긋하게 지내며 재충전 좀 하고 싶네요. 오래 묵으면 가미쿠라 명물 UFO를 만날 확률도 높아질 테고."

"어라, 그쪽도 하늘을 나는 원반을 보러 오셨습니까?"

옆 식탁에서 초로의 남자가 끼어들었다. 수다를 좋아하나? 알코올이 들어가 기분이 좋아 보였다. 모치즈키가 상대했다.

"UFO 연구회는 아니지만 볼 수 있으면 좋겠다는 마음으로 놀러 왔습니다. 호기심이 나서요."

"흐음. 그렇다면 이쪽 분께 이것저것 들어봐요. 전문적으로 연구하는 모양이니. 일부러 하카타에서 찾아왔다지 뭐요. 그렇죠, 아라키 씨?"

아라키라고 불린 젊은 남자는 "전문가라니 천만에요" 하고 손사래를 쳤다.

"그렇게 대단한 건 아닙니다. 저도 호기심에 쫓아다니는 처지니 과장하지 말아주세요. 안녕하세요, 아라키 주지라고 합니다. 주는 우주의 '주(宙)', 지는 아동의 '아(兒)' 자를 씁니다. 이름이 이 모양이라 UFO에 미쳤다고 늘 놀림을 받는답니다."

아라키도 우리에게 살갑게 말을 걸었다. 중단기 아르바이트로 적당히 생활하면서 일을 쉴 때마다 취미에 열중한다고 했다.

"하카타에서 오셨어요? 열정이 대단하시네요."

모치즈키가 말을 받자 자기소개가 시작되었다. 백발 남자는 쓰바키 준이치로, 지금은 아들 부부와 도쿄에서 살지만 원래는 우에다에서 태어났다. 그런 것치고 사투리를 쓰지 않는 것은 도쿄에서 자란 어머니가 그렇게 가르쳤기 때문이라고 한다.

"여러분은 간사이에서? 허, 추리소설 팬이 미스터리를 추구해 찾아오다니 가미쿠라 UFO는 전국에서 인기가 있군요. 노사카 할멈 덕분이군. 아차, 할멈이라는 불경한 표현을 쓰면 안 되지. 여기는 성지니까."

"걱정하시지 않아도 여기에 이제 신자는 없어요."

안주인이 추가로 가져온 맥주를 따라주면서 웃었다. 우리가 들어올 때 식당에서 나간 부부는 정기적으로 찾아오는 회원인 모양이지만.

"협회가 생겼을 때부터 '원반교, 원반교' 하고 비웃던 쓰바키 씨가 불경하다는 말을 하다니 별일이네요. 이제는 은퇴하셨지만 호랑이 경찰이었잖아요."

듣고 보니 술기운에 웃고는 있지만 비죽한 눈매가 강인해 보였다. 기술자라도 되는 줄 알았는데 경찰이었나.

"아니, 다정한 마을 주재 순경한테 호랑이라니 무슨 소립니까? 그보다 모치즈키 씨 일행은 자료관이나 보물관은 벌써 보셨습니까? 아직? 그럼 내일은 보러 가셔야지요. 재미있습니다. 잡동사니가 잔뜩 있거든요. ……또 말실수를 했네."

일부러 하카타에서 찾아온 UFO 마니아와 가미쿠라에 살던 전직 순경. 이 두 사람이라면 인류협회에 대해 상세히 알고 있을 것 같았다. 나는 정보수집에 나섰다.

"보물관이라는 건 저 솔방울 모양 건물 말씀이죠? 어떤 전시품이 있나요?"

"한 대 좀 실례하겠습니다." 아라키가 담배에 불을 붙이며 입을 열었다. "성물이라고 해야 하나, 그런 게 소중히 전시되어 있습니다. 전설 속 물건이지요. 기독교에서도 주 예수 그리스도가 십자가에 못 박혔을 때 쓰고 있던 면류관의 가시 몇 개, 그 시신을 감싼 형겊, 그런 것 있잖습니까."

"어, 그렇다면…… 우주인이 남기고 간 물건인가요?"

"그런 것과는 또 다릅니다. 협회가 숭배하는 보물은 지구 밖에서 내려온 초월적 존재를 알려주는 유적입니다. 검게 빛나는 금속판인데, 불에 그슬린 표면에 파도 같은 무늬가 새겨져 있어요. 두께는 3밀리미터도 안 되는데 안쪽에 빈 공간이 있고, 복잡하게 생긴 실리콘 파편이 들어 있죠. 그거야말로 우주에서 날아온 인공물이라는 겁니다. 진짜인지 가짜인지는 모르겠지만, 그들은 그렇게 주장하고 있어요. 유리 케이스 너머로만 보고는 과학자들도 진위를 감정할 수 없지만."

믿기 어려운 소리다.

"우주에 인류 이외의 지적 생명체가 있다는 물적 증거인가요? 그런 귀중한 물건이 있다면 전 인류를 위해서나 협회를 위해서도 반드시 조사해봐야 하는 것 아니에요? 운석 수준이 아니잖아요."

오다가 젓가락질을 멈추고 말했다.

"감정은 무슨, 그런 건 당연히 가짜겠지. 지구 밖에서 날아온 인공물이라니, 어이가 없네. 가라몬*도 아니고."

쓰바키가 술술 털어놓는 것으로 보아 아라키 주지가 인류협회의 신앙과 아무 상관없는 것은 확실했다.

"천만에요, 꼭 그렇다고 할 수도 없습니다. 이 별이 탄생한 후로 오늘까지 상당수의 인공물이 지구 밖에서 날아왔을 가능성이 있어요. 이건 페리파리의 실존 여부와는 또 다른 문제지요."

*일본 쓰부라야 프로덕션에서 제작한 특수촬영 프로그램 〈울트라Q〉를 비롯한 울트라 시리즈에 등장하는 괴수로 '운석괴수'란 별명이 있다.

"다른 별에 인류만큼 문명이 발달한 지적 생명체가 있다 치고, 어째서 그들이 만든 물건이 지구에 도달하는 겁니까?"

"그런데 그게 도착한다 이 말입니다. 지구인이 우주 공간에 쏘아 올린 인공위성이나 로켓의 잔해도 그들의 별에 도달했을지 모릅니다. 그런 건 지구 궤도를 도는 사이 인력 때문에 언젠가 지상에 떨어진다고 생각하겠죠? 그런데 꼭 그런 건 아니거든요. 태양광선이 방출하는 광자의 힘, 이른바 태양풍으로 태양계 밖으로 튕겨 나가는 건 극히 미세한 수준이겠지만, 어느 정도 크기가 되는 물체가 성간 우주로 튕겨 나가는 경우가 있어요. 가령 위성 탐사기가 태양에서 떨어진 가장자리에서 폭발하거나 운석이나 다른 무언가와 충돌해서 운동 에너지를 얻는 경우죠. 보통 천체가 태양의 중력에서 벗어나는 데 필요한 탈출 속도는 초속 600킬로미터 이상인데, 가장자리에서 그런 사고가 나면 이야기가 달라져요. 태양계에서 튀어나온 그 물체는 우주를 하염없이 여행하게 됩니다. 어느 한 조각이 다른 지적 생명체가 있는 별에 떨어질 확률은 몹시 낮지만, 그런 조각이 이 우주에 수없이 많이 존재한다면 무시할 수 없는 확률이 되는 거지요."

"무시할 수 있는 거 아닐까요?" 오다가 진지하게 물고 늘어졌다. "엄청나게 낮은 가능성이잖아요."

"우주를 생각할 때, 우리는 상식의 수준을 바꿔야만 합니다. 엄청나게 낮은 확률로 일어나는 일이라도 자꾸자꾸 되풀이하다보면 그 일은 언젠가 일어납니다. 상상해보세요. 태양도 지구도, 은하계 안에서 회전운동을 하고 있으니 항시 여행을 하고 있다고 말할 수 있지요. 그 길에는 수많은 인공물이 존재합니다. 만남은 이윽고 일어나는 겁니다."

"가령 만난다 쳐도 지구에는…… 그러니까 약 46억 년의 역사가 있던가요? 그런 물체는 30억 년 전에 화산 마그마에 파묻혔을지도 모르고, 1만 년 전에 태평양 해저에 가라앉았을지도 모르잖아요. 현대 사람들이 찾아내는 우연은 도저히 없을 것 같은데요. 어제, 도쿄에 떨어졌다 해도 불가연성 쓰레기 취급으로 끝났을지도 모르고."

"그건 오다 씨 말씀이 맞습니다. 하지만 인류협회는 손에 넣었다고 주장하고 있어요. 듣자 하니 5년 전에 싱가포르의 거물 화교에게 받았다나요. 원래 중국 운남성 공룡 화석 발굴 현장에서 나온 물건이라고 합니다. 발견한 학자가 어찌해야 할지 고민하다가, 괜히 알려봤자 귀찮은 일만 생긴다고 신세를 졌던 돈 많은 괴짜에게 남몰래 매각했다는 그럴듯한 소문이 돌고 있습니다. 허풍이라고 생각하고 웃어넘기십시오. 저도 믿는 건 아니니까요."

"그래서 그랬나."

표고버섯을 닥치는 대로 먹어치우던 마리아가 혼자 끄덕거리다가 사람들의 시선이 쏠리자 쑥스러운 기색으로 말했다.

"아, 별건 아니에요. 인류협회 편지지에 UFO 마크가 그려져 있고, 그 밑에 출렁거리는 파도 무늬가 있었거든요. 그건 그 성물인지 보물인지에 새겨져 있는 모양에서 유래한 거군요."

"예, 그런 모양이었습니다. 내일 실물을 보고 확인해보세요."

쓰바키가 맥주를 추가로 주문하며 아라키를 붙잡았다. UFO 마니아는 흔쾌히 잔을 내밀었다. 서둘러 밤하늘을 관찰하러 나가려는 기색은 찾아볼 수 없었다.

"쓰바키 씨는 무슨 일로 오셨습니까? 역시 주재 시절 추억이 서린 곳이라……?"

모치즈키가 묻자 전직 순경은 손으로 이마를 짚었다.

"아니, 추억이라면 추억인데……. 미련이 남아서 발길이 향한 겁니다. 실은 11년 전 이곳 가마쿠라에서 이상한 사건이 있었거든요. 그게 아직 해결되지 않아서. 정년퇴직한 뒤에도 그게 목구멍에 걸린 생선가시처럼 자꾸만 마음에 걸리는군요."

2

로지에서 들었던 사건 이야기를 까맣게 잊고 있었다.

"미궁에 빠진 사건인가요? 추리소설 팬이 아니더라도 귀가 솔깃하군요." 아라키 주지가 관심을 보였다. "쓰바키 씨, 저한테는 그냥 쉬러 왔다고 하셨으면서, 술기운이 좀 도나 봅니다. 가마쿠라에서 무슨 일이 있었던 겁니까? 11년 전이라면 인류협회 전신인 천명개시회가 이미 있었을 텐데요."

우리는 도로 자리에 앉아 쓰바키 준이치의 이야기에 귀를 기울였다. 자리 분위기가 바뀌자 전직 순경은 다소 당혹스러운 기색이었다.

"아라키 씨 말씀대로 알코올 때문에 그만 입이 가벼워진 모양입니다. 여행을 즐기러 온 여러분에게 '옛날, 이곳에서 묘한 살인사건이 있었는데 아직 범인을 잡지 못했다'는 얘기를 할 생각은 없었는데. 궁금하다고요? 그렇게 눈을 빛내다니, 난처하네. 어쩐다, 도미에 씨?"

쓰바키는 어째선지 빈 그릇을 치우러 온 안주인에게 물었다.

"신문이나 텔레비전 뉴스에도 나왔던 사건이니까……."

이야기해도 무방하지 않겠냐는 뜻이다. 안주인은 차곡차곡 포갠 접시와 함께 물러났다.

"시작하면 길어져요. 아라키 씨는 이제 슬슬 출동해야 하지 않습니까?"

"아직 초저녁인데요. UFO가 날아오기에는 아직 이를지도 모릅니다. 꼭 듣고 싶네요. 제가 따르겠습니다."

"아, 제가 알아서 마시겠습니다. 예, 알겠습니다. 간단히 말씀드리지요. 다만 미제사건이니 추리소설 같은 결말은 없습니다."

쓰바키는 이따금 천장을 올려다보며 기억을 더듬어가면서

이야기했다.

"잊을 수도 없어요. 11년 전, 1979년 10월 8일이었지요. 온타케 산 산봉우리가 첫눈으로 하얗게 물들고 낙엽송이 노랗게 물든, 바람이 점점 쌀쌀해지는 계절이었습니다. 당시 저는 히라노 주재소에서 근무하고 있었습니다. 지금은 인류협회 덕분에 작은 '도시'가 되었지만 그 무렵 가미쿠라라고 하면 인구 240명밖에 안 되는 적적한 곳으로, 젊은 사람들이 계속 빠져나가는 과소(過疎) 지역이었습니다. 그래서 주재소도 없었지요. 지금 말입니까? 사람이 늘어 북적북적해지기는 했지만 주재소는 여전히 히라노에 있습니다. 쉽게 옮길 수 있는 것도 아니고, 이곳은 성지라 치안도 무척 좋아서 경찰이 나설 일이 거의 없거든요. 그런 것치고는 협회 총본부 경비가 삼엄하다고요? 그건 그 사람들 방침이지, 실제로 흉흉한 사건이 일어난 적은 없습니다. 경찰이 동원되는 건 1년에 한 번 있는 회천제라는 이벤트 때뿐이지요. 그때는 정신이 없습니다만."

협회의 전신, 천명개시회라는 단체가 발족하기는 했지만 아직 자그마한 교단으로, 신자도 300명 정도밖에 되지 않았다. 참고로 그 모임의 본거지는 교조의 자택이었는데, 현재 '성'이 세워진 장소라고 한다. 그랬는데 겨우 11년 만에 작은 종교 도시를 구축하기에 이르렀으니 실로 교세가 폭발적으로 확장된 셈이다.

"여러분을 만난 것도 어떤 인연일지도 모르겠군요. 마치 추리소설 같은 사건이었습니다. 게다가 제가 최초 발견자에, 가장 중요한 증인이지 뭡니까. 꼼꼼히 듣고 진상을 한번 추리해보십시오. 아직 시효 만료 전이니 범인을 알아내면 심판을 받게 할 수 있습니다."

그렇게까지 말한다면 팔을 걷어붙이지 않을 수 없다. 모치즈키가 뒷주머니에서 얇은 수첩을 꺼내 메모할 준비를 했다.

"하늘도 푸르고 햇볕도 따뜻하니, 기분 좋은 가을날이었습니다. 저는 아침부터 차를 몰아 인근을 순찰하고 있었지요. 통상 업무거든요. 가미쿠라에 온 게 오후 3시쯤. 알고 지내는 사람들에게 인사도 건네고 하다가 여기에도 들렀습니다. 아마카와 씨 부부하고도 15분쯤 잡담을 나눴던가."

아마노가와 여관은 별이 쏟아지는 밤하늘이 아름다운 UFO의 고장에서 따온 이름인 줄 알았는데, 뜻밖이었다. 물론 그런 이미지도 따왔겠지만 숙소 주인 이름이 아마카와(天川)였다니. 아마카와 아키히코, 도미에 부부.

"그때 아마카와 아키히코 씨가 마음에 걸리는 이야기를 했습니다. 5년 전 가미쿠라에서 도쿄로 떠난 다마즈카 마사미치라는 사내가 훌쩍 돌아왔다는 겁니다. 그 다마즈카라는 사내가, 어렸을 때는 깜찍한 구석이 있는 장난꾸러기였는데 도시에서 빼도 박도 못할 악인이 되고 말았어요. 조직폭력배가 되어 협박이다, 상해사건이다, 문제만 일으켰다는 건 마을 사람들도 알고 있었던 터라 '그놈은 뭘 하러 돌아온 걸까. 또 범죄에 발을 담가서 이쪽으로 도망쳐 온 것 아닐까?' 하는 소문이 마을에 돌았던 거지요. 관할서에 보고할 사항이라 상황이 어떤지 살펴보러 가기로 했습니다. 그랬더니 아키히코 씨가 가는 김에 표고버섯 좀 구경하고 가라고 하지 않겠어요? 다마즈카가 살던 집으로 가는 길이기도 해서, 안내해주는 대로 따라갔지요. 참 느긋하죠? 하지만 주재 경찰이란 그렇게 지역 사정을 파악하는 법이거든요. 오오, 아키히코 씨. 잠깐 이리 와요. 때마침 잘 왔어."

상고머리 주인은 표고버섯을 칭찬해준 마리아에게 인사를 하러 왔는지, 엉뚱한 쓰바키가 손짓을 하자 어리둥절해하는 기색이었다.

"11년 전 그거 말입니다. 이 사람들에게 그 이야기를 해주던 참이었어요. 당신도 중요한 장면을 목격했으니 거기 좀 앉아봐요. 뒷정리는 도미에 씨나 다른 사람들한테 맡기고."

주인은 앞치마를 벗어 개면서 오다가 내민 방석 위에 앉았다.

"그건 상관없는데, 손님들께 그런 이야기를 하면 여기를 점점 더 수상한 곳이라고 여기실 것 아닙니까. 뭐, 정말로 있었던 일이기는 하지만."

주인은 변함없이 입을 오물거리면서 느릿하게 말했다.

"편히 앉아요. 이게 새 잔인가. 한잔합시다."

쓰바키가 윤활유 대신 맥주를 따라서 건네자 주인은 잔을 받자마자 절반을 비웠다.

"고맙습니다. 하지만 쓰바키 씨도 끈질기시네. 정년 이후에 여기에 오시는 거, 벌써 세 번째 아닙니까? 관할 경찰은 이제 뭐 물어보러 오지도 않는데. 벌써 미제사건 취급이라고요."

"제가 근무할 때 사건이라 부를 만한 사건은 그것뿐이었으니까요. 부임하기 전에 사쿠라가와 강에서 소녀 변사체가 발견된 적이 있기는 했는데 자살이었다고 하니, 그건 이 지역에서 유일한 살인사건이기도 합니다. 언제까지고 머릿속에서 떠나지 않아요."

사쿠라가와 강 변사체에 대해서는 이시구로 미사오에게 들은 적이 있다. 그 죽음의 배경에 숨겨져 있던 드라마를 에가미 선배가 밝혀냈는데, 그것은 또 다른 이야기다.

"그래, 어디까지 얘기했더라? 음, 아키히코 씨 표고버섯을 보러 가는 참이었지. 이 사람이 맛있는 표고버섯을 키운다는 건 여러분도 몸소 혀로 확인하셨겠지요? 그 재배지가 이쪽 산에 있거든요." 동쪽을 가리켰다. "이 양반이 자랑하는 비닐하우스를 구경하고 나서 다마즈카가 돌아와 있다는 집으로 향했습니다. 저 혼자 가면 만나도 이야기할 기회를 잡기가 어려워, 아키히코 씨에게 같이 가달라고 했지요. 저희가 찾아간 곳은 재배지에서 북쪽으로 올라가 갈림길에서 오른쪽으로 들어가는 곳이었습니다. 여러분은 이곳 지리를 잘 모를 텐데, 지금은 인적이 거의 없는 길이지요."

"혹시 갈림길을 오른쪽으로 꺾지 않고 그대로 가면 협회 총본부 뒤로 나오지 않습니까?"

모치즈키가 끼어들었다.

"도착한 지 얼마 되지 않았는데 용케 아시는군요. 그런 길에서 뭘 하셨습니까? 전망은 조금 좋을지 몰라도, 굳이 비탈을 올라가볼 만한 곳은 아닐 텐데."

"'도시' 전체를 사진으로 찍고 싶어 좀 돌아다녔거든요. 저녁노을이 참 아름답더군요." 모치즈키가 대충 얼버무렸다.

"길이 꽤 험했을 텐데요. 오래전에는 안쪽에 사람들이 몇 명 살아서 훨씬 다니기 편했는데."

미리 둘러본 덕분에 쓰바키의 이야기를 이해하기 쉬웠다. 쓰바키와 아마카와 아키히코는 오른쪽 갈림길로 들어간 것이다. 왼쪽 길에는 노사카 미카게가 세운 천명개시회 사당 겸 자택이 있었다. 참고로 천명개시회는 인류협회와는 전혀 다른, 신도*에 가까운 교단이었다. 촛불에 불을 붙인, 호롱에 가까운 등롱이 얼기설기 지은 사당 주위를 띄엄띄엄 에워싸고 있었다. 정통 일본식이었던 것이다.

"그때 아키히코 씨는 다마즈카를 염려했더랬지. 소꿉친구라 무슨 기운이라도 느낀 거 아닌가?"

"설마요, 그렇게 되었을 줄은 꿈에도 몰랐는데……. 부모도

---

*神道, 일본 고유의 민족 신앙으로 애니미즘, 샤머니즘적 성격이 강하다.

떠나고 텅 빈 집에 갑자기 돌아왔으니 분명 사정이 있었겠지요. 험상궂게 생긴 외지인을 본 사람도 있었으니까요."

"험상궂게 생긴 외지인이라니, 누구 말입니까?"

모치즈키가 한 손에 펜을 쥐고 물었다. 마음은 신문기자일지도 모른다.

"양복을 차려입고, 이발도 깔끔하게 했지만 조폭 냄새가 나는 남자였다고 하더군요. 날이 선선한데도 셔츠 단추를 두 개나 풀고, 눈매가 매섭고, 콧등을 잔뜩 찡그리고 어깨를 씩씩거리며 걸어갔답니다. 그와 마주쳤던 사람이 저도 모르게 길가로 피했다고 하더군요. 저는 그자가 살아 있는 모습을 한 번도 보지 못했습니다만."

이제부터 듣게 될 사건 내용을 가늠해볼 수 있는 말이 나왔다. 살인사건이라고 했으니, 그 남자가 살해당한 걸까?

"다마즈카가 돌아온 건 그 닷새 전이었습니다. 무슨 일로 돌아왔을까 의아해하는데 그런 수상한 남자가 나타난 거지요. 아하, 이거 다마즈카 녀석이 도쿄에서 못된 짓을 해서 이놈한테 쫓기는 거구나, 하고 짐작이 갔습니다. 그래서 저는 걸어가면서 쓰바키 씨에게 그렇게 말했지요."

의지할 이도 없는 고향으로 도망쳐 오다니, 다마즈카도 어지간히 갈 곳이 없었던 모양이다.

"만약 위험한 상황이라면 다마즈카를 보호해달라고 말입니다." 쓰바키가 말했다. "아키히코 씨는 사람이 좋아요. 어렸을 때는 그렇게 치고받고 싸웠다면서."

"듣기 안 좋은 소리 마세요. 저까지 깡패 같잖습니까. 고양이가 앞발로 싸우는 수준이지, 상대에게 상처를 입히거나 앙금이 오래 남는 싸움은 한 적이 없습니다. 다마즈카도 소행은 칭찬할 구석이 없지만 근성이 비뚤어진 녀석은 아니에요. 옛날에는 효성도 깊고 기특한 구석도 있었는데. 도시가 나쁜 겁니다. 다들 도시에만 나가면 고향을 잊고 인정을 잃는단 말입니다."

"그래서요?"

마리아가 생글생글 웃으며 뒷이야기를 채근했다. 빨리 핵심으로 들어가달라는 뜻이리라.

"이야기하면 길어진다고 했잖습니까. 보채지 말고 들어봐요. 우리가 갈림길로 들어서자마자 총성이 들렸습니다. 높은 가을하늘에 탕, 하고요. 아키히코 씨는 무슨 일인지 어리둥절해했지만, 경찰인 저는 긴장 탓에 몸이 굳어버렸습니다."

총성은 정확히 다마즈카의 집이 있는 방향에서 들려왔다. 고향으로 돌아온 악인과 그 뒤를 쫓아온 조폭 사이에 충돌이 벌어졌는지도 모른다. 쓰바키는 특수경찰봉을 쥐고 민간인인 아키히코를 그 자리에 남겨두고 혼자 가려고 했지만 여관 주인은 용감했다.

"자기도 함께 가겠다며 따라오지 뭡니까. 위험하다고 말렸더니 순경님 혼자 가는 게 더 위험하지 않느냐며 바닥에 떨어

져 있던 소나무 가지를 줍지 않겠어요? 어찌나 용감하던지. 솔
직히 든든하긴 했지."

쓰바키는 경찰봉을 쥐고 앞장서서 걸음을 뗐다. 총성이 난
방향으로.

3

쓰바키 준이치와 아마카와 아키히코가 이야기해준 내용을
마치 내 눈으로 직접 본 것처럼 정리하면 다음과 같다.

총을 쏜 인물이 불쑥 튀어나올지도 모른다. 두 사람은 주위
를 경계하면서 나아갔다. 30미터쯤 가자 다마즈카 마사미치의
집이 보였다. 다마즈카의 노모가 2년 전 타계한 뒤로 방치되어
있어 많이 상한 탓에 비바람을 막는 게 고작이었다. 문도 제대
로 잠기지 않았으니, 이런 외진 마을이 아니었다면 수상한 사
람들이 아지트로 썼을지도 모른다. 그 안쪽으로도 인가가 몇
채 있었지만 이 시간에는 어른들은 다들 일하러 나가고 아이들
은 밖에서 노는지, 쥐 죽은 듯 고요했다. 멈춰 서서 낌새를 살
펴보았지만 나뭇가지가 바람에 흔들리는 소리만 났다.

점점 쇠락하는구나. 그렇게 생각했다. 전에는 열 세대쯤 있
었는데, 올 때마다 사람이 줄어든다. "사람이 줄면 안 됩니다.
미래가 사라져요." 아키히코의 우려는 옳다.

"여기서 기다려요."

쓰바키는 나서려는 아키히코를 말리고 다마즈카의 집으로 다가갔다. 조용히 문을 열고 발소리를 죽여 살그머니 들어갔다. 현관에는 신발이 없었다.

"다마즈카 씨, 계십니까? 다마즈카 씨!"

큰 소리로 불렀지만 아무도 대답하지 않았다. 누가 신발을 신은 채로 침입한 흔적도 없어, 순경은 신발을 벗고 올라갔다. 넓은 집은 아니다. 주방, 거실, 침실. 모든 방이 텅 비어 있고, 사람은 보이지 않았다. 아무것도 없는 텔레비전 선반, 벽에 걸린 빛바랜 우승기, 과거의 주인이 담배도 피우지 않으면서 수집한 종이성냥이 그냥 방치된 것이 초라해 보였다.

다마즈카가 가져온 것으로 보이는 보스턴백과 여기저기 벗어 던진 옷가지가 몇 점, 그리고 빵 봉지와 빈 주스 캔이 굴러다니고 있었다. 노란 비닐봉지는 '푸드샵 가미쿠라'의 봉투였다. 전기도 가스도 끊긴 집에서는 요리는커녕 컵라면도 먹을 수 없다. 불을 쓰지 않고 먹을 수 있는 음식만 사온 것이다. 양말 밑으로 다다미의 습기가 느껴졌다. 목욕탕에도 화장실에도 이상은 없었다. 도시에서 돌아온 남자는 외출중인가?

밖으로 나가자 지시한 장소에 서 있던 아키히코가 "어때요?" 하고 물었다. "아무것도 없어요" 하고 손을 저었다.

"별채도 확인해볼까요?"

그 말에 뒤쪽 창고로 향했다. 이번에는 아키히코도 따라왔다.

다마즈카 마사미치의 돌아가신 아버지는 목수로, 별채 창고
는 그 작업장이었다. 아내보다 1년 먼저 병사해서 도구는 이미
처분하고 없었다. 그래도 정원 구석에는 끝내 사용하지 못한
목재가 쌓여 있었다. 청소할 사람이 사라진 지 오래라 썩은 낙
엽이 바닥에 쌓여 있었다.

별채 자물쇠도 망가져서 제구실을 못 했다. 문을 열자 바로
다다미 여덟 장쯤 되는 크기의 마루가 나왔다. 영원히 완성되
지 못할 의자가 하나, 덩그러니 놓여 있었다. 그 옆 테이블 위
에는 꽁초가 든 재떨이와 쓰다 만 종이성냥이 있었다. 기소 후
쿠시마 역 앞 식당 상호가 찍힌 성냥이었다. 누가 방금 전에 한
대 피우고 갔는지, 희미하게 담배 냄새가 감돌았다. 고요한 분
위기에 녹아 있는 의자와 테이블은 창문으로 들어오는 햇빛을
스포트라이트처럼 받아 마치 예술작품으로 보였다. 안쪽에 문
이 두 개 있어 큰 소리로 불러보았지만 역시나 대답은 없었다.

총성인 줄 알았는데 잘못 들었나? 혹시 산에서 누가 엽총이
라도 쏜 걸까? 긴장을 조금 풀고 일단 내부를 살펴보기로 했
다. 이곳에는 현관도 없어 구둣발 그대로 성큼성큼 들어갔다.

오른쪽 문을 먼저 열어보려고 손잡이를 밀었더니 예상치 못
한 저항이 있었다. 안쪽에 체인이 걸려 있어 완전히 열리지 않
는 것이었다. 가슴이 철렁했다.

"누구 계십니까? 좀 열어주십시오. 주재 순경입니다."

도둑이 숨어 있을지도 모르는데 괜히 정체를 밝혔다 싶었지

만 이미 늦었다.

다른 소리도 들리지 않았다. 쓰바키는 5센티미터도 채 열리지 않는 문 틈새로 안을 들여다보았다. 마룻바닥에 뭔가 있다. 아니, 뭔가가 아니라 사람이 쓰러져 있다. 코르크색 재킷을 입은 뒷모습이었다. 대번에 아드레날린이 솟구쳤다.

"왜 그러십니까?"

문가에서 아키히코가 묻기에 집게손가락을 들어 입막음을 했다. 다시 실내를 들여다보면서 다급히 머리를 굴렸다.

이 정도로 허술한 체인이라면 발로 뻥 걷어차면 간단히 부서지겠지. 하지만 경솔한 행동은 금물이다. 권총을 든 범인이 아직 이 안에 있는 것이다. 쓰바키도 허리에 뉴남부*를 차고 있지만 유능한 FBI수사관도 아니고, 권총을 가진 범인을 혼자 제압할 자신은 없었다. 게다가 뒤에는 그가 지켜야 할 민간인도 있다.

쓰바키는 발소리를 내지 않도록 조심하면서 뒤로 물러나 아키히코를 문밖으로 밀어냈다. 그리고 귓가에 속삭였다.

"체인이 걸린 안쪽 방에 누가 쓰러져 있습니다. 뒷모습밖에 보이지 않아 잘은 모르겠지만, 총에 맞았을지도 모릅니다."

"예? 설마 다마즈카입니까?"

"그럴지도 모릅니다."

*일본 경찰이 사용하는 38구경 리볼버.

"하지만 체인이 걸려 있다는 건……."

"범인이 아직 안에 있는 뜻입니다."

"창문으로 달아났을지도 몰라요."

듣고 보니 그랬다. 사람을 쏴놓고 멍청히 현장에 머무르는 건 너무 부자연스럽다.

"뒤쪽에 창문이 있지요? 좋아요, 그쪽으로 돌아가봅시다."

쓰바키는 저도 모르는 사이에 몸을 숙이고 있었다. 주위 수풀 속에서 총탄이 날아올까봐 겁이 났던 것이다. 전장도 아닌데 설마 그럴 리는 없겠지만.

별채 뒤쪽에는 창문 하나와 자그마한 문이 있었다. 둘 다 굳게 닫혀 있었다. 그 부근에는 낙엽도 없었고, 맑은 날이 연이어 메마른 흙바닥이 그대로 드러나 있었다. 발자국 같은 건 보이지 않았다. "어?" 창으로 다가가던 쓰바키가 무심코 외쳤다. 목제 격자가 붙어 있었던 것이다. 이래서야 출입할 수 없지 않나.

얼굴 높이쯤 되는 격자를 붙잡고 안을 살폈다. 아무것도 없는 방 한복판에, 남자가 이쪽 방향을 바라보고 쓰러져 있었다. 머리를 올백으로 넘긴 덩치 큰 남자였다. 오른쪽 관자놀이에는 검붉은 구멍이 뚫려 있고, 피가 조금씩 흘러나오고 있었다. 경찰로 일한 지 30년이 넘었지만 타살 시체의 최초 발견자가 되어보기는 처음이었다. 진정하자, 쓰바키는 자신을 타일렀다.

범인은 어디 있지? 실내를 둘러보았지만 고양이 한 마리 보이지 않았다. 문 옆쪽 벽 근처에 장지문만 한 크기의 판자가 한

장 깔려 있을 뿐, 의자 하나 없어 누가 숨을 만한 공간은 없었다.

이제 어쩐다? 쓰바키는 그제야 자살 가능성에 생각이 미쳤다. 지나치게 흥분한 탓인지, 조폭 같은 낯선 남자가 마을에 나타났다는 소문을 들어서 그런지, 덜컥 살인사건이라고 결론을 내린 자신의 경솔한 판단이 부끄러웠다.

자살이라면 권총이 주변에 떨어져 있을 것이다. 눈알만 굴려 바닥을 쓱 훑어보았지만 보이지 않았다. 어디 사각지대에 떨어진 모양이다.

"아키히코 씨 소꿉친구 맞습니까? 한 번 보세요."

쓰바키는 아키히코를 불러 등을 슬쩍 떠밀었다. 엉거주춤 안을 들여다본 주인은 숨을 꿀꺽 삼켰다.

"다마즈카가 맞습니다."

아키히코는 몸을 휙 돌려 쓰바키를 다그쳤다.

"순경님, 뭘 하고 있는 겁니까? 아직 살아 있을지도 모르잖아요. 빨리 병원에 데려가야."

"아니, 저래서야……"

말을 하려다 그만두었다. 다마즈카 마사미치는 이미 사망한 것처럼 보였지만 가까이서 확인하지 않고는 단정할 수 없었다.

"구급차를 부를 필요가 있는지 확인해봅시다."

그렇게 말하고 정면으로 돌아가려는 쓰바키를 아키히코가

붙잡더니 "이쪽이 지름길입니다" 하고 창문 오른쪽에 있는 문을 열었다. 이쪽은 호리병처럼 가늘고 긴 창고였는데, 먼지투성이 플라스틱 통과 빗자루만 남아 있었다.

체인이 걸린 문 앞으로 돌아가 어깨로 힘껏 부딪쳐보았다. 삐걱거리는 소리가 나기에 이번에는 오른발을 들어 문 가운데를 짓밟을 기세로 세게 걷어찼다. 체인은 쉽사리 벗겨졌고, 문이 활짝 열렸다.

"당신은 들어오지 말아요."

목수가 열심히 일했을 때의 흔적인지, 그냥 기분 탓인지, 실내에 나무 향기가 감돌았다. 천장 가까이 다 찢어진 거미집이 보였지만 바닥은 깔끔했다. 고향으로 돌아온 남자가 치운 걸까?

쓰러져 있는 남자 옆에 한쪽 무릎을 꿇고, 축 뻗어 있는 오른쪽 손목을 잡았다. 아무리 짚어봐도 맥이 없었다. 눈꺼풀을 까뒤집어 동공을 조사할 것까지도 없다고 판단했다. 관자놀이 상처 주변의 피부에 화상이 있었다. 근접 발포, 즉 자살을 뜻하는 흔적이다. 창고 전체가 기울어 있는지, 핏줄기가 창문 쪽으로 비스듬히 뻗어 있었다. 자세히 보니 핏물은 아직도 계속 고이고 있었다.

"아마카와 씨, 역시 가망이 없어요. 죽었습니다. 거의 즉사 아닐까. 고통 없이 끝났을 겁니다."

다마즈카 마사미치가 어떤 인생을 보냈는지 잘 모르겠지만 안락한 생활과는 인연이 적었던 모양이다. 영원한 잠에 빠진 것을 기뻐하듯 죽은 그의 얼굴은 평온했다. 쓰바키는 가볍게 두 손을 모으고 일어섰다.

"경찰서에 연락해야겠습니다."

5년 만에 가미쿠라로 돌아온 폭력배가 권총으로 자살을 한 것 같다고 보고할까? 어떤 총이냐고 묻는다면 꼭 대답해야 하나? 그런 생각이 들어 실내를 둘러보았지만 권총은 어디에도 없었다. 아까는 사각에 가린 창문 바로 밑에 떨어져 있을 줄 알았는데. 그렇다면 시체 밑에 깔려 있나? 괜히 시체를 건드리는 짓은 현장 보존이라는 본래의 직무에 어긋나지만, 마음에 걸려 조사해보았다. 아무것도 없었다. 죽은 이의 몸에도 없었다.

창고 안은 공기가 탁해서 밖으로 나가 심호흡을 했다. 아키히코는 어깨를 움츠린 채 기운을 차리지 못하고 있었다.

"관자놀이를 쐈더군요. 제 손으로 인생에 종지부를 찍어야 할 만큼 궁지에 몰렸던 걸까요? 권총을 남에게 쓰지 않은 게 그나마 다행입니다."

동정 어린 말을 하면 공감해줄 줄 알았는데, 아니었다. 입을 오물거리며 듣고 있던 남자는 감정을 억누르면서도 똑똑히 말했다.

"순경님, 그렇게 간단히 결론 내리지 마십시오. 권총에 머리를 맞았다면 자살이 아니라 살해당한 걸지도 모릅니다. 경찰이라면 먼저 그 점을 의심해야 하는 것 아닙니까?"

"살해당했다고요? 당신이야말로 참 이상한 소리를 합니다그려. 이 마을에서 살인사건이라니, 누가 어째서 그런 짓을 한다는 겁니까?"

아키히코는 답답하다는 듯이 말했다.

"방금 말했잖아요. 오늘 아침부터 험상궂게 생긴 외지인이 마을을 어슬렁거렸다고. 그 깡패 짓입니다. 조직에서 어떤 잘못을 저질렀는지 모르겠지만, 다마즈카는 문제가 있어 가미쿠라로 도망쳐 온 거겠지요. 그놈은 그런 다마즈카 뒤를 쫓아온 살인청부업자인 겁니다."

"또 그렇게 깡패 영화 같은 소리를……"

만약 아키히코의 말이 정곡을 찌르는 추측이고, 초동수사가 늦어 살인범을 놓치기라도 한다면 그의 책임이 된다. 하지만 타살 가능성은 없다. 그들은 범행 직후에 도착했는데, 범인의 코빼기도 보지 못했고 현장에는 안쪽에 체인이 걸려 있었으니까.

"알 게 뭡니까. 뭔가 놓쳤을지도 모르잖아요."

아키히코는 수긍하지 않았다. 권총이 나오지 않았다는 게 생각나 쓰바키도 불안해졌다. 그 남자가 정말 살인청부업자고, 아직 총구가 뜨거운 권총을 들고 이 주변을 어슬렁거리고 있다면 마을 주민들에게 해가 미칠 우려도 있었다.

"아마카와 씨." 쓰바키는 주변 숲을 힐끗힐끗 살피며 말했다. "미안한데, 집으로 돌아가서 경찰에 연락 좀 해주겠습니까? 주재 순경 쓰바키와 함께 변사체를 발견했다고요. 저는 여기서 현장을 지키고 있겠습니다. 살인일지도 모른다면 관할서 사람들이 올 때까지 더더욱 완벽하게 현장을 보존해야 하니까요. 부탁 좀 드리겠습니다."

"변사체를 발견했다고 하면 되는 거죠? 알겠습니다."

아키히코는 급히 달려갔고, 쓰바키는 그 자리에 남았다.

별채가 보이는 곳에 서서, 시체를 발견한 경위를 매끄럽게 보고할 수 있도록 방금 전에 있었던 일을 차례대로 되짚어보았다.

쓰바키 준이치는, 이리하여 경찰 인생 중 가장 큰 사건을 만났던 것이다.

4

"한 시간 반쯤 그러고 있었을까요. 아키히코 씨가 떠벌리고 다닌 건 아니었지만 사건 소식을 주워들은 마을 사람들이 모여들었습니다. 물론 현장에는 접근하지 못하게 했지요. 멀리서 구경하는 주민들 사이에서 '이상한 놈이 어슬렁거렸는데', '그 녀석이 그랬나봐' 하는 목소리가 들렸지만 다들 억측으로 떠들뿐이었습니다. '권총을 갖고 있다더라', '그럼 빨리 체포해야지'라는 목소리도요. 하지만 무서우니 집에 돌아가서 문을 꼭꼭 걸어 잠그자는 사람은 거의 없었습니다. 아이가 걱정되어 찾으러 가는 사람은 있었지만요. 구경꾼 속에 파묻혀 있으면 걱정 없다고 생각하는 거지요. 그럴 때 경찰의 심경은, 큰 소리로 할 말은 아니지만 참 불안합니다. 이쪽도 처음 겪는 일이고, 무슨 일이 있었는지 영문도 모르는데 그 자리에서 유일하게 책임을 져야 하는 사람이니까요. 고독했고, 계속 서 있는 것도 힘들었어요. 도미에 씨가 가져다준 차가 어찌나 꿀맛이던지. 지금도 고맙게 생각하고 있습니다."

쓰바키는 장광설을 일단 끊고 한숨을 토했다. 아키히코는 중간중간 고개를 끄덕이거나 맞장구만 쳤기 때문에 맥주가 술술 들어가 얼근히 취한 얼굴이었다.

"그래서, 권총은요?"

아라키 주지가 세 번째 담배를 빨면서 물었다.

"끝내 못 찾았습니다. 시체 밑에 깔려 있었다면 자살로 금방 마무리될 사건이었는데. 그런 이유로 타살로 다루게 된 겁니다."

"이상한 사건이군요." 모치즈키는 펜 꽁무니로 머리를 긁적였다. "허술한 체인 하나뿐이지만, 추리소설에서 말하는 밀실 살인의 요건을 갖추고 있어요. ……범인이 연기처럼 사라졌다는 건 그런 뜻이었나."

마지막은 혼잣말이었다. 가이다 로지에서 들었던 말을 이제야 이해할 수 있었다. 대쪽 같은 본격 미스터리 팬 옆에서 하드보일드 팬 오다가 고개를 갸웃거렸다.

"겨우 그 정도로 밀실 살인이라고 할 수 있어? 별로 대단한 트릭은 아닌 것 같은데. 경찰이 고민할 만한 사건인가?"

"엇, 대번에 수수께끼를 푼 거야? 대단한데?"

"칭찬받을 만한 문제도 아니야. 체인이 걸려 있었다고는 해도 문은 조금은 열렸던 거지요?" 쓰바키와 아키히코가 고개를 끄덕였다. "그 틈새를 이용할 수 있잖아요. 범행 순간, 피해자는 실내에, 범인은 실외에 있었던 겁니다. 어떤 사정이 있었는지는 모르겠지만 두 사람은 체인이 걸린 문을 사이에 두고 이야기하고 있었어요. 범인은 교묘하게 피해자를 가까이 불렀죠. 좁은 틈새로 손을 집어넣어 피해자의 관자놀이를 쏜 겁니다. 그럼 간단하잖아요?"

쓰바키가 이 심플한 해답을 일언지하에 부정했다.

"그건 아닙니다. 만약 그랬다면 피해자는 문 바로 옆에 쓰러졌어야 하는데, 실제로는 그렇지 않았으니까요. 다마즈카 마사미치는 문에서 2미터 가까이 떨어진 곳에서 죽어 있었습니다. 그리고 총에 맞은 뒤에 거기까지 걸어간 흔적도 없었고. 아니, 애초에 해부 결과 즉사였다는 감정이 나왔으니 그건 불가능해요. 문 틈새로 팔을 쑥 집어넣어 2미터 떨어진 곳에 서 있는 피해자를 쏘는 것도 불가능합니다. 5센티미터도 되지 않는 틈새로는 손목도 제대로 들어가지 않으니까요."

그럴 줄 알았다. 오다도 낙담하는 기색 없이 오히려 순순히 받아들였다.

"뭐, 그렇겠지요. 그 정도 문제를 몰라서 살인사건을 미제로 처리할 리는 없겠죠."

마리아가 쓰바키에게 발언권을 요구했다.

"좀 여쭤봐도 될까요? 권총 사살이었던 거죠? 피해자는 문에서 2미터 가까이 떨어진 곳에서 오른쪽 관자놀이에 총을 맞고 즉사했고요. 시체는 창문 쪽을 바라보고 쓰러져 있었고."

"예, 맞습니다."

"그럼 총탄은 창문을 바라보고 서 있던 피해자의 오른쪽에서 날아왔다는 뜻이죠. 그쪽에 창문이나, 창문이 아니더라도 뚫려 있는 곳은 없었나요?"

"일절 없습니다. 게다가 피해자는 근접거리에서 총에 맞았다는 사실을 잊어선 안 됩니다. 시체가 쓰러져 있던 자리에서 오른쪽 벽까지는 2미터 40센티미터 떨어져 있었습니다."

정확한 숫자를 기억하는 것만 봐도 사건에 대한 그의 집착을 엿볼 수 있었다. 사건은 곧바로 관할서에서 나가노 현경 본부 수사 1과로 넘겨졌다. 최초 발견자라 하더라도 일개 지역과 순경이 관여할 여지는 없었을 텐데.

"그렇다면 범인은 범행 당시 실내에 있었다는 뜻이군요. 어떻게든 방 밖에서 체인을 걸 방법은 없나요?"

"허술한 체인이라고는 했지만, 그건 불가능합니다. 목공 작업에 집중할 때 가족들에게도 방해받지 않으려고 죽은 아버지가 달았다는데, 한참 쓰지 않았던 탓인지 체인 상태가 영 나빴어요. 저는 문을 발로 걷어찼으니 별 고생 하지 않았지만, 금속 부품이 녹슬어 제대로 밀리지 않는 상태였습니다. 몇 번씩 꺾을 수 있는 매직핸드 같은 특수 장비가 있다고 가정해도 그 체인을 실외에서 걸 수는 없을 겁니다."

체인에 물리적인 힘을 가하는 기계적 트릭은 어렵다는 뜻인가.

"창문은 어땠나요?"

"안쪽에 나사 자물쇠가 걸려 있었습니다. 게다가 격자까지 있었어요. 격자를 떼어내고 들어가서 다시 못으로 박은 흔적도 없었습니다."

그런 것까지 면밀히 조사한 끝에 내린 결론이리라. 그렇다면 심리적인 맹점이 있을지도 모른다고 생각하는 게 추리소설 팬의 정석이다. 모치즈키가 물었다.

"범인이 어딘가에 숨어서 쓰바키 씨와 아마카와 씨가 떠나길 기다렸을 가능성은 없습니까? 두 분의 눈만 속일 수 있다면 현장에서 탈출할 수 있었을 텐데요."

당신의 관찰에 허점이 있었던 게 아니냐는 무례한 질문이었지만 쓰바키는 불쾌해하지 않았다.

"꼭 그런다니까요. 범인을 놓친 게 아니냐고 본부 형사가 끈질기게 다그치는 통에 두 손 두 발 다 들었습니다. 그야 살인현장에 가장 먼저 도착해본 게 처음이었으니 미덥지 못하긴 했겠지요. 하지만 봐야 할 것은 보고, 보존해야 할 것은 보존했다는 확신은 굳건합니다. 제가 중대한 실수를 했다고 말한다면, 어디서 어떤 실수를 저질렀는지 구체적인 가능성을 지적해보란 말입니다. 아니, 이건 모치즈키 씨에게 화를 내는 게 아니라 당시 1과 형사에게 하는 소립니다."

"창문으로 들여다봤을 때 범인은 어디에도 없었다고 하셨지요? 하지만 체인을 부수려고 실내로 들어간 후에 창문 아래가 사각이었다는 말씀을……."

"그건 권총만 한 물건이 떨어져 있으면 보이지 않았을 거라는 의미의 사각입니다. 사람이 숨을 만한 공간은 없었어요. 단언할 수 있습니다."

"그렇다면 실외에서 총에 맞은 피해자가 빈사의 상태로 방으로 달아나 체인을 걸었다……. 응? 그럴 리도 없겠네요. 즉사였으니까."

"예."

"그렇군요, 과연." 모치즈키는 지휘라도 하듯 펜을 흔들었다. "다마즈카 마사미치 씨가 권총으로 자살했다는 결론이 나올 만하군요."

오다가 입술을 비죽거렸다.

"무슨 소리야. 자살이라면 현장에 권총이 있어야 마땅하잖아. 이야기를 제대로 들은 거야?"

모치즈키는 무슨 이유에선지 아키히코를 힐끗 쳐다보았다.

"권총이 현장에 없었다는 사실을 무시한다면, 상황은 자살을 가리키고 있어요. 이 사건이 미궁에 빠지게 된 것은 그 가능성이 사라졌기 때문에 굳이 수사를 지속할 의욕이 없었던 것 아닙니까?"

쓰바키가 모호한 미소를 지었다.

"수사에 소홀한 점은 없었다고 믿지만, 수사원 중에는 자살설을 미는 사람도 있었습니다. 말씀드리는 게 늦었는데, 다마즈카 마사미치의 오른손에는 권총을 발포했을 때 남는 초연반응이 있었습니다. 그래서 저와 아키히코 씨가 불쾌한 일을 겪었는데……."

그럴 줄 알았다는 듯 끄덕거리는 남자에게 마리아가 물었다. "모치 선배, 어떻게 된 거예요?"

"시체 오른손에 초연반응이 있었다. 상처는 시체 오른쪽 관자놀이에 있었고, 그것도 근접거리에서 맞은 거야. 그리고 현장이 밀실이었다면 자살이라고 보는 게 지극히 자연스럽잖아. 문제는 권총이 어디로 사라졌는가 하는 점뿐이지. 그건 설명이 가능해. 조금 열린 문 틈새로 누군가가 회수해서 처분했다고 생각한다면. 권총이 떨어져 있던 위치에 따라서는 가능한 일이잖아?"

마리아가 쓰바키를 돌아보았다.

"그런가요?"

"처음 실내를 들여다보았을 때 제가 본 건 쓰러져 있는 사람의 뒷모습뿐이었습니다. 그 인상이 강렬했고, 체인 때문에 시야가 좁아서 벽 가까이 권총이 떨어져 있었다면 놓쳤을 수도 있습니다. 그렇게 생각한 수사원이 실제로 있었어요. 그럼 그 권총은 언제, 누가 회수했는가? 안된 일이지만 아키히코 씨 말고는 의심할 만한 인물이 없죠."

주인은 무표정하게 듣고 있었다.

"자살설을 주장한 수사원은 이렇게 생각했습니다. 쓰러져 있는 사람을 발견하고 놀란 저에게 아키히코 씨가 창문이 있다는 걸 알려줘서 저를 건물 밖으로 유도하고, 그사이 문 틈새로 갈퀴 같은 도구를 집어넣어 권총을 회수했다고요. 그게 비현실적인 공상에 지나지 않는다는 것을 저는 압니다. 몇 번이나 증언을 반복했지만, 급기야는 '네 실수를 감추려고 기억도 못하는 일까지 떠들어대는 것 아니냐'는 말까지 들었죠. 얼마나 비참하던지."

그것이 바로 쓰바키와 아키히코가 겪은 불쾌한 일이었던 것이었다. 하지만 쓰바키는 계속 말했다.

"아키히코 씨에게 범인이 '창문으로 달아났을지도 모른다'는 말을 들은 저는 바로 뒤로 돌아갔습니다. 그때 아키히코 씨도 제 뒤에 딱 붙어서 밖으로 나왔어요. 문 앞에서 웅크리고 권총을 주울 여유는 없었습니다. 맹세코. 그래서 창문 너머로 시체를 보자마자 다마즈카 마사미치가 맞는지 아키히코 씨에게 확인을 요청할 수 있었던 겁니다. 그런데 옹고집 형사가 그걸 믿어주지 않는 거예요. '아마카와 아키히코는 귀신같은 솜씨로 재빨리 권총을 회수한 거야. 너는 눈 뜨고 코 베인 거지. 게다가 품속에 권총을 숨긴 아키히코에게 신고를 부탁해서 현장을 떠날 기회를 줬어. 상대는 속으로 쾌재를 불렀겠지. 이보다 더 확실한 진상은 없으니, 시치미 떼지 말고 실수를 인정해.' 이러더라니까. 기가 막힐 노릇이죠. 침대 사이즈가 작다고 손님 다리를 잘라서 길이를 맞추는 이야기가 있는데, 어리석기가 딱 그 수준이라니까요. 자기가 생각해낸 줄거리에 맞춰서 증언을 왜곡하려 하다니, 경찰로서 직무태만 이전에 지독한 횡포입니다."

"그때의 분노가 정년퇴직 후에도 쓰바키 씨를 진상규명으로 몰아세우는 원동력이군요?" 모치즈키가 고개를 꾸벅 숙였다. "쓰바키 씨께도, 아마카와 씨께도 무례한 소리를 했습니다. 죄송합니다."

아키히코가 웃었다.

"손님, 고개 숙일 필요 없어요. 저는 전혀 개의치 않으니까. 의심도 예전에 이미 풀렸고."

"쓰바키 씨의 증언을 신용한 건가요?"

"그것도 있지만……. 결국 제가 권총을 빼돌렸다는 걸 증명하지 못했거든요. 쓰바키 씨가 방심한 틈에 빼낸 것 아니냐, 그 말 하나만으로는 괜한 억지밖에 되지 않으니까요. 애초에 제게는 그런 아슬아슬한 줄타기까지 해가면서 권총을 탐낼 이유가 없습니다. 그렇게 말하자 의심 많은 형사도 입을 꾹 다물더군요. 게다가 나중에……."

아키히코가 뒷말을 마치기 전에 모치즈키가 말을 잘랐다.

"그도 그렇겠군요. 권총은 끝내 발견되지 않았습니까?"

쓰바키가 대답했다.

"난처하게도 그렇습니다. 사건 후에 한동안 그 점을 우려하는 목소리도 있었지만, 이윽고 시간이 지나니 잊히더군요. 다마즈카 마사미치의 목숨을 앗아간 권총은 지금도 마을 어딘가에 있을지도 모릅니다."

마리아가 모치즈키에게 속삭였다.

"모치 선배 추리, 이런 식으로 응용할 수는 없을까요? 다마즈카 씨가 자살에 사용한 권총을 누군가가 빼돌렸다는 건 있을 법한 이야기예요. 아마카와 씨는 불가능하지만 다른 사람이라면 가능하잖아요."

쓰바키가 들으란 듯이 헛기침을 했다. 그 소리를 들은 마리아가 허둥거렸다.

"아니, 아니에요. 시체를 발견했을 때 쓰바키 씨가 권총을 몰래 주웠다는 게 아니에요. 그런 모험을 하지 않아도 신고해달라고 아마카와 씨를 보낸 사이에 빼돌릴 수 있는걸요. 제가 하고 싶은 말은 현장에 두 분 말고 다른 사람이 있었던 게 아니냐는 거예요. 어떤 인물인지는 저도 몰라요. 두 분이 마당으로 나간 사이 그 X가 권총을 주워 재빨리 달아났을 수도 있잖아요. ……어라, 제가 이상한 소리를 했나요?"

"아니요." 쓰바키가 신사적으로 설명했다. "당신은 잘못이 없어요. 제가 이야기할 순서를 그르쳤는지도 모르겠군요. 아리마 씨 이야기보다 더 그럴듯한 가설이 있습니다. 총성을 듣고 저희가 현장에 도착할 때까지 몇 분은 걸렸습니다. 그 사이 현장 부근에 있던 누군가가 권총을 빼돌렸을지도 모르지요."

"아, 그럴 수도 있겠네요." 마리아는 모치즈키를 팔꿈치로 쿡쿡 찔렀다.

"그렇지만 그런 일은 결코 없었습니다. 아까 아키히코 씨가 그 얘기를 하려고 했던 것 같은데." 모치즈키가 말을 잘랐던 것이다. "다마즈카가 소지했던 권총을 조사해보니 두목에게 물려받은 스미스&웨슨이라는 사실이 판명되었습니다. 시시한 장식이 달린 총이었는데, 총알도 열 발 넘게 가지고 있었던 모양이에요. 어떤 권총인지 알면 모치즈키 씨나 아리마 씨의 추리는 성립되지 않습니다. 그 권총은 5센티미터 틈새를 통과하지 못하거든요. 그러니 다마즈카가 자살한 뒤에 권총이 바닥에서 기가 막히게 튀어서 문 틈새를 지나 밖으로 빠져나와, 그것을 누가 주워서 달아나는 해프닝도 절대 일어날 수 없습니다. 아시겠습니까?"

두 사람은 얌전히 고개를 끄덕였다. 마리아는 그걸 빨리 말해달라고 생각했을지도 모른다.

적당한 타이밍을 기다리고 있던 오다가 이때다 하고 끼어들었다.

"자꾸만 마음에 걸리는 문제가 있습니다. 사건 당일 아침, 수상한 남자가 나타났다고 하셨는데, 그 사람 이야기가 나오질 않네요. 결국 어떻게 됐습니까?"

깜빡 잊고 있었다. 그 이야기를 들어봐야 한다.

"그 남자도 권총과 마찬가지로 행방불명입니다. 이게 또 귀신이 곡할 노릇이라."

5

"'귀신이 곡할 노릇'으로 끝날 문제가 아니죠." 오다는 철저했다. "어떤 형태로 사건에 관여했을지도 모르잖아요. 경찰은 행방을 조사하지 않았던 겁니까?"

"당연히 조사했고말고요. 그런데 그게 묘연하니 알 수가 없단 말입니다. 밀실의 비밀은 수수께끼로 남았지만, 다마즈카 마사미치의 죽음이 타살이라면 그 남자의 소행이 아닐까 하는 의견도 나왔어요."

"조금 이해가 안 가는군요. 가미쿠라는 산속에 있는 작은 마을이니 달아나려 해도 경로가 빤할 텐데요. 산은 샅샅이 뒤졌습니까?"

"아니, 그렇게까지는. 살인범으로 의심할 만한 근거가 없었으니까요. 거꾸로 말하면 의심을 살 이유도 없는데 범인이 산으로 달아날까, 하는 의문으로 이어집니다. 미리 장비를 챙겨 뒀다가 산으로 달아난 거라면 가미쿠라 밖으로 빠져나갈 수도 있었겠지요. 하지만 그렇다면 인근 마을로 내려갔을 때 누군가 목격했을 텐데, 그런 정보도 없었습니다. 이상하지요?"

"예. ……그자의 정체는 알 길이 없나."

오다의 혼잣말을 쓰바키가 부정했다.

"신원은 알아냈습니다. 다마즈카 마사미치의 신원을 샅샅이 조사하다가 그가 어떤 문제를 끌어안고 있었는지 대충 알게 되었지요. 관계자 증언에 서로 맞지 않는 부분이 있어 불확실한 부분도 있지만요. 다마즈카는 신주쿠 변두리에 진을 친 조직 폭력단 소속으로, 음식점에서 상납금을 징수하고 있었습니다. 그러다 어느 호스티스와 눈이 맞았는데, 그 여자에게 고약한 벌레가 꾀어 있었던 거지요. 여자에게 빌붙는 불량 대학생이 있었어요. 그 녀석이 여자에게 폭력을 행사한다는 사실을 알고 동정심이 일어 달아나게 도와준 게 실수였지요. 그 빈대 녀석하고 한 판 크게 뜨다가 상대를 반쯤 작살냈습니다. 정당방어였다고 하는 사람도 있지만, 그걸로 끝날 문제가 아니었습니다. 상대가 밉보여서는 안 될 조폭 두목의 못난 아들이었거든요. 일이 커진 거지요. 그대로 있다가는 목숨마저 위태로울 것 같아 달아났던 모양입니다. 몸을 숨길 만한 곳이 없었겠지요. 부모도 죽었고, 빈집이 된 산속 고향 집이라면 괜찮을 거라 판단하고 가미쿠라로 돌아왔는데 추적자는 금세 쫓아왔습니다.

그게 다마즈카가 작살을 내놓은 빈대 녀석의 부모에게 명령을 받은 구도 에쓰시라는 남자였습니다."

"그런 드라마가 있었군요. 하지만 구도 에쓰시가 가미쿠라에서 홀연히 사라진 건 아마 뭔가 몹쓸 짓을 저질러서 그런 것 아닐까요? 다마즈카 씨의 죽음과 뭔가 관계가 있을지도 모릅니다."

"추측일 뿐입니다. 만약 구도가 악행을 저지르고 산을 넘어 멀리 달아났다 해도, 그 후 어디에도 모습을 드러내지 않다니 정상이 아니죠. 외국으로 튄 게 아니냐고요? 그것도 추측의 틀에서 벗어나지 못합니다."

구도 에쓰시가 어떤 역할을 했는지, 전혀 알 수 없는 것이다. 답답한 마음으로 듣고 있는데 아키히코가 쓰바키를 불렀다.

"쓰바키 씨, 그가 어떻게 마을에서 빠져나갔는지 소문이 하나 돌긴 했습니다. 경찰도 대응하느라 고생하지 않았습니까? 왜, 그날은 마침……."

자기 입으로는 말하기 거북한 눈치였다. 쓰바키가 입가를 일그러뜨렸다.

"기억하고말고요. 하지만 그 가능성은 희박하다고 생각하는데. 말하기 싫은 게 아닙니다. 설명드리지요. 사건이 발생했던 날은 천명개시회의 교조, 노사카 미카게의 생일이라 신자들이 잔뜩 모여 있었습니다. 교조 탄신제니 어쩌니 하면서요. 그게 나중에 페리파리 강림일을 축하하는 희천제로 바뀌었는데, 규모는 감히 비교할 바가 아니지요. 그날 교조 탄신제에 참석한 건 50명 정도였는데, 회원들은 노사카 미카게의 자택과 이 아마노가와 여관에 묵었습니다. 작은 마을이라 그것만으로도 큰 이벤트인데 다마즈카 마사미치의 사건까지 겹쳤으니. 오봉*과 설날이 한꺼번에 겹친 것처럼 아주 난리도 아니었습니다."

쓰바키는 맥주로 목을 축였다.

"아키히코 씨가 말하고 싶은 건 이런 거죠. 구도 에쓰시는 천명개시회 무리에 섞여 모습을 감춘 게 아닐까. 경찰도 바보는 아니니 그야 철저히 조사했지요. 교단은 어디까지나 협조적이 었습니다. 하지만 그런 남자는 교단에 없다고 했습니다."

마음에 걸리는 점을 지적했다.

"그 대답은 믿을 만한가요? 피치 못 할 사정이 있어 교단이 숨겨줬을 가능성은 없습니까?"

"어쨌든 사람들이 바글바글했으니까요. 종교단체라고 조심한 건 아니었지만, 교단 본부에 쳐들어가 수색했던 건 아니니 숨겨줄 마음만 있다면 숨겨줄 수 있었겠지요. 하지만 아리스가와 씨, 천명개시회 사람들이 신자도 아닌 조직폭력배가 도주하도록 도울 이유가 없어요. 길 잃은 어린 양으로 여겨 보호해주었을 리도 없고요. 내사를 좀 해봤는데, 교단에는 그런 교의도 없고, 구도를 숨겨줬다고 볼 상황증거도 없었습니다."

*양력 8월 15일 전후로 지내는 일본 최대 명절.

"구도 에쓰시와 교단은 아무 상관없다 해도, 신자 중 누군가가 육친이나 지인이었을 가능성도 없나요?"

"그건 좀……. 그렇게까지 완벽을 기하지는 못했던 모양입니다. 다만 만약 구도와 가까운 사람이 우연히 천명개시회 모임에 섞여 있었다 해도, 그를 몰래 숨겨주기는 어려웠을 겁니다. 마을 소동은 신자들 귀에도 들어갔고, 경찰이 본부에 탐문을 갔었으니 수상쩍은 짓을 했다면 다른 신자들이 의심했을 겁니다. 모두 한통속이 아니고서는 구도를 빼돌릴 방법이 없었을 거예요."

쉴 새 없이 움직이던 모치즈키의 펜이 딱 멈췄다.

"교조 탄신일 축제 때 이 마을에서 이상한 사건이 벌어져 한 명이 죽고, 한 명이 실종. 그로부터 11년 사이 천명개시회는 인류협회로 바뀌어 경이적인 발전을 이루었다. 그 발전과 사건은 상관이 없는 걸까? 눈에 보이지 않는 실로 연결되어 있을 것 같기도 한데……."

쓰바키는 동의하지 않았다.

"인류협회의 발전은 노사카 미카게 밑에 우수한 인재가 모인 덕입니다. 저는 이해할 수 없지만, 그 협회에는 돈이 풍족하고 지적인 사람들이 특히나 많이 모여든다는군요. 성공한 청년실업가나 문화인, 예술가 중에 지지자가 많으니 세련된 이미지가 생겨서 신자가 점점 늘어난 거지요. 때를 잘 만났다고밖에 할 말이 없습니다. 그런 현상은 사회학자 선생님들이 분석할 문제지만, 어쨌거나 사라진 조폭이 얽혀 있을 것 같지는 않네요. 모치즈키 씨는 어떤 연결고리를 상상하는 겁니까?"

떠오른 생각을 그냥 입에 담았을 뿐인 퀸 마니아는 준비해놓은 대답이 없었지만, 그래도 모르겠다고 말하지는 않았다.

"다마즈카 씨가 조직에서 거금을 착복해 달아난 건 아닐까요? 만약 그랬다면, 구도 에쓰시가 그 돈을 강탈해 천명개시회에 '이 돈을 넘길 테니 도와주시오' 하고 매달렸다는 줄거리도 생각해볼 수 있는데."

"상상력이 풍부한 분이군요. 그런 사실은 없습니다. 혼비백산 달아난 다마즈카는 빈털터리였습니다. 수중에는 겨우 2만 엔뿐이었고요."

점점 머리 쓰기가 귀찮아졌다. 쓰바키가 가진 정보를 이 자리에서 패치워크로 짜 맞춘다고 답이 나온다면, 경찰이 예전에 끝냈을 것이다.

자기도 끼고 싶었는지, 지금까지 잠자코 있던 아라키가 입을 열었다.

"종잡을 수 없는 사건이네요. 자살인지 타살인지조차 확실치 않다는 게 찝찝한데. 게다가 역시 밀실의 수수께끼가 마음에 걸리는군요. 바닥이나 벽, 천장에 비밀통로 같은 건 없었습니까? 목공 작업장이었다면 숨겨진 회전문이나 비밀문 같은 장치가 있을 법도 한데…… 없겠죠? 그런 게 있었다면 경찰 수사로 벌써 찾아냈을 테니."

물론입니다, 라는 대답이 바로 돌아올 줄 알았는데 반응이 묘했다. 쓰바키는 "그게 말인데" 하고 턱을 긁적거렸다.

"어, 설마." 마리아가 바짝 다가갔다. "비밀통로가 있었을지도 모른다고 말씀하시려는 건 아니겠지요? 만약 그렇다면 앞으론 일본 경찰을 믿지 못하겠어요."

전직 순경이 상냥하게 웃었다.

"제 반응이 이상했습니까? 안심하세요. 일본 경찰의 능력은 세계 최고입니다. 현장에 비밀통로가 있었다면 3분 안에 찾아냈을 겁니다. 비밀통로는 없었는데, 이상한 일이 있었어요. 그날 밤, 사건 현장을 불태우려 한 자가 있었습니다."

"방화란 말씀인가요?"

"예. 휘발유를 뿌리고 그런 짓을 했다면 별채는 홀랑 타버렸을 겁니다. 하지만 불붙은 신문지를 던져 넣은 것뿐이었으니, 정말 불을 지를 생각이 있었는지 잘 모르겠습니다. 보통 때였다면 조금 과한 장난으로 여기겠지만, 이상한 사건이 있었던 바로 그날 밤이었으니 아무래도 상관이 있을 것 같았습니다. 어쩌면 다마즈카 마사미치의 죽음과 연관 있는 사람이 돌아와서, 어떤 흔적을 지우려고 그랬을지도 모르지요. 그게 무엇인지는 짐작도 가지 않지만 비밀통로가 있었다면 범인이 현장을 불태우려고 했을 법도 하겠구나……. 문득 그런 생각이 들었던 겁니다. 거듭 말씀드리지만 실제로는 비밀통로 같은 건 없었습니다. 만약 창고에 비밀 회전문이 있었다 해도, 창고와 사건 현장을 가르는 벽은 불에 타지 않았으니 증거를 없애지도 못했을 테고요."

또 한 가지, 새로운 요소가 추가되었다. 어쩌면 이것도 직소 퍼즐의 어느 부분에 들어가는 조각일지 모른다. 어디에도 맞지 않을지도 모르지만.

"낮에 그런 사건이 있었는데, 그날 밤 현장에 경찰은 없었습니까?"

"예, 현장검증은 대강 끝마친 터라 보초 같은 건 세우지 않았습니다."

"원래 그런가요?"

"벌써 오래전 일이라, 현장 감식기술도 지금과는 다르고…… 그 밖에도 특수한 사정이 있었거든요."

사건 전날, 현경 본부가 있는 나가노 시내에서 시의원을 역임한 바 있는 자산가가 강도에게 살해당하는 중대 사건이 발생했다. 그 때문에 가미쿠라에 배정된 인원이 상당히 적었다고 한다.

"상황은 그랬지만 현장이 휑해서 놓친 건 없었다고 확신합니다."

그렇지만 창고가 소실되기라도 했다면 큰일이었을 것이다.

"큰불로 번지지 않아 다행이었네요."

"더군다나 불에 탄 건 사건 현장이 아니라 옆에 있는 창고였어요. 그래서 수사에 지장은 없었습니다. 물론 진화가 늦었다면 공기가 건조했으니 별채가 홀렁 다 타버렸을지도 모르지요."

조기에 불을 끌 수 있었던 것은 쓰바키의 설명대로 범인이 기름을 붓지 않았고, 당시에는 근처에 사람이 살고 있었던 덕분이었다.

별채는 전소되지 않았기 때문에 한동안 을씨년스러운 모습으로 서 있었다. 하지만 아이들이 사건현장을 놀이터로 삼는 바람에 교육상 좋지 않다는 이유로 사건 1년 후에 철거되었다고 한다.

따라서 이제는 현장검증이 불가능하다.

"아이들이란 겁을 내면서도 호기심 때문에 그런 곳을 좋아하니까요. 사건 당일 밤 도깨비불이 둥실둥실 떠다니는 걸 봤다는 사람도 있었죠."

모치즈키는 그런 허황된 소리에는 귀를 기울이지 않았다.

"그 방화범도 여전히 누군지 모르는 거지요? 흐음, 누가 무슨 이유로 그랬을까요? 불붙은 신문지를 던지고 끝이라니, 철저하지 못한 행동도 마음에 걸리네요. 진심으로 현장을 불태울 생각은 없었던 걸까요? 하지만 불장난 정도로는 아무런 위협이나 의사전달도 되지 않을 텐데."

한꺼번에 이렇게 여러 이야기를 들으니 분명 머릿속도 복잡할 것이다.

오다가 테이블 위의 병을 하나씩 확인한 뒤에 "죄송한데, 맥주 한 병만 좀" 하고 부탁하려 하자 쓰바키가 "저는 이제 됐습니다"라고 말했다. 이야기하느라 지친 기색이었다. 슬슬 끝날 분위기다. 밤하늘이 부르는지 아라키도 손목시계를 보고 있었다.

"아이구야, 말이 많았습니다. 지루하셨죠?" 쓰바키는 어깨가 굳었는지 목덜미를 주무르며 말했다. "그런 이유로 저는 내일도 미련을 못 버리고 탐정놀이에 열중할 생각입니다. 부디 여러분은 가마쿠라의 봄을 만끽하다 가십시오. 수상한 사건 이야기를 실컷 떠들어놓고 이런 말을 하기는 뭐하지만, 여기는 좋은 곳입니다. 그렇죠, 아키히코 씨?"

"음?" 주인이 고개를 들었다. 중간부터 꾸벅꾸벅 졸고 있었던 모양이다.

자리는 파했다.

⑥

방으로 돌아가면서 아리스와 선배들은 "틀림없이 밀실이네요", "이상한 사건이야" 하고 숙덕거리고 있었다.

과연 그럴까?

나는 설명할 수 있다.

제4장
은하수 아래서

1

이제 곧 10시 반.

나는 이부자리에 엎드려서 모치즈키가 가져온 책을 읽고 있었다. 인류협회를 비롯한 작금의 신흥종교 현황에 대한 내용이었다. 별로 재미도 없겠다, 목욕도 마쳤겠다, 할 일도 없는데 텔레비전이나 볼까 싶어 리모컨에 손을 뻗는데 문 두드리는 소리가 났다.

"들어가도 돼?"

마리아였다. 그녀도 기나긴 밤에 방황하는 모양이다. 나는 책갈피도 끼우지 않고 책을 덮으며 대답했다. "들어와."

"실례할게."

차를 끓여서 창가 등나무 의자에 마주 앉았다. 고요했다. 유리 한 장 너머 밖에는 서늘한 공기가 맺혀 있을 것이다.

나는 잠옷 대신 가져온 운동복을 입고 편안하게 있었는데,

마리아는 셔츠와 청바지 차림으로 그대로 외출해도 될 것 같았다. 목욕을 한 티는 없었지만 포니테일로 묶은 머리카락에 촉촉한 물기가 남아 있었다.

"모치 선배랑 노부나가 선배는 아직도 안 돌아왔어?"

"엉뚱하지? 정말 겁도 없는 사람들이야. 외계인이 납치해 가면 어쩌려고."

마리아가 까르르 웃었다. 웃음에 굶주려 있었다는 듯이.

두 선배는 아라키 주지를 따라 UFO 관찰인지 탐험인지에 나섰다. 나는 어쩐지 피곤해서 사양했다. 잠시 방에서 혼자 있고 싶은 마음도 있었다.

"쓰바키 씨가 말해준 11년 전 사건, 에가미 선배하고는 상관없는 것 같지?"

마리아가 그렇게 운을 뗐다.

"없겠지. 에가미 선배는 명상을 하러 가미쿠라에 왔으니까."

"진심으로 하는 소리는 아니지?"

"물론."

시시한 농담은 자제하자.

"더 이상 유급할 수 없는 에가미 선배가 졸업논문 자료 조사로 가미쿠라에 왔다니 그럴싸하지만, 그럴싸해서 무서워."

"왜?"

"그럴싸한 거짓말을 할 수 있다는 건 그 사람…… 총무국이랬나? 유라 씨가 에가미 선배의 신원을 자세히 알고 있다는 뜻이잖아. 그게 오싹해."

"에가미 선배가 채찍질에 물고문이라도 당해서 자백했다는 거야?"

"설마 고문은 안 했겠지만, 면회 금지라니 위험한 냄새가 나지 않아?"

너를 만나러 갔을 때도 그랬어. 불안해서 참을 수 없었어. 지금, 그때만큼 걱정되지 않는 이유는 에가미 선배라면 괜찮다고 생각하기 때문일까?

"내일 우리는 뭘 할 수 있을까? 어떻게 해야 하지? 에가미 선배의 메시지가 SOS 신호라면 마냥 기다리고만 있을 순 없어."

난공불락으로 보이는 '성'을 어떻게 공격해야 할지, 지혜가 떠오르지 않았다. 마술사가 모자 속에서 토끼를 꺼내듯 놀라운 아이디어로 마리아를 기쁘게 해주고 싶은데.

"사람은 겉보기만으로는 모른다잖아. 에가미 선배가 실은 UFO나 외계인을 믿었을…… 리는 없겠지."

"당연하잖아." 마리아가 단언했다. "'실존할지도 모른다'고 대답을 보류할지는 몰라도, 외계인이 원반처럼 생긴 비행체를 타고 은하 저편에서 날아온다는 통속적인 이야기에 적극적인 관심을 가졌을 리 없어."

"통속적일까?"

"흔해 빠지고 얄팍한 이미지야."

"그럴까?" 그만 반박하고 말았다. "최초로 말을 꺼낸 사람은 제법 상상력이 풍부했다고 생각해. 정체불명의 비행물체를 보고 우주에서 왔다고 생각하다니, 난 그런 상상은 하지도 못할 거야."

아차, 어이없다는 표정이다.

"고독한 사람이야."

"누가?"

"UFO가 머나먼 별에서 날아왔다고 말한 사람도, 그걸 믿는 사람도. 드넓은 우주에서 지구에만 지적 생명체가 존재한다고 생각하면 너무 고독하니까, 그런 공상을 하게 되는 거야."

"그 말에는 동의해. '미지와의 조우'라는 광고문구보다 'We are not alone'이라고 생각하고 싶은 게 사람 마음이잖아. 각자의 견해가 있다 해도 인류라는 집합체의 무의식은 고독에서 벗어나길 원할지도 몰라. 그래서 UFO 신화가 언제까지고 사라지지 않는 거지."

"융도 UFO를 그런 식으로 해석했어. 하지만 집합체가 무의식중에 그런 생각을 할까? 그야 개개인은 고독을 두려워할 때도 있겠지만……."

"두려워할 때도 있고, 항상 고독하지."

"어머, 그건 말이 지나치잖아. 가끔, 때때로, 고독해지는 거야."

그러네, 하고 고개를 끄덕이면 될 텐데, 나는 그러지 않았다.

"언제나 고독해. 고독하지 않은 건 그걸 잊고 있을 때뿐이야."

"마음을 열 수 있는 가족이나 친구가 있다면 고독하지 않아. 그런 사람들과의 관계가 무너지거나, 유대가 끊어졌을 때 고독해지는 것 아니야?"

나는 그렇게 생각할 수 없었다. 그래서 서툴게 이야기했다.

사람은 평생 자신만의 그림을 그린다. 세밀하고 정밀한 그림을 그리는 사람도 있거니와, 거친 터치로 유채물감을 덧바르는 사람도 있다. 어떤 이는 메마른 수묵화를, 어떤 이는 난해한 추상화를, 어떤 이는 연필 하나로 단조로운 선화를, 또 어떤 이는 원근법을 무시한 소박한 풍경화를, 또 다른 어떤 이는 자아도취적인 자화상을 그릴 것이다. 거기에는 승패도 우열도 없으며, 되돌릴 수 없다는 점에서 모든 그림은 똑같은 가치를 갖는다. 그렇게 생각하면 인생의 무게를 즐길 수 있을 것 같다. (마리아는 여기서 가볍게 고개를 끄덕여주었다.) 그리고 모든 캔버스에 미리 '고독'이라는 색이 칠해져 있고, 모두가 '고독' 위에 붓을 놀린다고 생각함으로써 나는 구원받는 것이다. 후련한 체념과 함께.

"'고독'이 바탕에 깔린 그림이네."

"그래, 전부."

"어째서 처음부터 고독한 거야?"

"개체니까. 나뉘어 있으니까."

"인간뿐만 아니라 개나 고양이도 개체잖아. 풀이나 꽃도. 동물이나 식물도 고독을 느끼며 살아가는 거야?"

"고독해할지도 몰라."

"글쎄. 의식과 지성이 없으면 고독은 인지할 수조차 없잖아."

"그렇다면 외계의 지적 생명체하고만 종으로서의 고독을 나눌 수 있다는 말이 돼. 그런 존재를 언젠가 만날 수 있다고 기대하는 것도 자연스럽지 않을까?"

물론 그런 생각과 내방자 페리파리를 믿는 것은 다른 문제라고 덧붙였다.

"아리스가 지독한 외로움에 시달린다는 건 잘 알겠어. 언제부터 그랬어?"

"열세 살, 6월 14일쯤부터."

어느 평범한 날, 잠결에 문득 생각했다.

"유적론이랄까, 범림설이랄까, 독자적인 가설을 그 무렵에 확립한 거구나?"

"유적론, 범림설? 무슨 뜻……. 아아. 용케 그런 말을 즉석에서 지어내는구나."*

"지금은 어때? 고독해?"

대답이 궁했다.

그러자 그녀가 천천히 일어섰다.

"밖으로 나갈래?"

---

*유적론(唯寂論, 오로지 고독하다는 주장)과 범림설(汎淋說, 모두가 고독하다는 가설)은 일본어 한자를 이용해 마리아가 지어낸 조어다.

2

"오래 기다렸지?"

옷을 갈아입고 복도로 나가자 마리아는 로즈그레이색 파카를 걸치고 벽에 기대어 있었다.

"어떻게 할래? 정찰 겸 '성'까지 가볼까?"

그러기 위한 외출이라고 생각했는데, 마리아는 "아무래도 좋아"라고 했다. 그냥 산책을 하고 싶었던 건가?

"꼭 정찰이 아니라도 돼. 이 '도시'의 밤이 어떤지 둘러보기만 해도 좋고."

"그러네. 세상에서 하나뿐인 '도시'니까."

삐걱거리는 계단을 내려가자 휴게실에 잡지를 든 아키코가 있었다. 잡지꽂이의 책을 바꾸고 있었던 듯했다.

"밤바람 좀 쐬고 오겠습니다." 나는 아키코가 묻기도 전에 말했다. "통금 시간은 있나요?"

"아니요. 한밤중에도 문은 안 잠그니 편할 때 돌아오시면 됩니다. 이런 시골에서는 도둑이 들 일도 없고, 새벽까지 돌아오지 않는 분들도 계시거든요."

어딘가 적적한 얼굴로 말했다. 이 사람은 바탕그림이 비칠 만큼 엷은 그림을 그릴 것 같다.

"여기 기념품 재미있다."

마리아는 쇼케이스를 들여다보고 있었다. 어디, 하고 다가

가서 보니 UFO 모양 방패와 재떨이, 꽃병 등등. 죄다 금색 글자로 '성지 기념 가미쿠라 인류협회 총본부'라고 적혀 있다. 협회에서 납품해주는 오리지널 기념품인 것이다. 엽서 정도라면 기념으로 사고 싶다.

"가미쿠라는 과거에는 '가미노쿠라(神の座)'라고 적었다고 해요. 하늘에서 신이 내려와 깃드는 자리라는 뜻이지요. 뒷산 정상에 이와쿠라(磐座)라고 부르는 커다란 바위가 있어요. 종교가 얽힌 땅이죠."

아키코가 설명해주었다.

"쭉 여기에서 사셨어요?"

살갑게 묻는 마리아를 보면서 이런 데서 곱게 자란 티가 난다고 생각했다. 너무 양가집 아가씨 취급을 하면 "아버지가 중견 문구회사 전무이사인 것뿐인데 요란 좀 떨지 마"라고 반발하지만.

"여기서 나고 자랐지요."

"그럼 가미쿠라가 변해가는 모습을 쭉 지켜보셨겠네요."

"그럼요. 지난 10년 사이의 변화는 놀랍기만 하답니다. 정말, 꿈같아요."

"그렇겠어요. 오랜만에 돌아온 사람은 얼이 빠질 것 같아요."

"도시에서 고향으로 돌아와 눈을 휘둥그레 뜨는 분들이 계시답니다. 저도 11년 전에 이곳을 떠났다면 그랬겠지요."

태연한 말투였지만 마리아는 뭔가 마음에 걸린 것 같았다.

"여기서 나가려고 하셨어요?"

"아니, 그런 건."

아키코는 잡지를 한데 포개어 품에 끌어안고 생긋 웃었다.

"슬슬 나가보셔야죠. 벌써 11시예요."

벽시계가 10시 50분을 가리켰다. 통금도 없는데 어째서 시간에 구애되어야 하는지 의아해하는 마리아에게 나는 "가자" 하고 말을 걸었다. 아키코는 고개를 숙이고 안쪽으로 사라졌다.

밖은, 밤공기가 싸늘했다.

"춥지 않아?"

파카 앞자락을 여미며 묻는 마리아에게 대답했다. "괜찮아."

"역시 장관이네, 봐."

밤하늘에 별이 찬란했다. UFO의 고장이라 할 만하다.

우리가 내는 발소리를 들으며 메인스트리트로 갔다. 늘어선 빛기둥을 배경으로 '성'이 당당하게 가슴을 펴고 있다. 얄밉지만 환상적인 위용에 시선을 빼앗기고 말았다. 무심결에 저 '성'과 하나가 되어 녹아들고 싶다는 생각을 할 뻔했다. 그런 생각과 종교 사이의 거리는 몇 걸음 되지 않을지도 모른다. 길에 인적은 없었다. 주위 산들은 새까맸다. 마치 '도시'를 집어삼키려고 밀어닥친 해일이 그대로 얼어붙은 것만 같다.

마리아가 경쾌한 걸음으로 성큼성큼 걸어가면서 말했다.

"쓰바키 씨 이야기 말인데."

그렇게 나오시겠다? 추리게임을 할 기분은 아니지만, 어울려주지.

"그 사람, 어째서 정년퇴직한 뒤에도 수사를 하러 오는 걸까? 그걸 우리한테 털어놓는 것도 이해가 안 가. 자기가 다마즈카 씨를 죽인 범인이면서."

"그건 사건이 미궁에 빠질까봐 답답해서…… 뭐?"

그만 고꾸라질 뻔했다. 연극적인 반응이지만, 나는 걸음을 멈추고 물었다.

"쓰바키 씨가 살인범이라는 거야? 사람 간 떨어지게 하네. 진지하게 들으면 돼?"

마리아도 멈췄다. 우리는 밤의 깊은 바닥에서 마주 보았다.

"일부러 아리스가 놀랄 만한 표현을 써본 것뿐이야. 하지만 근거 없는 소리를 하는 건 아니야. 아무리 봐도 이상해. 만약 쓰바키 씨가 범인이라면 미궁에 빠진 완전범죄를 굳이 파헤칠 이유가 없고, 그걸 남들에게 떠들 생각도 않겠지. 그러니까 범인일 리는 없는데…… 그 사람이라면, 가능했어."

"밀실상황에서 다마즈카 마사미치를 죽일 수 있었다고? 어떻게 추리를 하면 그렇게 되는지, 설명 좀 들어보자."

"대단한 추리도 아니야. 아리스라면 눈치챌 것도 같은데. 모치 선배가 먼저 말을 꺼내지 않은 게 이상할 정도야. 아키히코 씨가 권총을 빼돌린 것 아니냐고 본인 앞에서 물어볼 정도니, 쓰바키 씨한테도 '당신이라면 가능하지 않았습니까?' 하고 따질 법도 한데."

"빼지 말고, 어서."

"미리 말해두겠는데, 구멍투성이 가설이고 어디서 많이 들어봤을 트릭이야. 다만 이렇게 생각하면 밀실의 수수께끼가 풀린다는 것뿐이지. 저쪽으로 가보자."

우리는 서쪽에 솟아 있는 그림자를 임시 목표로 삼아 산책을 했다. 저 엎어놓은 나팔은 무슨 건물일까?

"쓰바키 씨를 범인으로 보기는 어려워. 시체를 발견할 때까지 쭉 철벽같은 알리바이가 있잖아. 순찰하는 길에, 아마노가와 여관에 들르기 전에 죽였을 리도 없고. 아키히코 씨하고 함께 들은 총성이 가짜였다고 해도 시신에서는 피가 계속 흐르고 있었잖아."

"그런 건 문제가 안 돼. 범행은 아키히코 씨가 현장을 떠난 뒤에 이루어졌으니까."

무슨 뜻인지 모르겠다.

"어떤 사정이 있었는지는 짐작도 안 가지만, 요컨대 쓰바키 씨하고 다마즈카 씨는 서로 짜고 연극을 했던 거야. 가짜 피도 미리 준비해서."

"그렇다면…… 다마즈카 씨는 그 피를 관자놀이에 발라서……."

"바닥에 드러누워 죽은 척했지. 쓰바키 씨는 아키히코 씨를 교묘하게 유도해 가짜 시체를 목격하게 만들고, 자기는 그 자리에서 현장을 보존해야 한다면서 아키히코 씨에게 신고를 부탁했어. 그 후 다마즈카 씨를 쏴 죽인 거야."

탁상공론 게임이었나. 추리소설 세계에 그런 원리의 트릭이 있기는 하지만……

"그 트릭으로 미스터리를 쓰려면 해결해야 할 과제가 너무 많아. 어째서 두 사람은 그런 짓을 했는가? 어째서 다마즈카 씨는 쉽게 속아 넘어갔나? 가짜 피는 흔적을 남기면 안 되니까 처리하기도 까다로워. 게다가 아까 얘기로는 아키히코 씨가 쓰바키 씨를 현장으로 유도한 것처럼 들렸어."

"그래. 그것도……"

권한도 없는데 괜히 긁어 부스럼을 만들어가며 수사를 속행하는 흉내를 낼 이유는 없다.

"살인사건 얘기는 그만두자. 아, 내가 먼저 꺼냈지. 미안."

나팔 앞까지 왔다. 달빛 속에서 메탈시트에 뒤덮인 외벽이 요사스럽게 빛나고 있었다. 그 벽을 어루만지며 한 바퀴 돌아보았는데, 무슨 목적으로 만든 건물인지는 역시 알 수가 없었다.

"에가미 선배 일 말인데." 또 한 바퀴를 돌면서 말했다. "내일 다시 한 번 부딪쳐보자. 그래서 안 되면 경찰 손을 빌리는 방법도 있어. 그 메시지는 괜히 설명하기만 복잡하니 없는 셈 치고."

"그러면 또 유라 히로코가 나와서 '에가미 님은 자율의사로 명상을 하고 계십니다.' 이럴걸. 어머니가 위독하다는 말도 이젠 안 믿어줄 테고. 에가미 선배의 어머니가 돌아가시고 안 계시다는 것도 상대방은 알고 있을지도 몰라."

"아버지가 위독하다고 할까? 살아계시는 거지?"

"응, 하지만 소식이 끊겨서⋯⋯." 마리아가 한숨을 쉬었다. "그런 게 아니라, 상대방이 믿을 리 없잖아. 경찰이 사실 확인이라도 하려 들면 곤란해."

"에가미 선배를 만날 적당한 구실이 있으면 되는 거지? 그것도 당장."

"그래. 급한 용건이 아니면 틀림없이 명상이 끝날 때까지 기다리라고 할 거야."

"이상한데."

"뭐가?"

"사정이 있어 협회가 에가미 선배를 감금했다면, 그런 설명은 이상해. 차라리 '입회해서 수행자의 신분이 되었으므로 한동안 만날 수 없습니다'라고 하면 편하잖아. '사흘만 지나면 만날 수 있으니 다시 찾아오십시오'라는 건⋯⋯."

"시간 끌기."

그렇다. 협회가 원하는 건 에가미 선배의 신병이 아니라, 시간이다.

"하지만 어째서 시간을 벌려고 하는 거지? 사흘 후 인류협회에 뭔가 중요한 이벤트가 있어?" 마리아가 물었다.

"몰라. 있다고 해도 어째서 에가미 선배를 격리하는지 이해가 안 가." 11시 5분이었다. "'성'을 보러 갈까?"

"응."

한참 가다가 뒤로 돌아 나팔을 올려다보니 은하수가 보였다. 안개처럼 부옜다. 우리는 하늘을 올려다보며 걸었다.

"저게 뭔지 알아?" 마리아가 물었다.

"별이 뭉쳐 있는 거잖아. 머나먼 은하계가 저 부근에 조밀하게 모여서……."

"땡, 틀렸네요. 저건 말이야, 우리 은하계의 가장자리야."

자세히 설명 좀.

"지구도 하나의 은하계에 속해 있잖아. 그 은하계 가장자리에 있어서 외계인이 잘 못 찾는 건지도 몰라. UFO를 타고 찾아온 지적 생명체가 '이런 변경에도 문명이 있었다니' 하고 놀라서 인류가 부끄러워한다는 소설이 있었지. 누구 작품이었더라? 어쨌거나 우리는 편평한 은하계 안에 있으니까, 하늘을 보면 어딘가에 가장자리가 보이겠지? 그게 바로 은하수야."

거짓말을 하는 눈치는 아니었다. 처음 알았다.

"덕분에 똑똑해졌습니다."

"살아 있는 한 언제나 그래야지. 앞으로, 앞으로."

전진 또 전진. 나아가자, '성'으로.

3

"선배들은 어디서 뭘 하고 있는 걸까?"

"오늘 밤은 UFO 같은 건 안 날아다니는 것 같은데."

마을기업 같은 인쇄소가 있었다. 이곳이 '여왕국'의 인쇄물을 도맡고 있을 것이다. 제재소, 화덕 빵 가게, 미용실, 건축소……. 메인스트리트에서 벗어나도 상점들이 여럿 있었다. 마리아가 오기 전에 읽은 책에 따르면 협회 회원인 의사가 상주하는 작은 진료소도 있다 하니, 구색은 갖춘 셈이다. 굳이 없는 걸 꼽으라면 경찰일까? 협회가 그 기능을 대신하고 있다면 오싹하지만.

"장난감 같은 '도시'네. 작은 가게들이 잔뜩 있어."

"이 정도면 '국가'라고 부르는 게 낫겠어."

"바티칸이잖아."

"일본에서 독립하겠다고 들고 일어나는 거 아닐까? 만약 그렇게 된다면……."

"……왜 그래?"

"아무것도 아니야." 그렇게 대답했다. 내 착각일지도 모르니 괜히 불안하게 만들 필요는 없다. 누가 뒤따라오는 듯한 기분이 들기는 하는데.

"이상해. 왜 그래, 아리스?"

마리아가 내 어깨를 흔들었다. 입을 다무는 바람에 되레 걱정한 것이다. 누군가가 우리를 지켜보고 있다는 전제하에 억지로 웃음을 지어내며 목소리를 낮추어 말했다.

"두리번거리지 말고 들어. 누가 우릴 감시하는 것 같아. 어쩌면 인류협회 사람일지도 몰라. ……돌아보지 말라니까."

"언제부터?"

"여관에서 나왔을 때부터 감시했을 수도 있고, 어쩌면 나팔을 구경하고 돌아왔을 때부터일지도 몰라."

"우리 행동을 감시할 만한 가치는 없을 텐데. 대체 협회는 무슨 생각일까? 우리가 아이돌이라면 심야의 밀회를 대서특필하겠지만."

어디까지나 태평하고 장난스럽게 이야기하면서, 우리는 귀를 기울여 등 뒤의 기척을 살폈다. 발소리가 따라오는 건 아니었지만 머리 뒤를 찌르는 시선을 느꼈다. 착각이 아니다. 거리는 30미터쯤 될까. 건물 그림자에 숨어 우리 뒤를 쫓아온 것이리라. 그 간격 덕분에 냉정하게 판단할 수 있었다. 급습할 생각이라면 훨씬 더 바짝 따라왔을 것이다.

"내버려둘까?"

"내버려두자."

심술궂은 결론을 내렸다. 그게 가장 무난할 것 같기도 했다. 이제 곧 메인스트리트가 나온다. 모퉁이를 왼쪽으로 돌면 바로 '성'이 나타난다.

"어머……."

"왜 그래?"

하얀 연기가 메인스트리트 오른쪽에서 왼쪽으로 천천히 흐르고 있었다. 발연통을 손에 든 남자가 지나간 거라면 금방 사라질 텐데, 그 하얀 연기는 사라지기는커녕 왼쪽에서도 피어

올랐다. 이윽고 좌우 양쪽에서 흘러나온 연기가 만나 하나로 뭉쳐 우리 쪽으로 밀려왔다. 왠지 눈앞이 온통 연기로 자욱했다. 반투명한 막이 드리운 것처럼.

"안개야."

그러고 보니 가마쿠라에는 이런 명물도 있다는 말을 들었는데. 짙은 안개다. 마치 질량이 있는 것처럼 보였다.

무심히 뒤를 돌아보자 그쪽에서도 안개가 피어올라 주위가 뿌옜다. 놀라운 기세다. 이대로 가면 우리는 곧 유백색 어둠에 휩싸일 것이다.

딸랑, 소리가 났다.

잘못 들었나 싶었지만 분명 딸랑거리는 소리가 들렸다. 이쪽으로 다가오는 것 같았다.

"저건 뭐야?"

마리아도 눈치챘다.

불규칙한 소리가 나는 방향을 뚫어져라 바라보았다. 안개 속에 사람 그림자가 있었다. 그림자는 우리 쪽으로 걸어오고 있었지만, 안개도 함께 다가오는 바람에 좀처럼 정체를 알아볼 수가 없었다. 초조하고 불안한 마음을 억누르지 못한 마리아가 외쳤다.

"누구세요?"

바람이 조금 불어 안개를 걷어냈다. 다가오는 자를 숨겨주었던 베일도 걷혔다. 어떤 인물이, 서 있었다. "아." 마리아가 외마디 소리를 지르며 두 손으로 입을 가렸다.

투실하게 살이 찐 남자였다. 흑백 바둑판무늬 옷을 입고, 두건을 쓰고, 얼굴에는 피에로 화장, 밑에는 발끝이 휘어진 낡은 신발. 괴상한 행색이다. 그가 한 발짝 내딛자 두건 끝에서 방울이 딸랑, 하고 울렸다. 입술에서 반달모양으로 크게 비어져 나온 연지가 안개 속에 흉측하게 떠올랐다. 씨익, 그자가 웃었다.

"그냥 내버려둘 수 없게 됐어."

그가 입을 뗐다. 꽉 눌린 두꺼비 같은 목소리였다.

"뭘?"

마리아가 물었다. 상대하지 말라고 말하고 싶었다. 대화를 나눌 상대가 아니다.

"여기 온 걸 후회할 거야."

화약보다 위험한 냄새가 난다. 이 이상 이 녀석에게 접근해서는 안 된다. 나는 마리아의 손을 잡아당겼다.

"대꾸하지 마."

메인스트리트 쪽으로 뛰었다. 마리아도 함께 달렸다. 뒤통수에 눈이 없어 보이지는 않았지만, 뚱뚱한 피에로도 슬금슬금 뛰어오는 것 같았다. 낡은 신발이 아스팔트 바닥을 때리는 소리, 요란한 방울 소리가 들렸다.

여관으로 돌아가려고 했는데 오른쪽으로 꺾을 수가 없었다. 거기에도 피에로가 있었던 것이다. 이쪽은 빨간색과 노란색이 섞인 요란한 가로줄 무늬 옷을 입은 남자로, 일부러 올려다봐야 할 정도로 키가 컸다. 죽마라도 타고 있나 싶을 만큼.

"도망칠 수 있다고 생각하나? 절대 불가능해. 여기는 인류협회가 다스리는 나라다. 마음대로 못 나가."

뚱뚱한 피에로도 멈춰 서서 실실 웃고 있었다.

"자업자득이야. 그러게 이런 곳에 뭐 하러 왔어?"

협회 사람인가? 그건 예상 범위였지만 어째서 이런 우스꽝스러운 차림을 하고 있는지 이해할 수가 없다.

"우리를 '여왕국'의 '성'으로 데려가서 가두기라도 하려고? 에가미 선배처럼?"

키 큰 피에로가 흥분한 마리아를 보며 비웃었다. 윗몸을 이리저리 흔들며.

"괴로운 운명이 너희를 기다린다. 내가 너희 신세가 아닌 게 감사할 따름이야. 깨달은 자만이 행복한 법. 페리파리에게 감사를."

"페리파리에게 감사를."

뚱뚱한 피에로가 따라 했다.

"꼭 붙어 있어."

마리아에게 속삭이며 차가운 손을 고쳐 쥐고 왼쪽으로 도망쳤다. 두 피에로가 쫓아왔다. 어지러운 발소리가 안개 낀 '도시'에 울려 퍼졌다.

이대로 '성'으로 다가가면 위험하다. 골목길로 들어가 안개 속에 숨고 싶지만, 일단 광장까지 가는 수밖에 없다. 거기서 어느 쪽으로 가지? 생각은 접고 몸에 맡기자. 어렴풋한 '성'의 그림자가 눈앞에 다가왔다. 원형 광장을 에워싼 서치라이트가 안개를 뚫고 하늘을 비추고 있었다.

"멈춰."

마리아가 내 손을 잡아끌었다.

광장 곳곳에 뭔가 있었다. 안개 밑에 웅크리고 있던 사람들이, 한 사람씩 차례로 벌떡 일어섰다. 피에로였다. 빛기둥을 등지고 있어 실루엣만 보이는 탓에 어떻게 생겼는지 보이지 않아 오싹했다. 그림자는 모두 영리하고 민첩할 것 같았다. 보란 듯이 백점프를 하는 녀석도 있다.

"너희 친구는 먼저 데려갔어."

뒤에서 키 큰 피에로가 말했다. 친구라니, 모치즈키와 오다 말인가? 오싹했다. 안개 때문에 윤곽이 흐릿한 그림자를 향해 마리아가 외쳤다.

"우리를 어쩌려고? 이유가 뭐야!"

뚱뚱한 피에로가 뒤늦게 도착했다. 몸이 무거워 달리기가 벅찼는지 어깨를 헐떡이며 마리아에게 답했다.

"귀찮게, 굴지, 마. 결코, 우리를, 방해할, 수는, 없어. 고대하던, 기적이, 마침내, 진실이 되려는, 순간이다. 훼방꾼은, 힘으로, 배제하겠다."

두꺼비 같은 목소리가 점점 더 귀에 거슬렸다.

"기적이라니?" 내가 물었다. "외계인이 인류를 구제하러 하늘에서 내려온다는 겁니까?"

뚱뚱한 피에로가 오른손을 들었다. 하늘을 가리키는 것이다. 키 큰 피에로도, 광장에 흩어져 있는 그림자도, 똑같은 행동을 했다.

위를 올려다보자 두꺼운 안개 위에 거대한 무언가가 있었다. 허공에 뜬 채로 멈춰 있다. 희미한 소리가 들렸다. 수많은 매미의 울음소리 같은, 기묘한 기계음이.

"이미…… 왔다는 거야?"

마리아가 휘청거렸다. 나는 마리아의 손을 꽉 움켜쥐고 광장 한쪽 구석으로 달렸다. 그쪽에만 피에로의 그림자가 없었기 때문이다. 어디로 가야 할지, 어디까지 달려야 할지 몰랐지만 달아나야만 한다. 그리고 적의 수중에 떨어진 세 선배를 구하러 돌아와야 한다.

낯선 길로 들어가 '도시' 외곽으로 향했다. 이곳에서 탈출해야만 한다. 안개가 사라져도 어둠 속에 몸을 숨길 수는 있을 것이다. 혼자라면 힘이 부칠지 모르지만 지금은 둘이다.

"헛된 저항이다. 포기해!"

맘대로 떠들어보시지, 두꺼비 피에로.

기와지붕을 얹은 낡은 민가 그늘에서 무언가가 불쑥 튀어나왔다. 잠복해 있던 피에로였다. 헐렁한 파란 옷에 잔뜩 달린 스팽글이 번쩍거렸다. 붙잡고 늘어지려 하기에 어깨로 힘껏 떠밀었다. 앞쪽에도 색색의 피에로가 보여서 우리는 더 좁은 길로 들어갔다. 이럴 줄 알았다면 가미쿠라 지리를 조금 더 자세히 공부할 걸 그랬다.

'도시'의 출구는 어느 쪽이지? 젠장, 방향을 잃었다.

"뭐야, 왜 그래? 입은 꾹 다물고. 좀 이상해."

정신이 돌아왔다.

"'아무것도 아니야'라고 하더니 갑자기 입을 꾹 다물고 말이야. 공상의 나라에 여행이라도 다녀왔어?"

"맞아, 다녀왔어, 아득한 나라에."

어렸을 때부터 그런 버릇이 있기는 했지만 이렇게 극단적인 경우는 처음이었다. 비일상적인 장소에 와 있다고는 해도, 제정신이 아니다.

"어떤 여행이었어? 말 좀 해봐."

"입이 찢어져도 말 못 해."

"남한테 말 못 할 나라구나. 하지만 너무한 거 아니야? 옆에 내가 있는데, 혼자만 공상의 세계로 놀러 가다니."

거기서 함께 놀고 있었다는 말은 차마 할 수 없었다.

"그런데 말하는 도중에 공상 속에 쑥 빠져들었다고? 왠지 수상한데."

누가 우리를 감시하고 있다니까. 그건 공상이 아니다.

4

그렇지만 한동안 뒤에 주의를 기울이는 사이 확신이 사라졌다. 인기척이 없었다. 미행이 끝났나? 아니면 그런 건 처음부터 없었던 걸까? 고민해봤자 알 수 없는 문제니, 생각하지 않기로 했다.

아무렴 어떤가. 인류협회가 어떤 이유로 우리 행동을 감시하고 있었다 해도, 우리는 켕기는 짓은 하지 않았다. 스캔들과는 인연 없는, 청렴결백이 추리소설연구회의 신조니까.

"왜 시계를 힐끔거려?"

눈썰미도 좋다.

"그냥 버릇이야."

"뭘 기다리는 것 같은데. 0시가 되면 UFO하고 접촉하려는 속셈 아니야?"

그나저나 올 생각을 않네, UFO.

메인스트리트로 나갔다. '푸드샵 가미쿠라'를, '가미쿠라 정'을, 우체국을, '카페&그릴 하늘의 배'를 지났다. 수상한 그림자에 방해받는 일 없이 우리는 광장에 접어들었다.

"아무리 거짓말이라지만 어머님이 위독하다는 말은 실수였어." 마리아가 반성했다. "에가미 선배 어머님 이야기, 전에 했지?"

기사라 마을에서 돌아와 얼마쯤 지났을 때, 우연히 들었다. 돌아가신 에가미 선배의 어머니는 어떤 점술에 심취한 나머지 두 아들의 죽음을 예언했다. 어머니의 말대로 장남은 일찍 세상을 떴고, 차남은 '서른이 되기 전에 학생인 채로 죽는다'는 불길한 신탁에 얽매여 있다. 에가미 선배는 그 예언에 맞서듯 학생 신분을 고수하는 것이다. 어머니 때문에 가족은 뿔뿔이 흩어지고 말았다.

이상한 이야기가 아닐 수 없다. UFO도 심령현상도 이름 풀이도 믿지 않는다면, 그런 비상식적인 예언은 태연히 무시하면 그만이다. '학생인 채로 죽는다'라는 말이 싫다고 굳이 유급을 거듭할 이유는 없다. 어리석어요, 인생 낭비니 그만두세요, 라고 말하고 싶었지만 분명 에가미 선배의 마음은 끔찍하리만치 복잡하게 꼬여 있는 것이다. 내가 감히 간섭할 수는 없다.

마리아가 침울한 목소리로 말했다.

"에가미 선배, 내년에는 졸업이네. 대학원에 남을 생각은 없어 보였으니까. 그렇다면 어머님의 저주 같은 예언이 적중한다면…… 어쩌면 지금이 아닐까."

그래서 에가미 선배가 걱정된다는 건가? 그건 아니다.

"너까지 이상한 예언에 휘둘리지 마. 그런 게 적중할 리 없잖아. 추리소설연구회의 일원으로서……."

"자기 일이 아니니까 그렇게 쉽게 말할 수 있는 거야." 매정한 소리를 한다. "그래, 비논리적인 소리야. 하지만 친어머니에게 저주를 받는다는 게 어떤 기분인지 난 몰라. 얼마나 괴로운 일일지."

그건 나도 마찬가지다. 그래서 에가미 선배의 삶을 비웃을
생각은 없다.

"넌 혼란스러운 거야. 에가미 선배의 고통이나 고독은 나도
어느 정도 상상할 수 있어. 하지만 그것과 예언이 적중하느냐
마느냐는 전혀 다른 문제잖아. 적중할 리 없어. 에가미 선배의
목숨이 위험한 것처럼 말하지 마. 인류협회는 고작해야 무해한
UFO 동호회일 뿐이니까."

마리아의 눈동자에 내가 비치고 있다.

"에가미 선배, 지금 외롭겠지?"

"……응."

"혼자 떨어져서, 외로워하고 있겠지? 우리가 가야 해."

"내일, 꼭 만나자."

"아리스. 지금, 고독해?"

여기서 '고독하다'고 대답한다면 너무 욕심쟁이다. 게다가
나는 지금, 고독에서 가장 먼 곳에 있다.

5

"아니."

아리스는 그렇게 대답했다. 허세 같지는 않았다.

"아까는 '항상 고독하다'고 했으면서."

"그건 논지를 강조하기 위해 극단론을 펼쳤을 뿐이지……."

내게서 눈을 떼더니 손목시계를 보았다.

"아까부터 자꾸 시계를 보네. 왜 그래, 아리스?"

모터 소리와 함께 광장을 에워싼 투광기가 일제히 움직였다. 모든 투광기가 고개를 돌려 서치라이트를 한 점에 집중시켰다. 마치 빛의 우리 속에 갇혀버린 것만 같다. 그리고 밤하늘을 똑바로 가리키고 있던 수많은 빛기둥이 더욱 찬란하게 빛났다.

"오오, 이거구나!"

"우와, 온다!"

어디선가 모치즈키와 오다의 환호성이 들려왔다. 카니발에 들뜬 목소리 같다.

그리고 아리스가 싱긋 웃더니…….

쉭, 공기가 날카롭게 흔들렸다.

하얀 궤적이 탑 양쪽에서 하늘로 올라갔다. 나는 깜짝 놀라 곁에 있는 어깨에 매달렸다.

"뭐야…… 저건?"

다음 순간, 탑보다 훨씬 높은 상공에서 레몬색 꽃이 활짝 폈다 흩어졌다. 펑 하는 소리가 뒤를 따랐고, 커다란 꽃불의 잔상이 망막에 아로새겨졌다. 나풀나풀 지상으로 떨어지는 무수한 불똥은 마치 '성'의 영광을 칭송하고, 축복하며 쏟아지는 별 같았다.

이것은 현실.

꿈이 아니다.

하지만 마치 꿈만 같았다.

제5장
급변

1

　오다의 코 고는 소리에 잠이 깼다. 아침 햇살이 얼굴을 정통으로 비추고 있었으니 태양이 깨워준 건지도 모른다. 모치즈키의 이부자리는 비어 있었다.

　세수를 하고 옷을 갈아입은 뒤 아래층으로 내려갔다. 휴게실에서 신문을 읽고 있을 줄 알았는데, 선배는 없었다. 안주인이 나왔다.

　"좋은 아침입니다. 동행분요? 저희 남편하고 산책 겸 표고버섯 재배지를 견학하러 갔어요. 바로 근처라."

　아침 식사까지 여유가 있어 나도 장소를 물어 가보기로 했다. 오늘도 날이 화창하다. 1년 만에 휘파람을 부는 시늉도 해보았다.

　숲 초입에 훌륭한 비닐하우스가 있었다. 안에 두 사람이 있었다. 입구를 찾아내 "실례하겠습니다" 하고 안으로 들어갔다.

"안녕하십니까."

주인아저씨가 쾌활하게 인사를 건넸다. 오늘 아침은 입을 오물거리지 않았다. 모치즈키가 가볍게 손짓했다. "여."

"탐스럽네요. 이게 참나무인가요?"

몇 십 개나 되는 통나무가 지지대를 사이에 두고 비스듬히 맞물려 있었다. 길이는 1미터. 지름은 10센티미터 가량. 그 나무껍질을 찢고 사방에서 표고버섯이 갓을 활짝 벌리고…… 있지는 않았다. 균사가 이제 막 자랄 때인지, 나무 표면에 보이는 건 하얀 반점뿐이었다.

"아니요, 상수리나무입니다. 표고버섯 재배에는 졸참나무나 너도밤나무, 떡갈나무까지 여러 종류를 사용합니다. 이 원목에 표고버섯 종자를 심어주면 그 자리에서 버섯이 납니다. 아기 표고의 요람인 거지요. 원목에 전기 드릴로 구멍을 뚫어, 표고버섯 균이 묻은 쐐기를 꽂습니다. 표고버섯이 자란 나무는 골목(榾木)이라고 부릅니다. 원목은 일회용이냐고요? 아니요, 천만에요, 아깝잖아요. 양분만 있으면 아기 표고를 키워주니, 5, 6년은 쓸 수 있답니다."

주인아저씨 입에서 '아기 표고'라는 표현이 튀어나올 줄은 꿈에도 몰랐다. 표정도 부드러운 게, 행복해 보였다.

"아리스, 그거 알아? 표고버섯 재배도 예전에는 아마미오시마에서 바람에 날려 온 표고버섯 균이 원목에 붙기를 기다릴 뿐이었어. 그런데 그래서야 너무 운에만 매달리는 꼴이라, 지금 쓰는 재배 방법을 개발한 거래. 모리 기사쿠라는 박사 덕분에 1년 내내 맛있는 표고버섯을 먹을 수 있게 된 거지."

모치즈키가 갓 주워들은 지식을 떠벌렸다.

"그렇습니다. 옛날 재배 방법은 도박이나 다름없었지요. 수입이 불안정해서 고생했을 거예요. 그래서 세무서도 나름대로 배려를 해줬다더군요. 표고버섯 농가와 소설가는 소득 산정기준이 달랐다고 해요."

표고버섯 농가와 소설가만 다른 기준. 이 세상에 그런 비밀스러운 분류가 있었단 말인가. 작가 지망생으로서 표고버섯에 친근감이 무럭무럭 솟아났다.

"취미나 도락 수준이 아닌데요? 수확량도 확실하고, 어제 먹은 표고버섯도 도톰하니 맛도 진한 게 꿀맛이었어요."

주인아저씨가 기뻐할 만한 말을 해주었더니 어째선지 모치즈키까지 자랑스러운 표정으로 말했다.

"잠깐. 너는 아직 아마카와 씨의 위대함을 일부밖에 못 봤어. 이 원목 재배 방식의 성공에 만족하지 않고, 훨씬 대단한 걸 연구하고 계시다 이 말씀이야. 그건…… 자, 자, 이쪽으로."

모치즈키는 아키히코의 허락도 받지 않고 나를 비닐하우스 구석으로 데려갔다. 용도를 알 수 없는 기계가 있었다.

"아직 준비 단계라, 시범은 못 보여드리지만." 주인아저씨도 다가왔다. "원리만 설명드리지요. 이건 임펄스 방전으로 골목에 자극을 주는 장치입니다. 골목을 한 줄로 늘어놓고, 가운데

골목 위에 못을 박습니다. 거기에 300킬로볼트의 전기를 흘려보내고, 찬물에 담그면 아기 표고가 왕성하게 생겨나는 겁니다."

"전기로 자극하면 표고버섯이 잘 자라나요?"

"예. 예로부터 벼락이 떨어진 곳에 버섯이 잘 난다는 이야기가 있는데, 그건 미신이 아니라 사실입니다. 어째서 그런지 과학적으로 증명되지는 않았지만, 다른 생물에서도 비슷한 현상을 엿볼 수 있습니다. 전기 자극에 놀란 버섯이 위험을 감지하고 종족을 보존하려고 번식능력을 높이는 게 아닌가 하는 일설도 있기는 해요. 그걸 응용한 재배 방법을 개발하고 싶어 이런 장치를 만든 거지요. 올 겨울에 심을 균부터 시험해볼 생각입니다."

마치 다른 사람이라도 된 것처럼 매끄럽게 설명해주었다. 이 정도로 표고버섯에 심취해 있을 줄이야. 그게 무엇이든 열정을 바칠 대상이 있다는 건 멋진 일이다.

한 바퀴 둘러보고 비닐하우스에서 나왔다. 주인아저씨는 말려둔 표고버섯과 나도팽나무버섯을 비닐봉지에 가득 담아 챙겨갔다. 당장 오늘 아침 식탁에 올라올 것이다. 온통 버섯이다. 어제, 이상한 환상에 시달린 것도 저녁때 먹은 버섯 탓이 아닐까?

"수확량이 꽤 되는 것 같은데, 전부 손님들에게 내놓으시나요?" 그렇게 물어보았다.

"그래도 다 못 먹으니 이웃에 나눠주거나 협회에 가져다주기도 합니다. 다들 기뻐하지요."

'성'과 우호적인 교류를 나누고 있는 것이다. 이 사람이 한마디 거들어줄 수 없을까?

"총본부 안을 구경하고 싶은데, 여관을 통해 부탁할 수는 없나요?"

"저희를 통하지 않아도 직접 가면 들여보내줄 겁니다. 연휴 때는 견학하려는 사람이 많아서 거절한 적도 있었던 모양이지만, 지금은 협회도 한가할 테니."

"만약에 안 된다고 하면요?"

"그때는 제가 말해봤자 마찬가지지요. 중요한 행사가 있을 때도 외부 사람을 통제하는 경우가 있습니다. 그것만큼은 어쩔 방도가 없어요."

별로 도움이 안 되겠다. 포기하고 탄식하는데 모치즈키가 말을 걸었다.

"어제 마리아가 꽃불을 보고 깜짝 놀라던데. 너, 아무 말 않고 광장에 데려갔던 거지?"

"장난기라고 해두죠."

"장난기 많은 아리스가와 군. 그래, 두 사람은 친밀도를 좀 높였나?"

이런 소리를 듣기는 처음이었다. 조금 황당했다.

"불필요할 정도로 높일 생각은 없어요. 상대방도 거북할 테니까."

"왜 그렇게 소극적이야. 알 수 없는 남잘세. 그래, 그 꽃불의 유래는 제대로 설명해줬어?"

"모치 선배한테 빌린 책에 실린 내용 그대로. 라이팅은 몰랐지만요."

인류협회에서는 회조 노사카 미카게가 내방자 페리파리를 만난 오후 11시 17분에 맞춰 매일 밤 꽃불을 쏘아 올린다. 하늘을 향해 '여기에서 당신들의 강림을 기다리고 있다'는 메시지를 보내는 것이다. 마리아가 우리 방에 찾아오기 전에 읽고 있던 책에 적혀 있었다.

"라이팅은 시작한 지 얼마 안 됐어. 텔레비전에서 딱 한 번 봤어. 구경하는 사람도 몇 안 되는데, 투광기를 컴퓨터로 제어한대. 록 콘서트처럼 연출이 요란하던데. 누가 인류협회 아니랄까봐."

모치즈키와 오다는 서쪽 산에서 UFO가 오기를 기다리며 별똥별을 두 개 보고, 불꽃쇼 시간에 맞춰 광장 근처로 내려왔다고 한다.

"그런데 한밤중에 그런 걸 쏘면 수면 방해 아닌가요? 이 '도시' 사람들은 다들 일찍 잠자리에 들 텐데."

내가 의문을 제기하자 아키히코가 우리 쪽을 돌아보았다.

"늘 있는 일이라 익숙합니다. 그 시간까지 깨어 있는 사람도 많고, 일찍 자는 사람은 꽃불 몇 발로는 깨지 않거든요."

그런가? 역시 이상한 곳이다.

어디서 오토바이 소리가 들렸다. 협회로 향하는 줄 알았는데, 붉은 블루종은 '성' 반대편에서 달려와 우리 옆에 섰다. 아라키가 철마를 타고 아침 산책을 즐기고 온 모양이다.

"히라노 초입까지 다녀왔습니다. 중간에 수풀이 버스럭거려서 곰인 줄 알았지 뭐예요."

헬멧을 쓴 채로 웃는 그에게 아키히코가 진지한 얼굴로 말했다.

"곰이 맞을 겁니다. 겨울잠에서 깨어날 시기니 먹이를 찾아 어슬렁거리는 거겠지요. 조심하십시오."

"아이구야."

아라키가 오토바이를 세워두러 갔다.

어제, 쓰바키가 이야기해준 구도 에쓰시가 떠올랐다. 홀연히 마을에 나타나, 홀연히 사라진 남자. 그가 다마즈카 마사미치를 살해하고 산으로 달아났을지 모른다는 가설도 나왔지만, 곰이 서식하는 이 근방에서 그것은 상당히 위험한 도박이다. 권총을 갖고 있었다 해도 모험은 틀림없다.

여관으로 돌아오자 휴게실에 오다와 마리아가 있었다. 어젯밤 꽃불이 어땠느니 하며 수다를 떨고 있다. 마리아는 "속물 그 자체야"라고 비난했고, 오다는 "오락성을 중시하는 인류협회의 방침은 잘 알겠어"라고 평가했다. 그렇다. 인기의 비결은 그 오락성에 기인한 것인지도 모른다. 인류협회란 결국 종교를 내세운 대규모 서클 활동인 것이다. 다분히 오타쿠스럽고 속물적인. 중추에 있는 자들은 진지하다 해도, 밑에는 그런 신자들이 모여 있겠지.

2

모치즈키가 마무리에 나섰다.

"글쎄. 그나저나 오늘은 어떻게 할지가 문제야. 에가미 선배한테 '돌아가서 기다려달라'는 메시지를 받은 이상 '만나게 해달라'고 강경하게 나가기는 어려워. 어디 파고들 만한 허점이 없을까? 예를 들어보라고? 가령 교토로 돌아가기 전에 총본부를 견학하고 싶다고 부탁해서, 일단 안으로 들어가는 거야. 들어가고 나서는 틈을 봐서 '성안'을 샅샅이 뒤지는 거지."

오다가 난색을 표했다.

"틈을 봐서 샅샅이 뒤지긴. 말이 쉽지, 그게 가능이나 하겠어? 007도 아닌데. 저 '성'은 넓다고."

"들어가보지도 않고 어떻게 알아?"

"'입성'에는 성공해도 사면초가에 빠질 수도 있잖아. 그때는 어떻게 할 건데?"

"난동을 부리면 어떨까요?"

내가 머릿속에 떠오른 생각을 입에 담자 마리아가 환하게 웃었다. 비슷한 생각을 했는지도 모른다.

"그거 좋은데? '에가미 선배를 만나게 해달라'고 요구해보고. 거부당하면 일부러 '성' 안에서 날뛰는 거야. 손댈 엄두도 못 낼 정도로 난장판으로. 그러면 그쪽에서 경찰을 불러줄지도 몰라요."

나는 마리아만큼 과격한 생각은 하지 않았다. 오다가 자제를 촉구했다.

"진정해, 마리아. 만약 협회 쪽에 말 못 할 사정이 있어서 에가미 선배를 감금한 거라면 경찰을 부를 리가 없잖아. 안 봐도 헛수고야. 넷 다 붙잡혀서 뒷산에 매장당하지나 않으면 다행이게."

"너도 극단적인 소리는 자제해." 모치즈키가 타일렀다. "그정도는 아니라 해도, 문제는 과연 우리에게 그렇게 대담한 작전을 감행할 용기가 있느냐야. 신사숙녀로만 구성된 이 지식인 집단에게."

"전 숙녀가 아니니까 할 수 있어요. 지식인도 아니고."

"글쎄다. 나는 내키지 않아. 좀 더 스마트한 방법은 없을까? 추리소설—."

"—연구회니까." 마리아가 뒷말을 받았다. "좀 더 그럴싸한 트릭을 생각해내라는 거죠? 그럼 이렇게 하죠. 저랑 아리스가 '성'에 남아 난동을 부릴게요. 모치 선배와 노부나가 선배는 밖에서 상황을 지켜봐주세요. 흔히 그러듯이, 15분이 지나도 저희가 돌아오지 않으면 경찰에 연락을."

나는 받아들일 수 없었다.

"완전 모험소설이잖아. 게다가 왜 나야? 멋대로 임명하지 마."

"트릭이 떠오르지 않으면 모험을 하는 수밖에 없고, 취업을 준비 중인 선배들한테 어려운 부탁은 할 수 없잖아? 이력서에 오점이 남는다고."

"나도 내년에는 취업해야 하는데."

"아리스 넌 작가 지망생이잖아. 괜찮아, 괜찮아. 정강이에 상처 하나쯤 있어도 아무 문제 없어. 그런 건 훈장이야."

"바보 같은 소리 마. 작가가 될 때까지는 취직해서 먹고 살아야 한단 말이야. 내 이력서도 걱정 좀 해줘."

진심으로 거절하는 건 아니고 어쩌다 보니 반박한 것뿐인데, 실수했다. 나를 쳐다보는 마리아의 눈에 뚜렷이 낙담하는 빛이 감돌았다. 나를 의지해줬는데, 외면해버렸다. 꽃불이 터지기 전, 에가미 선배를 '내일, 꼭 만나자'고 말했는데.

식사 준비가 끝난 모양이다. 작전회의는 식후에 다시 하기로 했다. 좋은 생각이 떠오르지 않으면 마리아의 제안을 따를 생각이었다.

아침 식사로는 나도팽나무버섯국과, 아침에는 어울리지 않는 표고버섯 버터구이가 나왔다. 방금 재배 현장을 봐서 그런지 괜히 더 맛있었다. 모치즈키가 또 새로 주워들은 표고버섯 잡학 지식을 늘어놓아 오다와 마리아의 감탄을 자아냈다. 쓰

194

바키와 아라키가 같은 테이블에 앉아 뭔가 속닥거리고 있길래 무심코 귀를 기울였다. 아키코에 관한 소문 같았다.

"……그 후로 쭉 혼자 지낸다더군요. 이모가 하는 여관을 도우면서요. 아까운 일이죠."

"남의 인생이니 다른 사람이 아깝다고 할 문제는 아니지요. 하지만 쓸쓸한 얘기네요. 그 사람, 표정이 외로워 보이는데."

"차라리 나고야로 나가서 새로운 생활을 시작하는 게 낫지 않나 싶지만, 뭐, 그 사람이 선택한 인생이니까요."

듣다 보니 사정이 얼추 보였다. 과거 아마카와 아키코에게는 사랑하는 남자가 있었지만, 두 집안 사이에는 오랜 앙금이 있어 결혼을 허락받지 못했다. 남자는 함께 달아나자고 했다. 하지만 마지막 순간에 아키코가 겁을 먹었거나 남자가 배반했는지, 파국에 이르고 만 것이다.

"벌써 11년이나 지났으니 마음의 상처도 나았겠다 싶어 어제도 농담을 던져봤어요. '아키코 씨, 언제까지고 이런 마을에 있으면 남편감을 못 찾아요. 외계인을 기다리는 거랑 똑같다니까' 라고요. 그랬더니 '도시는 내키지 않아서요'라지 뭡니까. 좋아했던 사람을 잊지 못하는 거겠지요."

"상대 남자는 어디서 뭘 하고 있습니까?"

"혼자 마을을 떠나 도쿄에 있던 친구들과 작은 회사를 차렸답니다. 이게 대박이 나서, 그쪽에서 결혼했다지요. 그러다 가미쿠라는 종교 '도시'로 바뀌었고, 남자는 그걸 싫어하는 부모님을 도쿄로 모셔 갔다고 들었습니다. 가미쿠라에는 아키코 씨만 혼자 외롭게 남았죠. 여기서 기다려봤자 남자가 돌아올 리 없는데."

"안타깝군요."

"그렇죠. 그나저나 운명은 별의별 장난을 다 쳐요. 상대 남자가 마을을 떠난 게 어제 말씀드린 그 사건 당일 밤이었습니다. 우연이지만요."

우연으로 끝날 문제인가? 아라키도 같은 생각을 한 모양이다.

"그거, 수상하지 않습니까? 살인사건이 터진 밤에 마을에서 나가면 범인으로 의심을 살 텐데요."

"낮 시간의 알리바이가 확실해서 범인이 아닌 건 분명했습니다. 기소 후쿠시마 병원에 친척 병문안을 갔었거든요. 하필 사건 당일 밤, 그것도 한밤중에 마을을 떠났다는 사실이 마음에 걸렸지만 부모에게 확인해보니 가출이었다는 게 밝혀졌습니다. 나중에 도쿄에 있는 그와 연락이 닿아 마을을 떠난 이유를 직접 들었습니다. 사건과는 아무 상관없었습니다."

그렇다면 사건 당일, 마을에서 사라진 남자가 두 명 있었다는 뜻이다. 그 남자와 구도 에쓰시. 이 두 사람이 동일인물이라면 영락없이 추리소설이다. 양쪽 다 신원은 확인되었으니 그럴 리 없지만.

그때 아키코가 나타나는 바람에 쓰바키와 아라키는 재빨리 화제를 바꾸었다.

"식사 중에 죄송합니다." 아키코가 우리에게 말했다. "인류협회 유라 님께서 전화로 손님들을 찾는데, 어떻게 할까요?"

우리가 아마노가와 여관에 투숙한다는 사실을 알리기는 했지만, 협회에서 무슨 일로 전화를 했을까? 보아하니 모치즈키와 오다는 물론이고 마리아도 한창 입을 오물거리고 있는 중이었다. 이 전화, 내 차지다.

아키코를 따라 카운터 안쪽 사무실로 갔다. 그녀는 수화기를 내밀며 단추를 눌러 대기 상태를 풀었다. 나는 마른침을 삼키고 전화를 받았다.

"여보세요?"

"인류협회 총무국 유라 히로코입니다. 어느 분이시죠?"

틀림없이, 그 사람이다. 요염한 모습이 뇌리에 떠올랐다.

"아리스가와입니다."

"어제는 실례가 많았습니다. 전부 저희 착각이었습니다."

"예?"

"에가미 님과 여러분을 오해해서 무례하게 대응한 점, 깊이 사과드리겠습니다. 죄송합니다."

사과를 받았다. 예기치 못했던 전개다.

"원래 그쪽으로 직접 찾아가 사죄와 설명해드려야 마땅하지만, 길이라도 엇갈리면 거듭 폐를 끼칠 것 같아 아침 일찍 전화를 드렸습니다."

"하아, 그것참 고맙네요."

이렇게 태도를 싹 바꾸면 뭐라 대답해야 할지, 적당한 말이 떠오르지 않았다.

"에가미 님이 여러분을 만나길 희망하고 계십니다. 기꺼이 환영할 테니 이쪽으로 와주시겠습니까?"

사람 우습게 보네. 기가 막혔지만 화를 낼 때가 아니다. "그것참 고맙네요." 똑같은 말을 되풀이했다.

"그럼 지금 곧 가겠습니다." 하지만 아직 식사가 끝나지 않았다. "30분 후면 되겠습니까?"

"언제 오셔도 괜찮지만, 에가미 님은 아직 주무시고 계십니다. 어제 밤을 새워서. 어쩌면 정오까지 주무실지도 모릅니다."

"그건…… 그냥 밤을 새워서 그런 거겠죠?"

"예. 새벽 3시 넘어서 주무셨기 때문에." 평소에도 그렇긴 하다. "물론 일어나실 때까지 여기서 기다리셔도 됩니다. 여러분만 원하신다면 오전에 협회 시설을 안내해드릴 수도 있고요. 어떻습니까?"

"굳이 안내해주실 필요는 없습니다. 다 같이 의논해보고 적당한 시간에 찾아가겠습니다. 오전 중에 꼭요. 유라 씨를 찾아가면 될까요?"

"예. 어제 보았던 문으로 오세요. 미리 말해놓겠습니다. 다른 질문은 없습니까?"

묻고 싶은 건 산더미처럼 많지만, 만나서 물어도 된다. 그보다 이 사실을 빨리 마리아와 선배들에게 알려야 한다.

"그쪽에 가서 여쭤보겠습니다. 지금은 딱히 없습니다."

"기다리고 있겠습니다. 그럼, 실례하겠습니다."

수화기를 내려놓자마자 식당으로 쪼르르 달려갔다. 세 사람이 엉거주춤 일어나서 나를 맞이했다. 쓰바키와 아라키가 의아한 눈으로 쳐다보았지만 신경 쓸 겨를이 없었다.

유라 히로코의 말을 그대로 전하자 세 사람 다 경악을 감추지 못했다. 직접 전화를 받은 나도 귀를 의심했으니 당연한 일이다.

"협회는 무슨 속셈이지? 장난하나?"

"이상해. 뭔가 이상해."

오다는 화를 냈고, 모치즈키는 고개를 갸웃거렸다. 마리아는 일단, 기뻐했다.

"영문은 모르겠지만 에가미 선배를 만날 수 있는 거지? 다행이야. 어떤 오해를 했는지는 나중에 물어보면 돼."

"지금 당장 오는 건 곤란하다는 게 마음에 들지 않지만."

"곤란하다고 한 건 아니에요, 노부나가 선배." 내가 말했다. "'성'에 가면 들어갈 수는 있어요. 에가미 선배가 정오까지 자고 있을 거라고 한 거죠. 그게 딱히 이상한 건 아니잖아요."

"음…… 그래."

대화가 끊긴 틈에 아라키가 내게 물었다.

"여러분, 인류협회 총본부에 가십니까? 잘됐군요. 저도 그 안에 들어가보고 싶었는데. 함께 가면 안 되겠습니까?"

그 정도 친절은 베풀고 싶었지만, 모처럼 협회 쪽에서 우리를 환영해주겠다는데 엉뚱한 사람을 데리고 가면 다시 태도를 바꿀지도 모른다.

"죄송합니다. 저희 네 명만 초대하겠다고 했으니 함께 갈 수는 없을 것 같아요. 아라키 씨도 견학을 신청해보면 어떨까요?"

노골적으로 불만스러운 반응이 돌아왔다. 쩨쩨한 녀석이라고 생각했겠지.

"예예, 알겠습니다. 저도 신청해보겠습니다. 하지만 꽤 어려운가보군요. 견학 허가를 받은 것만으로도 이리 기뻐하는 여러분을 보니. 거기 들어가기가 제법 힘든 모양입니다."

"아, 그게, 저희가 호들갑을 떤 거지, 그렇게 어렵지 않을지도 몰라요. 지금은 견학도 비수기라고 하니까."

"하긴."

마리아가 열심히 달래주자 아라키도 물러났다. 나쁘게 생각하지 말기를.

쓰바키와 아라키가 식사를 마치고 나가자 모치즈키가 입을 열었다.

"그래, 몇 시에 갈 거야? 마리아는 지금 당장 쳐들어가서 '성' 안에서 에가미 선배를 기다리고 싶은 눈치인데."

그러고 싶었을 것이다. 하지만 "글쎄요……" 하고 얼버무리자 오다가 먼저 제안했다.

"에가미 선배가 깬 다음에 가도 되지 않을까? 협회도 이렇게 정중하게 사과해놓고 설마 '역시 들여보내줄 수 없다'고 하지는 않겠지. 그러기만 해봐. 광장 타일을 파내서 난동을 부릴 테니. 그러니 그때까지는 시간을 효율적으로 쓰자. 어때?"

요컨대 성지 견학이다.

3

'도시' 안에 있는 네 개의 협회 시설을 차례로 돌아보기로 했다. 마리아는 각 건물을 만들다 만 로봇, 녹아내린 트로피, 엎어놓은 나팔, 점보 솔방울이라고 표현했다.

먼저 우주에서 떨어진 성물을 전시한 점보 솔방울, 보물관으로. 아라키의 말대로 금속 조각들이 수족관에서도 쓸 수 있을 만한 유리 케이스 안에 전시되어 있었다. 구경할 가치는 없어 보였지만 그들에게는 귀중한 물건이리라. 가치는 믿는 사람 나름이다. 설명서에 무슨 뜻인지 모를 방정식을 적어놓고 지구 46억 년 역사를 통해 4천 개의 인공물이 지구 밖에서 날아왔다고 단정 짓고 있었다. 많은 건지 적은 건지, 참 묘한 숫자다. 파란 유니폼을 입은 남자가 졸졸 따라다니며 자세히 설명해주려 했지만 사양했다.

녹아내린 트로피는 협회가 '도시' 사람들을 위해 세운 집회

소였다. 회원이 아니라도 마음껏 쓸 수 있어서, 아침부터 어르신들이 차를 마시며 담소를 나누고 있었다. 그 안에 쓰바키 준이치의 모습이 보였다. 11년 전 사건에 대해 묻고 있었는지 다른 사람들이 "집념이 대단해, 쓰바키 씨는" 하고 웃었다. 종교색이 전혀 느껴지지 않아 호감이 갔다. 협회는 이렇게 지역과 융화하려고 노력해온 것이다.

"어르신들이 많네요."

내 말에 모치즈키가 설명을 늘어놓았다.

"당연하지. 미니 종교 도시라고는 해도, 원래 가미쿠라는 과소 지역이야. 인류협회가 생긴 덕에 젊은 신자들이 유입되고는 있지만 신자가 아닌 이곳 청년들은 여전히 밖으로 빠져나가고 있어. 협회가 위세를 잃거나 다른 곳으로 거점을 옮기면 미래는 없어. 그게 냉엄한 현실이겠지."

그런 건가.

다음으로 옆어놓은 나팔로 향했다. 어젯밤 이 부근을 산책할 때 마리아가 의아해하며 고개를 갸웃거렸던 건물의 정체는 협회 도장이었다. 입구에 '명상관'이라고 적혀 있었는데 어두워서 알아보지 못했던 것이다. 많은 사람들이 기도를 올리고 있는지, 안에서 기묘한 소리가 들려왔다. 여기는 못 들어가겠구나 싶어 돌아서려는데 누가 우리를 불러 세웠다.

"좋은 아침입니다. 궁금하시면 구경 좀 하시겠습니까? 무서워할 것 없어요."

누군가 했더니 어제 '성' 뒤쪽에서 만났던 작은 나리 같은 인상의 남자였다. 가만있자, 이나코시 소스케였나. 오늘은 품이 넉넉한 흰옷을 입고 있었다. 안으로 들어오라며 손님을 끄는 상인처럼 두 손으로 입구를 가리켰다. 지나치게 우호적인 그 태도에 우리는 다시 걸음을 돌렸다.

"지금은 회원들만 참가하는 아침 명상 시간이라 여러분은 참여할 수 없지만, 오후 3시 명상에는 누구나 참가할 수 있습니다. 괜찮다면 가미쿠라에 온 기념으로 30분쯤 신음해보세요. 참가했다고 해서 입회를 권하지는 않으니까요."

신음을 해보라니, 무슨 소리지? 건물 안에서 이상한 소리가 나는데. 이나코시가 극장처럼 두꺼운 문을 연 순간, 소리가 쏟아져나왔다.

Oooooooommm······.

Oooooooommm······.

Oooooooommm······.

지하에서 솟구치는 듯한 목소리였다. 서른 명쯤 되는 신자들이 하얀 예복을 차려입고 꼿꼿하게 서서 단조롭게 되풀이하고 있다. 그 소리는 오옴, 오옴, 오옴 같기도 하고, 아옹, 아옹, 아옹 같기도 했다.

소리는 하나로 모여 천장의 높은 채광창까지 이르는 공간에 장엄하게 울려 퍼졌다.

"그냥 신음을 내고 있는 건가요?"

그건 아니라고 했다.

"'Om'이라고 영창하는 겁니다. 소리를 길게 끌다 보니 '오옴'이라고 들릴지도 모르겠군요. Om은 어느 나라의 언어도 아닙니다. 우주가 탄생할 때 나온 근원의 소리이자, 만물의 첫 울음소리이고, 창세의 숨결입니다. 밀교에서는 우주의 시초를 '아(阿)', 종국을 '훔(吽)'으로 표현합니다. 합하여 '아훔'이라고 하고, 우주의 마지막 순간에 나타나는 지덕을 가리킵니다. 사찰의 산문에 있는 인왕상이나 고마이누*는 입을 벌린 모습과 다문 모습 한 쌍으로 이 '아훔'을 나타내고 있는 거지요. 세상 모든 언어의 뿌리라고도 하는 산스크리트어로, 고귀하고 신성하며 절대적인 소리입니다. 저희는 Om이라고 영창함으로써 우주 의식과의 합일을 꾀하고, 영혼의 정화와 심화에 애쓰고 있습니다. 아, 황당하신가요?"

"음, 조금요……." 마리아가 멋쩍게 웃었다.

Ahuuuuummm…….

Ahuuuuummm…….

Ahuuuuummm…….

'아훔'으로 들리기 시작했다.

"성스러운 소리 Om은 형태로 나타내면 원이 됩니다. 이 건물은 어디를 잘라도 단면이 원을 이룹니다. 원이 포개져 끝없

---

*사자를 닮은 짐승 조각상으로, 신사나 사찰에 사악한 것이 들어오지 못하도록 막는 역할을 한다.

이 상승하는 모습, 혹은 땅으로 한없이 퍼져나가는 모습을 나타내고 있습니다. 이곳을 설계한 구마이 지카우 선생님의 훌륭한 아이디어지요."

"그렇군요." 모치즈키가 감탄했다. "그러고 보니 무디 블루스가 〈옴(Om)〉이라는 노래를 불렀는데. 흠, 근원의 소리라. 하지만 제게는 아직 조금 이른 것 같습니다."

뭐가 이른지 모르겠지만, 이나코시는 미소를 지으며 고개를 끄덕거렸다. 이 사람의 반응도 어딘가 엉뚱하다.

신자의 성비는 남녀가 거의 반반이었다. 20대, 30대가 눈에 띄었다. 외국인도 있었다. 집회소와는 대조적이었다.

"다들 일본 각지에서 찾아온 분들입니까?" 오다가 물었다.

"예, 그렇습니다. 외국에서도 찾아오신답니다. 장기 체류할 수 있는 방이 총본부 안에 몇 개 있는데, 지금 여기 계신 분들은 대부분 본부에서 일하는 사람들입니다. 젊지요?"

"예. 오락거리도 없는 이런 산속에서 용케 지루한 줄도 모른다고 하면 혼나겠지요? 아, 그래서 친밀해질 수 있는 건가? 협회 안에서 커플이 많이 생기겠네요."

이나코시는 침울한 표정으로 고개를 저었다.

"다들 그렇게 생각하시는데, 좀처럼……"

"이나코시 씨도 독신이세요?"

마리아의 물음에 그가 움찔 몸을 젖혔다.

"제게 물어보실 줄은 생각도 못 했습니다. 예, 그렇습니다.

올해 서른한 살 독신, 함께 앞날을 논할 상대는 없습니다. 협회에서 일하다 보면 아무래도 인연이 멀어지거든요. 부부끼리 입회해 본부에서 일하는 분도 계시긴 하지만, 뜻이 같은 사람들끼리 연대감은 생겨도 그것과 연애감정은 또 별개니까요. 다들 지상의 이성보다 우주 저편에 있는 존재를 그리워하는 겁니다."

신앙을 사랑에 빗대다니 영 틀린 말은 아니지만, 신자가 자기 입으로 그렇게 말하면 당황스럽다.

"그나저나." 이나코시가 진지한 표정으로 말했다. "어제는 여러분께 무례하게 굴어 죄송했습니다. 유라 주사에게 다 들었습니다."

사정을 알고 있는 건가? 나는 그에게 물어보았다.

"오해가 있었다는 사과 전화를 받았는데, 구체적으로 어떤 착각을 하셨던 건가요?"

"여러분의 선배인 에가미 씨를 엉뚱하게 의심했습니다. 협회에서 빠져나가 다른 단체를 설립한 일파가 있는데, 부끄럽게도 저희는 그 일파와 대립하고 있습니다. 저희로서는 갈라선 이상 인연이 없는 중생이라고 생각하는데, 상대가 자꾸 트집을 잡아서. 인류협회의 사상은 옳지 않다고 의미 없는 논쟁을 벌이려 하질 않나, 내방자 강림의 의미를 왜곡한 사상을 퍼뜨리질 않나, 회원을 빼가려고 하질 않나. 사상의 차이는 어쩔 수 없지만, 방식이 영 건전하지 못하거든요. 신입회원으로 가장한 스파이를 파견하기도 합니다. 그래서 저희도 신경이 날카로워져서 그만 에가미 씨를……."

"스파이로 오해했다고요?"

"그런 모양입니다. 자세한 이야기는 본인이나 유라 주사에게 들으십시오. 사과의 표시로 협회 기념품 세트 정도는 드릴 겁니다. 필요 없으면 돌아가는 길에 버리셔도 됩니다."

그만 웃고 말았다. 이나코시 한 사람의 인상으로 인류협회 전체를 판단할 수는 없지만, 역시 취미 서클 분위기다. 그들이 적의를 품고 습격하는 이미지는 싹 날아가버렸다.

"변명은 아니지만, 에가미 씨도 호기심이 왕성한 분인 것 같더군요. 총본부 안을 너무 열심히 둘러봐서 조금 이상한 것 아닌가 하고 수상쩍게 여겼다고 합니다. 추리소설을 너무 많이 읽은 모양이에요."

그 선배가 도를 넘게 비상식적인 행동을 할 리는 없으니, 협회가 너무 예민한 게 아닐까? '성'의 경비도 과한 것 같고. 그 점도 물어보았다.

"경비가 삼엄한 건 어쩔 수 없는 일입니다. 지켜야 할 게 정말 많거든요. 불쾌한 표현이지만, 저희는 씀씀이가 헤픈 단체로 소문이 나서."

실제로 씀씀이가 헤프지 않나?

"나쁜 외계인의 침입에도 대비하고 계신가요?"

"예? 그렇긴 한데……. 또 황당하게 보시겠군요. 하지만 유비무환이라고 하지 않습니까. 저희는 앞으로 인류를 위해 보다 더 중요한 사명을 짊어져야만 합니다. 그러기 위해서는 먼저 자신을 소중히 여겨야지요."

오다가 질문했다.

"그 나쁜 외계인이라는 건 벌써 지구에 와 있습니까? 어떻게 구분하는지 궁금한데요." 손가락을 하나 세우며 묻는다. "역시 포인트는 이겁니까?"

"새끼손가락에 뭐 문제라도? 나쁜 외계인이 이미 인간계에 잠입했다고 보는 사람도 협회 안에 있습니다. 분파를 만든 자들이 그 급선봉이었지요. 저도 그 가능성을 완전히 부정할 수는 없다고 보지만, 인류가 스스로 저지르는 우행까지 그 탓으로 돌리는 건 잘못입니다. 너무 나약한 도피고, 저희는 그렇게까지 주체성이 결여된 존재가 아닙니다. 나쁜 외계인을 구분해내는 방법이라. 글쎄요, 그런 방법이 과연 있을까요? 저는 못 들어봤습니다."

"이제 그만……."

마리아의 채근으로 우리는 자료관에 가보기로 했다. 이나코 시는 손을 흔들어 배웅해주었다. "즐겁게 다녀오십시오. 나중에 총본부에서 뵐 수 있을지도 모릅니다."

만들다 만 로봇 앞에서 시선을 빼앗기고 말았다. 금속 오브제가 마치 조각상 같았다. 명상관의 디자인은 나름대로 철학이 있었지만, 이쪽은 건축가가 인심 좋은 의뢰인을 만나 마음껏 기교를 부린 것으로밖에 보이지 않았다.

입구에는 유니폼을 입은 협회 직원이 있었다. 성의껏 내면 된다고 요금함을 가리키기에 각자 동전을 넣었다. 안으로 들어가자 바로 코앞에 인류협회의 숭고한 이상을 기록한 패널이 걸려 있었다. 전시 소개만 봐도 시간이 모자랄 것 같았다. 노사케 미카게 회조의 생애 소개(인류협회로 바뀐 뒤로는 교조라고 부르지 않는다), 페리파리와의 만남 재현, 천명개시회로 시작하는 협회의 발전사, 그 현재와 미래상만으로도 머리가 꽉 찼다. 2층으로 올라가면 UFO에 관한 온갖 정보를 얻을 수 있다고 하니, 아라키 주지는 분명 이곳에서 눈을 빛냈을 것이다. 미니 영상관인 3층에서는 원하면 신성한 영상을 틀어준다고 한다.

모처럼 들어왔으니 노사카 미카게의 생애부터 훑어보았다. 가난한 농가에서 자라, 척박한 땅만 잔뜩 가진 농가에 시집을 가서 남편을 여읜 다음에는 여자 손 하나로 전답을 지켜냈다. 두 아이를 병으로 잃는 불행도 견뎌낸 그녀는 1979년 10월 1일 오후 11시 17분, 페리파리와 운명적인 해후를 한다. 화장실 창문으로 뒷마당을 보는데 무언가가 희미하게 빛나는 게 수상쩍어 상황을 살피러 갔더니, 동굴에서 이상한 빛이 새어 나오고 있었다.

여기서 브라이언 이노 스타일의 전자음악이 흐르더니 다음 코너가 나왔다. 운명적인 순간의 상황을 진짜 같은 실물 크기인형과 배경세트를 활용해 실감 나게 재현해놓았다. 왜소한 노부인이 부드러운 빛 속에 나타난 내방자를 만나 우뚝 서 있다. 페리파리의 균형 잡힌 실루엣은 아름다웠지만, 그 중성적인 생김새는 자세히 표현되지 않아 그 점이 무척 신비로웠다. 단추를 누르자 페리파리가 정신감응으로 전했다는 말이 흘러나왔다. 에코 효과를 너무 넣어 알아듣기 힘들었지만 간단히 요약하면 "인류여, 현명해져야 한다. 하늘의 소리에 귀를 기울이며 살아라. 그것을 실천할 때, 위대한 인도를 얻으리. 내가 이곳으로 다시 돌아오리라"라는 내용이었다. 내 심금을 울리는 내용은 아니었다.

"이제 그만……." 마리아가 또 불렀다. "갈까요? 벌써 11시 반이에요."

다들 똑같은 생각을 하고 있었다. 입장료만큼 본전은 뽑지 못했지만 '성'으로 향했다. 마침내 '입성'이다. 찾아가는 건 좋은데, 또 그럴듯한 구실을 대가며 쫓아내는 건 아니겠지. 그만 그런 의심을 하고 말았다. 만약 그렇게 되더라도 잠자코 물러나지는 않겠다. 그야말로 난장판을 만들어주마.

광장을 가로질러 문으로. 늘씬한 장신의 유라 히로코가 초소에 서 있다가 우리를 보더니 가까이 다가왔다.

"지금쯤 오실 것 같아 기다리고 있었습니다. 어서 오세요, 인류협회에. 여러분을 진심으로 환영합니다. 자, 들어가실까요."

미완의 소설, 카프카의 《성》에 등장하는 주인공 K는 성 앞까지 다다르지도 못했다. 아니, 그는 언덕 위에 성관(城館) 같은 그림자를 보았을 뿐, 성의 외관조차 제대로 보지 못했다. 그에 비하면 우리의 제자리걸음은 아무것도 아니다. 어제의 푸대접에 대한 분노는 벌써 사라졌다.

튜브를 지나 똑바로 전진했다. 직사각형이었던 입구 단면이 어느 틈에 반원형으로 바뀌었다. UFO 모선에 올라타는 것 같아 가슴이 설렜다. 이런 것도 인류협회가 의도한 효과일 것이다. 속된 취향이지만 효과적이다. 네 사람이 어깨를 나란히 하고 걸어갈 수 있을 정도로 넓었다.

튜브 출구 쪽에 유니폼을 입은 남자들이 기다리고 있었다. 양쪽에서 우리를 제압할 셈인가? 긴장했다.

"부득이한 결례를 용서하십시오. 번거로우시겠지만 입장하는 분들은 모두 금속탐지기로 검사를 받아야 합니다. 협조 부탁드립니다."

유라는 그렇게 말하며 고개를 숙였다.

4

두 남자는 탐지기로 우리 몸을 훑으며 꼼꼼하게 조사했다. 가방 속까지 뒤지는 무례한 대우를 받았지만 어째선지 화가 나지 않았다. 공항 보안검색대 같다기보다는 우주선을 타고 다른 별로 떠나는 듯한 착각을 즐겼다. 보안상 필요하기도 했겠지만 이런 극적인 효과를 노리고 튜브를 일부러 설치한 게 아닐까 의심스러웠다. 오다의 열쇠고리가 반응한 것 외에는 우리 네 사람은 무사히 관문을 통과했다.

그나저나 유라도 출입할 때마다 보안 검사를 받는다는 사실에 놀랐다. 이토록 삼엄하게 경비하는 것이 효과가 있을까? 위험인물이 무장하고 쳐들어오는 건 막을 수 있겠지만, 사악한 외계인이라면 하늘에서 침입할지도 모르는데.

입구 로비에 들어가자마자 우리는 천장을 올려다보았다. 천창에서 태양광이 쏟아져 밝고 개방적인 분위기였다. 휘어진 복도는 좌우로 끝없이 뻗어 있는 것 같았다. 정면에는 영화관이나 극장에서나 볼 수 있는 문이 있었다. 그 문 안쪽은 1,500명이 들어갈 수 있는 행사용 집회실이라고 했다. 기둥에 평면도가 걸려 있어, 주간지 항공사진을 봐도 아리송했던 '성'의 전모가 머릿속에 쏙 들어왔다. 조금 이해하기 어려운 구조이기는 했지만.

"에가미 선배는 어디에……."

"이미 기다리고 있어요, 아가씨. 자, 이쪽으로."

유라는 슬며시 웃으며 정면의 문을 열었다. 도면을 보면서 건물이 편평한 것에 비해 집회실이 크다 싶었는데, 안쪽은 세이부 도코로자와 구장처럼 지면보다 바닥이 낮은 구조였다. 조명이 꺼져 있어 어둑한 가운데, 의자의 푸른색과 인류협회의 상징을 자수로 새긴 장막의 푸른색이 시원하게 눈을 찔렀다. 텅 빈 집회실 복판, 통로 쪽 자리에 누가 있었다. 그 사람이, 소리에 반응해 고개를 돌리며 일어섰다. 우리 부장이었다.

진회색 청바지에 하얀 삼베 셔츠 차림. 눈에 익은, 지극히 일상적인 모습이었다. 인류협회의 시퍼런 정장도 아니고, 하얀 명상용 예복도 아니다. 그 점에 일단 안도했다.

우리는 부장의 이름을 부르며 가파른 계단을 뛰어 내려갔다. 선두는 마리아였다. 에가미 선배는 꼼짝도 하지 않고 돌진해오는 우리를 가만히 바라보고 있었다. 화석이라도 된 것처럼.

"아아, 겨우 만났어. 무사해서 다행이에요!"

마리아의 커다란 목소리가 천장에 부딪혀 메아리쳤다. 마리아가 기세를 주체하지 못하고 와락 달려들자 에가미 선배의 장발이 어깨 위에서 나풀거렸다.

"건강해 보이네요. 이런 곳에서 뭘 하고 있는 거예요, 정말."

에가미 선배는 아직 아무 말도 해주지 않았다. 그 옆얼굴을 바라보며 나는 에가미 선배에게 좋지 않은 변화가 있는 건 아닌지 살펴보았지만, 해쓱해 보이지도 않았고 눈빛도 평소처럼 온화했다. 협회 사람들에게 고문당한 것 같지도 않고, 세뇌당해 인격이 바뀐 것 같지도 않았다.

"굉장히 오랜만에 보는 것 같아요. 머나먼 여정이었어요. 화성에 가버린 줄 알았다니까요. 어쨌거나 무사히 만나서 마음이 놓이네요."

모치즈키가 웃으며 말하자 선배는 그제야 입을 열었다.

"미안."

우리는 깜짝 놀라 입을 다물었다.

"걱정했지, 미안해."

대뜸 사과부터 할 줄은 몰랐다. 이렇게 미안해하는 에가미 선배를 보기는 처음이다.

"걱정을 끼치는 건 잘못이니까. 용서해."

마리아가 기관총처럼 쏘아댔다.

"그래요, 다들 걱정했어요. 갑자기 훅 사라져버렸으니 무슨 일인가 싶었다고요. 지금까지 이런 적 없었잖아요? 에가미 선배답지 않아서 무슨 문제라도 생겼나 했어요. 정말, 너무해. 작년에 저지른 죄가 있으니 제게 이런 말 할 자격은 없지만, 그래도 말할래요. 에가미 선배는 저처럼 유치하고 어리석은 행동을 할 리 없으니까, 조금 무서웠단 말이에요. 하물며 행선지가 가미쿠라라니."

"용케 가미쿠라인 줄 알았구나. 사냥개 저리 가라인데."

모치즈키가 평소 같지 않게 부장의 어깨를 허물없이 두드렸다.

"이분 좀 보게, 지금 무슨 말씀을 하시는 건가요. 명탐정 못지않은 추리력을 가졌으면서 그런 일에 감탄하다니 이상하네요. 하숙집에 남겨놓은 흔적만 해도 얼만데요. 복사하다 망친 가미쿠라 지도. 전철과 버스 환승 계획을 궁리한 메모. 인류협회 특집이 실린 여성 주간지가 두 권. 목적지를 추리해낼 재료는 그 정도면 충분하죠. 깨끗한 눈밭에 발자국을 남기며 걸어간 거나 마찬가지라고요."

"또 있어요." 오다가 말했다. "어떤 이야기를 나누었는지는 모르겠지만 교토에서 모습을 감추기 직전, 히라노가 고향인 이시구로 선배하고 접촉했잖아요. 가미쿠라 지역은 행정상으로는 히라노에 속하죠. 아무리 생각해봐도 가미쿠라 냄새가 난단 말입니다. 이 정도 추리는 세 살짜리 어린애도 할 수 있어요."

"용건만 수수께끼였어요." 나도 한마디 했다. "가미쿠라에 갔다면 목적은 인류협회 성지순례 아니면 UFO 관찰이겠지만, 어느 쪽도 에가미 선배에게는 어울리지 않았죠. 어울리지는 않지만 가미쿠라에 갈 이유는 그것뿐이에요. 어쩌면 에가미 선배는 말만 안 했다 뿐이지, UFO 신봉자에 인류협회 회원이었던 건 아닐까? ……오해라고 웃으실 거예요?"

마른침을 삼키고 기다릴 필요도 없이, 대답은 금방 돌아왔다.

"그건 아니라고 부정하겠지만." 미소는 조심스러웠다. "조심성이 없구나, 아리스. 장소를 가려야지. 여기는 인류협회의 중추야. 큰 소리로 말할 수는 없잖아."

"위험했나요?"

허둥거리는 내 모습을 보더니 이번에는 피식 웃었다.

"괜찮아. UFO의 존재를 믿지 않는다고 해서 저기서 귀를 쫑긋 세우고 있는 유라 씨가 심기에 거슬린다고 독단적인 제재를 가하지는 않을 테니까. 인류협회는 회의주의자에게도 관대하거든. 그렇지요?"

위를 올려다보자 문 앞에 있던 유라 히로코가 머리 위로 두 손을 크게 흔들었다. 쓴웃음을 짓고 있다. 저 주사를 싫어하는 마리아에게는 그런 태도도 눈에 거슬렸나 보다.

"그럼 대체 왜 이런 산속에 있는 UFO 오타쿠의 고향에 온 거예요?" 어어, 일부러 부당한 표현을 쓰다니. "오늘 아침 갑자기 친절해진 유라 씨의 설명에 따르면 에가미 선배는 졸업논문을 쓰려고 명상을 체험하러 왔다던데요. 현실성이 새 발의 피만큼 있기는 한데, 사실인가요?"

유라가 듣는 앞에서 따지는 건 현명하지 못한데, 아랑곳하지 않는 눈치다. 본인 앞에서 거짓말을 폭로하려는 심산인지도 모른다.

"오해가 좀 많았어. 그건 내게도 책임이 있어, 협회분들에게 폐를 끼쳤지. 이렇게 서서 할 얘기가 아니니 자세한 사정은⋯⋯."

위에서 목소리가 날아왔다.

"쌓인 이야기가 많을 테니 편한 곳으로 안내해드리지요. 저희도 정식으로 사과드리고 싶고요. 이제 곧 정오네요. 여러분도 협회에서 함께 식사하시면 어떨까요? 이야깃거리는 될 겁니다."

그렇게 말하며 천천히 계단을 내려왔다. 유라가 다가오기 전에, 나는 재빨리 속삭였다.

"정말 위험한 일은 없는 거지요? 도움이 필요하면 지금 말씀하세요, 빨리."

어제 유라에게 맡긴 메시지를 SOS 신호로도 해석할 수 있다는 점이 마음에 걸렸지만, 부장은 똑똑히 대답했다.

"실은 한때 위험이 있었을지도 모르지만, 이제는 없어. 모처럼 기지를 발휘해줬는데 드라마틱한 대답을 해주지 못하는 게 아쉽네. 정세가 역전되었거든."

"오늘 아침에요?"

"어젯밤에. 뭐가 어떻게 바뀌었는지는 솔직히 나도 몰라."

유라가 다가왔다. 에가미 선배와 나의 대화를 듣지 못하도록 오다가 호들갑을 떨었다.

"우와, 식사 대접이라니 죄송하네요. 정말 고맙습니다. 꼭 자랑해야겠어요. 그런데 여기 점심이 설마 우주식은 아니겠지요?"

"걱정 마세요. 치약처럼 튜브에 든 유동식도 아니고, 표고버섯도 나오지 않는답니다."

역시 아마노가와 여관의 메뉴를 훤히 꿰고 있다. 주인아저씨는 자랑스러운 작물을 협회에도 제공하고 있다고 했는데, 다행히 한 끼는 피할 수 있을 것 같다.

마리아는 아직도 반발하고 싶은지 문 쪽으로 돌아가려는 유라를 불러 세웠다.

"잠깐만요. 식사는 나중에 해도 돼요. 먼저 에가미 선배하고 얘기하고 싶으니 어디 조용한 장소 좀 빌려주실 수 없을까요? 여기도 괜찮아요. 저희끼리만 있게 해주시면 고맙겠는데요."

총무국 주사는 귓가의 머리카락을 만지작거리며 말했다.

"그렇다면 에가미 씨 방으로 가시겠어요? 식사도 특별히 룸서비스로 제공하지요. VIP용 스위트니까 다섯 명이 들어가도 불편하지 않을 겁니다."

"에가미 선배, 그런 방에 묵고 있어요?"

오다가 묻자 부장이 대답했다. "어젯밤 늦게부터."

"대우가 좋잖아요. 이곳 VIP룸은 일류 호텔에 맞먹는다고 들었는데. 돈 많은 회원이나 은행 관계자 전용 방이라면서요?"

"돈 많은 회원 전용이라는 건 정확하지 않습니다." 유라가 정정했다. "기부금 액수나 사회적 지위와 상관없이, 본 협회의 중요한 손님께 편안한 휴식을 제공하기 위한 방입니다. 지금까지 주무신 분은 몇 명밖에 되지 않는답니다."

그것참, 영광이다.

5

"밖에서 보셨다시피 인류협회 총본부는 크고 작은 네 개의

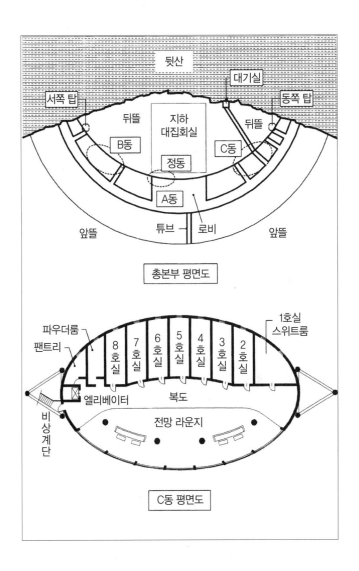

뒷산

대기실

서쪽 탑

동쪽 탑

뒤뜰

지하
대집회실

B동

C동

뒤뜰

정동

A동

앞뜰

튜브 — 로비

앞뜰

총본부 평면도

파우더룸

1호실
스위트룸

팬트리

8
호
실

7
호
실

6
호
실

5
호
실

4
호
실

3
호
실

2
호
실

엘리베이터

복도

비
상
계
단

전망 라운지

C동 평면도

건물로 이루어져 있습니다. A동이라 불리는 이곳 본관과 타원형 바둑알처럼 생긴 세 개의 별관. 물론 바둑알이 아니라 '하늘의 배'를 본떴다는 점은 굳이 설명할 필요 없겠지요."

바둑알 같다는 표현도 옳지 않은 게, 정확하게는 접시와 돔이 합체한 듯한 형태였다. 바닥에 해당하는 접시 부분에는 에어컨과 변전설비가 있다고 했다.

"부메랑 모양의 A동 중앙이 지하 대집회실. 오른쪽 절반에는 집무실과 회의실, 일부 간부들이 사는 방이 있고, 왼쪽 절반은 협회 직원들의 거주 공간입니다."

유라는 그렇게 설명하면서 출입구를 가로질러 동쪽 복도로 향했다. 마주치는 사람들은 모두 상냥하게 목례를 해주었다. 조금 걸어가자 엘리베이터와 계단이 나왔다.

"세 개의 바둑알 가운데 로비 상공에 떠 있는 것처럼 보이는 건물이 꼭대기 동이라는 뜻의 정동(頂棟)입니다. 가장 작고 가장 높은 곳에 있는 건물로, 노사카 대표님의 집무실과 거처가 있습니다. 그 왼쪽 대각선 아래에 떠 있는 게 B동으로, 연구동이라고도 불리는 건물입니다. 정동 오른쪽 대각선 아래의 커다란 바둑알이 C동인데, 손님들은 모두 저기로 모십니다. VIP룸이 있는 곳이지요. 이게 직통 엘리베이터입니다."

엘리베이터가 왔다. 정동, B동, C동에 가려면 각각 전용 엘리베이터를 타야 하는 것이다. 그 밖에 정삼각형 모양의 기둥에는 비상계단도 있어, 호화롭기가 그지없었다.

"여기에는 몇 분이나 살고 있습니까?"

엘리베이터가 올라가기 전에 모치즈키가 물었다.

"거주하는 분은 열다섯 명. 본부 밖에 따로 집이 있는 사람이 더 많아요."

"그런 분들은 출근할 때마다 금속탐지기로 검사를 받습니까? 그것도 고생이네요. 유라 씨도 밖에 사십니까?"

"아뇨, 저는 여기 살아요. 페리파리가 재림하실 때 바로 달려갈 수도 있고, 독신자에게는 여러모로 편리하거든요. 다 왔습니다."

엘리베이터는 우리를 바둑알 위로 데려가주었다. 내려서 오른편을 보자 벽 전체가 커다란 남향 유리창이었다. 창문 쪽으로 소파가 놓여 있어 전망 라운지 역할을 했다. 우리는 한 단 낮은 그곳에 내려가자마자 반사적으로 그쪽으로 달려갔다. 매직미러 창문이 구불구불 이어져 가미쿠라라는 '도시'의 파노라마가 한눈에 보였던 것이다. 망원경이 세 개나 있는 이유는 풍경이 아니라 UFO를 관측하기 위해서인가?

"어떠신가요? 온타케 산도 조금은 보입니다. 장관이지요?"

유라가 뿌듯한 목소리로 말했다. 자랑할 만하다. 절경이라는 표현이 아깝지 않았다. 초록빛 산맥에 둘러싸인 '도시'는 이곳이 아니면 볼 수 없는 경치를 보여주었다. 오래된 민가와 새로 이사 온 신자들의 새집이 뒤섞인 풍경이 보였다. 구마이 지카우가 설계한 네 개의 고층건축물은 디자인이 들쭉날쭉한데,

이렇게 보니 일종의 조화를 이루고 있어 색다른 미학을 느꼈다. 이 배치는 '도시'로 만다라를 표현한 건지도 모른다. 역시 세계적인 재능이기에 가능한 일이다.

"남쪽은 라운지. 객실은 북쪽입니다. 자, 이쪽으로 오세요."

전망 라운지 반대쪽에는 호텔 못지않은 방들이 있었다. 엘리베이터 근처에 팬트리와 파우더룸이 있고, 객실 문에는 번호판이 붙어 있었다. 방이 몇 개나 될까? 그런 생각을 하고 있으려니 묻기도 전에 유라가 설명해주었다.

"이 층에는 여덟 개의 객실이 있습니다. 가장 안쪽의 스위트룸만 제외하고 전부 트윈룸이에요. 방을 다 써도 스무 명 정도밖에 못 묵으니 희천제 때문에 회원들이 많이 모일 때는 마을에 있는 도장으로 모십니다."

"그럼 1,500명 전부는 도저히 못 묵겠군요. 종교단체 본거지에 흔히 있는 대형 숙박시설 같은 건 세울 계획이 없나요?"

모치즈키가 계획이 있다는 걸 알면서 능청스럽게 물었다.

"그러려고 땅을 사들이고 있어요. 지금은 희천제처럼 중요한 행사에도 한정된 회원만 참가할 수 있으니 숙박 문제를 해소해야만 합니다. 지금은 참가자를 추첨으로 뽑는 판국이라 '언제쯤 되어야 희천제에 갈 수 있습니까?' 하고 질타를 받고 있어요. 대형 숙박시설 건설은 급선무입니다."

"그렇군요. 하지만 이렇게 굉장한 숙박동에 방이 여덟 개밖에 없다니 사치스럽네요."

"중요한 손님을 위한 공간이니까요. 전망 라운지를 리셉션으로도 사용해요. 굉장히 중요한 건물이랍니다."

그런 대화를 한 귀로 들으면서도 나는 '도시'에서 눈을 떼지 못했다. 어제까지만 해도 '성'에 초대받아 이런 경치를 볼 수 있을 줄은 꿈에도 몰랐다. 사태가 너무 급작스럽게 변해 아직 어리둥절했다.

1호실 앞에 도착했다. 안쪽에 있어 조용했지만 엘리베이터에서 멀리 떨어져 있는 건 불편한 점이다.

에가미 선배가 열쇠를 꺼내자 유라가 한 걸음 물러났다.

"그럼 오붓한 시간 보내시기를. 방해하지 않겠습니다. 식사는 언제쯤 준비해드릴까요?"

"정말 룸서비스로 해주시는 겁니까?" 에가미 선배가 말했다. "영주라도 된 기분이군요. 그럼 고맙게 받아들이겠습니다. 30분 후에 부탁드려도 되겠습니까?"

"알겠습니다. 그럼 편히."

에가미 선배는 떠나가는 유라의 뒷모습을 잠시 바라보다가 문을 열었다. 우여곡절은 있었지만 마침내 '성'의 안방에 들어가는 것이다. 문손잡이를 쥔 채로 부장이 말했다.

"유라 씨는 내키지 않는 기색이었지만, 이곳은 돈 많은 회원과 협회 선전에 공헌한 외국 내빈 전용 객실이야. 우리처럼 가난한 학생이 쓴 경우는 전례가 없다더군. 눈부실 테니 각오해."

그런 말을 들으니 점점 더 호기심이 일었다. 대체 어떤 방이 길래?

문이 열리자, 에가미 선배의 으름장이 반쯤 농담이라는 걸 알았다. 아니, 확실히 사치스러운 방이기는 했다. 널찍한 거실에는 현대적인 샹들리에가 달려 있고, 바닥에는 두툼한 융단이 깔려 있었다. 시티호텔 같은 인테리어였지만, 눈을 못 뜰 정도는 아니었다. 중간 이상의 방에 묵어본 적이 없어 그만 상상이 도를 넘었던 모양이다. 유복한 가정에서 자란 마리아가 탄성을 지르고 있다.

"와아! 교단 숙박시설이니 기껏해야 합숙소일 줄 알았는데, 역시 VIP룸은 훌륭하네요. 저쪽이 메인 침실이죠? 이쪽에도 방이 하나 더 있고, 저쪽은 욕실, 화장실이겠네요. 넓다! 거실 응접세트도 고급스럽고, 벽지도 좋은 걸 썼어요. 커튼은 짐 톰슨이네."

인테리어를 보는 안목이 있으면 저런 평가가 가능한가보다.

"우리가 묵고 있는 여관하고 상당히 다른데." 모치즈키가 방을 둘러보았다. "텔레비전이 없는 게 아쉽군. 하긴, 성지까지 와서 텔레비전을 볼 리는 없나. 전화는 있네."

욕실을 들여다본 오다가 보고했다.

"욕실하고 화장실이 한데 붙어 있지만, 여기서는 그것도 호사겠지. 세면대도 작긴 하지만 깔끔해. 으음, 하룻밤에 얼마나 할까?"

"초청객들만 모신다더군. 무료라는 뜻이야."

에가미 선배가 소파에 앉았다. 그 맞은편에 앉은 마리아가 아직도 두리번거리고 있었다. 나는 북쪽 창가로 다가갔다. 뱃전에 난 창문처럼 동그란 모양이었다. 산이 '성' 바로 뒤에 바짝 붙어 있어 전망은 단조로웠다. 경치는 남쪽이 훨씬 좋았지만 회원들 입장에서는 성스러운 동굴이 있는 북쪽으로 나 있는 창문이 좋을지도 모른다. 창문 구석으로 동쪽 탑이 조금 보였다.

"집 구경은 그만 접고 집합하세요." 마리아의 말을 듣고 나는 그녀 옆에 앉았다. 모치즈키와 오다가 에가미 선배를 사이에 두고 앉았다.

"자, 대화 시간입니다. 에가미 선배한테 무슨 일이 있었는지, 얘기해주시겠어요? ……제가 그렇게 물으면 건방지니까, 모치 선배가 진행 좀 맡아주세요."

"좋다, 시작할까." 모치즈키는 흔쾌히 받아들였다. 에가미 선배는 오른쪽 무릎에 팔꿈치를 세우고 턱을 괴고 있었다.

"당장 신문을 시작하는 거야? 차라도 내오려고 했더니."

"차요? 제가 끓일게요. 시작하세요. 전기포트는…… 저건가."

오다가 후배 둘을 말리고 일어섰다. 성미가 급해서 이럴 때는 몸이 가볍다.

"이제 됐죠? 말씀해보세요. 에가미 선배가 인류협회 총본부를 찾아온 이유는 뭡니까? 아마노가와 여관 안주인에게 버스에서 내려 똑바로 '성'으로 걸어갔다는 말을 들었어요."

부장이 팔꿈치를 내렸다.

"아아, 그러고 보니 내가 먼저 말을 걸었지. 무작정 총본부에 뛰어들어 재워달라고 할 작정이었는데, 거절당해서 노숙이라도 하게 되면 골병만 드니까. 다행히 운 좋게 총본부에 들어올 수 있었어."

재회하고 처음으로 위화감을 느꼈다. 우리가 가장 알고 싶었던 의문인데, 에가미 선배는 명확하게 대답하지 않았다. 절대 이 사람답지 않은 무딘 반응이다. 머리를 긁는 시늉을 하면서 넌지시 마리아의 반응을 살피니 희미하게 미간을 찌푸리고 있었다. 마리아도 눈치챈 것이다. 모치즈키는 포커페이스를 유지하며 물었다.

"총본부에 묵는 게 목적이었던 거예요?"

"그래. 내부로 들어가 관찰하고 싶었거든. 신앙 체험만 할 거였다면 여관에 묵었을 거야."

"관찰······ 체험이라니······. 에가미 선배, 정말 인류협회를 연구하려고 온 거예요? 진짜로?"

부장이 깊은 한숨을 푹 내뱉었다. 피로가 묻어나는 한숨이었다. 지난 며칠 동안, 여기에서 무슨 일이 있었는지 모르겠지만 정신적인 부담이 컸던 모양이다.

"진짜, 진짜로 그게 목적이었어. 그렇게 이상해? 나도 졸업 논문을 준비해야지. 어차피 내년이면 대학에서 쫓겨날 텐데,

기분 좋게 나가야 하지 않겠어? 너는 잘 되어가?"

"신흥종교 총본부에 잠입해 관찰과 신앙 체험이라고요? 그걸로 졸업논문을 쓰겠다고요? 설마요, 사회학부 학생도 아니고."

모치즈키는 반신반의하고 있다는 사실을 감추지 않았다.

"잘 모르는 소리야, 모치. 인류협회의 매력을 모르고 있군. UFO 오타쿠의 종교놀이라고 생각하는 모양이지만, 그렇지 않아. 21세기, 인간은 그들의 비전을 따르며 살게 될지도 몰라."

"대단히 긍정적으로 말하는군요. 혹시 에가미 선배, 이 사람들의 신앙을 지지하는 거예요?"

"같은 신앙을 가질 생각은 없어. 거리를 두고 재미를 즐기는 것뿐이지. 21세기, 인류협회 같은 신앙이 거대한 현상이 되어 종래의 종교를 침식할 가능성은 충분해."

"글쎄요. 외계인이 구세주라니, 굳이 말하자면 낡은 비전 아닌가요? 교의도 제대로 확립되어 있지 않은, 얄팍한 뉴에이지 사상이잖아요. 아니, 중세 이전 객신(客神) 사상에 가까워요. 하늘을 나는 원반이라는 것 자체가 한물간 전설이라고요."

"UFO란 미확인 비행물체니까 영원히 부정할 수 없다는 강점이 있어. 이건 불멸의 전설이야."

"그건 그래요. UFO도 외계인도 영원한 오락거리일지도 모르죠. 하지만 신앙의 대상으로 생각하는 건 일부 별난 사람들뿐이잖아요. 설령 외계에 지적생명체가 있다 해도 우리보다 발전한 문명을 가진 생물이라는 거지, 절대적인 존재는 아니에요. 왠지 B급 종교 같네요."

"그게 포인트야. 인간은 창조신이나 최고신을 떠올리고, 초월적 존재, 절대자, 우주 근원을 탐구하려는 노력을 멈추지 않아. 하지만 그 시도는 반드시 실패하지. 그 답은 인간의 상상력을 초월한 곳에 있으니까. 그래서 허무해진 인간의 소망은 후퇴하고, 보다 고차원적인 상상력을 가진 존재, 지금보다 더 많은 것들을 볼 수 있는 존재로 진화하고 싶다는 지점으로 되돌아가. 거기서 기다리고 있는 게 인류협회 같은 종교인 거지."

참다못한 마리아가 끼어들었다.

"인류협회에 대한 가치 판단은 나중에 따지면 안 돼요? 에가미 선배는 졸업논문을 준비하려고 총본부를 찾아가 며칠 신세를 졌다, 그건 확실하죠? 그럼 어째서 안에 발이 묶였던 거죠? 그 경위를 설명해주세요. '성'에는 쉽게 들어갔어요?"

"'성'? 아아, 여기는 '여왕국의 성'이었지. 불쑥 찾아온 내게 협회는 우호적이었어. 마침 회원들의 성지 순례 이벤트가 끝날 시기라, 빈방이 많았던 것도 행운이었지. 여관이나 호텔처럼 대접할 수는 없지만 그래도 괜찮다면 묵어도 된다고 했어. 참고로 비회원은 두 끼 포함해서 1박에 3,500엔이야. 일단 사흘 묵겠다고 하고 7호실에 짐을 풀었지."

다섯 명 몫의 차를 가져온 오다가 물었다. "명상도 하겠다고 했어요?"

"'사정이 여의치 않으면 눈치 볼 필요 없습니다. 회원들 틈에 섞여 명상관에서 활동에 참가하시지요'라고 친절하게 말해주기에 같이 들어갔지. 독자적인 영창과 체조를 조합한 거였는데, 본격적인 명상은 하지 않았어."

"친절했다는 그 사람은 유라 씨였나요? 아니죠?" 모치즈키가 물었다.

"숙박시설 담당자가 권해주더군. 나흘 전 저녁에 체크인했는데, 그날은 숙박객이 세 명 더 있었어. 모두 회원이라 협회에 대해 이런저런 이야기를 들을 수 있었지. 어제까지 자료관이나 명상관도 구경하고, 조금씩 바뀌는 숙박객들하고 이야기도 나누면서 졸업논문을 구상하고 있었는데."

분위기가 이상해진 것은 어제 오후였다. 우리가 가이다 고원으로 달려가고 있었을 때, 에가미 선배는 회의실로 불려갔다. 그곳에 가보니 미리 기다리고 있던 유라 히로코와 몇몇 사람들이 속사포처럼 질문을 해댔다.

"'당신이 여기 온 진짜 목적은 뭡니까?' 매서운 목소리로 그렇게 묻더군. 무슨 영문인지 알 수가 없어 어리둥절해하고 있으려니 '말을 못 하는군요.' 이러는 거야. 처음에 말하지 않았냐고 대답해도, 어찌 된 영문인지 믿어주질 않더군. 갑자기 태도가 바뀐 거야. 이상했어."

"짐작 가는 일은?"

"없어."

"호기심이 도를 넘어 '성안'을 들쑤시고 다녔던 건 아니고 요? 슬쩍 그런 말을 하던데."

"상식의 범위를 벗어나지는 않았다고 생각하는데. 영문도 모른 채 자유를 빼앗기니, 마치 《심판》의 주인공이 된 기분이 었지."

또 카프카인가.

"들쑤시고 다녔던 거죠? 거동이 수상했던 거예요?"

"나흘째가 되니 아무래도 좀 지루해져서, 문이 있으면 무심 코 손잡이를 잡아당겨보고 그러긴 했지. 그게 거슬렸나?"

우리 후배들은 서로 얼굴을 마주 보았다. 당연히 의심을 살 만하다. 우리 부장은 장로처럼 침착하지만 누구보다도 아이 같은 일면을 함께 가지고 있다. 사랑스러운 캐릭터지만, 이번 에는 그 버릇이 화근이 된 모양이다.

"당연히 거슬리죠." 오다가 비난했다. "《심판》은 무슨. 겉으 로는 점잖고 우호적이지만 이곳은 UFO를 받드는 종교단체의 총본산이라고요. 아니, 일반 회사라도 여기저기 문을 잡아당 기는 외부인이 있으면 당연히 수상하게 여기죠. 에가미 선배 가 그걸 모를 사람도 아니고, 왜 그런 짓을 했어요?"

"젊은 혈기에 그만."

젊지 않아요, 넷이 동시에 타박했다.

"이나코시 씨라는 분이 추리소설을 너무 많이 읽은 것 아니 냐고 그러던데요. 전국의 미스터리 팬 2만 명의 명예를 실추시

켰으니 반성하세요."

모치즈키는 순수한 미스터리 팬은 일본 전국에 2만 명밖에 없다는 가설을 고집하고 있다. 그게 사실이라면 언젠가 내가 미스터리 작가가 되어도 베스트셀러와는 인연이 없을 것 같다.

"미안." 일단 사과는 했지만 부장은 석연치 않은 기색이었다. "하지만 정말 이상한 짓은 안 했어. 어째서 신문까지 받고 반쯤 감금당했는지 이해할 수가 없어."

반쯤 감금당했다고 해도 감옥에 가둔 게 아니라 방에서 근신하도록 명령했을 뿐이다. 그래도 언제 풀어줄지 몰라 불안하기는 했던 모양이다.

오다가 진지한 얼굴로 말했다.

"어쩌면 파괴공작을 하려고 침입한 사악한 외계인으로 오해했던 건지도 몰라요. 달리 뭔가 이상한 짓은 하지 않았어요? 비상식적인 행동. 아니면 새끼손가락을 세우고 있었거나."

에가미 선배는 가슴에 손을 얹었다.

"맹세코 없어. 사악한 외계인의 특징이 뭔데?"

"저는 모르죠. 인류협회는 매뉴얼을 작성해놨을지도."

"그렇다면." 마리아가 이야기를 지상의 현실로 끌어내렸다. "저희가 '성'에 와서 면회를 요청했을 때, 에가미 선배는 방에 있었던 거군요. 저희가 쓴 편지는 보셨어요?"

"제대로 전해주기는 했어. 유라 씨가 '이 사람들은 정말 당신

후배인가요? 당신과 마찬가지로 협회를 염탐하러 온 스파이죠?'라고 해서 진저리가 났어. 오해를 풀기 위해서라도 이 친구들을 불러들여 내 이야기를 들어보라고 부탁했지만 완강하게 거부하더군. 답장을 써달라고는 했지만 '감금당했어, 구해줘.' 그렇게 쓸 수도 없어서 조금 머리를 굴렸지."

"기사라 마을을 사라기 마을이라고 쓴 것 말이죠? 칭찬해주세요. 《중국 오렌지 미스터리》가 뜻하는 바도 정확하게 이해했어요. 여기 쓴 내용은 전부 반대라고. 그래서 어떻게든 '성'에 침입해 에가미 선배를 구출해내려고 했어요. 저를 위해 모두가 그렇게 해주었던 것처럼."

"귀여운 후배들에게 그런 모험을 기대했던 건 아니야. 주사의 태도가 너무 고압적이라 본때를 보여주고 싶었던 것뿐이지. 아니, 내심 기대했는지도 모르겠어. 검은 옷을 두른 너희가 어둠을 틈타 구해주러 오기를. ……중요한 걸 깜빡했네."

에가미 선배가 자세를 가다듬고 무릎 위에 두 손을 올렸다.

"나를 찾으러 일부러 가미쿠라까지 와줘서 고마워. 감사하고 있어."

누군가에게 '고맙다'는 말을 듣고 이토록 가슴이 뭉클해진 적은 처음이다. 마리아도 감격했는지, 아니면 안도한 나머지 감정을 주체 못 하는 건지, 손수건을 꺼냈다.

기사라 마을에서 나온 그녀를 다시 만났을 때, 나는 눈시울이 뜨거워졌었다. 하지만 감사의 말을 듣지는 못했다. 입술이

'고마워'라고 움직였을 뿐.

6

아주 조금, 울고 말았다.
안도한 나머지 가슴이 먹먹해서 그런 건 아니었다.
아니, 그것도 있지만……
아리스와 다시 만났을 때가 떠올랐던 것이다.
나는 '고마워'라는 말을, 제대로 하지 못했다.

제6장
어느 화창한 오후

1

12시 반, 문 두드리는 소리가 나더니 왜건이 방으로 들어왔다. 왜건 위에 놓여 있는 음식은 플라스틱 접시에 담긴 사원식당 런치 스타일로, 호텔의 호사스러운 식사와는 거리가 멀었지만 룸서비스이긴 했다. 유니폼을 입고 식사를 가져다준 사람에게 에가미 선배가 인사를 했다.

"감사합니다."

"별건 아니지만 맛있게 드십시오. 작은 성의지만, 그래도 찬을 하나 더 마련했습니다."

다 기어들어가는 목소리로 대답하는 남자의 가슴에는 '아오타 요시유키'라고 적혀 있었다. 지금까지 만난 '성'의 주민들은 다들 당당했는데, 그는 패기가 하나도 없었다. 이런 사람도 있구나, 오히려 안심이 되었다. 나와 비슷한 연배일까? 왜소하고 등이 굽었다. 갸름한 얼굴에 홀쭉한 뺨, 눈썹만 붓으로 그린 것

234

처럼 굵고 진했다. 에가미 선배에 비하면 관록이 심하게 부족했지만, 사람 마음을 차분하게 보듬어주는 분위기만큼은 비슷했다.

다른 왜건을 가져온 여성이 입구에서 기다리고 있었다. 어깨를 덮는 긴 생머리, 검은 테 안경이 잘 어울렸다. 앳된 모습이 어디로 보나 아직 10대였다.

"불편하신 점이 있으면 제게 말씀하십시오."

고개를 꾸벅 숙이고 그대로 떠날 줄 알았는데 아오타가 말을 이었다.

"유라가 잠시 뵙고 싶다고 두 시간쯤 후에 응접실로 와주십사 부탁했습니다. 괜찮겠습니까?"

"응접실이라면, 입구 바로 근처지요? 알겠습니다. 2시 반에 그리로 가겠습니다."

"여러분 모두 와달라고 했습니다. 함께 차를 들고 싶다더군요. 그럼 실례하겠습니다."

다시 목례를 하고 오코노미야키 뒤집듯 180도로 몸을 훌쩍 돌려, 조용한 걸음으로 나갔다. 문이 닫히고 몇 초 기다렸다가 오다가 말했다.

"뻣뻣한 사람이네. 협회에서 고용한 외계인이에요?"

"노부나가 선배도 참, 심술궂기는."

그렇게 타이르면서도 마리아 역시 키득키득 웃었다.

"푸근하지? 아오타 씨라고, 저 사람이 숙박시설 담당자야.

어제는 나를 굉장히 동정해줬는데. '억울한 누명이라면 정말 죄송합니다' 하고 말이야."

긴장이 싹 풀려, 우리는 완전히 마음을 놓았다. 에가미 선배가 해준 설명에는 의아한 부분도 있었지만 예민한 협회가 오해했다는 결론을 받아들이는 수밖에 없었다. 어젯밤 늦게 오해가 풀린 이유도 아직은 확실치 않지만.

모치즈키는 점심을 먹으면서도 그 점을 물고 늘어졌다.

"12시도 한참 넘은 오밤중에 유라 씨와 협회 사람들이 방으로 찾아와 '죄송했습니다' 하고 넙죽 사과를 했단 말이죠? 그것도 이상하네요. 날짜가 바뀐 거랑 오해가 풀린 거랑 무슨 상관이지? 그나저나 작은 성의로 더 챙겨줬다는 게 이 우엉조림을 말하는 거야?"

"뭐 어때." 오다가 말했다. "찝찝한 구석은 남아 있지만 다 지나간 일이야. 나중에 응접실로 가면 좀 더 자세히 설명해줄지도 모르지. 지금은 자연스럽게 흘려듣는 게 현명해. 호기심이 고양이를 죽인다는 말 몰라?"

내 안에서 고양이가 고개를 들었다.

"어젯밤 마리아하고 산책했을 때 있었던 일인데, 누가 저희를 미행하는 느낌을 받았어요. 만약 정말 미행한 거라면 관찰을 통해 저희가 스파이도 뭣도 아닌 그냥 학생이라는 걸 알아낸 건지도 몰라요."

"그런 일이 있었어? 나한텐 말 안 했잖아." 마리아가 깜짝 놀랐다.

"확실하지 않아서 입 다물고 있었던 거야. 다른 뜻은 없었어."

"글쎄다." 오다는 의심스러워하는 눈치다. "너하고 마리아, 또는 나하고 모치를 포함한 우리 넷의 스파이 혐의는 벗을 수 있지만 에가미 선배의 혐의는 지울 수 없잖아. 상대가 태도를 바꾼 이유는 여전히 수수께끼야."

모치즈키는 나와 마리아가 미행당했을지도 모른다는 점에 주목했다. 그렇게까지 하다니 역시 정상이 아니라는 것이다.

"이상해. 역시 협회는 감추고 싶은 비밀이 있는 게 아닐까요? 스파이에게 가장 민감한 건 바로 스파이잖아요. 음모의 냄새가 나요."

이 자리에서 고민한다고 알 수 있는 문제도 아니다. 모름지기 식사 때는 잡담이 최고다. 나는 적당한 화제를 꺼내기로 했다.

"그보다 이곳 '여왕님'은 만났어요? 노사카 기미코 대표 말이에요."

에가미 선배는 싱거운 팔보채를 사기 숟가락으로 뜨면서 대답했다.

"아니. 알현할 기회가 없었어. 아쉽게도 노사카 대표는 서쪽 탑에 틀어박혀 있거든. 그 건물 꼭대기에 탑실이 있는 건 밖에서도 보였지?"

"틀어박혀서 뭘 하는데요?"

"채널링. 자기가 대표 자리에 취임한 걸 은하 저 너머에 있는 지적 생명체에게 보고하기 위해 영적 메시지를 보내고 있대. 전보처럼 간단하지는 않은지, 오늘로 벌써 나흘째던가."

"에가미 선배가 도착한 이튿날부터 나오지 않은 건가요? 흠음, 그건 유감이네요."

"유감은 무슨. 평소에도 숙박객이 만날 기회는 거의 없다고 들었어."

"에가미 선배가 노사카 기미코의 팬이 되어 가미쿠라까지 만나러 갔을지도 모른다는 가설도 있었어요."

"설마. 날 얼마나 한가한 사람으로 본 거야?"

"정말 그런 거 아니죠?" 마리아가 재차 물었다.

"계시자 페리파리에게 맹세코. 뭐야, 노부나가는 아쉬운 얼굴인데?"

"노사카 기미코는 유명인이니까요. 유행에 따른 호기심도 있고, 만나게 되면 취업 면접 때 이야깃거리도 되잖아요."

"될 리가 있냐?" 모치즈키의 핀잔을 산 것은 굳이 말할 것도 없다.

그러고 보니 동서 양쪽 탑실에 불빛이 켜져 있지 않았나? 동쪽 탑에도 누가 틀어박혀 있는지 묻자…….

"수행인지 통과의례인지 모르겠는데, 미국 지부에서 온 간부 한 사람이 심오한 명상에 빠져 있어. 그쪽은 닷새 전부터 계속 그러고 있다더군. 대표와 비슷한 일을 하고 있을 거야. 기한 같은 건 없어서, 경우에 따라서는 한 달 가까이 틀어박힐 때도 있다더군. 식사? 단식은 아니니까 그건 챙겨 먹어. 하루 세 끼, 그야말로 룸서비스로. 일단 명상을 시작하면 끝날 때까지 내려올 수 없고, 아무하고도 대화를 나누어서는 안 된다는 게 인류협회의 규칙이야."

금욕적인 의식이기는 하지만 폭포수를 맞거나 산속을 뛰어다니는 수행보다야 낫겠지. 불경한 소리를 하자면 탑실에 틀어박혀 있는 동안 몰래 만화책을 봐도 상관없을 테니까. 물론 책이나 게임을 가져갈 수는 없겠지만.

오다가 어쩐지 실망한 눈치로 말했다.

"이거 또 실망스럽네. 난 분명 전망대일 줄 알았는데. '성'에 초대받았으니 거기에도 올라가볼 수 있겠다고 기대했는데, 빗나갔네."

태평한 소리였다.

"그나저나." 마리아가 말했다. "에가미 선배는 이제 어떻게 하실 거예요? 저희는 차로 왔으니 졸업논문 자료 조사가 끝났으면 함께 돌아가도 되는데."

그 카롤라에 다섯 명이나 타기는 힘들 텐데. 그런 생각을 하는데 눈치 빠른 부장이 사양했다. 왔을 때처럼 버스와 전철로 돌아가겠다고.

"여기 더 있겠다고요? 불쾌한 일을 그렇게나 겪었는데?"

"그 덕분에 상대가 우호적으로 바뀌었잖아. 궁금한 게 있으니 이 기회에 알아봐야겠어. 괜찮아. 자중하고, 언동도 조심할게."

그렇게 말하면 목에 밧줄을 걸어 끌고 갈 수도 없다. 우리는 어떻게 할지 고민해야 마땅하겠지만 이 문제에 대해서는 결론이 나 있었다. 숙박을 연장하고 싶다고 아마노가와 여관에 이미 말해놓았으니, 하룻밤 더 묵는 게 예의일 것이다.

식사를 마치자 모치즈키가 차를 마시며 쓰바키 준이치에게 들은 이야기를 꺼냈다. 그 밀실 살인사건이다. 2시 반까지 남은 시간을 때우려고 그는 자잘한 정보까지 낱낱이 말했다.

"에가미 선배가 미궁에 빠진 그 사건에 도전하려고 가미쿠라에 간 게 아닐까 하는 가설도 있었어요. 획기적인 가설이었는데."

"꽝만 뽑았네. 여기서 그런 사건이 있었다니 금시초문이야. 너무 오래되어서 기억에 없다기보다 간사이에서는 별로 보도되지 않았던 거겠지."

"어때요, 밀실 괴사건의 수수께끼는 풀 수 있을 것 같아요?"

"겨우 그 정도 정보로 어떻게 풀겠어? 미스터리라면 이런 결말이겠구나, 싶은 생각은 몇 개 있지만 그리 독창적인 해답은 아니야."

"몇 개는 있단 말이죠. 예를 들면 어떤?"

"현장 근처에 물레방아는 없었어?"

낙담하는 목소리가 쏟아졌다. 모치즈키가 서글픈 표정을 지었다.

"아무리 그래도 그렇지, 추리소설연구회 부장으로서 그건 너무하잖아요. 물레방아가 있는지는 모르겠지만. 참고로 이미 기각된 추리로 이런 것들이 있어요."

나머지 세 사람도 하나가 되어 '나를 스치고 간 추리들'을 공물로 바쳤다. 에가미 선배가 다소 어이없다는 표정을 지었다. 그 모습을 보고 민망했는지 모치즈키가 말했다.

"죄송해요. 에가미 선배가 '성'에 유폐되어 도움을 청하고 있을 때, 그만 안락의자 탐정놀이에 열을 올리고 말았어요. 하지만 그것도 현실의 근심을 잠시 잊기 위한 방편으로……. 어설픈 변명은 안 하느니만 못하겠죠?"

"아니, 마음 상하지도 않았고, 그 말도 어쩐지 이해는 가. 그나저나 가미쿠라에 그런 일이 있었을 줄이야. UFO의 고장이라는 것만으로도 미스터리어스한데."

"땅의 기운이 그런 걸까요?"

"설마요." 내가 말했다. "UFO나 외계인은 초현실 세계의 존재예요. 다마즈카 마사미치를 둘러싼 수수께끼는 어디까지나 현실적인 인간계에서 생긴 일이고요. 성질이 완전히 다른 두 개의 미스터리가 얽혀 있을 리 없어요."

"얽혀 있으면 어쩔래?"

모치즈키가 장난을 걸었다. 진실을 탐구하려는 자의 눈이 아니다.

"그렇다는 뚜렷한 근거가 없잖아요. 흐릿한 낌새조차 없다고요."

"전혀 없다고는 할 수 없잖아, 아리스. 사건이 있었던 건 인류협회의 전신인 천명개시회의 집회가 있던 날이야. 그게 우연일까?"

"우연이죠. 전율스러운 우연도 뭣도 아니에요. 죽은 다마즈카 마사미치도, 사라진 구도 에쓰시도 그 단체와는 아무 상관 없었잖아요."

"어디선가 얽혀 있었을지도 모르지."

"근거는? 근거도 없으면서 그런 말씀 마세요. 엘러리 퀸이 저승에서 울겠어요."

모치즈키의 페이스에 넘어가 말장난으로 빠졌다. 뭐, 상관 없나. 평화로운 맑은 오후였다.

"얽혀 있다고 가정하고 생각해볼 수는 있잖아. 연결고리를 찾는 데부터 시작해보자. 전율스러운 필연이 튀어나올지 누가 알아?"

"불이 없는 곳에서 연기를 피우려 해도 결국 헛고생일 텐데. 어디서부터 어떻게 시작하겠다는 거예요?"

모치즈키는 안경을 닦으며 뜸을 들였다.

"그래, 다마즈카가 천명개시회 신자고, 이벤트에 참가하려고 고향으로 도망쳐 왔을 가능성은 없는 것 같으니……."

"만약 그렇다면 그게 사건하고 어떻게 연결되는데요?"

"그러니까 그럴 가능성은 없다고 하잖아. 역시 행방을 감춘 구도 에쓰시가 얽혀 있으려나. 구도는 천명개시회 신자들 틈에 섞여 가미쿠라를 빠져나갔겠지. 그는 조직의 명령을 받아 다마즈카를 쫓아왔으니 신자는 아닐 거야. 그런데 협회는 어째서 그를 숨겨주었을까? 그건 측은지심 때문이라고 추측해볼 수 있지."

"그래서요?"

"이다음은 내게 숙제로 내야겠어."

나는 그만 소파에서 주르륵 굴러 떨어졌다.

"아, 맞다." 오다가 자리에서 일어났다. "깜빡하기 전에."

오다는 에가미 선배 이름이 적힌 봉투가 든 류색을 메고 왔던 것이다. 봉투를 꺼내 공손히 두 손으로 부장에게 건넸다. 후련한 표정이었다.

"이시구로 선배가 맡긴 거예요. 내용물이 뭔지는 못 들었어요."

"이걸 일부러? 고마워."

에가미 선배는 봉투 겉면을 흘깃 보더니 가만히 옆에 내려놓았다. 봉투를 뜯을 기미가 없어 괜히 맥이 빠졌다.

"이시구로한테 부탁했던 인류협회 자료야. 그 녀석한테나, 너희한테나 미안한 일이지만 이제 와서 서둘러 훑어볼 것도 없지. 협회에 비판적인 잡지 스크랩이 들어 있을 것 같으니 뜯지 말고 이대로 둬야겠어. 협회 사람 눈에 들어가면 또 다른 오해를 불러일으킬 테니. 특종을 노린 삼류 르포라이터로 볼지도 몰라. 가방에 넣어둬야겠네."

그렇게 말하더니 메인 침실로 잠시 물러났다. 뻔한 자료라 해도 여기까지 운반한 입장에서는 뜯어봐주길 바랐는데.

다시 돌아온 에가미 선배는 소파에 앉지 않고 손목시계를 보더니 말했다.

"조금 이르지만 응접실로 가볼까? 모쪼록 문이 있어도 무턱대고 열어보지 말도록."

안 열어요.

2

긴 복도에 나란히 서서 다시 '도시'를 바라보았다. 모치즈키는 이때다 하고 셔터를 눌러댔다.

"인류협회는 부유하네요." 마리아가 말했다. "'성'에 들어와 보고 새삼 느꼈어요. 돈이 어디서 나는 걸까요?"

에가미 선배에 따르면 협회가 윤택한 자금을 보유하게 된 배경은 역시 거품경제에 의한 주가와 땅값의 폭등이었다. 그렇지만 협회가 처음부터 유가증권이나 부동산을 많이 갖고 있었던 것은 아니다. 회원에게서 걷은 돈을 효과적으로 운용하고 기부받은 토지를 효율적으로 굴린 연금술의 결과다. 그것을 가능케 한 것은 인재였다.

"천명개시회가 겨우 10여 년 사이에 이 정도로 거대해진 건 현재 총무국장으로 있는 후부키 나오의 뛰어난 프로모션과, 재무국장인 우스이 이사오의 천재적인 자산운용 능력에 기인한 부분이 커. 후부키는 예언이라는 회조의 고루한 특징을 살리면서도 현대적이고 도회적인 센스를 가미해 어쩐지 흥겨운 신흥 종교를 만들어냈어. 불행해 보이는 사람을 발견하면 매처럼 달려들어 신자로 끌어들이는 방식을 피하고, 경제적 여유가 있는 사람의 입맛에 맞춰 '이런 종교라면 인생의 세련된 액세서리지. 내 능력을 입증하게 원조 좀 해줄까?'라고 생각하게 만드는 데 성공한 거야. 그러자 이상한 현상이 일어났어. 전 인류의 희망인 협회에 앞 다투어 큰돈을 기부하는 게임이 시작된 거지. 천만 단위로 기부해도 답례는 고작해야 고맙다는 뜻으로 주는 배지 하나뿐인데, 오히려 일부에서는 그 의미 없는 답례에 열광한 졸부들이 탕진을 즐겼어. 이렇게 신나는 장사가 또 있을까? 재무 책임자인 우스이 이사오가 산더미처럼 쌓인 돈을 주식과 토지에 쏟아부었고, 일본 역사에 남을 거품경제의 파도를 타고 자산은 눈 깜짝할 사이에 증식했어. 협회 총자산액은 정확하지는 않지만 87년부터 89년 사이에만 열 배이상 불어났다지. 총본부 건설비만 어림잡아 80억 엔. 다른 설비나 가미쿠라 주변 정비에 쓴 돈을 합하면 총공사비는 150억엔에 가까울 거라는 얘기도 있어. 협회 회원 수는 외국까지 포함해 공식적으로 20만 명. 그 규모에 비해 이 '성'과 '성시(城市)'는 도가 지나치지만 그런 선행투자가 새로운 회원을 불러들이는 걸지도 몰라. 뭔가 말하고 싶은 눈치로군, 노부나가?"

"재테크에 성공해 주가와 땅값 폭등으로 뒤룩뒤룩 살이 붙었다는 건 알겠는데, 거품경제는 이미 내리막길에 접어들었는지도 몰라요. 작년 연말 닛케이 평균 400엔으로 정점을 찍은 후로 주가는 곤두박질치고 있는걸요. 이번 달 일본은행이 금융정책 실패를 공식적으로 시인했으니, 앞으로 토지도 단속받게 될 거예요. 1년에 땅값이 60퍼센트나 오르는 기적은 어느 날 끝날 테고, 이번에는 가격 하락이 시류가 되겠지요. 그때 거품경제의 결정체 같은 인류협회가 과연 무사할까요?"

"뭐야, 닛케이 신문도 꼼꼼히 보고 있네. ……내 알 바 아니야. 영리하다면 대비하고 있겠지."

남의 일이니 당연하긴 하지만 에가미 선배의 말투는 어딘가 싸늘했다. 감금당한 일을 마음에 담아두고 있는 건지는 모르겠지만, 협회에 거리를 두고 있다는 말은 사실인 것 같았다.

에가미 선배가 또 손목시계를 보더니 "가자" 하고 엘리베이터를 향해 걸어갔다. 그때 마리아가 불쑥 물었다.

"A동을 빼면 여기 건물, 어디서 많이 본 것 같아. 에가미 선배 모르겠어요? 아리스도 알 만한데."

우리 둘 다 짐작도 하지 못했다. 답은 의외였다.

"왜 아무도 말을 안 하는 걸까? 만국박람회 스미토모 동화관을 베낀 거라고."

"만국박람회라니⋯⋯. 오사카에서 열렸던 그거 말이야? EXPO '70?"

일본 만국박람회, 테마는 인류의 진보와 조화. 1970년의 안녕하세요.* 오카모토 다로의 태양의 탑.** 미국관의 월석.

"스미토모 동화관이라니, 그게 뭐야? 너 정말 나하고 같은 나이 맞아?"

"오사카 어린이였으면서 스미토모 동화관도 모르다니. 요즘 젊은 것들은 이래서 안 된다니까. 이게 바로 미래입니다, 하는 느낌으로 지은 건물이야. 원반이 아홉 개 붙어 있는데, 에스컬레이터하고 회랑으로 이어져 있어. 각각의 원반은 철탑이 받치고 있고. 다음에 사진 보여줄게."

"1969년, 도쿄에서 태어난 아리마 씨는 그걸 어떻게 아시지요? 태어난 직후의 경험을 소설로 쓴 미시마 유키오에 버금가는 기억력이라도 있는 겁니까?"

"어리석은 질문이네. 당연히 책에서 읽었지. 기록영화도 봤어. 만국박람회는 진짜 최고야! 원래 SF 소녀이기도 한 내가 만국박람회 팬인 줄 몰랐던 거야? 아, 말 안했던가? 인구폭발 위기에 처한 근미래를 무대로 한 〈Z. P. G.〉라는 영화는 봤어? 출

*1970년 오사카 만국박람회 테마송 〈온 세상 사람들 안녕하세요〉의 가사.
**오사카 만국박람회 회장에 예술가 오카모토 다로가 세운 예술작품으로 미래, 현재, 과거를 상징하는 세 가지 얼굴을 하고 있다.

산이 전면적으로 금지된 세상의 이야기야. 그 영화에 스미토모 동화관이 나와. 주인공 가족사진 배경으로 나와서, 일본인이 보면 만국박람회 회장이라는 걸 금방 알 수 있어." 말이 많다. "난 만국박람회에도 직접 갔어. 스미토모 동화관 앞에서 부모님 품에 안겨서 찍은 사진도 있는걸. 물론 그 당시 기억은 없지만."

만국박람회 소녀의 이야기를 경청하는 사이 A동에 도착했다. 마리아는 지나가는 회원들이 엿들을까 조심하면서 말했다.

"똑같다는 말은 못 하겠지만, 구마이 지카우는 그 파빌리언에서 아이디어를 얻었을 거야. 에가미 선배는 1962년 교토 출신이니 한 번쯤은 만국박람회를 구경하러 가지 않았어요?"

"말이 교토지, 바다 쪽 미야즈였고 가난했으니까. 그 축제하고는 인연이 없었어."

"아, 죄송해요."

"신경 쓰지 마. 하지만 모치 말대로 UFO 신화가 고루한 소재라면, 인류협회 총본부가 만국박람회 이미지를 빌린 건 역설적인 정합성이 있군. 여기에는 복고풍 미래가 봉인되어 있는 걸지도 몰라."

그건 잃어버린 희망과 같은 뜻이 아닐까? 혹은, 앞으로 잃게 되리라는 예감.

에가미 선배는 성큼성큼 복도를 걸어갔다. 구석구석 잘 아는 남의 집에 온 것처럼. 응접실 문을 두드리자 유라 히로코가 대답했다. "들어오세요."

파란색을 기조로 한 실내에는 그녀 외에 또 한 사람의 여성이 있었다. 서쪽 탑에 틀어박혀 있다는 노사카 기미코 대표가 납신 것은 아니다. 유라와 함께 일어선 사람은 마흔이 넘어 보이는 사람이었다.

"이렇게 불러서 죄송합니다. 여러분을 만나 직접 사과하고 싶다고 하셔서."

유라가 소개해주었다. 중년의 여성은 총무국장 후부키 나오였다. 이름도 그렇고, 이목구비도 화사하니 다카라즈카 극단 출신 같은 느낌이었다. 잔주름이 조금 있었지만 화장으로 숨길 수 있는데 태연히 드러내고 있는 점이 오히려 젊은 인상을 주었다.

"후부키라고 합니다. 이번에 저희 실수로 에가미 님을 비롯해 여러분께 큰 결례를 범하고 말았습니다. 진심으로 사과드립니다."

낮고 굵은 목소리였다. 짧은 그 말이 놀라우리만치 강인했다. 이런 사람이 고개를 숙이면 어지간한 일은 용서할 수밖에 없겠다.

"앉으시지요." 유라가 권하는 대로 자리에 앉았다. 그녀는 국장 옆자리를 피해 대각선 오른쪽 의자에 앉았다.

"변명의 여지가 없습니다. 어째서 이런 일이 벌어졌는지, 협회 안에서 원인을 철저히 검증해 두 번 다시 그런 일이 없도록 하겠습니다. 우주의 구제를 기다린다는 것만으로도 수상쩍게 보는 분들이 있는 단체입니다. 그걸 조장하는 일은 반드시 삼가야만 합니다. 그렇지요, 주사?"

"예."

유라가 대답했다.

"이미 지난 일입니다." 에가미 선배는 관대했지만, 할 말은 했다. "원인을 검증하신다고 했는데, 현시점에서 말씀해주실 수 있는 내용은 없습니까? 제 행동이 원인이었다면 오히려 사죄를 드려야 마땅합니다만."

후부키는 두 손을 들어 에가미 선배를 말리며 천천히 고개를 가로저었다.

"천만의 말씀입니다. 순전히 저희 잘못입니다. 이제 와서 변명하지는 않겠습니다. 갑자기 규모가 커지다 보니 조직이 미숙합니다. 거기에 문제가 있다는 건 자각하고 있습니다."

상대가 전면적으로 잘못을 시인하고 사과하면 이쪽은 아무 말도 할 수가 없다. 이 두 사람은 이 문제에 대해서는 그저 빨리 정리해버리고 싶은 게 아닐까? 에가미 선배도 대강 눈치챘을 텐데, 심술궂게 캐묻지는 않았다.

때마침 커피가 나와 대화가 끊겼다. 사죄 세리모니는 끝난 모양이다.

"객실은 어떠신가요?"

국장이 두 손으로 컵을 들고 온화한 목소리로 물었다.

"쾌적하게 지내고 있습니다."

에가미 선배의 대답에 싱긋 웃는다. 매력적인 미소다.

"그거 다행이군요. 그런다고 저희 잘못이 사라지는 건 아니지만, 모쪼록 편히 쉬시기를. 뭐든 말씀하세요. 인류협회에 관심이 있다고 들었는데, 보고 싶거나 궁금한 점은 없으신지요? 담당자를 붙여 어디든 안내해드리겠습니다. 성스러운 동굴도 아직 못 보셨다면서요. 특별히 보여드리도록 하지요."

이 기세라면 기념품도 줄지 모르겠다. 탐나는 건 아니지만.

그때 누가 문을 두드려, 모두 그쪽을 돌아보았다. "들어오세요." 후부키가 그렇게 말하자마자 낯익은 남자가 들어왔다. 도장에서 만났던 작은 나리, 이나코시 소스케였다. 고개를 숙여 인사를 하려 했지만 우리는 눈에 들어오지도 않는지 이쪽을 바라보지도 않았다. 아까와는 태도가 영 딴판이다.

"국장님, 잠시……."

후부키는 우리에게 "실례하겠습니다"라고 양해를 구한 뒤 밖으로 나갔다. 부하가 부르는데 협회의 핵심 간부가 몸소 나가다니, 그 정도로 은밀한 전달사항인가? 혹시 적당히 빠져나갈 핑계를 대려고 이나코시와 사전에 입을 맞춘 게 아닐까 싶기도 했지만, 아무렴 어떤가. 저 국장을 상대로 이야기꽃이 필것 같지는 않았다.

"어떻게 하시겠어요? 견학하고 싶은 곳이 있으면 사람을 붙이겠습니다."

유라가 우리 의향을 묻자, 말이 떨어지기가 무섭게 에가미 선배가 대답했다.

"성스러운 동굴을 볼 수 있다면 부디. 그러면 충분합니다. 구경을 마치면 산책을 다녀올 생각입니다. 바깥바람 좀 쐬려고요."

주사에게는 귀가 따가운 대답이었을지도 모른다.

"알겠습니다. 그럼 준비하지요. 먼저 성스러운 동굴로 안내하겠습니다."

유라는 '재입성'할 때 또 금속탐지기 검사를 받아야 하는 점만은 양해해달라고 했다.

3

A동 복도를 동쪽으로 걸어갔다. 남향 창문으로 보이는 앞뜰에는 가슴께까지 오는 관목이 자라고 있었다.

"전부 수국이랍니다. 제철이 되면 한꺼번에 꽃이 피어요. 인류협회 상징색에 맞춰 파란 계통의 품종을 심었는데, 숨 막히게 아름다워요."

들뜬 기색으로 안내해주는 이 사람은 혼조 가야. 점심 식사를 가져다주었던 여성이다.

"이 부근은 산수국으로 채웠고, 저게 사사노마이, 저게 아오

252

히메, 저게 미카타야라는 품종이랍니다. 저마다 청보라색, 진보라색, 하늘색 꽃을 피워 정원을 아름답게 꾸며주지요. 꼭 보여드리고 싶네요. 수국은 재배 역사가 길지만 유럽에는 늦게 전해져, 시볼트의 소개로 알려지게 되었어요. 수국의 학명은 '오타쿠사(otaksa)'라고 하는데, 시볼트의 애첩 오타키 씨의 이름이 변형된 거라고 해요. 동양의 신비가 느껴지는 꽃이라 서양에서 오시는 손님들이 무척 기뻐하신답니다."

혼조 가야는 우리에게 아낌없이 지식을 펼쳐 보였다. 꽃을 좋아하는 걸까, 주어진 일에 성실히 임하려는 걸까? "오타쿠사라니, 역시 UFO 오타쿠의 고장이야"라고 종알거리는 마리아에게 나는 "쉿" 하고 집게손가락을 세웠다.

잠시 설명이 끝난 틈을 타서 오다가 질문을 했다.

"저, 혼조 씨는 언제부터 회원으로 활동하셨습니까?"

오호라, 나이가 궁금하다 이 말이렷다? 분명 연령을 가늠하기 위한 질문이다. 혼조는 용모뿐만 아니라 목소리도 앳되어, 언뜻 중학생으로 보일 정도였다.

"작년요. 중학교 2학년 때, 회조께서 쓰신 책에 감명을 받아 꼭 입회하고 싶었어요. 부모님이 허락하지 않아 고등학교를 졸업할 때까지 참았지요."

"그럼 작년에 고등학교를 졸업하고 바로 입회한 거군요. 부모님의 반대를 무릅쓰고?"

"다투기도 했지만, 결국에는 인정해주셨어요. 협회에는 홀륭한 분들이 많이 계시는 데다, 수상한 사이비 종교단체가 아니라는 걸 제가 끈기 있게 설명했거든요. 얼마 전에는 저를 보러 삿포로에서 며칠 일정으로 찾아오셔서, 이 진기한 관광지를 즐기고 돌아가셨답니다."

혼조는 자랑스럽게 말하며 검은 테 안경을 고쳐 썼다.

"C동에 묵으셨습니까?"

"예. 회원이 아니라도 묵을 수 있고, 제가 그곳 업무를 담당하고 있으니까요. 여름에 또 놀러 오겠다고 하셨어요. 자, 이쪽으로."

막다른 벽 바로 앞에서 복도가 'ㅏ(복)' 자를 뒤집어놓은 것처럼 꺾였다. 가느다란 튜브 모양의 연결 복도가 갈라져 나가는 것이다. 이것이 바로 회원들에게는 지상에서 가장 신성한 장소로 이어지는 길이다. 20미터쯤 앞에 코발트블루색의 문이 보였다. 저 너머가 성스러운 동굴인가?

"혹시 저 엘리베이터는 탑으로 올라갈 때 쓰는 용도인가요?"

모치즈키가 뒤를 가리키며 물었다. 복도가 끝나는 곳 바로 앞 모퉁이에 그런 표시가 있었다.

"그렇습니다. 탑 위에는 명상실이 있는데 닷새 전부터 간부 후보인 시모자와 씨가 들어가 있어요. 아직 스물여덟 살이지만 미국 지부 홍보담당으로, 협회의 미래를 짊어진 유망주랍니다."

말재주가 뛰어난 종교 영업사원인가? 어떤 의미에서 유망주라는 건지 궁금했지만 굳이 물어볼 정도의 관심은 없었다.

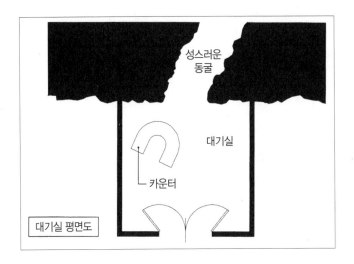

"영차."

혼조 가야가 쌍여닫이문을 밀었다. 안으로 들어가자 다다미 열 장 정도 되는 면적의 정사각형 공간이 나왔다. 회조의 이름에 빗댄 건지, 화강암의 일종인 미카게이시(御影石)가 깔려 있었다. 삼면은 하얀 벽이었지만 정면은 시커먼 바위 표면이 그대로 드러나 있고, 중앙에 폭 1미터, 높이 2미터쯤 되는 동굴 입구가 입을 쩍 벌리고 있었다. 이게 성스러운 동굴인가? 그 왼쪽에 말굽 모양의 카운터가 있고, 한 남자가 정면을 바라보고 서 있었다. 어디서 많이 본 뒷모습이었다.

"견학 오신 손님입니다. 잠시 실례하겠습니다."

"아아…… 이분들은."

1초도 아깝다는 듯이 힐끗 고개를 돌린 사람은 어제 우리를 문전박대했던 마루오 겐이었다. 그의 역할은 문지기만이 아니었던 모양이다. 등이 꼿꼿한 게 무술가 같은 자세였다. 빈틈이 없다.

"어제는 실례했습니다. 상부 지시였으니 서운하게 생각하지 마십시오. 어쩔 수 없었습니다."

무뚝뚝한 말투였지만 성의가 느껴졌다. 지시를 어기면서까지 우리의 편의를 봐줄 의무는 없으니, 그에게 악감정은 없다.

"마음껏 구경하십시오. 말만 그렇지, 아무것도 없지만요. 그냥 바람구멍입니다. 이따금 안쪽에서 바람이 불어와 희미한 소리가 나는 게 전부입니다."

동굴 입구는 찌그러진 타원형이었다. 조명이 없어 겨우 5미터 안쪽도 칠흑같이 깜깜했다. 마루오의 말처럼 구경할 만한 가치는 없었다. 성모 마리아가 강림해 불치병도 낫는다는 기적의 샘으로 유명한 프랑스의 시골 루르드는 온천 마을처럼 북적거린다는데, 이곳은 그와 정반대다. 이것 하나 보겠다고 멀리서 힘들여 찾아왔다면 맥이 빠질 것 같다.

"노사카 미카게 회조께서 내방자를 만난 건 1978년 10월 1일 오후 11시 17분. 회조께서는 화장실에 가다가 이 동굴 쪽에서 흘러나오는 신비한 빛을 발견하고 수상하게 여기셨답니다. 두

렵기는커녕 따스하고 청정한 기운을 느낀 회조께서 빛에 이끌
려 동굴로 향하자······."

혼조가 가슴을 펴고 또박또박 안내해주었지만, 이미 다 아
는 내용이었다. 이곳에 페리파리의 실물 모형이라도 세워놓았
다면 박진감이 넘쳤겠지만 그런 무엄한 짓은 할 리가 만무하
다. 조명조차 금하는 판국에.

나는 허리를 쭉 펴서 카운터 안을 슬그머니 들여다보았다.
일지 같은 공책과 비디오 장치가 두 대 보였다. 역시. 비디오가
좋아 죽는 협회니 성스러운 동굴도 녹화할 줄 알았다. 마루오
의 왼쪽으로 돌아가 유심히 살펴보니 동굴 안은 오른쪽으로 비
스듬한 오르막길이었다. 그래서 카운터가 동굴 입구 왼쪽 옆
에 있는 것이다.

설명이 끝나자 모치즈키가 질문을 쏟아냈다.

"이 안은 구조가 어떻게 되어 있습니까? 바람이 불어온다는
건 어디로 통한다는 뜻이죠?"

"내부에 관해서는 거의 아는 바가 없어요. 불가침 영역이니
까요. 하얀 선이 그어져 있죠? 저 선은 절대 넘어가지 마세요.
자기가 돌아올 때까지 아무도 이곳에 들어오지 말라고, 페리
파리가 말씀하셨습니다. 바람 소리도 저희에게는 신경을 곤두
세워야 할 요소예요. 내방자의 말씀이 회조께서 만났을 때, 처
음에는 마치 바람 소리 같았다고 하니까요."

"하아, 불가침 영역이니 출입금지라. 그렇다면 페리파리의

흔적이 있는지 없는지도 조사하지 않았겠군요?"

"흔적이라니요?"

"가령…… 페리파리가 서 있던 자리에 불에 그슬린 자국이
나 있다거나. 유류품이 있을지도 모르잖아요."

"그런 건 없다고 들었어요. 페리파리는 저기에 계셨어요. 하
얀 선 몇 미터 안쪽에. 그리고 이렇게 두 손을 앞으로 내밀고
말씀을……."

당신은 못 봤잖아, 라고 지적하는 건 눈치 없는 짓이다. 그녀
에게 그건 직접 목격한 것이나 다름없는 사실이리라. 비꼬아
서는 안 된다. 물이 수소 원자 두 개와 산소 원자 하나의 비율
로 결합한 물질이라는 것도, 빛이 1초에 지구를 일곱 바퀴 반
이나 돈다는 것도, 모든 생명의 기원이 바다라는 것도, 눈으로
직접 확인하지 못한 사실이지만 나는 의심하지 않는다. 종교
와 달리 과학은 실증도 재현도 가능하다지만, 배운 사실을 곧
이곧대로 믿고 있으니 태도로만 보면 나도 과학교 신자나 다름
없다고 할 수 있다.

"뭔가 느껴져요?"

옆에 있는 에가미 선배에게 묻자 고개를 살래살래 저었다.
미스터리 명소로서는 기대에 미치지 못한다고 생각하는지도
모른다. 도리이가 서 있고 굵은 금줄이라도 있으면 훨씬 그럴
싸할 텐데. '성'은 화려하지만 동굴에는 전혀 손을 대지 않는
방침인 듯했다. 그래서 오히려 페리파리 강림에 현실성을 느

끼는 사람들이 있는 것이리라.

"상부 지시라고 하셨는데, 어떤 지시였어요?"

마리아의 목소리가 들려 그쪽을 돌아보니 마루오에게 어제 일을 따지고 있었다. 상대는 귀찮아하는 기색도 없이 담담히 대답했다.

"그냥 사전에 허가한 사람 외에는 안에 들여보내지 말라는 지시였습니다. 그래서 여러분의 입장을 거절하고 있을 때 유라 주사가 나온 거지요. 여러분이라서 거절한 건 아닙니다."

"항상 그런가요? 인류협회는 비회원에게도 친절하다고 들었어요. 폭파 예고 때문에 경찰이 수색하러 들어왔다는 소문은 들었지만, 그냥 장난이었다면서요. 아무래도 경비가 너무 삼엄한 것 아닌가요?"

"인류의 미래를 짊어진 조직의 중추니 보안에는 만전을 기해야 합니다. 세상이 정화되면 문단속을 할 필요도 사라지겠지만요. 빨리 그런 세상이 되면 좋겠습니다."

쇠귀에 경 읽기다. 마리아는 포기하고 "그러네요" 하고 대화를 끝냈다. 나는 다른 질문을 해보았다.

"24시간, 교대로 성스러운 동굴을 지키는 거죠? 만약 페리파리가 재림하면 어떻게 하시나요?"

"협회 매뉴얼에 따르면." 맥도널드인가? "페리파리의 목소리에 귀를 기울이는 게 최우선 방침입니다. 잘 듣고, 그 말씀을 따릅니다. 저희 쪽에서 말씀을 여쭤도 될 것 같으면 '저희 대표를 이곳으로 부르는 것을 허락해주십시오'라고 부탁드립니다."

그렇군, 적절한 대응일지도 모른다.

"비상벨을 울리거나 대표님께 전화를 할 줄 알았어요. 하지만 녹화는 하고 있는 거죠?"

마루오는 천장의 카메라를 가리켰다. 각도가 조금 다른 카메라가 두 대 있었다.

"끊임없이 기록할 수 있도록 두 대의 비디오카메라를 사용하고 있습니다. 녹화한 영상은 전부 연구실로 가져가, 의미 있는 영상이 있는지 체크를 합니다. 유감스럽지만 아직은 내방자께서 재림하시지 않았습니다."

"소박한 질문 좀 해도 될까요?" 마리아가 또 기탄없는 질문을 했다. "두 대의 비디오로 기록하고 있다면 여기서 굳이 직접 감시할 필요는 없지 않나요? 다른 방에서 모니터로 보면 그만일 것 같은데."

마루오는 일단 고개를 끄덕여 긍정하면서도 "그렇지가 않습니다"라고 대답했다.

"내방자께서 여기에 재림하겠노라 약속하셨으니, 이 장소에서 기다려야 합니다. 기다림은 곧 기도입니다. 기다림, 기도야말로 삶이자 행복이라는 사실을 요즘 사람들은 무심결에 잊고 있습니다. 정신이 나약해지고 있다는 증거라고 할 수 있겠지요. 아니, 굳이 사과하실 필요 없습니다. 애초에 모니터도 없으니까요."

"어, 어째서요? 항시 모니터링하다가 여차하면 대표님이나 간부 여러분들이 번개처럼 달려올 줄 알았는데."

대답하기 거북한 눈치였는데, 문전박대에 대한 보상인지 마루오는 인심 후하게 우리가 예상도 못 했던 사정을 말해주었다.

"너무 많은 사람들이 모니터링하는 건 현명한 일이 아닙니다. 내방자가 어떻게 재림해서 어떤 메시지를 전할지, 예측할 수 없기 때문입니다. 저희 인류에게 지나치게 자극적인 사실을 뜻하지 않은 형태로 밝힐지도 모릅니다. 극단적인 예지만 내일 당장 세상이 멸망한다거나, 당분간 협회 내부에서도 비밀에 부쳐야 할 메시지를 전할 가능성이 없지는 않으니까요. 그래서 적절하게 대처할 수 있는 자만 보초 업무를 맡습니다."

마리아는 깊이 이해했다는 듯이 말했다.

"잘 알겠습니다. 마루오 씨는 보초에 걸맞은 분이로군요. 저 카운터에 설 자격이 있는 분이 그렇게 적은가요?"

마루오가 손가락으로 여덟을 만들어 보여주며 말했다.

"여덟 명이 한 조로 근무합니다. 세 시간에 한 번씩, 여덟 번 교대 근무가 기본입니다. 체력과 기력이 특히 튼튼하고 신앙심이 굳건한 자를 적임자로 보기 때문에, 여러 분야에서 인원을 선출합니다. 저는 총무국 관리부 소속이라 어제 여러분과 만난 것처럼 정문 앞 초소에서 근무할 때도 있습니다."

대답하는 동안에도 마루오는 동굴에서 한시도 눈을 떼지 않았다. 저 임무가 얼마나 단조로울지, 문과계인 나는 상상만 해도 기운이 빠졌다.

"그런데 혼조 씨." 마루오가 동지를 불렀다. "오늘은 손님이 또 한 분 계시다고 들었는데, 그분도 혼조 씨가 안내하나?"

"예. 5시에 오신다니까, 관내를 간단히 안내하고 이곳으로 모실게요. 5시 반은 넘을 것 같아요. 회원은 아니지만 '하늘의 배'를 열심히 연구하고 계신 분이라고 들었습니다."

아라키일까? 그라면 저 밋밋한 성스러운 동굴을 보고도 감격할지 모른다.

"5시 반? 그럼 도이 씨가 근무할 때겠군. 5시 교대까지 음, 아직 한 시간 20분 남았네."

마루오가 근처의 디지털시계를 흘깃 보고 중얼거렸다. 방금 전 대답과 달리 교대 시간을 손꼽아 기다리는 걸지도 모른다.

모치즈키가 사진을 찍어도 되는지 묻자 마루오는 정중히, 하지만 단호하게 거절했다.

4

복도를 되돌아가면서 모치즈키는 혼조 가야에게 물었다.

"페리파리는 언제쯤 재림하실까요? 총본부 앞 광장에 거대 UFO가 착륙할 날은 언제일지. 그에 대해 회조께서 예언하신 건 없습니까?"

"인류에게 가장 좋은 날이 언제 올지 말씀하신 적은 없어요. 그건 저희 행실에 따른 문제니, 예언할 방도가 없지요. 그날이 앞당겨지도록 열심히 노력하고, 기도할 뿐이에요."

그러고 보니 노사카 미카게는 예언자라고 하지만 허풍 가득한 예언서는 내지 않았다. 그럼 대체 무엇을 맞혔는가 하면…….

"회조님은 천명개시회가 인류협회로 바뀌어 한없이 발전할 것을 10년도 더 전부터 알고 계셨습니다. 눈에 보였던 거지요. 후부키 국장님이 포교의 리더가 되신 것도, 노사카 기미코 님이 대표에 취임하신 것도, 전부 회조님께서 남기신 예언 그대로입니다. 협회는 이대로 순조롭게 회원을 늘려가 21세기가 되면 전 세계에 널리 퍼질 거예요."

후부키 나오의 발탁은 가히 성공적이었지만 그걸 예언이라고 할 수는 없다. 그저 사람을 보는 안목이 있었다는 뜻이다. 노사카 기미코를 '새 여왕'으로 뽑은 예언도 결과가 좋을지 나쁠지는 아직 알 수 없는 일이고, 앞으로의 발전은 단순히 협회의 번영을 주장한 것 아닌가?

"혼조 씨는 U…… 아니, '하늘의 배'를 본 적이 있습니까?"

오다는 UFO라는 표현을 삼가는 배려를 발휘했다.

"예, 몇 번인가. 아홉 살 때 처음 봤는데, 노을 진 저녁 하늘에 떠 있었어요. 학교에서 돌아오는 길, 도요히라 강 강둑에서 봤답니다. 이상한 게 날아다니는 느낌이 아니라, 너무나 자연스럽게 거기에 있었어요. 자연스럽다고 해도 무의미하게 거기 있는 게 아니라, 제게 뭔가를 전하려고 모습을 드러낸 거라고 직감했죠. 영문도 모른 채 무심코 손을 모으고 기도했어요. 중학생 때도 한 번, 고등학생이 되고 나서 두 번, 똑같은 걸 봤습니다. 가미쿠라에 온 이후로는 심야나 새벽에 빛나는 '배'를 자주 보게 되었어요. 얼마 전에도 안개 속을 흔들흔들 날아가는 '배'가……."

안개에 비친 자동차 불빛 아닌가? 가미쿠라에 온 뒤로 본 '배'는 신빙성이 낮을 것 같다.

"검은 그림자나, 정체불명의 빛을 본 것 아니냐고 비웃을지도 모르지만 저는 그래도 상관없어요. 하지만 언젠가 '하늘의 배'를 똑똑히 볼 날이 오겠지요. 어느 화창한 오후, 훌륭한 분들을 태운 구원의 '배'가 저희 눈앞에 내려올 거예요. 저는 믿어요."

오늘의 하늘은 시리도록 푸르렀다. 그녀는 그 오후가 바로 지금이라도 좋을 거라고 생각하는지도 모른다.

입구로 돌아가 튜브를 통과했다. 문 옆 초소에는 낯선 남자가 앉아 있었다.

"그럼 저는 여기서 이만. 다녀오세요. 돌아오시면 초소 직원을 통해 제게 연락해주세요. 여러분께 연구동을 특별히 보여드리라는 지시를 받았거든요. 혹시 제가 5시에 오실 손님을 안내하고 있을 때 돌아오시면 입구에서 조금 기다리셔야 할지도 모릅니다."

배웅을 받으며 '성' 밖으로 나왔다. 광장 복판에서 에가미 선배가 기지개를 쭉 켜자 오다가 놀렸다.

"두목, 오랜만에 사바세계에 나오니 어떻습니까?"

"자유가 좋구나." 캐빈 한 대에 불을 붙인다. "담배가 꿀맛이로군."

'성안'에서도 피웠으면서.

산책을 어디로 갈까 고민하는데 모치즈키가 그다운 제안을 했다. 11년 전 사건 현장을 구경하러 가지 않겠느냐는 것이다.

"문제의 창고는 이제 없다지만, 흔적만이라도 보러 가는 게 어때요? 새로운 발견이……."

"설마 있겠냐?" 오다가 찬물을 끼얹었다. "이제 와서 뭘 발견하겠어? 물레방아 잔해?"

모치즈키가 반박을 못 하자 마리아가 편을 들어주었다.

"새로운 발견이 없으면 뭐 어때요. 산책 코스로는 좋을지도 모르죠. 가봐요."

에가미 선배의 운동부족을 해소하기에도 좋을 것 같다. 어디까지나 산책이라는 의미로 모치즈키의 제안을 받아들였다.

우리는 '성' 뒤쪽으로 돌아가 구불구불한 샛길을 올라갔다. 그리고 갈림길에서 오늘은 왼쪽으로 들어갔다. 쓰바키 준이치와 아마카와 아키히코는 이 부근에서 총성을 들었던 것이다.

5미터도 채 가지 않아 다마즈카 마사미치의 생가로 보이는 폐가가 나타났다. 지붕에 튀어나온 잡초가 바람에 흔들리고 있었다. 마당이었을 자리에는 수풀이 가득하고, 사건이 있었다는 별채는 흔적도 보이지 않았다. 모치즈키는 쓸쓸하게 웃을 수밖에 없었다.

"물레방아가 근처에 없다는 것만은 확실하군."

따사로운 햇살 속에서 에가미 선배가 말했다. 사건에 대해서는 아무 생각도 없는 것 같다. 눈을 가늘게 뜨고 바람을 쐬고 있다. 기분이 퍽 좋아 보였다. 오음인지 아음인지 모를 소리나 웅얼거리는 회원들도 여기 와서 에가미 선배를 따라 하면 좋을 텐데.

"저 안쪽에도 사람이 산다던데, 잠깐 가볼래요?" 마리아가 말했다. "버려진 가미쿠라의 일부를 보고 싶어요. 고즈넉한 정취를 듬뿍 맛볼 수 있을 것 같아요."

고즈넉한 정취라. 과소화를 염려하는 아마노가와 여관 주인 아저씨가 들으면 어떻게 생각할지. 어쨌거나 조금 더 깊이 들어가보기로 했다. 한 줄로 졸졸 걸어가자 폐가 네 채가 보였다. 작은 유령마을이라고 생각하고 있는데, 말소리가 들려오는 것 아닌가?

"안녕하십니까. 어라, 친구가 한 명 늘었군요. 선배하고 무사히 합류한 모양이네요."

쓰바키였다. 인심 좋아 보이는 노인과 어느 집 툇마루에 나란히 앉아 있었다. 모치즈키가 "염려해주신 덕분에" 하고 가볍게 인사하며 에가미 선배를 소개했다.

"제게 그런 이야기를 듣고 혹시 사건 현장을 검증하러 온 것 아닙니까? 맞죠? 여러분도 유별나군요. 학생답다고 해야 할까."

"그래서 말인데, 쓰바키 씨." 백발도 얼마 남지 않은 노인이 우리에게 아랑곳없이 말했다. "일부 사람들이 미카게 씨를 꺼리게 되었거든. 시도 때도 없이 싫은 소리를 들으면 누가 좋아하겠어? 그래서 내가 충고를 해줬단 말이야. 차라리 돈을 받아라, 기부를 요구하라고. 장사로 하면 차라리 미움을 사지 않는다고 말이야."

무슨 이야기를 하고 있었는지 호기심이 일었다.

"하아, 그랬습니까." 쓰바키가 노인에게 대꾸하면서 우리에게 설명해주었다.

"이분은 가네이시 겐조 씨라고, 가미쿠라에서 평생을 보낸 분입니다. 천명개시회를 열기 전 노사카 미카게 씨에 대한 이야기를 듣고 있었어요. 당신 집안은 데릴사위를 얻으면 죽는 사람이 나온다느니, 당신은 환갑이나 넘기면 다행이니 일찌감치 유산 분배를 생각해두라느니, 아무한테나 불길한 예언을 쏟아내서 여기 가네이시 씨가 돈을 내고 부탁하는 사람들 운세만 봐주라고 타일렀답니다. 그게 예언자 노사카 미카게가 탄생하는 계기가 되었죠. 천명개시회라고 불렀던 시절입니다.

그 후 외계인의 계시를 받아 인류협회라는 조직으로 발전했으니, 인생이라는 게임은 어떻게 풀릴지 모를 일입니다."

그건 그렇고 설마 이 할아버지, 여기 사는 건 아니겠지? 지붕 한쪽은 무너졌고, 전체가 마름모꼴로 기울어 있어《우게쓰이야기》*에 나오는 폐가…… 같다는 건 말이 지나친가. 그런 생각을 하며 두리번거리고 있으려니 쓰바키가 눈치를 채고 설명해주었다.

"가네이시 씨가 예전에 살던 집입니다. 옛날이야기를 나누기 좋겠다 싶어 찾아온 것뿐입니다. ……그 사건에 관한 이야기 말이에요."

그런가. 목소리에 패기가 없는 것을 보니 별다른 성과는 없었던 모양이다. 쓰바키는 자리에서 일어나며 인사를 했다.

"똑같은 얘기를 자꾸 물어봐서 죄송했습니다. 이제 더 귀찮게 하지 않겠습니다. 지즈루는 잘 지냅니까?"

노인의 눈가에 흐뭇한 주름이 깊게 파였다.

"지즈루 말입니까? 예, 잘 지내지요. 내일 수학여행을 간다고 들떠 있어요. 전부터 도쿄에 가고 싶어 했으니."

"벌써 그런……. 아니, 지즈루는 아직 초등학교 3학년 아닙니까? 수학여행을 갈 학년도 아니고, 하물며 히라노 초등학교에서 도쿄로 갈 리는 없는데."

*1776년 우에다 아키나리가 중국 고전을 바탕으로 일본적 요소를 가미하여 창작한 번안 괴담 소설집.

"여덟 살에 수학여행은 이른가?"

빗나간 대화가 잠시 이어졌다. 아무래도 가네이시 겐조는 현실을 종종 깜박하는 모양이다. 쓰바키가 중간부터 상냥하게 노인의 이야기에 장단을 맞춰주었다.

"고맙습니다. 저는 슬슬 가봐야 하니 먼저 실례하겠습니다."

"그러십시오." 그 말을 끝으로 가네이시는 꼼짝하지 않았다. 한동안 이곳에서 햇볕을 쬐겠다고 했다. 4시 반밖에 되지 않았는데, 깃털이불처럼 따사로운 햇살은 서서히 사라져가고 있었다.

5

우리는 '도시' 쪽으로 되돌아갔다. 가는 길에 탐문 성과를 듣고 싶었는데, 쓰바키가 먼저 에가미 선배가 겪은 해프닝에 대해 이것저것 물었다. 부장이 간략하게 경위를 설명하자 전직 주재 순경이 중얼거렸다. "협회답지 않은 행동이군요."

에가미 선배가 물었다. "협회답지 않은가요?"

"예. 그런 얘기는 여태 들어본 적이 없습니다. 무슨 일이 있었나?"

어쩌면 쓰바키는 에가미 선배보다 협회를 더 신뢰해, 당신의 수상한 행동이 빌미를 주었다는 말을 삼킨 게 아닐까. 쓰바키가 말을 이었다.

"대표가 바뀌어 변화가 일고 있는 걸까요? 하지만 스물한 살의 새로운 '여왕님'에게 그런 힘은 없을 텐데. 일이 잘못되면 가미쿠라가 엉망이 될 테고."

"노사카 대표가 어떤 분인지 아십니까?"

나란히 걸어가면서 에가미 선배가 물었다. 쓰바키는 가미쿠라에서 태어난 새 여왕과 면식이 있었다.

"얌전한 아이였습니다. 혼자 있을 때가 많았지요. 중학교 수업이 끝나면 돌아오는 길에 버스 정류장 벤치에 조용히 앉아 뜨개질을 하곤 했습니다. 장갑이나 목도리를요. 이런 곳에서 시간을 때우다니 가정에 문제라도 있나 싶었지요. '누구 걸 뜨고 있니?'라고 말을 걸었더니 '예, 제 거예요' 하고 예의 바른 말씨로 대답했답니다. 말씨로 똑똑하다는 걸 알아보았지요. 저하고 얘기할 때는 조금 즐거워 보였는데, 마지막에 '고맙습니다'라고 하는 거예요. 행복한 아가씨로 자라면 좋겠다고 생각했지요."

"평범한 소녀였던 거지요?"

"기이한 구석은 없었는데 어딘지 모르게 보통 사람들과 다르기는 했습니다. 고독해 보였지만 여린 인상은 조금도 없이 고결해 보였습니다. 눈매가 서늘했죠. 협회 대표가 되어서 하는 말은 아니지만 성녀 같은 분위기가 있었습니다. 노사카 미카게는 그걸 제대로 꿰뚫어본 거겠지요."

"기미코 대표는 언제 입회했습니까?"

"질녀였으니 당연히 어렸을 때부터. 본인이 어디까지 믿고 있는지는 알 길이 없지만, 회조는 몹시 어여삐 여겼답니다. '스물한 살에 협회를 통솔하고, 21세기 지구를 인도할 운명이다'라는 예언을 했다나요. 그게 올해 마침내 실현된 거죠. 앞으로 협회는 더욱 빠르게 성장할 겁니다. 예언이 적중한다면 말이지만."

"그녀가 스물한 살에 대표가 되는 게 예정된 일이었다고요?"

"예. 전 대표인 노사카 도시코는 처음부터 징검다리 역할이었습니다. 회조는 현재 간부도, 다음 세대 간부도 미리 정해놓고 세상을 떠났습니다. 가미쿠라 출신 회원이 많이 선출되었다고 들었습니다."

"미래의 인사도 미리 정해져 있고, 출신지까지 영향을 준다면 후보자 이외의 회원들은 출셋길이 막혀 불만스럽게 생각하지 않습니까?"

"위로 올라가고 싶은 회원은 극소수일 겁니다. 오히려 올라갈 사람이 정해져 있으니 엉뚱한 야망을 품는 사람이 없어 조직이 원활하게 돌아가는 것 아니겠습니까? 제가 몸담았던 경찰도 그런 느낌이에요. 국가공무원 상급시험을 통과한 관료 후보들은 20대에 자동으로 일반 경찰들은 평생 노력해도 좀처럼 올라갈 수 없는 지위에 오릅니다. 그런 구조가 불공평하다고 화를 내도 어쩔 수 없죠. 관료 후보를 뽑기로 선별한 것도 아니고요. 불만이 있으면 경찰이 안 되면 그만입니다. 그나저나."

갈림길이 나오자 쓰바키가 걸음을 멈췄다. 뜻밖에도 이제부터 총본부에 간다고 했다.

"5시까지 가야 해서요. 정문에서 아라키 씨와 만나기로 했습니다. 아라키 씨가 견학을 신청했더니 쉽게 허락이 떨어져, 저도 신세 좀 지기로 했거든요. 어제와는 영 딴판으로 오늘 협회는 서비스가 좋아요. 외계인이 출현한 성스러운 동굴도 보여주겠다고 합니다. 여러분도 나중에 다시 돌아간다고요? 그럼 안에서 또 만날지도 모르겠군요."

샛길로 내려가는 쓰바키와 헤어져 우리는 어제와 마찬가지로 남쪽으로 향했다. 걷는 게 상쾌했기 때문이다. 친한 사람들과 함께 있는 행복을 곱씹으며, 머리가 구석구석까지 맑아지는 것을 느꼈다.

"이 부근이었을까?" 오다가 물었다. "왜, 어제 유령 같은 여자애를 본 장소 말이야."

에가미 선배가 의아해했다. "유령?"

"어린 여자애를 봤거든요. 그런데 비척비척 달려가나 싶더니 어디론가 사라졌어요. 수풀 속에 숨었을지도 모르지만, 일부러 숨는 것도 이상하잖아요? 좀 묘한 느낌이었어요."

부장은 턱을 어루만지며 발밑을 가리켰다.

"혹시 이 나무 부근에서 사라졌어? 바닥에 난 잡초가 쓰러져서 짐승들이 다니는 길처럼 보여. 사람이 지나다닌 흔적이지. 아이들 비밀기지라도 있나 보네."

"여자애가 비밀기지를 만들까요?" 짧은 머리의 선배는 마리아를 슬쩍 바라보았다. "만들려나? 남자애하고 놀고 있었던 걸지도 모르고. 그래도 정말 연기처럼 사라졌다고요. 유령이라기보다 닌자라고 해야 할까?"

오늘 소녀 닌자의 모습은 보이지 않았다. 집에서 놀고 있는 건지도 모른다. 마리아는 몸을 숙인 채 잡초가 눌린 길로 깊숙이 들어갔다. 아이 발자국이 점점이 남아 있는 것이다.

"에가미 선배 말이 맞네요. 봐요, 깜찍한 발자국이 있어요. 자그마한 야생 동물 같아요. 얼마 안 된 발자국 같은데. 이 탐정 언니가 비밀 기지를 찾아내볼까?"

우후후, 하고 웃는다. 하여간. 그렇게 생각하며 탐정 언니를 쫓아갔다.

"야, 아이의 꿈이 깃든 성을 부수지 마. 이렇게 허비할 시간도 별로 없어. 어디까지 갈 셈이야?"

"……여기까지."

걸음을 멈췄다. 20미터는 족히 되는 거목이 회갈색 가지를 사방으로 펼치고 있었다. 물참나무일까? 비죽비죽 톱니처럼 생긴 잎사귀가 나 있었다. 마리아는 몸을 숙여 바닥의 잡초를 살며시 헤쳤다.

"봐."

쓰러진 나무 그늘에 가려 잘 보이지 않았지만, 밑동에 구멍이 뻥 뚫려 있었다. 아이라면 어렵사리 들어갈 수 있을 만한 크기였다.

"발자국이 여기서 끊겼어. 여기가 닌자의 아지트 아닐까? 내 눈은 못 속여. 살짝 들여다볼까? ……없네. 빛이 안 닿아서 안 쪽까지는 안 보여."

나무 옆에 구멍을 덮을 만한 돌이 굴러다니고 있었다. 힘을 짜내면 아이도 움직일 수 있겠지.

"이제 후련해?"

"후련해. 그보다, 멋진 나무네."

그 말에 고개를 들어 보았다. 굵은 가지가 하늘을 조각조각 으로 가르고, 잔가지 사이로 무수한 빛이 쏟아져 내렸다. 과연, 멋지다. 걷잡을 수 없는 네 이야기도.

"너무 들떴어. 마음은 이해하지만."

"들떠 있는 것처럼 보여? 문제가 풀려서, 사자성어로 표현한 다면 명경지수 같은 심경인데. 다행이야, 에가미 선배에게 아 무 일도 없어서."

선배들은 뒤따라오지 않았다. "또 저렇게 애 같은 짓을" 하고 웃는 소리가 샛길 쪽에서 들려왔다.

"마음에 걸리는 점은 있지만."

다시 만났을 때 피부로 느낀 위화감을 떠올리며 말했다. 마 리아의 표정이 두려울 정도로 진지해졌다.

"아리스, 예리하네. 나도 마음에 걸렸어. 인류협회의 재미가 어쩌느니 하는 이야기, 이상했지? 에가미 선배는 우리한테 뭔가 숨기고 있는 게 아닐까? 심각한 문제인지, 개인적인 문제일 뿐 대수롭지 않은 사정인지는 모르겠지만, 뭔가 있어. 하지만 캐묻지 않기로 했어. 알 필요 없는걸."

"맞아."

"돌아갈까?"

마리아가 그렇게 말하며 손으로 머리카락을 쓸어내리는 찰나에 오른쪽 귀에서 귀걸이가 빠져 나무뿌리 위에 부딪히고 어디론가 튀었다. 삼각형 금속조각은 반짝, 한 줄기 빛을 발하고 구멍 속으로. 우리는 동시에 "앗!" 하고 소리를 질렀다. 이런 불행이.

"저 귀걸이 마음에 들었는데."

마리아는 땅에 엎드려 구멍에 손을 쑥 집어넣어 더듬거리다 깜짝 놀랐다.

"깊어. 안쪽에 깊은 구멍이 있네. 이 나무, 바위 위에 뿌리를 내린 걸까? 굉장한 생명력이야."

마리아가 일어나서 무릎에 묻은 흙을 털었다.

"귀걸이는?"

"영원히 이별했어. 이런 나무를 베어버릴 수야 없지. 가자."

마리아는 왼쪽 귀에서 귀걸이를 빼서 치마 주머니 속에 넣었다. 한쪽만 남은 귀걸이를 여자들은 어떻게 할까? 다른 쓸모는 없을 텐데, 애착이 있으면 남겨두는 걸까?

"오래 기다리셨죠." 선배들 곁으로 돌아갔다. "마리아가 비밀 기지를 발견했는데, 자제심을 발휘해 관찰만 했어요. 이쪽에서는 놓치면 손해 볼 만한 재미있는 얘기를 나누셨나요?"

"아니. 일본어를 낭비했을 뿐이야." 에가미 선배가 말했다. "오히려 들으면 손해 봤을걸. 더 가볼까?"

한참 걸어가자 샛길은 표고버섯 재배 비닐하우스 쪽으로 이어지는 내리막으로 연결되었다. 반투명한 비닐하우스 안에서 표고버섯을 돌보는 아마카와 아키히코의 그림자가 움직이고 있었다. "마침 잘됐다." 모치즈키가 부르자 주인아저씨가 우리 쪽을 돌아보았다.

"어서 오십시오. 여태 총본부에 계셨습니까? 아아, 그분이 말씀하신 선배로군요. 안녕하십니까."

주인아저씨가 밖으로 나와 수돗물로 손을 씻었다. 작업을 마치려던 참이었나 보다. 이제 여관으로 돌아가 저녁 식사를 준비하겠지. 그런 주인아저씨에게 모치즈키가 식사를 1인분 추가해달라고 부탁했다.

"그쪽 선배도 함께 식사를 하겠다는 뜻이지요? 괜찮습니다. 어제하고 별 차이 없는 메뉴라도 괜찮다면야. 협회 밥보다는 맛있을 테니 오십시오. 시간은요?"

"총본부로 돌아가 조금 더 견학할 예정이라…… 어제하고 똑같이 7시에. 괜찮죠, 에가미 선배? 그런 이유로, 오늘 밤에는 맥주를 제법 마실지도 모르니 잘 부탁드리겠습니다."

"모치 선배, 그거 좋은 아이디어네요." 마리아가 기뻐했다.

"긴급 파티네요. 사자성어로 표현하면 오늘 밤은 경음마식*이
에요."

스무 살 아가씨에게 어울리지 않는 사자성어이기는 했지만
결국 그렇게 되겠지. 오다 말고는 모두 술에 약한데, 과연 어찌
될지. 에가미 선배는 휘청거리는 발걸음으로 '호텔 성'(어감이
왠지 야릇하다)의 VIP룸으로 돌아가게 될 것 같다. 인류협회
는 술과 담배에 너그럽다지만, 모든 일에는 적정선이라는 게
있으니 조심해야겠다.

"쓰바키 씨하고 아라키 씨도 총본부를 견학하러 간다더군
요." 주인아저씨는 장화에 묻은 진흙을 씻어내며 말했다. "오늘
은 성스러운 동굴까지 특별히 보여준다고요. 어찌 된 일일까?
'여왕님' 생일도 아닌데."

"마을분들도 대표를 '여왕님'이라고 부르는군요."

경애의 표시인지 야유인지, 마음에 걸려 물어보았다.

"언론이 재미 삼아 그렇게 말하는 바람에 덩달아 입에 붙어
버렸습니다. '여왕님'이라고 부르기에는 너무 앳되지만요. 동
네 사람들이 볼 때는 옛날부터 알고 지내던 어린 기미코니까
요. 뭐, 그래도 대표가 되고 나서는 분위기가 확 바뀌었죠."

"어떻게요?"

"일단 촌티를 싹 벗었죠. 그래 봤자 문밖으로 거의 나오지 않

---

*鯨飮馬食. 고래가 물을 마시고 말이 풀을 먹듯 많이 먹고 많이 마심.

으니 신문이나 잡지 사진으로 본 인상이 그렇다는 말입니다. 멀리 가버린 느낌이에요. 산책? 예, 뒷산을 산책하거나 수행원을 데리고 마을 상점에 들르기도 하지만 좀처럼 만나기 어렵습니다. 고귀한 스타니까요."

'여왕님'은 스타인가. 모처럼 여기까지 왔으니 실제 모습을 살짝이라도 보고 싶었는데, 아무래도 어려운 모양이다. 에가미 선배에게 저지른 결례를 간부들이 아무리 미안하게 여겨도 노사카 기미코 대표가 직접 사과하지는 않았으니까.

'성' 쪽에서 파이프오르간 같은 신시사이저 선율이 흘러나왔다. 5시를 알리는 음악이다. "저 소리를 듣는 게 벌써 몇 번째일까." 에가미 선배가 말했다. 우리는 두 번째다. 우주처럼 장대하지만 귀에 익은, 어쩐지 향수를 불러일으키는 멜로디였다. 저 음악은 '성'이 생긴 이후로 하루도 빠짐없이 저녁의 '거리'를 품어왔다고 한다. 공원에서 노는 착한 어린이들, 친구들에게 인사하고 집에 돌아갈 시간이랍니다, 하고 성급하게 보채는 것 같기도 하지만 사실은 듣는 이의 사념을 조종해 세뇌하는 작용이 있는 건 아닐까? 그게 바로 가미쿠라의 비밀이었나. 그만 망상을 하고 말았다.

화창한 오후가 끝나가고 있었다.

"7시라고 하셨지요?" 주인아저씨는 우리의 저녁 식사 시각을 확인하고 여관으로 돌아갔다. 그 뒷모습을 바라보며 우리는 메인스트리트 쪽으로 걸음을 옮겼다. 이제는 완전히 관광

객이다.

"자료관이나 보물관에 가볼까……. 아니, 에가미 선배는 이미 봤으려나?"

일단 총본부로 돌아가기로 했다. 연구동을 견학하고 여관으로 돌아가면 방에서 잠깐 쉴 수 있다. 지금쯤 혼조 가야는 아라키와 쓰바키에게 관내를 안내해주고 있을 것이다. 그렇다면 그녀가 말한 대로 입구에서 기다리면 된다.

광장에서 모치즈키가 외쳤다. "잠깐!" 모처럼 다섯 명이 다 모였으니 사진을 찍으려는 것이다. 또 기념사진인가, 싶은 생각에 그만 종알거리고 말았다.

"삼각대가 없으니 누구 한 명은 빠져서 셔터를 눌러야 하잖아요." 근처에 지나가는 사람은 없었다. "초소 직원에게 부탁해도 안 도와줄 테고. 담당 구역을 벗어나 여기까지 와주지는 않을 거예요."

번갈아가며 찍으면 되지 않느냐, 정 다섯 명이 같이 찍고 싶다면 타이머를 설정해 바닥에 카메라를 내려놓고 모두 엎드려서 얼굴을 맞대면 되지 않겠느냐. 그런 시시한 소리가 오가고 있을 때, 타이밍의 신이 나타났다. '성' 정문에서 아마카와 아키코가 내려온 것이다. 빈 장바구니를 들고 있었는데, 우리가 묻기 전에 먼저 설명해주었다. "말린 표고버섯을 전해주고 왔어요."

모치즈키가 에가미 선배를 소개하며 한 사람도 빠짐없이 들어간 기념사진을 찍어달라고 부탁했다. 아키코는 "솜씨가 없는데" 하고 말하면서도 셔터를 눌러주었다.

"오늘 밤에는 에가미 씨도 저희 여관에서 식사하신다고요? 그거 즐겁겠군요, 다행이네요. 알겠습니다. 변변한 대접은 못하지만 되도록 맛있는 음식을 준비할게요. 그럼."

아키코와 엇갈려 계단을 올라갔다. 중간쯤 올라갔을 때 마리아가 말없이 하늘을 가리켰다. 뒷산 위에, 보랏빛 구름이 떠 있었다. 유난히 윤곽이 뚜렷한 구름이다. 우리는 걸음을 멈추고 '성'의 상공을 올려다보았다.

"저 모양, 아무리 봐도……."

'아무리 봐도'는 과언이다.

⑥

너무 집요한가? 하지만 나는 "그렇지?" 하고 동의를 구했다. 남자들은 응, 하고 고개를 끄덕여주었다.

보랏빛 같기도, 남빛 같기도 한 구름.

그 모양은, 바야흐로 광장에 내려서려는 '하늘의 배'였다.

제7장
페리하

1

아무 문제 없이 정문을 지나 튜브를 통과했다. 빼놓을 수 없는 금속탐지기 검사도 무사히 통과해 입구 로비에 들어가니 마침 5시 반이었다. 여기서 기다리라고는 했지만 의자가 없어 불편했다. 혼조 가야는 아라키와 쓰바키에게 성스러운 동굴을 안내해주고 있겠지. 그렇다면 그쪽을 구경하러 가자는 말이 나왔다. 설마 혼내기야 하려고. 자의적인 판단일지 모르지만 이의를 제기하는 사람은 없었다.

관공서처럼 5시면 업무가 끝나는지, 관내는 쥐 죽은 듯 고요했다. 집무실에서 말소리가 새어 나왔지만 긴 복도에 돌아다니는 사람은 하나도 없었다. 우리는 얼씨구나, 거침없이 안으로 들어갔다. 창밖의 수국을 구경하면서.

"에가미 선배, 정말 '성'에 남을 거예요?" 갑자기 생각났다는 듯 마리아가 물었다. "성스러운 동굴도 봤으니 이제 됐잖아요.

함께 돌아가요. 스파이 혐의는 풀렸다지만, 그러다 또 문제라도 생기면 후회할 거예요. 지금은 일단 귀여운 후배의 충고를 듣지 않겠어요?"

그러자 부장이 온화하게 타일렀다.

"하루 이틀 더 있고 싶어. 모처럼 총본부에서 VIP로 대접해 주니 이 기회를 놓칠 순 없지. 미처 조사 못 한 정보가 있어도 다시 찾아오기 벅찬 곳이니까. 돈도 들고."

"하루 이틀 있으면 여기서 무슨 일이 생기는데요?"

"아니, 그런 게 아니야. 왜 그런 식으로 물어?"

"에가미 선배를 만나고 싶다고 했을 때, 유라 씨가 '사흘 후면 수행이 끝난다'면서 저희를 쫓아냈어요. 그 말이 시간을 끌 핑계처럼 들렸어요. 사흘 후에 비밀의 의식이라도 치르는 게 아닌가 했다고요."

"그런 말은 못 들었는데. 단순히 협회에서 내게 숨기고 있는 건지도 모르지만 그런 징후나 낌새는 못 느꼈어. 그냥 내 결백을 밝혀낼 때까지 시간을 벌려고 했던 것 아닐까?"

"그럼 제 생각이 지나쳤는지도 모르겠네요."

두 사람의 대화를 잠자코 듣고 있는데 오다가 "저거" 하고 창을 가리켰다. 그쪽을 돌아보자 수국 잎사귀 뒤에 아라키가 서 있었다. 눈이 마주치자 오다가 유리창 너머로 먼저 말을 걸었다.

"그런 데서 뭐 하고 계세요? 쓰바키 씨하고 함께 계시는 줄 알았는데."

제대로 알아들었는지 일부러 창 가까이 다가와 대답해주었다.

"쓰바키 씨도 있습니다. 잠깐 화장실에 갔어요. 인류협회 혼조 씨가 안내해주었는데, 급한 용무가 생겼다면서 잠시 정원이라도 구경하고 있으라며 가버렸어요. 그래서 어슬렁거리고 있던 참입니다."

"정원으로는 어떻게 나가셨어요?"

"복도 동쪽 구석에 출입구가 있어요. 여러분은 뭘 하고 계십니까?"

"저희도 혼조 씨 시간이 비기를 기다리고 있었습니다."

"그럼 이쪽으로 오시지 않겠습니까?"

그 말에 정원으로 나가보기로 했다. 동쪽 구석 출입구라는 건 뒷문으로 나가는 길이다. 성스러운 동굴로 이어지는 연결 복도를 왼쪽에 끼고 돌아서 창고 같은 방을 지나, 기계실 앞까지 갔을 때 누가 뒤에서 우리를 불렀다. 쓰바키였다. 연결 복도 모퉁이에 있는 화장실 앞에서 싱글거리고 있다.

"또 만났군요. 아라키 씨가 정원에 있습니다. 알고 계시다고요? 그럼 저쪽으로 나갑시다."

출입구 앞에서 뒤를 돌아보니 엘리베이터가 있었다. 동쪽 탑에 올라갈 때 쓰는 것이리라.

UFO 마니아는 정원에 멍하니 서 있었다. 지정된 시간에 견학하러 왔는데 기다리게 되어서 그런지, 다소 불만스러운 눈치로 투덜거렸다. "아직 멀었나?"

"성스러운 동굴이 그렇게 궁금하세요?" 오다가 물었다. "별
로 기대하지 않는 게 좋습니다. 그냥 구멍이니까요. 사진도 못
찍게 하고."

"그건 저도 알지만 좀처럼 보기 힘든 곳이니 빨리 보고 싶네
요. 여기까지 온 사람을 기다리게 할 정도니, 변덕을 부려 못
보여주겠다고 할까봐 걱정입니다."

낮은 숲 너머로 뒷문과 초소가 보였다. 그 옆에는 지붕이 달
린 주차장이 있고, 4도어 세단과 미니버스, 오토바이가 늘어서
있었다. 초소에는 담당자가 있었지만 이쪽에 주의를 기울이는
것 같지는 않았다. 내 시선이 향한 곳을 본 아라키가 휘파람을
불었다.

"저게 인류협회 전용 머신인가."

오다도 알아보고 맞장구를 쳤다.

"야마하 SRX400이네요. 풀 옵션. 저도 아라키 씨가 타는
TZR이나 저런 걸 갖고 싶은데. 하지만 제 아르바이트 월급으
로는 도저히 꿈도 못 꿔요."

"실컷 혹사시킨 중고라도 괜찮으면 넘길까요? 레이서 레플
리카도 좋지만, 한 번쯤 미국 오토바이를 타보고 싶어서 할리
로 바꾸려던 참이거든요."

하카타의 자유인은 UFO 다음으로 오토바이를 사랑하는 모
양이다. 중고라도 지금 처지에는 어렵다고 오다가 아쉬운 기

색으로 대답했을 때, 혼조가 돌아왔다. "많이 기다리셨지요. 죄송합니다." 쓰바키와 아라키에게 먼저 사과하고 우리에게도 머리를 숙였다.

"바로 근처니 성스러운 동굴을 먼저 보시죠. 다른 분들은 어떻게 하시겠어요?"

부장은 아까 봤으니 됐다고 사양했지만, 아라키가 어떤 반응을 보일지 궁금했던 나는 동행하기로 했다. "하여간 유별나요." 모치즈키가 비웃었다.

"그럼 아리스가와 씨도 함께. 다른 분들은 정원에 계세요. 견학이 끝나면 바로 돌아오겠습니다."

성스러운 동굴로 향하는 길에 아라키는 이때다 하고 페리파리에 대해 몇 가지 질문을 던졌고, 혼조가 대답할 때마다 감탄 어린 표정으로 끄덕거렸다. 쓰바키는 남의 집을 신기하게 구경하는 사람처럼 주위를 두리번거리느라 두 사람의 대화를 흘려듣고 있었다.

"급한 용무는 뭐였어요?"

마침 대화가 끊긴 틈에 물어보자, 혼조의 표정이 살짝 어두워졌다. '무슨 상관이에요, 당신을 기다리게 만든 것도 아니잖아요'라고 말하고 싶은 건가 싶었는데 대답해주었다.

"내일 숙박할 회원이 갑자기 일정이 바뀌었다고 해서 전화로 대응하느라. 급한 일이라 결례를 범했네요."

"버스로 올 손님은 있나요?"

"없어요. 오늘 밤 여기 묵는 분은 에가미 씨뿐입니다."

VIP룸은 물론이고 '호텔 인류협회'를 부장이 독차지하는 셈이다. 아마노가와 여관 예약을 취소할 수만 있다면 여기로 옮겨오고 싶은 심정이다. 스위트룸이니 침실을 나누면 마리아까지 모두 함께 묵을 수 있을 텐데.

쌍여닫이문 앞까지 왔다. 혼조가 영차, 하고 문을 밀었다.

"손님 견학입니다. 잠시 실례하겠습니다."

그녀는 아까와 똑같은 말을 했다. 그 표현이 입에 익은 것이리라. 대답은 없었지만 개의치 않고 우리를 안으로 불렀다. 미카게이시가 깔린 바닥을 밟자마자 쓰바키와 아라키는 탄성을 질렀지만, 혼조와 나는 무심코 서로의 얼굴을 돌아보았다.

이상하다.

성스러운 동굴 쪽으로 설치되어 있는 말발굽 모양의 카운터. 그 안에는 선택받은 협회 직원이 동굴을 향해 서서 기대와 기도로 충만한 시선으로 성스러운 동굴을 바라보아야 하는데, 어찌된 일인지 아무도 없었다. 그래서 혼조의 부름에도 대답이 없었나? 직무태만일까, 비상사태일까? 어쨌거나 협회에 있어서는 안 될 사태다.

"왜 그러십니까?"

입을 다물어버린 혼조에게 아라키가 물었다.

"아니, 조금……."

당황해서 경황이 없는지 "이런 일은 처음이야"라고 중얼거리는 소리가 들렸다. 안경 속에서 눈을 쉴 새 없이 깜빡거리더니 이윽고 고개를 쑥 내밀었다. "어?" 뭔가 발견했는지 카운터로 슬금슬금 다가갔다. 나는 그 뒷모습을 지켜보았다. 그러자 작은 어깨가 별안간 움찔 떨렸다. 마치 투명한 전선을 건드려 감전된 것처럼.

"왜 그러세요?"

이번에는 내가 물었다. 빙글 몸을 돌린 그녀는 우리 셋을 차례로 돌아보며 겨우 입을 뗐다. "저거……." 오른쪽 집게손가락으로 카운터 안쪽을 쭈뼛쭈뼛 가리켰다.

몇 걸음 앞으로 나가 들여다보니 유니폼을 입은 사람이 쓰러져 있었다. 정수리밖에 보이지 않아 젊은 사람인지 노인인지도 알 수 없었지만, 남자였다. 근무 중에 급환으로 발작이라도 일으켜 쓰러진 걸까? 좁은 공간에 갑갑하게 몸을 웅크리고 있다.

"도이 씨."

혼조가 갈라진 목소리로 어디선가 들어본 이름을 불렀다. 순간 그 이름을 왜 알고 있는 걸까 싶었지만, 당연한 일이었다.

'5시 반? 그럼 도이 씨가 근무할 때겠군.'

약 두 시간 전 마루오가 말한 교대할 요원의 이름이었다.

혼조는 오른손으로 쉴 새 없이 뺨과 이마, 입가를 짚어가며 혼란스러워했다. 뭘 넋 놓고 있는 거야, 빨리 도와줘야 할 거 아냐. 정신을 차리지 못하는 혼조를 보다 못한 나는 그녀 앞으로 나서려다가 마찬가지로 전기 충격을 받은 것처럼 굳어버렸다. 믿을 수 없는 광경을 본 것이다.

설마, 저건…….

바닥이 좌우로 기운 듯한 착각에 빠져 몸이 휘청거렸다. 가벼운 현기증을 일으켜 눈앞이 흐릿해졌다.

"음, 왜 그러지? 잠깐 비켜봐요."

쓰바키가 그런 나를 냅다 밀어냈다. 나는 휘청거리며 벽까지 밀려났다. 풍선이라도 된 것처럼, 체중을 느낄 수가 없었다.

전직 경찰이 이 자리에 있어서 다행이다. UFO나 외계인에 아무 관심도 없는 그가 고맙게도 아라키를 따라왔다. 나는 그저 그 사실에 감사했다.

이건 뭐지, 왜 이런 일이?

쓰러져 있는 남자의 목에는, 가느다란 끈이 단단히 감겨 있었다.

2

쓰바키는 몸을 숙여 남자의 얼굴을 들여다보고 뺨을 살짝 만져본 다음 말했다.

"혼조 씨. 구급차를 부르고 경찰에 연락하십시오. 아아, 관내나 마을에 의사가 있죠? 혹시 모르니 그 선생님도 부르는 게 낫겠습니다. 아무리 봐도 사망한 것 같지만."

"사사, 사, 사사키 선생님을 부르겠습니다. 잠시 실례할게요!"

혼조는 카운터 옆으로 돌아가 탁상 전화기를 집으려고 했다. 그러자 쓰바키가 날카롭게 제지했다.

"아, 건드리면 안 됩니다. 전화도, 카운터도. 이 방에 있는 물건은 하나도 건드리면 안 됩니다. 다른 방의 전화를 쓰세요. 그리고 이곳 책임자도 데려와주겠습니까?"

"책임자라면⋯⋯."

"노사카 대표든 누구든 상관없으니, 높은 사람을 불러요."

"네!"

혼조는 그렇게 대답하고 아라키와 어깨가 부딪히는 것도 아랑곳하지 않고 밖으로 뛰쳐나갔다. 내 뒤에 서 있던 UFO 마니아도 사태를 겨우 이해했는지 마른침을 꿀꺽 삼키고 물었다.

"쓰바키 씨. 그 사람, 목을 졸려 죽은 거지요? 그렇죠?"

"예. 힘껏 졸랐네요. 절대 자살이나 사고는 아닙니다."

전직 경찰은 우리에게 뻔한 소리를 하더니 카운터에서 떨어져 자기 오른손을 지긋이 내려다보았다.

"뺨에 아직 온기가 있었습니다. 감촉이 생생해요. 살해당한 지 얼마 되지 않았습니다."

조금도 생생하지 않다. 나는, 꿈을 꾸는 것만 같았다. 아직도 바닥이 흔들렸다. 오른쪽으로, 왼쪽으로, 다시 오른쪽으로. 한쪽 발에 중심을 싣자 진동은 증폭되었다. 공에 올라탄 것처럼, 제대로 균형을 잡지 못하면 넘어지고 만다.

"왜 싱글거리고 있어요, 아리스가와 씨?" 어? "사람이 살해당했는데, 왜 웃느냔 말입니다."

내가 웃고 있나? 그렇게 보이나? 입술을 굳게 다물려고 했지만, 제대로 다물어지지 않았다.

"아리스가와 씨는 싱글거리고 있는 게 아닙니다. 깜짝 놀라 얼굴이 굳어버린 거겠죠." 쓰바키가 대변해주었다. "그럴 만도 하지요. 이런 광경은 처음 봤을 테니."

그건 크나큰 착각이다. 처음이었다면 이렇게 놀라지 않았을 것이다. 이 정도면 저주받은 수준 아닌가?

나는 버티고 서 있는 데 지쳐 벽에 기댔다. 그래도 여전히 바닥은 흔들렸다. 짜증스러울 정도로, 끈질기게.

그걸 참고 있는데 어떻게 된 일인지, 뺨에 희미한 바람이 스쳤다. 성스러운 동굴에서 바깥 공기가 불어오는 것 같았다. 시원한 바람이었지만 육식 맹수가 내뱉는 숨처럼 비릿했다. 검은 바위 표면에 뻥 뚫려 있는 동굴 입구는, 송곳니 없는 호랑이의 입이다.

"여긴 살인사건 현장으로 그대로 보존해야 합니다. 아라키 씨, 아리스가와 씨, 주변 물건을 건드리지 않도록 조심해서 방에서 나가십시오."

쓰바키의 지시를 무시하듯 아라키가 천장을 가리키며 말했다.

"저건 뭡니까?"

"저거라니요?"

"비디오카메라예요." 내가 대답했다. "가짜는 아닙니다. 제대로 작동해요."

바닥의 진동도 겨우 그쳐, 더는 휘청거리지 않았다. 머리가 정상적으로 굴러가기 시작해 성스러운 동굴을 찍고 있는 카메라에 대해 설명했다. 저 두 대의 카메라는 페리파리 강림을 기록할 목적으로 끊임없이 동굴을 찍고 있다는 점. 모니터는 카운터 안에 있고, 외부에 연결되어 있지는 않다는 점.

쓰바키가 카메라 밑으로 걸어가서 각도를 확인했다.

"둘 다 동굴 쪽을 향해 설치되어 있군. 회전하지는 않는 모양이네요. 페리파리가 나오는 순간을 찍어야 하니 당연한가. 아쉽군. 저 렌즈에 실내도 들어온다면 범행 순간을 녹화해줬을지도 모르는데."

그 말은 맞지만, 카메라가 실내를 찍고 있었다면 아무리 어리석은 범인이라도 이곳에서 범행을 저지르지는 않았을 것이다. '성' 사람이라면 항시 카메라가 돌아간다는 걸 알고 있었을 테고, 가령 그 사실을 모르는 사람이 있다 해도 눈에 잘 띄는 천장에 붙어 있는 카메라를 간과할 리가 없다.

"비디오카메라는 결정적인 순간을 보지 못한 건가요." 아라키가 뒤를 돌아보았다. "목격자는 저 사람뿐. 하지만 말이 없는 증인이군요."

문 옆에 걸린 노사카 미카게의 초상 사진을 가리키는 말이다. 마을 어디에나 있을 법한 초로의 아주머니 모습의 회조가 온화한 미소를 머금고 침묵하고 있었다.

카메라에 범인의 모습이 찍혔다면, 사진이 말을 할 수 있다면 얼마나 좋았을까. 나는 정원으로 나가서 서글픈 얼굴로 알리겠지. 인류협회 도이 씨가 살해당하는 불행한 사건이 발생했지만, 누구 소행인지 알고 있습니다. 잠시 후 경찰이 와서 신병을 구속하겠지요. 그러니 안심하세요. ……그 말로 끝날 텐데.

에가미 선배와 다른 사람들은 어쩌고 있을까? 정원에서 수국을 감상하며 농담을 주고받다가 지금쯤 "동굴 구경하는 데 꽤 오래 걸리네"라고 말하고 있을지도 모른다.

다급한 발소리가 다가왔다. 설마 우리 일행은 아니겠지. 만약 그렇다면 여기에 들여보내서는 안 된다. 마리아에게 타살 시체를 보여주어서는 안 된다. "오지 마!" 하고 외칠 준비를 하면서 나는 문을 열었다.

후부키 나오와 시선이 부딪혔다. 다카라즈카 출신 같은 총무국장을 선두로, 유라 히로코와 백의를 걸친 중년 남자, 그리고 혼조 가야가 다가왔다. 나는 도어맨처럼 문을 열고 그들이 들어올 때까지 붙잡아주었다.

"저쪽입니다."

혼조가 백의의 남성을 향해 시체가 있는 쪽을 가리켰다. 협회 직원인지 '사사키 마사하루'라는 이름표를 달고 있다. 나이는 마흔 안팎일까? 전구를 뒤집어놓은 듯한 얼굴 윤곽에, 채플린처럼 콧수염을 기르고 있다. 그림 실력이 별로 없어도 이 사람이라면 손쉽게 몽타주를 그릴 수 있겠다는 시시한 생각을 했다.

임무에 착수한 의사는 곧 "좁아서 살펴볼 수가 없네"라고 말하더니 시체를 카운터 밖으로 끌어냈다. 현장 보존이 본업인 쓰바키는 한소리 하고 싶은 눈치였지만 제지할 틈도 없었다. 죽은 자의 얼굴이 이쪽을 향했다. 갸름하고 반듯하게 생긴, 아직 젊은 남자였다.

"아아, 소용없어. 이건 소용없어. 소생할 가망이 없어. 죽은 지 30분은 지났어. 끔찍하네. 목을 졸렸어. 정말 끔찍해."

쉴 새 없이 탄식하고 있지만, 경박할 정도로 태평한 말투였다. 눈빛은 진지하니, 농담이 아니라는 건 알겠지만.

카운터의 디지털시계 표시는 18:04. 내 손목시계와 대조해 봤는데 정확하게 일치했다. 그리고 사후 30분 이상 경과했다면 범행 시각은 5시 반 이전일 공산이 크다는 뜻인가.

"목을 졸렸다는 건, 살해당했다는 말씀이지요?" 사사키와는 대조적으로 후부키가 매끄럽게 말했다. "일반인인 제 눈으로 봐도 그렇게밖에 보이지 않지만, 믿을 수가 없군요. 여기서 살인사건이 벌어지다니. 그것도 어째서 도이 씨가……."

사사키 의사는 얼굴과 목 주변 등 피부가 노출된 부분을 살펴보면서 "끔찍해"라는 말을 두 번 더 반복했다.

"달리 눈에 띄는 외상은 없네요. 근무하고 있을 때 뒤에서 공격을 당해 저항도 변변히 못 한 것 같습니다. 이건 싸우다가 실수로 그런 게 아니에요. 범인은 뚜렷한 살의를 품고 도이 씨를 교살한 겁니다."

"도이는 다섯 시부터 근무였죠?"

옆에 있던 유라가 재빨리 대답했다.

"예. 그 전에는 마루오였습니다."

"교대 때 이상한 점은 없었는지 물어봐야겠군요. 불러오세요. 아니, 나중에 해도 되겠군요. 서두를 필요는 없죠."

차분하고, 당당했다.

나도 이성을 되찾았다. 이상 사태를 만나 맥은 조금 흐트러졌을지도 모르지만, 큰 문제는 아니다. 굳이 냉정하게 말한다면, 죽은 건 누군지도 모를 타인이다. 거리를 걷다가 교통사고를 목격한 셈이나 마찬가지다.

"경찰에 연락했겠지요?"

쓰바키의 물음에 후부키는 "예"라고 짧게 답했다.

"그럼 됐습니다. 히라노 주재 경찰이 오려면 30~40분은 걸리겠지. 기소 후쿠시마에서 오면 한 시간 반. 현경은 밤에나 도착하겠군."

그때까지 자기가 책임을 질 생각이었으리라. 하지만 총무국장의 눈에 그는 일개 외부인이었다.

"손님 여러분을 엉뚱한 사고에 휘말리게 해 죄송합니다. 관내 견학은 중단할 수밖에 없지만 양해해주십시오. 뒷일은 저희가 대처할 테니 일단 응접실로 이동해주시면 고맙겠습니다."

잘못된 말은 아니다. 하지만 전직 경찰은 그에게 도움을 청하지 않는 게 불만스러운 눈치였다.

"저는 쓰바키라고 합니다. 히라노 주재 경찰로 근무한 적이 있고, 벌써 정년퇴직해서 경찰수첩은 없지만……."

거기까지 말했을 때 후부키가 말을 잘랐다.

"그럼 현직 경찰이 오실 때까지 기다려주세요. 최초 발견자 중 한 분이시니 이것저것 질문을 받게 될 겁니다. 그쪽 분하고, 아리스가와 씨도. 에가미 씨와 나머지 분들은 이미 응접실에 계십니다."

"어, 그렇습니까?"

"예. 아오타에게 명령했거든요."

혼조의 보고를 받고 이쪽으로 달려오면서 그런 지시까지 했을 줄이야. 부자연스러울 정도로 조치가 빠르다. 우리를 내쫓고 싶어 하는 낌새도 있었다. 나도 살인 현장에 오래 있기는 싫었지만 다른 사람들에게 사건 내용을 알리기 위해 상황을 좀 더 자세히 알고 싶었다. 조금 더 버틸 수 없나 궁리하는데, 채플린 수염 선생님이 "어엉?" 하고 괴상한 소리를 냈다. 시체가 눈이라도 떴나?

"이거, 누가 장난을 쳐놨군요. 비디오가 멈춰 있어요. 큰일 났네, 큰일 났어."

의사는 카운터 안쪽의 비디오 장치를 보고 말한 것이었다. "건드리지 마!"라는 쓰바키의 목소리와 "정말요?"라는 유라의 목소리가 겹쳤다. 유라는 얼마나 놀랐는지, '성안'에서 살인사건이 났다는 사실보다 더했으면 더했지 못하지는 않은 충격을 받은 것 같았다.

"자, 봐요. 멈춰 있잖아요, 두 대 다. 게다가 테이프도 누가 뽑아 갔어요. 카운터 안쪽 어디에도 없습니다. 어떻게 된 일이지?"

그 사실을 확인한 유라는 후부키 쪽으로 몸을 돌려 고통스러운 목소리로 "없습니다"라고 말했다. 냉정하고 침착한 총무국장이 할 말을 잃은 것으로 보아, 협회에게 그 테이프가 얼마나 중요한 물건인지 짐작할 수 있었다.

쓰바키도 비디오가 비어 있는 것을 확인하더니 나직하게 신음했다. 그에게는 테이프 자체보다도 그것이 사라졌다는 사실에 큰 의미가 있는 것이다.

"범인이 가져갔다고 보는 게 타당하겠지요. 다른 가능성은 떠오르지 않아요. 여러분 얼굴에도 그렇게 적혀 있군요. 그렇다면 범인은 어째서 그런 짓을 했는가? 그냥 둘 수 없는 장면을 찍히고 말았다, 또는 찍혔을지도 모른다고 생각해 빼낸 것으로 보입니다."

이의는 없다.

"그래도."

아라키가 말했다. '그래도'라는 뜻의 후쿠오카 사투리 '밧텐'은 영어 'but then'의 발음이 와전된 말이라는 우스갯소리도 있다. 머릿속이 혼란스러워 그런지 엉뚱한 생각만 떠오른다.

"비디오카메라는 성스러운 동굴만 찍는다면서요. 이 방 안에서 벌어진 살인은 찍히지 않을 텐데요."

"아니, 뭔가 찍혔을 겁니다. 그렇지 않다면 범인이 굳이 가져갈 리 없어요."

그거다. 이렇게 단순한 사실을 어째서 둘 다 깨닫지 못한 거지?

"아니에요. 뭔가 찍힌 건 아닐 겁니다. 그냥 둘 수 없었던 건, 음성일 거예요. 피해자가 범인의 이름을 말했거나, 혹은 범인이 무심코 뭔가 말을 한 거예요. 그래서 비디오테이프를 처분해야 했던 겁니다."

자신 있게 말했는데, 내 추리는 유라가 대뜸 꺾어버렸다. 이곳 비디오는 방범용 카메라와 똑같아 영상만 기록하지 녹음은 불가능하다고 했다.

"자료관에서 페리파리의 말씀을 음성으로 재현해놓은 탓에 오해하신 모양이군요. 내방자는 정신감응으로 의사를 전달하니 녹음은 아무 의미 없습니다. 당신 추리는 빗나갔어요."

"녹음할 수 없다는 건……."

"여기 있는 사람들에게는 상식입니다. 방범용 비디오와 똑같이 영상만 기록해요. 그걸 모르는 건 외부 사람들뿐입니다."

'외부 사람들' 앞에 '당신 같은'이라는 말이 숨어 있는 것은 명백했다. 기분이 좋지는 않았다.

"그렇다면 이상하군." 쓰바키가 카메라를 올려다본 채로 말했다. "테이프를 가지고 달아난 게 살인범이라고 가정한다면…… 무슨 목적으로 그런 짓을? 동굴 영상밖에 없다면 그냥 내버려두면 될 텐데. 이해가 안 가는군요."

"혹시……."

구석에서 얌전히 있던 혼조가 뭔가 결심한 듯 입을 열었다. 가녀린 목소리였지만 사람들의 주목을 끌었다.

"혹시 엄청난 영상이 찍혀 있었던 게 아닐까요?"

"엄청난 영상이라니, 구체적으로 어떤 걸 말하는 거야?"

유라가 묻자 혼조는 간절한 눈으로 주사를 바라보며 말했다.

"입에 담기도 두렵지만, 그건, 그게, 그러니까 계시자께서 재림하신 게 아닐지……."

가슴에 이름표를 단 세 남녀는 경악을 감추지 못했다. 아라키와 쓰바키는 어리둥절한 표정이다. 나도 그쪽에 속했다. 비디오에 찍힌 '엄청난 영상'이 성스러운 동굴에 재림한 페리파리의 모습이라는 건가? 진심인가? 어이가 없었다.

가장 먼저 말을 되찾은 사람은 사사키 의사였다.

"설마, 확실히 놀라운 가설이기는 하지만 상당히 개연성이 있군요. 비디오카메라는 성스러운 동굴 쪽으로 단단히 고정되어 있으니, 찍힐 만한 특이한 영상은 계시자의 재림 장면뿐이겠네요."

상당한 개연성은커녕 일말의 현실성도 없다. 역시 그들은 우리와 다른 세상에 살고 있다.

"그러고 보니."

혼조가 누구에게랄 것 없이 호소했다.

"도이 씨에게 이런 말을 들은 적이 있어요. '반년쯤 전부터 성스러운 동굴에서 바람이 뚜렷하게 불어오기 시작했어. 희미한 소리를 들은 적도 있어'라고요. 어쩌면 그건 재림 징후였을지도 몰라요."

쓰바키가 움직였다. 성스러운 동굴 쪽으로 몸을 내밀더니 카메라를 향해 크게 손을 흔들었다. 바닥에 그인 하얀 선을 넘어설 뻔하자 유라가 제지했다. "멈추세요." 쓰바키는 얌전히 따랐다.

"실례했습니다. 성스러운 동굴 쪽에서 손을 흔들어도 비디오에는 찍힐 것 같지 않군요. 흐음, 특이한 게 찍힌다면 동굴 안에 나타난 무언가겠군. 하지만 그게 우주에서 온 내방자라는 보장은 없지 않습니까? 동굴 안쪽에서 다른 무언가가 나왔을지도 모릅니다. 그렇죠?"

유라는 내 예상과 똑같은 답을 말했다.

"성스러운 동굴 반대편은 막혀 있습니다."

"아니, 마을 어디론가 통할 겁니다. 희미하나마 공기의 흐름이 느껴지니까요. 저기서 누가 침입했을 가능성은 없습니까?"

"착각은 삼가주세요. 성스러운 동굴은 막혀 있습니다."

"들어가봤습니까?"

"아니요. 하지만 뒷산에 출구는 없습니다."

"발견하지 못했을 뿐일지도 모르잖습니까. 게다가 사람은 지나가지 못할 구멍이라도 작은 동물이라면 마음껏 지나다닐 수 있겠지요. 개나 고양이는 불가능해도 날벌레나 박쥐라면."

"날벌레나 박쥐가 찍힌 비디오를 누가, 무슨 이유로 가져간다는 건가요?"

"그냥 비유가 그렇다는 겁니다. 동굴에 나타난 건 외계인이 아닐지도 모른다는 소립니다."

"비유라 해도." 유라가 반박하려는데 후부키가 말렸다. "잠깐." 국장은 날카로운 시선으로 출입구를 바라보고 있었다. 문이 살짝 열려 있었던 것이다.

"언제부터 거기 서 있었죠? 문 뒤에서 듣고 있었던 모양이군요. 누굽니까?"

에가미 선배가 문을 열었다.

3

"들어갈 타이밍을 놓쳐 그만 엿듣고 말았습니다. 악의가 있어서 그런 건 아닙니다."

"당신 혼자? 응접실에서 기다려달라고 아오타가 부탁했을 텐데요."

그렇게 따지는 유라의 목소리에 조용한 분노가 묻어 있었다. 아마도 그 절반은 에가미 선배를 향한 것이고, 나머지 절반은 아오타 요시유키의 관리 실수에 대한 것이리라.

"배가 아프다는 핑계로 빠져나왔습니다. 그러니 시간이 걸려도 수상하게 여기지는 않을 겁니다. 아오타 씨는 제 후배들에게 '하늘의 배'에 대해 열렬한 강의를 해주고 있습니다."

"거짓말까지 해가면서 이곳에는 왜? 당신 행동은 역시 이상해요."

"피차일반이라는 말밖에 못 하겠군요. 성스러운 동굴을 견학하는 데 시간이 너무 오래 걸려서 무슨 일인가 살펴보러 온 겁니다. 질문을 빗발처럼 쏟아내는 아라키 씨에게 쓰바키 씨가 장단을 맞춰줄 수는 있어도, 우리 아리스가와가 그걸 견딜 수 있을 것 같지는 않았습니다. 적당히 눈치를 봐서 '실례합니다' 하고 빠져나왔을 테니까요."

역시 모르는 게 없다.

"뭔가 문제라도 생겼나 살펴보러 왔더니……."

"언제부터 듣고 있었죠?"

"사사키 선생님이 비디오의 이상을 발견했을 때부터. 그 직후 아라키 씨가 '이 방 안에서 벌어진 살인은'이라고 말했고, 바닥에는 목에 끈이 감긴 남성이 쓰러져 있으니 상황은 전부 파악했습니다. 돌아가신 분은 제가 모르는 분 같군요."

후부키 나오가 한 걸음 앞으로 나섰다.

"도이 겐사쿠라고 합니다. 스물일곱 살. 제사국 소속으로, 협회와 인류의 미래를 위해 애써왔습니다. 타인에게 미움을 받아 살해당할 사람이 아니었다는 건 제가 장담합니다. 거듭 말하지만, 이름은 도이 겐사쿠입니다. 부디 기억해주세요."

"도이 겐사쿠 씨는 5시부터 여기 계셨던 거지요? 저희가 이곳을 견학했을 때는 마루오 씨가 계셨습니다. 즉 범행은 5시 이후라는 뜻이겠군요."

에가미 선배의 말에 쓰바키가 덧붙였다.

"그리고 사사키 선생님의 판단에 따르면 도이 씨는 5시 반에 이미 사망했다고 합니다. 시체를 만져보고 저도 그렇게 느꼈습니다. 따라서 범행은 5시부터 5시 반 사이로 추정됩니다. 5시 정각에 교대했는지는 마루오 씨에게 확인해볼 필요가 있겠군요."

쓰바키는 그렇게 말하며 카운터 앞으로 돌아갔다. 까치발로 안을 들여다보다가 뭔가 발견했는지 대번에 눈을 반짝였다.

"노트와 볼펜이 떨어져 있군요. 저건 일지인가요? 살해당하기 전 피해자가 뭔가 기록을 남겼다면 수사에 도움이 될지도 모르는데. 아차, 건드리면 안 되지. 경찰이 조사할 테니 이대로 둡시다."

그때, 생각도 못 한 사태가 벌어졌다. 후부키가 쓰바키의 주의를 대뜸 무시하고 일지를 주워든 것이다. 전직 경찰은 꾸짖는 것도 잊고 아연실색했다.

"나중에 제 지문을 경찰에 제공하겠습니다. 그러면 문제없겠죠."

"문제없다니, 당신." 쓰바키의 얼굴이 붉으락푸르락했다. "사건현장은 그대로 보존해야 하오. 부주의하게 유류품을 건드리면 곤란해요. 경찰에게 크게 한소리 들을 거요. 인류협회 간부씩이나 되는 분이 이리 상식이 없을 줄이야."

"저는 지금 당장 이걸 봐야겠어요."

후부키는 전혀 반성하는 기색이 없었다. 노트 모서리를 잡고 천천히 페이지를 뒤적이기 시작했다. 무시당한 쓰바키는 카운터 너머를 향해 이를 갈았다. 지금 검은 가죽의 경찰수첩을 갖고 있지 않다는 사실이 분해서 견딜 수 없는 것이리라.

"'재림 없음'이라는 기록만 가득하군요. 그것 외에는 교대한 사람의 이름과 시간이 전부인가."

에가미 선배가 옆에서 일지를 들여다보았지만 후부키는 개의치 않았다. 마지막 페이지에 다다랐는지 손이 멎었다. 그 순간, 국장과 부장의 얼굴에 경악의 빛이 스쳤다. 무슨 일인가 싶어 나도 고개를 들이밀었다.

이건, 뭐지?

17시 정각에, 마루오 겐은 도이 겐사쿠에게 근무지를 넘겼다. 마루오는 검은 사인펜, 도이는 파란 볼펜으로 서명했다. 각자 자기 필기구를 사용한 것이리라. 그건 괜찮다. 문제는 도이가 서명 밑에 남긴 글자였다. 펜을 입에 물고 썼나 싶을 정도로 엉망인 글씨로······.

"페, 리, 하, 그렇게 보여."

에가미 선배의 말에 방 여기저기서 "엇!" 하는 외마디가 솟구쳤다. 혼조는 다리 힘이 풀려 주저앉고 말았다.

"페리하(ペリハ). 페리파리(ペリパリ)라고 쓰려다가 힘이 다한 것처럼 보입니다."

일지를 든 후부키는 손을 바들바들 떨며 입가를 희미하게 일그러뜨렸다. 그녀 안에서 경악이 다른 감정으로 바뀌고 있다. 그것은 환희일까, 아니면 공포일까?

"재림하신 거지요? 저희 인류에게 새로운 계시를 내려주시기 위해, 페리파리가 이 성스러운 동굴에 오셨군요!"

유라가 흥분해서 글썽거리는 눈으로 동굴 입구를 바라보았다. 바람구멍 속은 그저 어둡기만 할 뿐, 아무것도 없었다. 깊은 어둠만 펼쳐져 있었다.

"어리석은 소리." 비웃은 사람은 쓰바키였다. "뭐가 페리파리라는 겁니까? 그런 게 진짜 있을 리 없잖아요. 아마 다른 걸 쓰려던 흔적일 겁니다."

"페리하로밖에 안 보여요."

후부키가 일지를 펼쳐 들이댔지만 쓰바키는 인정하지 않았다.

"그럼 단순한 낙서겠지. 지루하다 못해 페리파리라고 쓰려고 했던 건지도 모릅니다."

"잘 봐요. 그럼 글씨가 이렇게 엉망인 이유는 뭐죠? 평범하지 않은 심리상태에서 썼다는 걸 알 수 있어요. 계시자의 재림에 놀라 기뻐서 이런 필적이 나온 겁니다."

"아니, 아닙니다. 그렇다면 페리파리라고 끝까지 썼겠지요. 겨우 네 글자 아닙니까? 페리하에서 끝난 건 낙서를 하고 있을 때 뒤에서 습격을 당해서 그런 겁니다. 그래서 글씨가 엉망인 거라고요."

"모순입니다."

의연히 말한 것은 에가미 선배였다. 조용하지만 굳센 목소리에 모두의 시선이 한데 몰렸다. 주저앉아 있던 혼조도 부장을 똑바로 올려다보았다.

"목을 졸리기 직전 도이 씨가 느긋하게 낙서를 하고 있었다면 페리하라는 글자가 이렇게 엉망으로 일그러진 건 부자연스럽습니다. 뒤에서 습격당했을 때, 혹은 그 이후에 쓴 글씨가 아니라면 앞뒤가 맞지 않습니다."

후부키가 곧바로 반박했다.

"그렇다면 이렇게 생각할 수 있겠죠. 도이는 계시자의 재림을 본 겁니다. 그걸 보고 환희 속에서 페리하까지 썼는데, 그 직후 괴한의 습격을 받은 겁니다."

"페리파리가 재림하고 있는 현장에서 범행을 저질렀다는 말씀입니까? 그거 또 어처구니없는 상황이군요. 제가 도이 씨였다면 '페리파리 재림'이라고 쓰기보다 범인의 이름을 남겼을 겁니다."

"도이라면 재림 기록을 우선했을 테지요. 게다가 그는 뒤에서 끈으로 목을 졸렸어요. 범인의 얼굴을 보지 못했을지도 모릅니다."

"지당한 말씀. 하지만 저는 그 견해를 받아들일 수가 없군요."

에가미 선배가 손수건을 꺼냈다. 뭘 하나 보고 있으려니 카운터로 걸어가 볼펜을 들었다. 쓰바키는 말릴 생각도 않고 상황을 지켜보았다.

"이 볼펜 촉을 보고 싶었습니다. 눌린 흔적은 없군요. 볼펜 하나라도 무기가 될 수 있습니다. 다시 한 번 '제가 도이 씨였다면'이라고 가정한다면, 저는 생사의 갈림길에서 '페리파리 재림'이라고 쓰지 않고 젖 먹던 힘까지 짜내 이걸 휘둘러 범인에게 저항했을 겁니다. 살아남지 못하면 재림 순간을 목격한 의미가 없으니까요. 죽기 전에 페리파리를 봤다는 것만으로는 저승길 선물밖에 더 되겠습니까? 아아, 실례. 무신경한 소리를 하고 말았군요. 죄송합니다."

"저승길 선물이란 말은 실례군요." 후부키가 한마디 타이른 다음 말했다. "당신 주장도 이해가 가지만, 그렇다면 일지에 남은 이 '페리하'를 어떻게 해석해야 할까요? 가르쳐주면 좋겠군요. 한 가지 기억해주셨으면 하는 점이 있어요. 성스러운 동굴을 촬영한 비디오테이프가 사라졌다는 것. 거기에는 성스러운 동굴에 나타난 무언가가 찍혀 있었을 겁니다. 역시 페리파리가 모습을 드러냈던 게 아닐까요?"

"페리하라는 글자와 테이프 분실만으로는 페리파리가 재림했다는 근거로 보기 어렵습니다. 제 생각은 그렇습니다."

"그렇다면 저건……."

혼조가 비틀비틀 일어나 벌벌 떨면서 애써 말을 뱉었다.

"성스러운 동굴에 나타난 건 페리파리가 아니었던 게 아닐까요? 범인이 도이 씨의 목을 조르고 있을 때 페리파리가 재림하셨다면 인간이 인간을 죽인다는 야만스러운 행위를 눈감으셨을 리 없어요. 그러니 그 자리에 있었던 건, 도이 씨가 본 건, 페리파리가 아니라…… 그…… 사악한 다른 존재였을지도 몰라요."

"하지만 일지에는 페리하라고 적혀 있는데."

사사키가 끼어들자 혼조가 세차게 고개를 저었다.

"그게 바로 페리파리 이외의 존재가 나타났다는 증거예요. 다른 존재가 강림한 겁니다. '페리하'라는 이름의 사악한 존재가. 테이프를 가져간 것도 그자일지 몰라요!"

아라키가 손으로 이마를 짚었다. 기분이 안 좋은 것 같았다. 그는 나와 혼조 사이를 지나 문으로 다가갔다.

4

"뭔지 모르겠지만 왠지 무서워요. 더는 못 참겠습니다. 이 방에 못 있겠어, 그만 나가겠어요."

후부키는 유라의 어깨를 툭 치며 "저 사람을"이라고 짧게 말했다. 이심전심. 주사는 "예" 하고 대답하더니 복도로 사라진 UFO 마니아를 쫓아갔다. 민첩한 움직임이었다.

사람들로 꽉 찼던 방이 조금 넓어졌다. 쓰바키가 심호흡을 하고 말했다.

"수사회의를 하고 있을 때가 아니네요. 모두 여기서 나갑시다. 이 방의 정식 명칭은 뭡니까? 대기실? 그렇군요. 그럼 경찰이 도착할 때까지 대기실을 봉쇄하겠습니다. 아무도 들어가지 못하도록 제가 복도에서 감시하겠습니다."

쓰바키가 당당히 선언했지만 후부키는 그 말을 한마디로 일축했다.

"봉쇄하지 않을 겁니다. 이곳은 계시자의 재림에 대비해 기원하면서 기다리는 신성한 공간이므로 비워둘 수는 없습니다. 이건 신앙과 관련된 문제이니 타협의 여지는 없습니다."

"어리석은 소리." 쓰바키가 되풀이했다. "신앙도 중요하지만 살인사건이 났단 말입니다. 게다가 피해자는 당신들 동지요. 경찰 수사에 협력해주지 않으면 곤란합니다. 현장 보존을 위해 당장 이곳을 봉쇄하십시오."

"여기는 저희 인류협회의 자유가 보장되는 장소입니다. 당신의 지시를 받을 생각은 없습니다. 여러분이 저희 지시에 따라야지요."

"무슨 속셈이오? 지시에 따르라니 무슨 소리요? 엉뚱한 소리도 작작 좀 하지 않으면 경찰에 그대로 보고할 겁니다."

"마음대로 하세요. 잘못된 행동은 하지 않을 테니까."

"이미 잘못을 저지르고 있단 말입니다. 살인현장 보존을 우습게 여기고 있지 않습니까? 내가 경찰이라면 이건 공무집행 방해 현행범에 해당한단 말이오."

"지금은 민간인이잖아요? 엉뚱한 말씀 마세요. 미토 고몬의 인롱*처럼 위세를 가진 수첩이 그리운가요? 권력과 영합했던 여운이 아직 가시지 않은 모양이군요. 그야 꿀처럼 달콤했을 테니."

후부키는 호전적이었다. 사회와 적당한 거리를 유지해온 인류협회지만 역시 국가 권력은 포교나 조직 운영에 때로는 커다란 걸림돌이었는지도 모른다.

"말다툼할 생각은 없어요. 제 결정에 따라주셔야겠습니다. 성스러운 동굴의 보초를 중단할 수는 없으니, 이 방은 폐쇄하지 않겠습니다. 대기실의 기능을 유지하기 위해 도이의 시신은 다른 곳으로 옮겨, 고인의 존엄을 해치지 않는 곳에 안치하겠습니다."

동료의 시신을 바닥에 그냥 굴러다니게 내버려둘 수는 없다는 마음은 이해할 수 있다. 하지만 경찰 검시가 끝날 때까지만

---

*에도 시대 전기의 실존 인물인 미토 번 번주 미토 미쓰쿠니를 모델로 한 사극 〈미토 고몬〉에 나오는 소품으로 마패 같은 상징성을 가진 약통.

참으면 되는데, 너무 막무가내다. 아니나 다를까 쓰바키가 격분했다.

"웃기지 마! 그런 짓이 용납될 것 같소? 안됐지만 시신은 이대로 두도록. 카운터 안에 들어가는 행위도, 비디오 장치를 건드리는 행위도 절대 금지하겠소. 그 일지와 볼펜도 원래 있던 자리에 돌려놔요. 그리고 모두 사이좋게 여기서 나가는 겁니다. 이 방 열쇠는? 있을 텐데요. 제가 보관해야겠습니다."

"아직 이해를 못 하는 모양이군요."

후부키는 가련한 눈빛으로 쓰바키를 보았다. 협회가 점점 본모습을 드러내고 있다. 그녀를 거스를 수는 없다. 우리는 실력 행사로 이곳에서 쫓겨나게 될 것이다. 하지만 그런 전횡도 오래가지 않을 것이다. 경찰이 오면 이번에는 반대로 협회가 현장에서 배제될 것이 뻔했다. 그 정도도 모를 리 없을 텐데.

"누가 온 모양이네요."

에가미 선배가 곁눈질로 문을 보며 말했다. 몇 사람의 발소리가 들려왔다. 히라노에서 주재 경찰이 오기에는 너무 이른데…….

문이 열리자 세 명의 남자가 서 있었다. 중앙에 선글라스를 쓴 중년 남자. 가슴에 단 이름표에는 '우스이 이사오'라고 적혀 있었다. 이 자가 천재적인 자산운용 능력을 자랑하는 재무국장인가. 오른쪽에 마루오 겐, 왼쪽에 이나코시 소스케를 호위처럼 대동하고 있었다. 아이고야, 또 방이 좁아지겠다.

"도이가 살해당했다는 게 사실인가보군요."

선글라스 때문에 시선의 방향은 짐작할 수 없었지만 우스이
는 바닥의 시체를 바라보고 있는 듯했다. 무거운 목소리였다.
후부키는 비디오테이프의 분실과 일지에 남은 수수께끼의 글
자를 포함해 사정을 대강 설명했다. 쓰바키는 잠자코 듣고 있
다가 설명이 끝나자 자기소개를 한 다음 간곡히 말했다.

"재테크 천재, 우스이 이사오 씨 맞으시지요? 인류협회 최고
유명인이니 저도 잘 알고 있습니다. 분명 그 지위와 연령에 걸
맞은 분별력을 갖추셨으리라 믿고 말씀드리겠습니다. 후부키
씨라는 분은 살인현장을 보존하도록 권하는 전직 경찰인 제게
반발해, 이곳에서 시신을 반출하려 하고 있습니다. 그리고 성
스러운 동굴에 계속 보초를 세우겠다는군요. 있어서는 안 될
일입니다. 당신이 후부키 씨를 잘 좀 타일러주십시오. 도이 씨
를 살해한 범인을 잡고 싶다면 경찰 수사를 방해하면 안 된다
고 말입니다."

우스이는 고개를 끄덕이고 말했다.

"모두 물러가십시오."

가장 먼저 방에서 나간 사람은 혼조였다. 사사키 의사, 나,
에가미 선배가 차례로 그 뒤를 따랐다. 상식적인 대응을 기대
한 쓰바키의 설득이 성과를 이룬 것처럼 보였다. 우스이는 불
만스러운 얼굴로 방에 남아 있는 후부키에게 다가가 사랑이라
도 속삭이듯 귓속말을 했다. 이야기를 마치더니 문을 잡고 있

던 마루오와 이나코시에게 명령했다.

"그분들을 모셔 가도록. 뒷일은 우리가 처리한다."

그렇게 나오시겠다 이거군.

"어이, 그게 무슨 말이야?!" 쓰바키가 고함을 질렀다. "당신들, 크게 착각하고 있어! 현장을 훼손하지 마. 이 '성' 안에서는 마음대로 굴 수 있겠지만 경찰이 오면 쓴맛을 보게 될 거야. 그때 가서 머리를 조아려도 늦어. 다시 생각해!"

마루오와 이나코시가 씩씩거리는 남자의 두 팔을 붙잡았다. 천천히 닫히는 문 뒤로 우스이와 후부키의 모습이 사라졌다. 작은 나리 같은 풍채의 이나코시가 미안한 표정으로 말했다.

"쓰바키 씨, 얌전히 따라주세요. 부탁드립니다."

"어이, 손 떼. 우릴 가둘 셈이야? 그건 범죄야. 손 떼라는 말 안 들려?"

마루오가 위협적인 목소리로 말했다.

"저희도 험하게 굴기 싫습니다. 협회에는 협회의 사정이 있습니다. 경찰 수사는 방해하지 않을 겁니다."

"이미 실컷 방해하고 있잖아. 이런 황당무계한 일이 있다니. 어이, 아프다니까. 그렇게 세게 붙잡지 마!"

발버둥 치는 쓰바키를 보다 보니 가만히 있을 수 없었다. 의분을 참지 못하고 대기실로 돌아가려는데, 누가 뒤에서 겨드랑이 밑으로 팔을 집어넣어 와락 옭아맸다. 사사키가 내게 달려든 것이다.

"지금은 얌전히. 다치면 재미없잖아요. 그렇죠? 국장님들도 깊은 뜻이 있어 하시는 말씀이고, 저희 종교 감정도 헤아려주면 좋겠군요."

몸부림을 치면 사사키를 떨쳐낼 수도 있을 것 같았다. 하지만 상대가 힘없는 연장자다 보니 마음껏 날뛰기 어려웠다. 어쩌지? 에가미 선배를 쳐다보니 답은 이미 준비되어 있었다.

"좋아, 아리스. 잘했어. 그대로 선생님을 붙잡아둬. 쓰바키 씨는 열심히 저항해주시고. 그러면 제가 자유롭게 움직일 수 있습니다. 당신은, 거기 가만히 계십시오."

상냥한 목소리에 자기 입장을 잊었는지 혼조가 "예⋯⋯" 하고 뺨을 붉혔다. 사사키가 투덜거렸다. "너무하네."

에가미 선배가 마루오와 이나코시의 고함을 뒤로하고 문을 열었다. 우스이와 후부키는 아직도 열띤 밀담을 나누고 있었다. 대체 뭘 숙덕거리고 있는 거지?

"남의 집에서 말썽부리지 마." 우스이가 불쾌한 기색으로 말했다. "우리한테 맡기고 얌전히 있어주면 좋겠군. 폭력은 대단히 싫어하는 주의라. 큰소리를 듣는 것도 사양이야. 속이 메스꺼워."

에가미 선배는 기죽지 않고 반박했다.

"그렇다면 저희가 이해할 수 있는 설명을 해주실까요? 어째서 쓰바키 씨 말씀대로 현장을 보존하지 못하겠다는 겁니까? 고작 몇 시간만 폐쇄하면 되는데, 한시도 이곳을 벗어나지 않고 성스러운 동굴을 지키고 싶은 마음을 이해 못 하는 바가 아니지만, 여러분의 태도가 너무 강경해 다른 사정이 있는 것처럼 보이는군요. 단적으로 말해, 수상합니다."

후부키가 울컥 화를 냈다.

"수상하다니 그게 무슨 뜻이죠? 저희가 몹쓸 작당이라도 하고 있다는 말입니까?"

"그렇게까지 말할 생각은 없지만, 뭔가 난처한 사정이 있다면 속을 털어놓는 게 어떻겠습니까? 도와드릴 수 있을지도 모릅니다."

밀어서 안 되면 당겨보려는 것이다. 우스이가 상의 주머니에 두 손을 넣고 대답했다.

"에가미 씨라고 했나? 당신, 젊은 나이에 사람 마음을 후리는 재주가 대단하군. 그런 수를 던질 줄은 몰랐어. 하지만 우리는 껄끄러운 비밀도 없고, 시커먼 꿍꿍이를 품고 있는 것도 아니니 당신에게 의논할 필요는 없어."

그렇게 말하면서 주머니에서 뭔가를 꺼냈다. 두 개의 호두 알이었다. 그것을 맞부딪혀 딸그락딸그락 소리를 냈다. 저런 손버릇을 가진 인물을 영화에서 본 적은 있지만 실제로 보기는 처음이다.

"하지만 이것만큼은 약속하지. 현장을 함부로 휘저어 증거를 은멸하지는 않겠소. 맹세코. 그것만은 의심하지 말았으면 좋겠군."

태도는 여전히 뻔뻔하고, 아무 타협도 없었지만 희미하게 애원하는 기미가 보였다. 완고하고 고루한 재무국장이 연약한 옆구리를 힐끗 내보이기라도 한 것처럼.

누가 다가오는 소리가 들려 뒤를 돌아보자 유라가 모퉁이 뒤에서 나타났다. 남자 회원 둘이 그 뒤를 따라오고 있었다. 힘으로 제압하려고 장정을 데려온 건가. 둘 다 젊고 혈기왕성해 보였다.

우스이가 한숨을 쉬었다.

"형세가 기울었어, 에가미 씨. 이리되면 완력으로 승부하려 해도 헛수고일세. 커피라도 마시며 잠시 쉬는 게 좋겠군."

유라는 에가미 선배의 어깨에 가만히 손을 얹더니 승리에 으스대는 게 아니라, 서글픈 표정으로 말했다.

"원한다면 홍차로 바꿔줄게요. 자, 갑시다."

길을 터주려고 혼조가 벽에 들러붙었다. 어째선지 화장실에 가고 싶다는 말을 삼키는 아이처럼 몸을 배배 꼬고 있었다. 그 모습을 본 유라가 물었다.

"왜?"

"예. ……페리하는 어떻게 되었을까요? 성스러운 동굴에 사악한 모습을 드러내놓고, 그대로 사라졌을 것 같지는 않아서요."

"페리하라는 자가 나타났다고 단정하기에는 아직 일러. 그 자가 사라지지 않았다면 무슨 문제라도?"

앳된 얼굴이 웃는 것처럼 일그러졌다. 웃는 게 아니다. 겁에 질린 것이다.

"성스러운 동굴에서 나온 게 아닐까요? 총본부에 들어온 거라고요. 그래서…… 자기 모습이 기록된 비디오테이프를 가져간 거예요. 저희는 사악한 내방자의 침입을 허락하고 말았는지도 몰라요. 그냥 두면 위험해요!"

유라는 간절히 매달리는 부하의 앞머리를 쓸어 올려주며 타일렀다.

"진정해. 당신이 무슨 걱정을 하는지, 우스이 국장님과 후부키 국장님도 이미 알고 계셔. 그 가능성을 고려해서 최선의 대책을 세우고 계시는 거야. 그러니 사악한 내방자에 대해 떠벌리고 다녀선 안 돼. 알겠지?"

최면술이 따로 없다. 무의식중에 나도 끄덕거리고 있었다.

쓰바키도 더 이상의 저항을 포기했다. 그래도 한마디 하지 않고는 도저히 못 배기겠다는 듯이 쏘아붙였다.

"괘씸한 노릇이야. 인류협회가 정체를 드러냈군. 노사카 대표도 이런 걸 용인하나? 이게 그 아이의 판단이야?"

유라는 그의 말을 완전히 무시했다.

5

7시가 넘었다.

원래 계획대로라면 아마노가와 여관에서 에가미 선배를 둘러싸고 긴급 파티를 열어 건배를 하고 있을 터였다. 그런데 우리 다섯 명은 '성'의 VIP룸에서 저쪽 소파, 이쪽 의자에 널브러져 축 처져 있었다. 활력을 빼앗는 가스라도 맡은 것처럼.

"원래대로였다면……." 내가 입을 열자 정면에서 무릎을 가지런히 붙이고 앉아 있던 아오타가 미안한 표정으로 고개를 숙였다.

"죄송합니다. 원래대로였다면 여러분은 여관에서 즐거운 시간을 보내고 있었을 텐데. 용서해주십시오. 책임을 느낍니다."

여관에는 협회에서 전화로 사정을 설명했다고 한다. 저녁 식사는 물론이고, 오늘 밤 숙박도 자기들 마음대로 취소했다. 어찌나 친절한지, 황송할 정도다.

"저, 잠시 실례……."

아오타 옆에 앉아 있던 남자가 뭔가 허락을 구하려 했다. 히로오카 시게야. 우리를 이곳으로 연행해온 남자 중 한 명이었다. 나와 비슷한 또래의 풋내기인데, 건방지고 뻔뻔한 태도가 마음에 들지 않았다.

"이것 좀 먹겠습니다."

그렇게 말하더니 간식으로 직접 챙겨온 쿠키를 냉큼 입에 넣었다. 순박해 보이는 아오타와는 정반대 타입이다. 미청년이라는 이미지와는 거리가 한참 먼데, 그리스 아폴론 조각상 같은 헤어스타일을 왁스로 반듯하게 가다듬었다. 이 남자, 겉모습은 이렇지만 천문학에 밝아 연구국 소속이라고 한다. 도쿄의 대학을 중퇴하고 협회에 취직했다나.

대기실에서 쫓겨난 에가미 선배, 쓰바키, 나, 이렇게 세 사람은 험상궂은 남자 회원들에게 에워싸여 응접실로 끌려왔다. 거기서 모치즈키, 오다, 마리아와 합류한 다음 모두 함께 이곳 C동으로 이동하라는 명령을 받았다. 쓰바키는 4호실을 배정받았다. 기분이 안 좋다며 살인현장에서 나간 아라키는 그보다 먼저 3호실의 신세를 지고 있다고 한다. 협회는 그들의 숙소도 강제로 변경한 것이다. 참고로 2호실은 마리아를 위해 비워두었다고 한다.

"여러분 짐도 곧 도착할 겁니다." 히로오카가 가벼운 투로 말했다. "우리 직원이 여관으로 가지러 갔으니, 불편할 일은 없을 겁니다. 이상한 말이지만, 편히 지내십시오."

모치즈키가 불쾌감을 드러냈다.

"뭐가 편히 지내란 말입니까? 막무가내도 정도가 있지. 이런 방식은 절대 받아들이지 못하겠습니다. 살인사건이 났다고 해서 우리가 왜 이곳에 있어야 합니까? 경찰 조사에 협력하는 것뿐이라면 아마노가와 여관에 있어도 가능할 텐데요. 저희는 선량한 시민이니 숨지도 달아나지도 않습니다."

"상부에서 결정한 사항이라."

히로오카는 태연한 얼굴로 두 번째 쿠키를 집었다. 옆에서 아오타가 또 사과했다. "죄송합니다."

"사과받는다고 이해할 문제가 아닙니다. 조금 더 타인을 존중할 수는 없는 겁니까? 그러니까 수상하게 여기는 거라고요."

히로오카가 다리를 꼬며 소파에 몸을 기댔다. 소파에 몸을 묻자 더욱 불손해 보였다.

"수상하다니 무례하군요. 그건 당신의 개인적인 의견이잖아요? 사회는 저희 인류협회를 인정하고, 사랑하며, 열렬히 지지하고 있습니다. 그러니 전 세계에 신앙이 퍼져 이만한 본부를 세운 것 아니겠습니까? 회원 중에는 각계 저명인사도 많습니다."

"그런 훌륭한 협회 본부에서 회원이 살해당하다니 어떻게 된 일입니까?"

"당신은 살인사건 직후에 피해자 유족에게 '이게 어찌 된 일입니까?'라고 태연히 물을 수 있어요? 그러지 않는다고요? 그러고 있잖습니까, 바로 지금. 대답할 길이 없는 질문은 삼가주시면 좋겠군요."

이 남자, 말발도 세다. 파트너가 열세에 몰리자 울컥했는지 오다가 한마디 거들려했다.

"여러분, 진정하세요, 진정. 화합보다 귀한 가치는 없다지 않습니까."*

아오타가 이상한 데서 쇼토쿠 태자의 말을 인용했다. 분쟁

---

*일본 쇼토쿠 태자가 제정한 헌법 17조 중 제1조의 내용.

을 싫어하는 것이리라. 즐겁지 않은 침묵. 마리아는 살인사건에 휘말린 충격 때문인지 의기소침했고, 에가미 선배는 창밖 어둠을 바라보고 있었다.

노크 소리와 함께 혼조가 들어왔다. 히로오카에게 용무가 있는 모양이다.

"대기실로 가보세요. 후부키 국장님이 찾으세요."

"사진 촬영은 끝났어? 하아, 나 참. 싫은 일을 시키네. 역시 오늘은 흉일이었어. 각오는 하고 있었지만."

히로오카는 손에 묻은 쿠키 부스러기를 털고 방에서 나갔다. 아오타가 문가에 서 있던 혼조를 안으로 부르자 히로오카가 있던 자리에 조용히 앉았다. 입도 벙긋하기 싫을 정도로 지친 기색이었지만, 나는 그녀에게 물어보았다.

"사진 촬영이라니, 뭔가요? '역시 오늘은 흉일이었다'는 것도 무슨 뜻인지 모르겠는데요."

몸이 날랜 오다가 자리에서 쓱 일어나 커피를 내왔다. 혼조는 그 모습에 감동했는지, 조금 기운을 되찾았다.

"사진이라는 건, 말씀드리기 거북하지만…… 도이 씨가 사망한 상황을 카메라로 찍었어요. 그런 건 경찰이 오기 전에만 할 수 있는 일이니까. 왜 사진을 찍느냐고요? 그건 잘 모르겠지만, 본부 안에서 벌어진 사건이니 협회에서 조사할 수 있는 건 최대한 조사하려는 게 아닐까요? 커피, 맛있네요."

맛은 패스트푸드점 수준이라고 생각하지만 지금 커피는 문제가 아니다. 오다에게 호감을 품은 것 같으니, 오다에게 질문을 부탁하는 게 낫겠다.

"아리스처럼 저도 '흉일'이라는 표현이 마음에 걸렸습니다. 오늘은 협회에 있어 좋지 않은 날인가요?"

"아니요, 그런 건 아니에요. 그렇죠, 아오타 씨?"

"그래. 흉일이라는 건 히로오카에게 그렇다는 거지. 오늘은 그 녀석 스무 살 생일이잖아?"

"아, 맞다. 깜빡했어요. 축하용 쇼트케이크가 있었어요. 지금은 그럴 상황이 아니지만. 하지만 생일이 왜 흉일이라는 거예요?"

"그 녀석, 미카게 님께 무서운 예언을 들었거든. '네게는 태어난 날이 가장 흉한 날이 될 테니 조심히 지내도록 하여라.' 그렇게 말이야. 달갑지 않은 예언이지. 실제로 여섯 살 생일 때 사쿠라가와 강에서 놀다가 물에 빠져 죽을 뻔한 적이 있대. 그래서 해마다 몸을 사리거든."

"아아, 확실히 불행하네요."

오다가 말을 끊었다.

"잠깐만요. 생일날 주변에서 살인사건이 나면 기쁘지는 않겠지만, 본인이 살해당한 건 아니잖아요. 불행하다고 할 만한 일은 아니지 않습니까?"

"그건 말이죠." 혼조가 말을 하려다가 입을 다물었다. 하지만 오다가 뚫어져라 쳐다보자 입을 열었다.

"불쾌한 일을 맡아서 그럴 거예요. 히로오카 씨를 대기실로 부른 건, 도이 씨의 시신을 옮기려고 그런 거예요. 아무래도 시신을 그대로 두면 보초를 설 수 없으니까."

역시 시신을 옮길 생각인가. 쓰바키가 들으면 머리에서 김을 뿜을 것 같다.

"그거 안 좋은데. 어디로 옮기려는 거지요? 아아, 근처에 창고가 있었죠. 일단 거기에 안치하려나."

"아니요. 거기는 비상용 물품을 비축해두는 창고인데, 칸막이가 있기는 해도 이벤트 때 쓰는 간이 화장실도 함께 있어요. 아무리 그래도 화장실이 있는 방에는……. 그래서 이곳 C동 8호실에 안치할 예정이에요. 층은 같지만, 여러분이 묵는 방에서 가급적 떨어진 곳으로 정했어요."

"가깝잖아요. 충분히 가깝다고요. 차라리 도이 씨 방으로 옮기면 될 텐데."

"도이 씨는 본부에서 살지 않았거든요. 낡은 민가를 개축한 자택에서 출퇴근했어요."

"부득이하게 C동으로 옮긴다는 말인가요. 협회 나름대로 고민한 결과로군요."

꼬르륵, 애처로운 소리가 났다. 밝힐 필요는 없는데 모치즈키가 말없이 손을 들었다. 이런 상황에서도 배 속의 거지는 말릴 수 없다.

"식사가 늦어져서 죄송합니다." 혼조가 사과했다. "정신이 없어 요리에 시간이 좀 걸리는데, 제대로 된 식사를 8시 전에는 가져올 테니 쿠키라도 드시면서 조금만 더 참아주세요."

"시모자와 씨 몫도 잊지 말고."

아오타의 말에 혼조가 "물론이죠" 하고 힘차게 말했다.

"잊지 않았어요. 시모자와 씨, 사정도 모르고 쫄쫄 굶고 있겠네요. 오늘 저녁은 패트 씨가 가져다줄 차례예요."

시모자와란 미국 지부에서 와서 동쪽 탑 꼭대기에서 수행하고 있는 인물이다. 그에게는 대기실의 변고를 알리지 않은 모양이다. 하계의 소동을 알지 못한 채 명상에 빠져 있는 사람이 있다고 생각하니 기분이 묘했다.

"오늘은 저녁밥이 늦네, 하고 걱정하고 있을지도 모르죠."

가벼운 농담이었는데 혼조가 진지한 얼굴로 반론했다.

"아마 식사 시간도 잊고 명상하고 계실 거예요. 제가 식사를 가져가면 '벌써 왔어?' 하는 표정을 지으실 정도니까요. 탑에 틀어박히는 사람들은 대부분 그래요. 무아지경에 빠져, 점심 식사도 들지 않고 저녁 시간을 맞이하는 분도 있어요."

명상으로 다이어트도 할 수 있겠다.

"제가 실례했군요. 시모자와 씨라는 분도 높은 분인가요?"

"신앙심으로 똘똘 뭉친 분인 데다가 굉장히 유능해요. 미국에서 홍보담당으로 활약하고 계세요. 시모자와 씨를 미국으로 보낸 건 미카게 님이었는데 '그러면 북미에서 큰 성과를 올릴 수 있을 것이다. 앞으로 다가올 협회의 황금시대를 책임질 간부 후보 중 한 명이다'라는 말씀을⋯⋯."

마지막 말은 못 알아들었지만 굳이 추궁할 정도로 궁금하지는 않았다.

"패트 씨는 누굽니까?" 오다가 물었다. "귀여운 애칭이네요."

"패트릭 씨라서 패트 씨라고 불러요. 패트릭 하가 씨. 시모자와 씨를 모시고 미국에서 함께 온 회원이에요. 에가미 씨하고 아리스가와 씨는 아까 얼굴을 봤을 거예요. 유라 주사님하고 달려온 사람인데⋯⋯."

히로오카와 함께 우리를 진압하러 온 녀석인가? 이름표는 보지 못했지만 외모는 그냥 일본인이었다. 체구는 늘씬했지만 마루오 못지않은 근육질로, 어딘가 모르게 사람을 업신여기는 눈빛이었던 것으로 기억한다. 패트 씨라니, 하나도 귀엽지 않다.

대화가 끊기자 똑딱거리는 시곗바늘 소리가 유독 크게 들렸다. 1인용 의자에 축 늘어져 있던 마리아가 천천히 몸을 일으켰다.

"혼조 씨. 아오타 씨. 아무나 상관없으니 대답해주세요. 궁금한 게 있어요."

두 사람은 뭐냐고 되묻는 대신 자세를 가다듬었다.

"8시 전까지 식사를 가져다준다고 했는데, 이상하지 않나요? 시간이 이상해요."

"뭐가 이상하다는 건가요?"

혼조가 의아한 기색으로 물었다. 마리아는 고의로 알아듣기 어렵게 대답했다.

"그럼 먹을 수가 없을 텐데요."

"어째서죠?" 아오타가 물었다.

"그야⋯⋯."

툭, 소리가 났다. 에가미 선배가 오른손으로 만지작거리던 라이터를 테이블 위에 던진 것이다. 그리고 마리아가 하려던 말을 대변했다.

"지금쯤이면 히라노에 있는 주재 순경이 도착했겠지요. 기소 후쿠시마에서 출발한 경찰차도 이제 곧 줄줄이 도착할 겁니다. 그러면 시체를 발견한 저나 아리스가와는 신문에 응해야 하죠. 저녁밥을 먹고 있을 겨를이 없을 겁니다. 그래서 마리아는 시간이 이상하다고 한 겁니다."

혼조와 아오타가 고개를 숙였다.

"경찰은 안 오는 겁니까?"

모치즈키와 오다의 얼굴에 나와 똑같이 경악이 떠올랐다. 마리아는 고개를 숙인 두 사람을 똑바로 쏘아보았고, 부장은 두 손으로 이마를 짚었다. 그리고 얼굴을 반쯤 가린 채로 말했다.

"대기실에서 도이 씨의 시체를 옮겨 객실에 안치한 건 그런 이유 때문이었군요. 언제까지고 대기실 바닥에 둘 수는 없을 테니까. 당신들은 어디에도 신고하지 않은 겁니다."

"그렇다면 기다려도 경찰은……."

에가미 선배가 고개를 들어, 나를 보았다.

"올 리가 없잖아."

⑥

역시 그랬어.

왜 이렇게 된 걸까?

살인사건에 휘말리는 것만으로도 지긋지긋한데, 또 갇히고 말았다.

정신 똑바로 차려야 해.

무섭다기보다 너무 분해서, 나는 아오타와 혼조를 노려보았다.

제8장
닫힌 성

1

관내에서 살인사건이 발생했는데 협회는 경찰에 신고하지 않았다. 그 사실을 안 모치즈키와 오다가 로켓처럼 방에서 뛰쳐나갔다. 쓰바키와 아라키에게 알리기 위해서였다. 어쩔 줄 모르는 아오타 요시유키와 혼조 가야에게 마리아가 질문을 퍼부었다.

"어째서죠? 예? 어째서 경찰에 신고하지 않는 거예요? 이유가 있다면 제대로 설명해주세요. 이런 건 받아들일 수 없어요."

혼조가 조개처럼 입을 다물어버리자 미덥지 못한 아오타가 대답했다.

"설명이라고 해도 어떻게 말씀드리면 좋을지…… 저도 잘 몰라서……. 윗분들이 정한 일인데 뱁새가 황새의 뜻을 어찌 알겠습니까." 고사성어 인용이 억지스럽다. "수상하게 여기시는 것도 당연합니다만…… 처음 있는 일이라…… 이런 경우

어찌해야 할지……."

횡설수설이다.

"어쩌긴 뭘 어째요. 아오타 씨가 모르면 오시타 씨*가 알겠어요? 협회는 살인사건을 없었던 일로 덮어버리고 싶은 거예요? 스캔들이 폭로되는 게 두려운 건가요? 숨길 수도 없을 테고, 그러다가 들키면 종교단체이기 때문에 더 피해가 막심할 텐데요?"

"살인사건을 없었던 일로 덮을 생각은 없습니다. 다만……시간이 필요합니다."

"무엇 때문에?"

"그건 그…… 사건을, 해결할 때까지……."

"여러분끼리 사건을 해결할 셈이에요?"

"가, 가능하다면."

"아하, 그렇게 된 일이군요."

어리석다. 하지만 그들의 속셈은 대강 알겠다. 마리아가 한숨 돌리는 사이 내가 말했다.

"협회 내부에 살인범이 있으니 독자적으로 조사해서 그 인물을 찾아내, 자수라는 형태로 경찰에 넘기고 싶겠죠? 현명한 조치가 아니에요. 그런 짓을 하다가 증거가 훼손되어 범인을 놓치기라도 하면 큰일이에요. 멈춰야 해요."

마리아를 상대로는 방어일색이었던 아오타가 여기서 기력

---

*1896~1966, 오시타 우다루, 일본의 탐정소설 작가.

을 되찾았다. 얕잡아볼 수 없는 펀치가 날아왔다.

"외람된 말이지만 아리스가와 씨, 도이 씨를 살해한 범인이 협회 사람이라고 단정할 수는 없습니다. 사건 당시, 관내에는 외부 손님들도 계셨으니까요."

"외부 손님이라니, 쓰바키 씨와 아라키 씨를 말씀하시는 거죠? 저희도 견학했지만, 다섯이서 함께 행동했으니 서로 알리바이를 증언할 수 있습니다."

"그렇다고 동의하고 싶지만, 여러분이 증언하는 알리바이는 저희가 볼 때는 신빙성이 부족합니다. 어쨌거나 여러분은 사이좋은 선배, 후배, 친구 사이니 당연히 서로 감싸줄 것 아닙니까?"

"저희가 어째서 도이 씨를 죽여야 하죠? 만나본 적도 없는데."

"그렇게 따진다면 쓰바키 씨나 아라키 씨도 마찬가지지요. 그 두 분도 도이 씨와는 면식이 없었을 겁니다…… 아마도."

"아마도, 라는 말을 붙이는 점이 신중하군요. 빈정거리는 게 아니라, 정말 감탄했습니다."

"쓰바키 씨는 가미쿠라에 자주 오셨으니 도이 씨와 접점이 있었을지도 모릅니다."

"아라키 씨는 바로 어제 가미쿠라에 도착했어요. 그렇지만 역시 마을에서 만났을지도 모른다는 겁니까?"

"예. 기회는 있었을 겁니다. 그리고 이건 실오라기보다 가느다란 가능성이지만……. 그분은 규슈 사투리를 쓰더군요. 후쿠오카 출신? 사망한 도이 씨도 고향이 후쿠오카입니다. 서로 아는 사이였을지도 모르죠."

'가능성이 있다'는 건 참 편리한 말이다. 그런 식이라면 내일 UFO가 유엔 본부 앞에 착륙할 가능성도 절대 없다고는 할 수 없다.

복도가 시끌시끌했다. 쓰바키와 오다가 누군가와 큰 소리로 다투고 있었다. 상황을 살펴보려고 나가보니 3호실 앞에서 옥신각신하고 있었다.

"신고를 했으면 벌써 도착했을 시간이야. 절벽이 무너져 길이 막혔다는 거짓말도 안 통해. 정말 전화를 했는지나 의심스럽군."

따지고 드는 쓰바키를 구슬리고 있는 것은 히로오카 시게야였다. 능구렁이 같은 태도로 아버지뻘 되는 전직 경찰을 설득하고 있었다.

"물론 전화했고말고요. 제발 마음을 놓으세요. 히라노 주재 경찰은 벌써 와 있어요. 조만간 여러분도 부를 테니 연락이 올 때까지 방에서 기다리십시오."

"내가 남쪽 전망 라운지에서 다 지켜봤는데 주재 경찰은 안 왔어. 금방 들킬 거짓말은 그만둬. 어른을 우습게 보면 큰코다칠 거야, 자네."

"라운지에서는 어두워서 잘 보이지 않았을 텐데요. 주재 경찰은 동쪽 뒷문을 통해 안으로 안내했으니까요. 오늘이 제 스무 살 생일이에요. 어른 대접 좀 해주시죠."

이쪽도 흥분한 기색이다. 분위기는 말도 못 하게 험악했다. 옆에 있던 유니폼 남자가 히로오카를 달래며 쓰바키의 몸을 슬그머니 밀어냈다. 패트릭 하가였다. 이번에는 이름표가 보였다.

"방으로 돌아가세요, 부탁드립니다."

"셧업. 돈트 터치 미."

"전 일본어를 잘 하니까 굳이 영어를 쓰실 필요 없습니다."

"흥, 과연 그럴까? 아까부터 일본어가 한마디도 통하지 않잖아. 길 막지 마. 우리는 간부를 만나서 불확실한 점을 따져야겠어. 그럴 수 없다면 전화를 쓰게 해줘."

전화라면 1호실에 있다. 퍼뜩 깨닫고 방으로 돌아가자, 에가미 선배가 한발 먼저 수화기를 들고 있었다. 아오타와 혼조는 당혹스러운 표정으로 우뚝 서 있었다. 협회도 이건 몰랐겠지, 하고 생각한 순간······.

부장은 "여보세요"라는 한마디를 끝으로 입을 다물었다. 그리고 왼손으로 전화기를 뒤집었다. 모듈러가 없었다. 우리를 방에 몰아넣기 전에 미리 통신수단을 앗아간 것이다.

"당했어."

에가미 선배는 무용지물이 된 수화기에 대고 "VIP한테 무례한 대접이군요"라고 말했다. 그리고 복도로 나가 히로오카와 하가에게 성큼성큼 다가갔다. 두 사람은 움찔 놀라며 경계했다.

"속보이는 연극은 그만두시죠. 당신들이 경찰에 신고하지 않았다는 건 아오타 씨에게 이미 들었습니다. 범인을 직접 잡아 자수하도록 만들고 싶겠지만, 그러기 위해서 저희를 가둘 권리는 없습니다. 방침을 바꿔주십시오."

하가는 사람을 업신여기는 태도로 어깨를 으쓱했다.

"저희는 방침을 바꿀 권한이 없습니다. 위에서 정한 일입니다."

특이한 억양이 밑간처럼 깔려 있기는 했지만, 확실히 일본어가 유창했다. 생김새도 순수한 일본인인데 손짓 몸짓은 아무리 봐도 미국인이라 인상이 엉뚱했다.

"그렇다면 윗분들과 담판을 지어야겠군요. 이야기를 나누고 싶으니 간부분들께 안내해주십시오. 지금 당장. 라이트 어웨이. 이미디어틀리."

"Oh, 저 일본어 잘한다니까요."

그때 아라키가 한 걸음 앞으로 나섰다.

"에가미 씨. 여기서 이러쿵저러쿵할 게 아니라 강행돌파합시다. 이쪽이 머릿수는 압도적으로 유리하니 확 달려들면 그만이에요."

"그거 좋네요. 찬성!" 오다가 맞장구를 쳤다.

그 말을 들은 히로오카가 우습다는 듯이 싸울 태세에 들어갔다. 쌍방의 전의가 고조되어 분위기가 점점 더 뜨거워졌다.

"그만둡시다. 폭력은 안 돼요." 하가가 애처로운 표정으로 말했다. "알겠습니다. 여러분의 요구는 저희가 간부에게 전달하겠습니다. 답을 받아올 테니 기다리십시오."

히로오카와 격돌할 뻔했던 오다가 씩 웃었다.

"오, 러브 앤드 피스인가요? 하지만 '예, 알겠습니다' 하고 넙죽 물러나지는 못하겠는데요."

"저희를 못 믿겠다는 말씀이군요. 별수 없는 일이지요. 그럼 저희와 함께 간부들을 만나러 갑시다. 단, 우르르 몰려가면 대화가 어려워질 테니 몇 명만 정해주십시오."

뜻밖이다. 패트는 말귀를 잘 알아듣는 사람이었다.

"불만이 있어 보이는 당신하고 당신, 그리고 차분하게 대화할 수 있을 것 같은 당신하고, 당신. 이렇게 네 분이면 어떻습니까?"

하가가 가리킨 것은 쓰바키와 아라키, 에가미 선배와 나였다. 살인 현장을 목격한 사람만 골라낸 것은 우연이 아닐 것이다. 조만간 우리 네 사람을 신문할 작정인 것이다. 속셈이 훤히 보였지만 우리는 승낙했다. 하가는 흥분이 가시지 않은 히로오카의 등을 툭툭 두드려 달랬다.

"나머지 분들은 방에서 기다리십시오. 그럼, 갑시다."

유니폼을 입은 남자들은 엘리베이터로 향하는 길에 8호실 옆에 있던 들것을 집었다. 그들은 이곳에 도이 겐사쿠의 시신을 옮기려고 올라왔던 것이다. 용무를 마치고 돌아가려던 찰나 쓰바키와 오다에게 붙잡혔던 건가.

엘리베이터에 올라타 뒤를 돌아보니 모두 복도에 서서 우리를 지켜보고 있었다.

"걱정스러운가보군요. 괜찮습니다."

바로 옆에 있던 패트가 말했다.

"저희를 그렇게 무서워하지 마십시오. 잡아먹을 것도 아닌데요. 금방 여기로 다시 돌아올 수 있을 겁니다."

"그렇게 말씀하시니 오히려 포에버, 리턴 불가능할 것 같네요."

일본계 미국인이 한숨을 푹 쉬었다.

"여러분, 사우어푸스(sourpuss)하군요."

배배 꼬여 있다는 뜻인가.

2

응접실에서 10분쯤 기다렸다. 쓰바키가 "이쪽에서 쳐들어갈까?" 하고 안달을 낼 때쯤, 문이 열렸다. 안으로 들어온 사람은 후부키 나오와 유라 히로코였다. 주사는 크래프트 봉투를 들고 있었다.

"하가의 보고를 들었습니다. 많이 화나셨다고요. 그럴 수밖에 없는 상황이니 저희도 마음이 무겁습니다. 인내심은 이미 바닥나셨겠지만, 다시 한 번 채워주신다면 감사하겠습니다."

후부키의 말이 쓰바키의 신경을 건드렸다.

"반성도 사죄도 필요 없소. 우리가 바라는 건 행동입니다. 당장 경찰에 사건이 발생했다고 알리고, 저희를 이곳에서 풀어주십시오. 거부하겠다면 완력을 써서라도 여기서 나가겠습니다."

"완력으로 나가기는 불가능해요. 여러분은 새장 속의 새니까요. 밖으로 못 나가는 상태가 불만스럽겠지만 감금당하는 것보다는 낫겠죠."

오싹한 소리를 하는가 싶더니 바로 고개를 숙였다.

"오해를 불러일으킬 소리를 하고 말았군요. 저희도 경황이 없어, 말실수를 했습니다."

"표정이 진지하던데요. 농담을 좋아하는 분 같지도 않고, 아무리 봐도 협박으로 들립니다. 당신이 이 방에 들어온 지 1분도 되지 않았는데 회담은 결렬되었군요. 저희는 나가겠습니다. 이만."

쓰바키가 자리에서 일어나자 후부키가 두 손으로 테이블을 짚고 머리를 조아렸다. 곧바로 유라도 똑같이 행동했다. 이렇게까지 저자세로 나올 줄은 몰랐기 때문에 깜짝 놀랐는지, 쓰바키는 일단 다시 자리에 앉았다.

"이해해주실 때까지 이렇게 부탁드립니다. 부디, 부디 저희에게 시간을 주세요. 인류협회 총본부에서 협회 직원이 살해당했다는 이야기가 알려지면 협회는 막대한 피해를 봅니다. 이미 벌어진 일은 지울 수 없으니, 이제는 그 피해를 조금이라도 경감시키는 길밖에 없습니다. 그러기 위해서는 반드시 저희 손으로 진범을 찾아내서 경찰에 직접 출두하도록 만드는 수밖에 없습니다. 자비를 베풀어주세요. 범인을 알아낼 때까지 잠시만 유예를. 여러분의 고통이 조금이라도 완화되도록 조처하겠습니다."

그렇게 애원해도 곤란하다. 편의를 봐준다고 그럼 별수 없군요, 하고 간단히 대답할 수 있는 상황이 아니다.

"그쪽 사정은 이해해요. 이해하지만, 안 됩니다. 당신들에게는 당신들만의 고귀한 신앙이 있겠지만, 법치국가에서 살고 있다는 점을 잊어서는 안 됩니다. 넘어서는 안 될 위험한 선을 넘으려 하고 있어요. 아직 늦지 않았으니 제자리로 돌아가십시오."

두 사람은 고개를 숙인 채로 쓰바키의 설득을 듣고 있었다. 아니, 듣고 있는 건지 그냥 듣는 척만 하는 건지, 나는 알 길이 없지만.

"잠시만 유예를 달라고 했는데, 언제까지 기다리면 됩니까?" 에가미 선배가 물었다. "사건이 발각되고 벌써 두 시간 가까이 지났습니다. 관계자는 모두 관내에 있으니, 짐작 가는 사람들은 이미 다 조사하신 것 아닙니까?"

"아니요." 후부키가 고개를 들었다. "관계자 신문은 이제부터예요. 아직 시신을 발견한 여러분 이야기도 듣지 못했잖아요. 지난 두 시간은 혼란 속에서 순식간에 흘러가고 말았습니다."

"다시 한 번 묻겠습니다. 잠시만 유예를 달라고 하셨는데, 그 잠시란 얼마나 되는 시간입니까?"

에가미 선배가 강한 시선을 던지자 후부키는 바로 대답하지 못했다. 그러자 옆에 있던 유라가 몸을 벌떡 일으키고 호소했다.

"이틀, 모레까지만 기다려주세요. 그랬는데도 해결 못 한다면 여러분 말씀을 따르겠습니다. 그러니 저희에게 이틀만!"

풍성한 머리카락이 흐트러져 얼굴 절반을 가렸다. 필사적인 얼굴이 자극적이리만치 요염했다.

그나저나, 대체 어떻게 된 영문일까? 어제저녁 우리가 에가미 선배의 면회를 요청했을 때, 협회에서는 사흘 후에나 만날 수 있다고 거부했고, 부장에게도 비슷한 내용의 편지를 쓰도록 강요했다. 그런데 이번에는 이틀 후.

"오늘은 5월 19일 토요일. 이틀 후면 21일. 그날 무슨 일이 있는 건가요?"

내 질문에 유라가 "아니요" 하고 고개를 저었다.

"중요한 건 날짜가 아니라 요일인가요? 다음 주 월요일까지는 어떻게든 해야 하는 겁니까?"

"아닙니다. 그저 이틀의 유예를 받고 싶을 뿐입니다. 그 정도면 어떻게든 되리라 믿고."

"장난해?" 아라키가 버럭 외쳤다. "너무 길어. 하다못해 아침까지만 기다려달라고 할 줄 알았더니……. 이틀이나 여기 갇히는 건 사양하겠어요."

나는 다른 문제가 마음에 걸렸다.

"도이 씨 시신이, 저기, 상할 거예요. 그건 너무하잖아요."

"희천제를 비롯한 각종 행사를 담당하는 제사국이 새로운 연출 실험용으로 드라이아이스를 대량으로 구입했으니, 그걸 써서 적절한 조치를 취하겠습니다. 이틀 정도는 문제없어요."

앞으로 이틀 동안은 자력으로 범인을 찾겠다는 것은 협회에게 기결 사항인 듯했다. 이유는 불명. 이래서야 논의가 이루어질 리 없다. 쓰바키는 안쓰럽다는 듯이 두 여자를 바라보았다.

"총본부 안에서 살인사건이 발생했다는 것보다 경찰 신고를 두려워했다는 반사회성이 당신들을 궁지로 몰아넣게 될 겁니다. 애당초 저희를 이틀씩이나 새장 속에 가두어둘 수 있을 것 같습니까? 오늘 저는 아직 집에 전화를 하지 않았어요. 내일까지 연락이 없으면 집사람이 수상하게 여겨 여관에 전화할 겁니다. 그러면 주인이나 안주인이 뭐라 대답할까요? 저희를 이곳으로 데려오면서 당신들이 아마카와 씨를 교묘하게 속였는지, 회유했는지는 모르겠습니다. 그럴듯한 대답을 하도록 사전 준비를 했다고 생각하겠지만 우리 집사람은 못 속입니다. 저와 직접 통화하지 못하면 가미쿠라까지 날아올지도 모르고, 경찰에 수색 신고를 하고도 남을 사람이니."

견제는 먹히지 않았다. 유라는 태연했다.

338

"이런 말씀을 드리면 또 기분 상하실지 모르지만, 쓰바키 씨가 아마노가와 여관에 묵을 때 전화를 쓰지 않는다는 사실은 이미 확인했습니다. 도쿄의 자택에서 전화가 걸려온 적도 지금껏 없었다던데요. 그러니 지금 하신 말씀은 믿기 어렵군요."

"저는 거는데요." 말이나 해보자. "부모님 댁하고 아르바이트 사장님한테 전화하겠다고 했어요. 그 연락이 없으면 여관으로 연락이 올 거예요."

"아리스가와 씨 말씀이 거짓말인지 진짜인지 모르겠지만, 사실이라고 해도 아무 문제 없습니다. 전화하겠다고 했다가 깜빡 잊는 경우는 흔하니까요. 특히 학생이라면 더더욱. 2, 3일, 여러분과 소식이 끊긴다고 이곳 본부까지 누가 찾아올 리는……."

분하지만, 맞는 말이다.

후부키가 허리를 폈다. 눈매가 사나웠다.

"쓰바키 씨는 '완력'이라도 쓰겠다고 하셨는데, 그건 불가능해요. 여러분은 인류협회 부지에서 나가기는커녕 정원에도 못 나갑니다. 받아들이지 못하겠어도, 유감이지만 이미 그런 처지입니다."

못 믿겠으면 시험해보라고 말할 기세다.

"충고는 했습니다. 나중에 울상 짓지 마세요."

쓰바키가 빈정거렸지만 분풀이로밖에 들리지 않았다. 억울해 보였다. 아라키도 불쾌한 표정이다.

"좋습니다."

에가미 선배였다. 뭐가 좋다는 거지? 혹시 무력 충돌도 무릅쓰겠다는 건가……?

"여러분 의지가 굳건하다는 건 잘 알았습니다. 그렇다면 시간을 낭비하지 말고 범인을 찾는 게 상책이겠죠. 부족한 힘이나마 도와드리겠습니다. 빨리 사슬을 끊고 자유를 되찾기 위해. 출입구는 삼엄하게 경비하는 것 같던데, 그건 사건 발생 후 아무도 부지 밖으로 나갈 수 없었다는 뜻이기도 합니다. 즉 범인은 아직 '성안'에 있다는 뜻이고, 거기까지 범위를 좁힐 수 있다면 저희 힘으로 밝혀낼 수 있을지도 모릅니다."

"그렇게 말씀해주시기를 기다렸습니다."

후부키는 주머니에서 작은 기계를 꺼내 탁상 위에 올려놓았다. 카세트레코더였다.

"사건의 최초 발견자인 쓰바키 씨, 아라키 씨, 아리스가와 씨 이야기를 듣고 싶습니다. 나중에 오해가 생기지 않도록 녹음해도 될까요? 아무도 이의가 없다면……."

아름다운 연분홍빛 손가락이 녹음 단추를 눌렀다.

3

에가미 선배가 뭔가 말하려는 후부키를 제지했다.

"공동 작업의 첫걸음을 막아서 죄송합니다. 이해가 가지 않는 점이 있어 설명을 좀 해주셨으면 합니다만."

"뭐죠? 말씀하세요."

"노사카 대표는 지금 어디서 뭘 하고 계십니까? 인류협회 존 망이 얽힌 위기에 모두 혼비백산 난리인데, 계속 모습을 감추 고 계시는 게 마음에 걸리는군요. 이번 사태를 어떻게 생각하 시는지, 경찰에 신고하지 않겠다는 방침을 알고는 계시는지 궁금합니다."

"대표님은 서쪽 탑에서 명상에 들어가 계십니다. 그건 가장 신성하고, 누구도 침해할 수 없는 중요한 의식입니다."

"그렇다면 사건에 대해서는 보고하지 않았겠군요?"

"예."

국장의 태연한 대답을 들은 쓰바키의 심기가 또 나빠졌다. 노사카 기미코에게 연민의 정을 품고 있는 그는 간부들이 대표 를 얕보고 있다고 생각한 것이다. 또한 전직 경찰로서 수직 조 직의 규칙을 어겼다는 사실이 마음에 들지 않는 것인지도 모른 다.

"대표의 판단도 묻지 않고 이렇게 대담한 조치를 취한 겁니 까? 아하, 그런가. 노사카 기미코는 그냥 장식품인가보군. 아 니라고? 아니긴 뭐가 아닙니까. 아니라면 자기 대표를 이렇게 까지 우습게 볼 리 없지. 심각한 월권행위요."

"명상을 방해할 수는 없습니다. 협회 규정에 따라 대표가 탑 에 계시는 동안에는 총무국장인 저, 후부키 나오가 대리 역할 을 합니다."

"글쎄, 사실일까? 그래, 그 대표는 언제쯤 하계로 내려옵니까?"

"모레에는."

또 이틀 뒤다. 이렇게나 겹치면 5월 21일 월요일에 특별한 의미가 있다고 생각하지 않는 게 더 이상하다.

"이틀 뒤가 기대되는구려. 아무래도 지상 최대 쇼를 기획하고 계신 모양입니다."

쓰바키가 빈정거리는 말을 내뱉고 입을 다물었다.

"그럼 지금 상황에 대해 설명드리겠습니다." 후부키가 두 손을 무릎 위에 얹었다. "이 본부 안에는 전부 36명이 있고, 그중 7명은 손님 여러분입니다. 29명이 협회 직원, 그중 15명은 본부에 거주합니다. 나머지 14명은 본부 밖에 자택이 있는 사람들로, 거기에는 우스이 국장이나 사사키 마사하루 선생님도 포함됩니다. 본부에 머무는 협회 직원들 가운데 성스러운 동굴의 보초와 출입문 경비를 맡고 있는 직원 외에는 전부 A동 건물 서쪽 절반에 모아놓고 우스이 국장이 신문을 하고 있습니다. 저희는 공정합니다. 진범을 알아낼 때까지 모든 직원을 가두어 밖으로 내보지 않을 겁니다. 여러분에게만 불편을 강요하는 게 아니라는 점을 말씀드리겠습니다."

"대기실은 어떻게 됐습니까? 누가 보초를 서고 있는 모양인데."

이야기의 흐름을 끊지 않는 타이밍에 에가미 선배가 질문을 던졌다.

"이나코시가 가 있습니다. 도이의 시신은 C동 8호실로 옮겼지만, 대기실 내부의 물건은 가급적 건드리지 않도록 지시해놓았습니다. 가급적이라는 말로는 쓰바키 씨가 받아들이지 않으시겠지만, 어쩔 수 없습니다. 그 대신이라면 뭐하지만 시신을 반출하기 전에 사진을 충분히 찍었습니다. 경찰을 부르는 날에는 전부 제출할 생각입니다. 일부는 이미 현상이 끝났으니 여러분께도 보여드리지요. 열두 장입니다."

유라가 손에 든 크래프트 봉투에 들어 있는 것이다. 4절판이라고 하나? 긴 쪽의 한 변이 30센티미터쯤 되는 크기로 인화되어 있었다. 왼쪽 끝자리에 앉아 있던 아라키가 사진을 받아 순서대로 오른쪽으로 넘겼다. 내 앞으로 넘어온 사진을 만져보니 방금 전에 현상했는지 촉촉하게 젖어 있었다. 전부 시신이 있는 현장 주변을 정확하게 찍어냈지만, 그저 그뿐이었다. 현장을 직접 본 우리로서는 분명히 이랬지요, 라는 감상이 다였다.

"시신도, 바닥에 떨어져 있던 일지와 볼펜도, 원래 있던 자리에 돌려놓고 촬영했습니다. 그래서 사건 발견 당시 상황 그대로입니다."

시체가 카운터 안쪽에 쓰러져 있던 모습은 보지 못했던 에가미 선배에게 나는 작은 목소리로 "맞아요"라고 말했다.

"사망한 도이 겐사쿠에 대해 말씀드리겠습니다. 도이는 후쿠오카 시에서 태어났고 올해 스물일곱 살이었습니다. 10대중반부터 인류협회의 활동에 공감해 6년 전, 수도공과대학 3학년이었을 때 도쿄 본부를 방문한 것을 계기로 그날 바로 입회했습니다. 이후 흔들림 없이 신앙의 길에 매진해 협회 업무에도 적극적으로 참여했고 대학 졸업과 동시에 가미쿠라에서 일을 하게 되었습니다. 아직 이 본부가 생기기 전이었지요. 돌아가신 노사카 미카게 회조님께서도 그의 우수한 능력을 눈여겨보시고 중요한 임무를 맡기셨습니다. 타계하시기 직전, 회조께서는 인류협회가 이윽고 맞이할 황금시대를 짊어질 인물의 이름을 예언하셨는데, 그중에 도이도 들어 있었습니다. 찬란한 간부 후보였던 겁니다."

후부키는 하아, 하고 힘없는 한숨을 쉬었다. 유라는 분한 기색으로 이를 갈고 있었다. 이윽고 맞이할 황금시대를 짊어질 인재를 잃은 원통함 때문인가? 아니, 그것만은 아닐 것이다. 미카게 님의 예언이 공수표가 되어버린 충격에서 헤어나지 못하고 있는 것이다. 회조의 예언이 완벽하다면 스물일곱 살에 급사할 남자에게 미래를 맡겼을 리 없다.

그런가. 아까 VIP룸에서 동쪽 탑에 틀어박혀 있는 시모자와가 화제에 올랐을 때, 혼조는 그를 '황금시대를 짊어질 간부 후보 중 한 명'이라고 소개하면서도 어딘가 불안한 표정을 보였다. 그것은 시모자와와 같은 위치에 있던 도이가 회조의 예언을 저버리고 세상을 떠났다는 사실이 머릿속을 스쳤기 때문이리라.

그녀들의 고뇌를 이해할 수 있을 것 같다. 본부 안에서 협회 직원이 살해당한 것만으로도 끔찍한 추문인데, 그 범인도 같은 직원이라면 협회가 뒤집어쓸 피해는 심각하다. 그에 더해 회조의 예언이 빗나갔다는 냉엄한 사실에 의기소침한 것이다.

에가미 선배는 상심한 후부키에게 동정하는 기색도 없이 물었다.

"도이 씨는 본부 밖에서 살았다고 하셨는데, 독신이었습니까?"

"예. 이 본부에서는 수많은 젊은 남녀가 협회 업무를 맡고 있는데, 규정상 혼인을 금하는 것도 아닌데 독신율이 높습니다. 신앙에 일편단심이라 그런 거겠지요. 회원들이 좋은 반려로 인연을 맺어 아이를 많이 낳아주면 고마운데, 좀처럼 그리되지 않네요. 이렇게 말하는 저도 독신이니, 젊은 사람들을 부추길 수도 없습니다만."

"협회 안에서 도이 씨의 입장과 인품이 어땠는지, 상세히 말씀해주시겠습니까?"

"제사국 주임이었어요. 대학에서 전기 공학을 전공해 그 지식을 협회 업무에 살렸는데, 본인은 연구국으로 옮기고 싶어 했습니다. 곧 그리 될 예정이었는데……. 업무상 실수나 충돌도 없었고, 주위 사람들과의 인간관계도 양호했습니다. 과묵한 타입이기는 했지만 대인관계도 원만했고 협조도 잘했어요. 편견 없이 사람들과 어울렸고, 성별을 불문하고 특별히 친했던 회원은 없습니다."

유라가 발언 허가를 구했다.

"여러분께 죽은 얼굴만 보여드리면 도이가 가엾습니다. 생
전의 도이도 부디 봐주세요."

크래프트 봉투에서 카비네판 사진이 나왔다. 라이팅 기자재
를 만지고 있는 스냅 사진이었다. 갑자기 카메라를 들이댔는
지 놀라면서도 쑥스러워하는 표정이었다. 나이에 비해 눈꼬리
에 미소 주름이 짙었지만 상당한 미남이었다. 사망 당시보다
머리카락이 길어, 호탕한 록 기타리스트처럼 보이기도 했다.

"인기가 많을 것 같네요."

내 말에 유라도 동의했다.

"여성에게 인기를 끌 요소를 많이 갖춘 사람이었지만, 본인
은 오로지 신앙에만 매달렸습니다. 사사키 선생님은 이렇게
멋진 남자가 독신이면 게이로 오해받을 거라고……. 아니, 물
론 사실이 아닙니다."

사진을 보면서 에가미 선배가 물었다.

"대학 3학년 때 입회했다면 가족이나 주위 사람들이 반대하
지는 않았습니까?"

"그렇지 않았다고 들었습니다. 부모님 두 분 다 고고학자로,
아버님은 '부모가 땅만 파니까 아들은 그 반동으로 하늘만 보
게 되었나'라고 웃으셨다고. 이렇게 되다니 너무 잔혹해요. 도
이는 효자였습니다. 건강한 모습을 보여드려야 한다고 고향에

돌아갔다가 바로 어제 돌아왔는데."

"그 부모님은 소중한 아들이 살해당했다는 사실도 모르고 있는 건가. 당신들 이기심 때문에."

동향인 아라키가 침을 내뱉을 기세로 말했다. 반론할 수 없는 후부키는 고개를 끄덕일 따름이었다. 그리고 에가미 선배는 탈선한 이야기를 제자리로 돌려놓았다.

"지금 말씀만 들은 바로는 누가 도이 씨를 살해했는지 짐작 가지 않는 것 같군요. 맞습니까?"

"협회를 지키기 위해서라도 저는 진실만 말하고 있습니다. 말씀대로 도이를 살해할 동기를 가진 인물이 떠오르지 않습니다. 뭔가 오해로 살해당한 게 아닐까, 그런 생각을 지울 수가 없군요."

"하지만 성스러운 동굴의 보초 업무는 교대제였습니다. 그 시간에 카운터에 서는 사람이 도이 씨라는 사실은 모두 알았을 겁니다. 아무리 경솔한 범인이라도 엉뚱한 사람을 죽이지는 않았겠지요. 저희 눈에는 보이지 않는 동기가 있을 겁니다. 그런데 마루오 씨와 도이 씨의 교대는 원래 예정대로 이루어진 게 맞습니까?"

"예, 마루오도 그렇게 말한 것은 물론이고, 4시 55분경 대기실로 걸어가는 도이를 목격한 사람이 몇 명 있습니다. 각각의 증언에는 한 점의 오류도 없어, 의심할 이유가 없습니다."

"그렇다면 살아 있는 도이 씨를 마지막으로 본 건 범인을 제

외하면 마루오 씨가 되겠군요. 교대를 마친 게 5시 정각. 마루
오 씨는 바로 방에서 나온 거지요? 도이 씨가 시체로 발견된
시각이……."

"5시 57분입니다." 쓰바키가 단호하게 말했다. "제 손목시계
로 확인했어요. 그리고 6시 4분에 후부키 씨, 유라 씨가 달려
왔고 사사키 선생님이 사후 30분 이상 경과했다고 판단했습니
다."

"범행 시간은 5시부터 5시 반 사이라는 뜻이군요. 더 좁힐 수
없을까. 사사키 선생님은 뭔가 말씀하시던가요, 국장님?"

"책임질 수 있는 소견은 낼 수 없다고 했습니다. 중간치로
5시 15분이라고 추정할 수도 없으니까요."

"사인은 교살. 흉기는 목에 감겨 있던 가느다란 끈이 확실하
지요?"

"예. 삭흔이 일치하니 그 점에 대해서는 자신 있게 말씀하셨
어요. 그 끈은 짐을 포장할 때 쓰는 용도로, 평소 마을 잡화점
에서 구입하는 물건입니다. 굳이 관리할 만한 물품이 아니라
누구나 관내에서 입수할 수 있었습니다."

"도이 씨는 어제까지 휴가였다고 하셨죠?"

"예, 닷새 만에 보초 업무를 맡은 겁니다."

"고향에서 돌아온 그에게 별다른 점은?"

"아뇨, 아무것도."

일방적으로 대답만 하고 있던 후부키가 이때 질문하는 쪽으

348

로 돌아섰다.

"제가 묻겠습니다. 범행이 있었던 시간대에 여러분은 뭔가 수상한 걸 보지 못하셨나요? 혹은 사건과 연관이 있을 법한 목소리나 소리를 듣지는 못했습니까?"

우리 넷 다 짐작 가는 바가 없었다.

"그럼 5시부터 5시 반 사이, 어디서 뭘 하셨는지 말씀해주시겠습니까? 여기 안 계신 모치즈키 씨, 오다 씨, 아리마 씨의 행동도."

4

"알리바이 조사라는 건가?" 쓰바키가 콧방귀를 뀌었다. "낯짝 한번 두껍군. 뚫린 입이라고 쉽게 말하는데, 우리는 도이 겐사쿠라는 남자를 죽일 동기가 전혀 없소. 그런 인물이 존재한다는 사실조차 몰랐으니 알리바이를 댈 의무는 없어."

"국장님은 알리바이를 조사하려고 여쭤본 게 아니라……."

유라가 다소 감정적으로 반론하려 했지만 후부키가 직접 말렸다.

"제 질문 방식에 문제가 있었나 보군요. 실례했습니다. 여러분의 알리바이가 궁금한 게 아니라, 사건 발생 당시 관내의 상황을 파악하고 싶은 겁니다. 도와주세요."

지극히 정중히 부탁하니 쓰바키도 난처한 기색이었다.

"견학을 예약한 아라키 씨와 나는 5시 조금 전에 정문에서 만나 본부로 들어갔소. 출입구를 지나자 안내 담당인 혼조 씨가 금방 다가와……."

지도를 보며 관내 설명을 들은 뒤, 반지하 집회실을 구경한 다음 수국이 있는 앞뜰로 따라갔다.

"거기서 혼조 씨가 말하기를, 먼저 C동에 가서 남향 라운지에서 가미쿠라를 굽어보며 안내할 생각이었는데 중요한 연락을 깜빡해서 그 용무를 먼저 마치고 싶으니 잠시 정원을 구경하고 있으라더군요. 그래서 저희 둘은 동쪽 구석 출입구를 통해 정원으로 나가 어슬렁거리고 있었습니다."

"그럼 두 분은 쭉 함께 계셨던 거군요?"

"예." 아라키가 그렇게 대답했다가 정정했다. "그렇다고 한시도 떨어지지 않았던 건 아닙니다. 쓰바키 씨가 화장실에 간 사이에는 떨어져 있었어요. 고작 몇 분이었지만."

"쓰바키 씨는 화장실이 어디 있는지 알고 계셨습니까?"

후부키는 상세한 점까지 확인했다.

"허, 떠보는 겁니까? 처음 와본 곳인데 알 리가 있나. 복도를 지나다가 언뜻 봤습니다. 미래 건축물 같은 건물이지만 화장실 정도는 보면 알죠. 파란색, 빨간색으로 남성용, 여성용 마크가 붙어 있으니까요."

일반 시설과 다른 점은 그 마크가 회색의 외계인 남녀라는 사실뿐이다. 남자 쪽은 어깨 폭이 넓게 표현되어 있다.

"몇 분이라는 건 3분인가요, 5분인가요?"

"그런 걸 누가 기억합니까? 남자 소변은 1분이면 족하지만 화장실 창문으로 뒤뜰도 구경했고…… 5분 정도려나."

"그사이 저는 수국 사이에서 혼자였는데." 아라키가 후부키를 은근히 올려다보며 말했다. "설마 5분이면 대기실에서 사람을 죽이고 돌아올 수 있었다고 억지를 부리지는 않겠지요? 저와 쓰바키 씨가 성스러운 동굴 근처에 있기는 했지만, 그런 아슬아슬한 위험을 감수할 범인이 있을 리 없잖습니까?"

"그래요, 게다가." 쓰바키가 퍼부었다. "범인은 현장에서 비디오테이프 두 개를 가지고 달아났어요. 저희는 그걸 처분할 여유가 없었다는 걸 유념해주기 바랍니다. 비디오테이프 두 개면 부피가 제법 됩니다. 상의 주머니나 바지 속에 집어넣어 숨길 수도 없어요. 그것만 봐도 저희의 결백은 확실하겠죠."

"테이프를 훔친 건 살인범과 다른 인물일 가능성도 있습니다."

전직 경찰은 비웃었다.

"살인범과 도둑이 연달아 대기실에 침입했다고요? 그런 우연이 어디 있겠습니까?"

"도이를 살해하는 역할과 테이프를 훔쳐내는 역할을 분담한 공범이었을지도."

"허황되군요. 빼돌린 테이프는 어떻게 됐다는 겁니까?"

후부키가 될 대로 되라는 식으로 말했다. "그야 모르죠."

"테이프는 발견하지 못했지요?"

에가미 선배의 물음에 유라가 대답했다.

"관내를 수색하고 있지만 아직 나오지 않았습니다. 출입구에 설치된 경비용 비디오카메라가 복도를 찍고 있어요. 그걸 재생해봤는데 몇몇 회원이 A동 동쪽 날개에서 서쪽 날개, 그러니까 동쪽 절반에서 서쪽 절반으로 이동하거나, 엘리베이터로 C동 사이를 오가기는 했지만 비디오테이프를 손에 든 인물, 가방이나 주머니를 든 사람은 없었습니다. 그래서 이 응접실도 포함해 A동 동쪽 절반을 수색했는데 역시 못 찾았습니다. 적어도 대기실 주변에는 없었어요. 복도에도, 화장실에도, 비상용품을 보관하는 창고에도, 앞뜰이나 뒤뜰에도."

쓰바키는 만족스러운 기색으로 말했다.

"저와 아라키 씨가 범인이었다면 그 범위 안에 숨기는 게 고작이었을 겁니다. 그런데 없다는 거죠? 시간만 충분하다면 플라스틱 케이스를 부수고 테이프를 잘게 잘라 변기에 흘려보낼 수도 있었겠지만."

"그럴 시간이 없었다는 건 잘 알고 있습니다."

"알아주신다니 다행이군요. 그 사실은 에가미 씨 일행의 결백도 입증하니까요. 그들 또한 저희와 마찬가지로 그 범위에서만 움직일 수 있었으니까. 허허, 마음이 가벼워졌어. 그렇지?"

나는 "네"라고 대답했지만 에가미 선배는 아리송하게 끄덕일 뿐이었다. 어라? 목구멍까지 튀어나온 말을 삼킨 것처럼 보였다. 하지만, 무슨 말을?

"에가미 씨와 아리스가와 씨 이야기도 들어볼 수 있을까요?"

"그럼 저부터." 부장은 그렇게 말했지만 후부키와 유라가 원하는 정보는 제공할 수 없었다. 우리는 줄곧 함께 행동했고, 사건과 연관 있을 법한 단서는 듣지도 보지도 못했다. 그것은 후부키도 이해해주었을 것이다.

"……이상입니다. 저희는 서로 알리바이를 입증할 수 있습니다. 그래도 의심하려 들면 불가능한 건 아니지요. 창문 너머로 아라키 씨와 이야기를 나누기 전에, 다섯 명이 일치단결해 범행을 저질렀을지도 모르니까요. 몸을 숙이고 걸으면 앞뜰에 있던 아라키 씨에게 들키지 않고 대기실까지 갈 수 있었을 테고."

"그 정도로 익살스러운 살인범은 없을 테니 안심하세요, 에가미 씨. 게다가 여러분께는 비디오테이프를 처분할 여유가 없었으니까요."

후부키가 그렇게 말하자 쓰바키가 한마디 거들었다.

"하나만 더 말씀드리지요. 저는 화장실 안에서 에가미 씨 일행이 복도 맞은편에서 다가오는 소리를 들었습니다. 게다가 다섯 명이 나란히 복도를 오갔다면 분명히 제 눈에 들어왔을 겁니다."

"지당한 말씀이군요."

먹구름을 마지막 한 조각까지 걷어 내준 건 고맙지만, 배은 망덕한 추측을 하고 말았다. 쓰바키는 선의에서 우리 알리바이를 확인해주었을 것이다. 그렇게 믿고 싶지만, 아무래도 군소리 같다. '화장실 안에서 에가미 씨 일행이 복도 맞은편에서 다가오는 소리를 들었습니다'라는 말은 자기 알리바이를 강조하고 싶어서 일부러 하는 소리 같기도 했다. 실제로는 화장실에 가지 않았던 게 아닐까? 쓰바키는 우리가 복도 끝자락까지 갔을 때, 뒤에서 말을 걸었다. 뒤를 돌아보자 쓰바키가 화장실 앞에 서 있었는데, 사실은 대기실에서 범행을 마치고 돌아오는 길이었다고 생각해볼 수도 있다. 아니, 그건 아닌가? 그는 빈손이었으니까. 생각이 지나쳤던 모양이다.

아라키는 안도하는 기색이었다.

"다행이네요. 우리, 손님들은 사건과 상관이 없다는 게 증명되었습니다. 이제 내부 사람들의 알리바이를 들어볼까요? 지금 관내에 머물러 있는 사람은 저희를 빼면 29명이지요? 그중에 범인이 있어요. 그렇죠, 쓰바키 씨?"

"꼭 들어보고 싶군요. 29명의 협회 직원 중에서 이미 상당수는 혐의가 풀렸을 겁니다. 출입구 비디오를 조사하면 5시 이후 A동 동쪽 날개에 들어가지 않은 인물을 걸러낼 수 있을 테니까."

후부키는 협회 직원들의 행동은 아직 조사 중이니, 끝마치는 대로 알려주겠다고 했다. 정보 제공을 아까워하는 게 아니라 어디까지나 완벽을 기하려는 것이리라.

"그렇게 말하면 섭섭한데. 그럼 국장님하고 유라 씨 알리바이만이라도 들려주시죠. 그래야 공평하잖아요."

두 사람은 받아들였다. 질문을 했던 후부키가 솔선수범해서 먼저 입을 열었다.

"저는 전용 집무실을 갖고 있습니다. 4시 반부터 5시 반 사이는 마침 거기서 혼자 일하고 있었을 때입니다. 5시 전에 도쿄 본부에서 전화가 와서, 그쪽에 상주하는 사토 교무국장과 5분 정도 통화했습니다. 그건 사토 국장에게 확인해볼 수 있지만 전화를 마치고 대기실에 가는 것도 가능은 합니다."

"알리바이는 없는 건가요. 그거 유감이군요. 유라 씨는 어떻습니까?"

아라키는 가학적인 기분으로 신문을 즐기는 것처럼 보였다.

"국장님과 마찬가지로 저도 알리바이가 없습니다. 관내를 돌아다녔으니 여러 직원들을 만났지만 그사이 틈을 타서 대기실에 다녀올 수도 있었습니다."

"막연하군요. 주로 어느 부근에서, 뭘 하셨습니까?"

"이렇게 보여도 꽤 바쁩니다. 정말 쳇바퀴 돌 듯 돌아다녔어요. 관내 여기저기서 저의 잔상이 보일 거예요."

"그렇게 무책임한 태도는 좋지 않군요."

"그러게요. 당신 증언을 다른 직원들의 증언과 대조해보면 흥미로운 사실을 찾아낼 수 있을지도 모르잖습니까."

아라키와 쓰바키가 잔소리를 늘어놓았다. 그러나 에가미 선배는 그들의 이야기를 듣고 있지 않았다. 4절판 현장 사진 중 하나를 집어, 뚫어져라 바라보고 있다. 보초대라고 부르는 카운터 안쪽을 찍은 사진이었다. 그러더니 갑자기 그 사진을 후부키와 유라에게 보여주며 물었다.

"잠시 실례. 여기 비디오테이프가 찍혀 있는데요. 다섯 개가 있군요. 예비용 공테이프인 것 같은데."

"예, 맞아요." 유라가 대답했다. "새 테이프예요. 그게 왜요?"

"성스러운 동굴을 촬영한 비디오테이프 두 개가 어디로 사라졌는지 생각해봤습니다. 범인에게는 그걸 현장에서 빼돌려야 할 절박한 사정이 있었겠지요. 하지만 방금 누가 말씀하신 것처럼 테이프 두 개는 부피가 꽤 되니까 몰래 운반하기 까다롭습니다. 그럼 어쩌면 현장에서 반출한 게 아닐지도 모릅니다. 기계에서 빼낸 다음, 범인은 녹화가 끝난 테이프 두 개를 예비용 공테이프 사이에 숨겨놓았을지도 모르죠."

"그건 맹점인걸. 재미있는 생각을 하는군요."

쓰바키는 높게 평가해줬지만 유라의 표정은 밝지 않았다.

"사진을 유심히 보면 아실 거예요. 저는 현장에서 실물을 봐서 기억하는데, 그 테이프에는 셀로판 띠가 단단히 감겨 있었습니다. 다섯 개가 한 세트로, 포장을 뜯지 않은 상태였어요. 이미 사용한 테이프는 섞여 있지 않았습니다."

에가미 선배는 낙담하는 기색을 보이지 않았다.

"그렇게 보이기도 했지만 확인해두고 싶었습니다. 테이프를 숨길 만한 장소는 또 있습니다."

"또 있다니요?"

"저희는 여기에 들어오기 직전, 아마노가와 여관 아키코 씨를 만났습니다. 협회에 표고버섯을 전해주러 왔다고 했는데, 범인은 그녀에게 테이프를 맡겼을지도 모릅니다."

까맣게 잊고 있었다. 아키코 본인이 도이를 살해했을 가능성도 있지 않나? 나는 흥분했지만 유라는 침착했다.

"아키코 씨는 건물 안에 들어오지 않았습니다. 표고버섯은 초소 담당자가 받았어요."

"그랬나요."

"이제 추리도 바닥났겠지요?"

"아니요, 아직 후보가 남아 있습니다."

"어디죠?"

입을 떼려던 에가미 선배가 별안간 날카로운 시선으로 문을 돌아보았다. 복도에서 달그락거리는 소리가 들렸다. "저건……." 에가미 선배는 그렇게 말하나 싶더니 자리에서 벌떡 일어났다. 남은 사람들은 서로 얼굴을 마주 보았다.

부장의 뒤를 따라 복도로 나가보니 소리의 정체는 혼조가 밀고 있는 왜건이었다. 반투명 커버 밑에 있는 것은 저녁 식사였다. 죽, 양면을 다 익힌 달걀 프라이, 생선구이와 조림, 사과. 응접실에서 에가미 선배가 튀어나오는 바람에 혼조는 깜짝 놀란 눈치였다.

"놀라게 해서 죄송합니다. 혹시 동쪽 탑으로 가져가는 겁니까?"

"아…… 예. 시모자와 씨 식사예요. 가져다드리는 게 너무 늦었어요. 굶주린 배를 움켜쥐고 기다렸다고 화내시지는 않겠지만."

"하가 씨가 가져가는 것 아니었습니까?"

"패트 씨에게는 서쪽 탑 식사를 부탁드렸어요."

"역할을 나누었군요. 노사카 대표도 시모자와 씨도, 오래 기다렸을 테니까."

"맞아요……. 예."

"저도 함께 가도 되겠습니까? 그냥 따라만 가겠습니다."

에가미 선배는 응접실에 있는 우리를 돌아보며 말했다.

"원하신다면, 함께 가시죠."

5

엘리베이터 정원은 여섯 명. 먼저 에가미 선배와 왜건이 있는 혼조, 후부키와 유라가 올라갔고, 나머지 세 명은 다음 엘리베이터에 올라탔다. 중간층이 없어 단추는 '위'와 '아래' 두 개뿐이었다. '위'를 누르자 스르르 상승했다.

"자네 선배는 침착하고 머리가 잘 돌아가는군. 나는 성스러운 동굴에서 비디오테이프를 빼간 범인이 그걸 탑 위로 가져갔을 거라는 생각은 하지도 못했는데. 현장 근처에 엘리베이터가 있었는데도."

쓰바키는 연방 감탄했다. 경악할 정도로 뛰어난 추리는 아니지만, 탑은 무심코 간과하고 있었다.

"맹점이었어요." 아라키도 인정했다. "범인이 엘리베이터를 타고 위로 갔을 줄은 꿈에도 생각 못 했네요. 그런 짓을 하면 도주로가 사라지잖아요. 설마 그리로는 안 갔을 거라고 생각하는 틈을 노려 대담하게 허를 찔렀군요."

탑 위에는 수행 중인 시모자와가 있었다. 하지만 명상에 몰두한 나머지 끼니도 잊을 때가 있다니, 있으나 마나라고 무시할 수 있었으리라. 아라키가 말을 이었다.

"그나저나 디너인데 간소하더군요. 수행의 유일한 낙일 텐데. 저희는 똑같은 메뉴가 아니기를 바랄 뿐입니다."

탑 위에 도착했다. 문이 열리자 '도시' 가미쿠라가 눈 밑에 펼쳐졌다. 엘리베이터는 우리를 탑의 남동쪽 모서리로 데려와 준 것이다. 바닥도 천장도 노출 콘크리트라 썰렁했다. 엘리베이터 자리만 빼고 전부 수행을 위한 공간이 차지하고 있는 것 같았다. 그 주위를 각진 회랑이 에워싸고 있었다.

왼쪽으로 반 바퀴 돌아가자 먼저 올라간 에가미 선배와 다른 사람들이 회랑 북쪽에서 침울한 표정으로 서 있었다. 회랑에는 소형 소화기가 한 대 동그마니 있을 뿐, 물건을 감출 만한

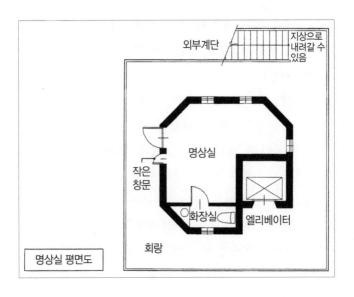

외부계단

지상으로
내려갈 수
있음

명상실

작은
창문

화장실

엘리베이터

회랑

명상실 평면도

장소는 없었다.

"헛걸음이었나요." 쓰바키가 한숨을 쉬었다. "하지만 좋은
점도 있었네요. 덕분에 신기한 곳을 구경했습니다. 위는 이런
구조였군요."

낮이었다면 훌륭한 전망을 즐길 수 있었으리라. 지금은 어
느 방향을 돌아보아도 어두울 뿐이었다. 모처럼 왔으니 한 바
퀴 돌아보았다.

회랑 서쪽에 명상실 문이 있었다. 혼조가 왜건을 세우고 요
리에서 덮개를 벗기고 있었다. 문 옆, 가슴께 높이에 작은 창이
달려 있었다. 그녀가 버저를 누르자 안에서 사람이 움직이는

기척이 나더니 창이 스륵 열렸다. 고요한 눈빛의 남자가 나타났다. 며칠째 틀어박혀 있다 보니 수염이 제법 자라, 철학자 같은 풍모였다.

"저녁 식사를 너무 늦게 가져와 죄송합니다. 여기."

혼조가 요리가 놓인 쟁반을 내밀었다. 자그마한 그녀에게는 창문 위치가 다소 높다고 생각하며 지켜보았다. 남자는 말없이 쟁반을 받아 일단 조용히 물러났다가, 바로 다시 얼굴을 비추더니 빈 그릇이 담긴 쟁반을 혼조에게 건네고 천천히 창을 닫았다. 기껏해야 서빙인데 마치 궁중의식이나 노*라도 보는 것 같았다. 창문 안쪽은 어둑하니 불빛이 흐렸다.

"항상 저런 식인가요?"

내가 물어보자 혼조는 왜건 위를 정리하면서 대답했다.

"예. 수행 중에는 입을 열면 안 되기 때문에 늘 이래요. 저도 말할 필요는 없는데 '식사 가져왔습니다, 드세요' 정도는 자연히 튀어나와서."

"저 사람이 협회의 찬란한 별인가요. 얼굴에 관록이 있군요."

후부키는 쓰바키의 소감이 귀에 듣기 좋았던 모양이다.

"예, 그가 시모자와 다카히토입니다. 이 이름을 전 세계 사람들이 알게 될 날이 올 거예요. 노사카 대표님과 함께 그 역시 언젠가 찾아올 영광의 날에 인류의 선두에 서서, 하늘에서 내

---

*가부키, 분라쿠와 함께 일본 3대 전통극의 한 양식으로 엄숙하고 제의적인 가면 무용극.

려오시는 내방자를 맞이하겠지요. 찬란한 별이라고 불리기에 걸맞은 분입니다."

곧잘 연설로 빠지는 것은 난처한 버릇이다. 우리가 익숙해지는 수밖에 없겠지. 나는 다른 방향으로 이야기를 돌렸다.

"북쪽에 계단이 있던데요. 그걸로 뒤뜰에 내려갈 수 있는 거죠?"

유라가 대답했다. "그래요. 엘리베이터가 고장 날 때도 있으니 비상계단이 있습니다. 철제 난간이 차갑긴 하겠지만 여기까지 온 김에 조사해보죠. 혼조 씨는 왜건이 있으니 엘리베이터로 내려가요."

탑 위에 더 남아 있을 이유가 없다. 왁자지껄 떠들면 시모자와의 명상을 방해할 것 같았지만 좀처럼 발길이 떨어지지 않았다. 나뿐만이 아니다. 에가미 선배도, 쓰바키도, 아라키도, 밤을 굽어보고 있었다. 뒤뜰에는 투광기가 쏘아내는 빛기둥이 늘어서 있었다. 그 기둥을 올려다보며 부장이 말했다.

"악취미로군. 히틀러 전속 건축가 슈페어가 나치 전당대회 때 선보였던 연출을 표절하다니."

에가미 선배가 고개를 돌렸다. 나도 덩달아 다른 곳으로 눈길을 돌렸다.

저 멀리 어둠이 하얗게 물들어 있었다. 밤이, 밤과 똑같은 면적을 가진 무언가에 침식당하고 있다. 이건, 혹시⋯⋯.

"안개가 끼겠군요."

후부키가 감흥 없는 목소리로 말했다. 그렇다, 밤안개가 깔리기 시작했다. 오늘 밤은 진정한 가미쿠라 명물을 볼 수 있을 것 같다.

"저기에 노사카 대표가 계시지요?"

에가미 선배는 세 개의 돔 지붕 뒤로 서쪽에 우뚝 서 있는 탑을 가리켰다. 옆에 있던 유라가 대답했다.

"예. 지금 이 순간에도 은하 저편을 향해 기도를 올리며 영혼을 단련하고 계시겠지요. 그 모습을 상상하면 가슴이 뜨거워집니다."

몹시 애절한 표정이었다. 대표는 이토록 사랑과 존경을 받는 것이다. 나는 감탄하면서 서쪽 탑을 다시 바라보았다. 신기하게도 불빛이 아련한 창문에 사람 그림자는 보이지 않았지만, 어쩐지 그곳에 사람이 있다는 기척은 느낄 수 있었다.

"가슴이 뜨거워진다……. 다들 그런가요? 유라 씨에게 노사카 대표는 어떤 존재입니까?"

"소중한 분입니다. 굳이 말로 꾸미고 싶지 않아요. 다만 너무나 소중한 분입니다. 제게나, 협회에게나, 인류에게나."

"대표는 당신보다 훨씬 어리고 경력도 짧습니다. 직함만 훌륭할 뿐, 알맹이는 미숙한 일개 회원이라고 생각하지는 않습니까?"

"진심으로 묻는 건가요? 만약 그렇다면 진지하게 대답해야겠군요. 회조님께 선택받은 대표님은 유일무이한 분입니다.

미숙한 일개 회원이라니, 저 같은 건 발끝에도 미치지 못해요. 그보다 보통 '당신보다 훨씬 어리다'라는 표현은 너무 솔직한 것 아닌가요? 객관적인 사실이기는 하지만, 저도 아직 젊다는 소리를 듣는 나이인데요. 죄송해요, 그냥 농담이었습니다."

"아닙니다, 여러모로 제가 부주의했습니다. 그만 가실까요?"

탑 북쪽 면에 번개 모양으로 붙어 있는 계단을 한 줄로 내려 갔다. 고소공포증이 있는 사람에게는 상당히 힘겨운 체험이리라. 하지만 우리 가운데 해당하는 사람은 없어, 다들 추위만 견디면 됐다. 앞에서 내려가는 쓰바키와 아라키의 대화가 들렸다.

"비디오테이프 같은 건 안 보이네요. 뒷산에 던졌나? 아니, 너무 멀겠군."

"그런 짓을 해도 의미가 없어요. 처분만으로 족하다면 이렇게 높은 곳까지 올라와서 집어 던질 필요 없이 라이터로 태우면 그만입니다."

"흠, 그것도 맞는 말이네. 라이터가 없어도 못 쓰게 만들 방법이야 얼마든지 있으니, 범인은 테이프 자체를 원했다는 뜻이 됩니다. 그렇죠, 후부키 국장?"

쓰바키는 경찰의 피가 들끓는 모양이다. 뒤를 돌아보는 눈이 형형히 빛나고 있었다.

"당신은 아까 도이 씨가 살해당한 이유를 모르겠다고 했지요. 어쩌면 범인은 도이 씨를 증오한 게 아니라, 테이프를 빼앗기 위해 그를 살해한 건지도 모릅니다. 어떻습니까, 이런 생각은?"

"끔찍한 말씀을 하시는군요. 고작 테이프를 빼앗겠다고 사람을 죽이다니, 이해할 수 없는 사고방식이에요."

"살인을 무릅쓰더라도 손에 넣고 싶은 장면이 찍혀 있었을지도 모르잖습니까. 그게 뭐냐고요? 예를 들면…… 아니, 상상하기 어렵지만."

그러자 아라키가 거들었다.

"페리파리인지, 페리하인지, 어느 쪽인지 몰라도 외계인이 찍혔을지도 모르죠. 그거라면 목숨을 걸고 탐낼 만한 사람이 여기에는 있지 않습니까? 인류협회 총본부에서 벌어진 살인사건으로 손색이 없네요."

쓰바키가 말했다.

"우주인이 정말 나타났는지는 문제가 아니라, 그 장면이 찍혀 있다고 범인이 착각한 건지도 모릅니다. 그게 진상이라면 범죄사에 남을 기괴한 사건이 되겠군요."

서서히 바닥이 가까워졌다. 뒤뜰에는 A동을 따라 가늘고 긴 인공연못이 있어, 어두운 수면이 일렁거리고 있었다.

"저 인공연못은요? 물을 빼고 조사하지는 않을 건가요?"

나는 유라에게 물어보았다.

"말이 인공연못이지, 깊이가 30센티미터밖에 안 됩니다. 태양 빛을 반사시켜 정동, B동, C동 하부를 비추기 위해 얕게 물을 받아놓은 것뿐이에요. 구마이 선생님 특유의 디자인이죠. 조사는 이미 했어요. 물을 뺄 것도 없이, 회중전등으로 비춰보면 바닥에 뭐가 있는지 다 보이니까."

"그렇군요. 대체 테이프는 어디로 사라진 걸까요?"

"아직 살펴보지 못한 곳이 있겠지요. 폭탄을 설치했다는 장난전화를 받았을 때는 경찰이 잔뜩 몰려와 철저히 수색했지만, 저희는 프로가 아니니까요. 그때는 수사원들이 정말 방을 구석구석 다 뒤졌어요. 저희가 그렇게까지 하기는 어렵습니다."

"그 정도로 샅샅이 뒤졌다면, 불쾌하지 않으셨나요?"

"어쩔 수 없죠. 폭파 예고 장난전화는 사실 경찰의 자작극이고, 저희 본부를 수색하기 위한 구실이 아니냐고 말하는 사람도 있었지만요. 일부 언론도 그런 식으로 보도했고, 돌아갈 때 수사원들이 실망한 기색을 보였으니 꼭 억측만은 아니겠죠. 가미쿠라는 평화 그 자체라 형사 문제로 경찰에 신세를 진 적도 없는데, 공안 경찰은 이유도 없이 저희를 미워하는 것 같아요. 비록 폭파 예고가 날조된 사실이라 해도 국가 권력을 거역할 수는 없죠. 결과적으로 협회에는 아무런 오점이 없다는 걸 보여줄 수 있었던 셈이니 잘된 일이라고 생각해요."

국가 권력이라는 말에 쓰바키가 움찔했지만 불평은 하지 않았다.

"경찰은 노사카 대표의 방도 조사했습니까?"

"물론이죠, 봐줄 리가 없잖아요. 폭발하면 위험하다며 협회 직원들을 모두 대피시키고 개인 소지품까지 점검했어요. 굴욕적이었죠. 현장을 지켜보았던 우스이 국장님은 입술을 깨물고 분을 삭였다고 해요."

이야기하다 보니 어느새 지상에 도착했다. 성스러운 동굴로 이어지는 연결 복도, A동, 뒷산에 에워싸인 어중간한 공간이다. 인공연못을 보니 말마따나 무릎 깊이밖에 되지 않았다. 일류 건축가에게 설계를 의뢰하면 이런 장치가 하나둘 쌓여 값이 오르는 것이리라.

"조금 마음에 걸렸는데." 후부키가 말했다. "에가미 씨는 아까, 혼조가 미는 왜건 소리를 듣고 동쪽 탑을 아직 조사하지 않았다는 사실을 알아차린 건가요?"

"아닙니다. 그 전부터 가능성은 고려하고 있었습니다. 그때 응접실에서 뛰쳐나간 건 혼조 씨를 혼자 탑에 보내지 않기 위한 행동이었습니다. 테이프를 회수해 처분할 기회가 생기면 안 되니까요."

"혼조가 범인이라면 저지해야 하고, 결백하다면 괜한 의심을 사지 않도록 배려한 거군요. 이해했습니다. 당신이 테이프가 있을 만한 장소에 대한 가설을 말하려 했을 때 마침 왜건이 지나갔잖아요? 왜건 소리를 듣고 가설이 떠오른 거라면 순서가 반대라 이상하다고 생각했어요. 처음부터 가설을 가지고 있었군요."

"그중 하나가 동쪽 탑이었습니다."

"그중 하나라면…… 또 있나요?"

모두, 에가미 선배를 쳐다보았다.

"예. 이쪽이 진짜입니다."

6

대기실 문은 쐐기 모양 도어스토퍼를 받쳐놓아 활짝 열려 있었다. 협회로서는 내키지 않는 조치겠지만 이 또한 어쩔 수 없다. 후부키가 씁쓸한 속마음을 털어놓았다.

"살인사건이 벌어졌어도 저희는 의무를 다해야 합니다. 하지만 범인이 관내에 숨어 있는 상황에서 문을 등지고 보초를 서는 게 몹시 위험하다는 것도 인정합니다. 그래서 문을 열어두기로 한 겁니다. 이렇게 해두면 아무리 대담한 범인이라도 흉행을 저지르지는 못하겠지요."

범인을 잠깐 주저하게 만드는 효과는 있을지 모르지만, 완벽한 방지책은 아니다. 문을 활짝 열어놓아도 보초 카운터가 방 왼쪽에 있어 복도에서는 보이지 않는다. 범인이 이 정도면 할 수 있겠다고 생각하지 않으리라는 보장이 없다. 어차피 오지도 않을 외계인, 사건이 해결될 때까지 보초는 중단하면 좋을 텐데.

대기실에 들어갈 때 국장이 "후부키 외 다섯 명입니다"라고 말했다. 급히 그런 규칙을 마련한 건지도 모른다. 보초대에 있던 이나코시 소스케가 앞쪽만 바라보며 "아직 재림 없음"이라고 대답했다. 나는 허무한 생각이 들었다.

　중학교 때, 반 친구 하나가 이런 말을 했다. "기다리는 건 즐거워. 전혀 괴롭지 않아. 친구랑 만나기로 했는데, 약속 시각에 상대가 와 있지 않으면 설레지 않아? 어느 쪽에서 올까? 어떤 표정으로 올까? 만나면 내게 무슨 말을 할까? 그런 상상을 하면서 오른쪽을 보고, 왼쪽을 보고, 시계를 봐. 그걸 되풀이하는 게 즐거워." 나는 전혀 공감할 수 없었다. 기다림은 괴롭거나, 불안하거나, 짜증스러울 뿐이다. 때로는 서글프기도 하다. 그때는 사람 감성은 참 다양하다고 생각했는데, 나중에 그에게 가족을 버리고 집을 나간 어머니가 있다는 사실을 알았다. 어렸을 때 헤어진 어머니는 생사도 알 길이 없었지만, 그는 언젠가 돌아오리라 믿고 기다렸던 것이다. 괴로운 이야기라고 생각하면서도 "기다리는 건 즐거워. 전혀 괴롭지 않아"라고 했던 그의 말이 뇌리에 되살아나 뱅글뱅글 맴돌았다. 나는 기다릴 가치가 있는 대상을 갖지 못했을 뿐일지도 모른다는 것을 깨달았다. 그 순간, 뭔가를 애타게 기다려보고 싶었다. 애타도록 격렬하게 뭔가를 기다릴 수 있다면 고독하지 않을지도 모른다. 그렇다, 나는 그때도 고독했다.

　이나코시는 동료가 살해당한 바로 그 자리에 서서, 공포도 잊고 보초 업무를 수행하며 "아직 재림 없음"이라고 성실하게 보고한다. 어리석은 게 아니다. 비로소 깨달았다. 고독에 과민하게 반응하는 나야말로 인류협회의 이상적인 회원일지 모른다. 그들은 타인이 아니다. 나의 일부다.

"피곤하죠. 괜찮아요?"

후부키가 격려하자 이나코시는 성스러운 동굴에서 눈을 떼지 않고 주먹을 움켜쥐었다.

"이 정도는 아무것도 아닙니다. 아침까지 맡기셔도 됩니다."

"그렇게 고된 업무를 강요할 수는 없죠. 화장실도 가지 않고 철야할 셈인가요? 날짜가 바뀌기 전에는 교대할 직원을 보내겠습니다. 근무 순서가 엉망이 되었으니 누가 될지 아직 못 정했지만."

"이 자리를 양보하기 싫을 정도입니다. 협회는 지금이 고비입니다. 지금 버텨내지 못하면 인류의 희망이 꺾이고 맙니다. 제가 할 수 있는 일은 미약하지만 최선을 다하겠습니다. 도움이 되고 싶습니다."

꼬리를 흔드는 충견이 따로 없다. 비장하기까지 하다. 인류협회에 잠시 마음을 빼앗겼지만, 그런 공감은 또다시 사라졌다.

"그런데 국장님, 범인은 알아내셨습니까?"

이나코시도 성미가 급하다.

"아직이에요. 우스이 국장이 직원들 이야기를 듣고 있습니다."

"제 이야기를 들으러 아까 이쪽에도 오셨습니다. 빠짐없이 메모하시더군요."

"에가미라고 합니다." 부장이 말을 걸었다. "국장님은 뭘 메모하셨던 걸까요? 이나코시 씨는 어떤 이야기를 하셨습니까?"

"아까는 실례했습니다. 고압적인 태도를 보여 죄송합니다. 5시부터 5시 반 사이에 보고 들은 것을 전부 말씀드린 것뿐입니다. 저는 5시까지 집무실에서 사무를 보았습니다. 일을 마치고 책상 위를 정돈하고, 집무실에서 나오니 약 5시 10분. 그리고 화장실에 들렀다가 제 방으로 돌아갔는데…… 화장실에 간 게 화근이었습니다. 버릇 때문에, 집무실에서 가장 먼 화장실을 이용했습니다. 대기실에 가까운 화장실입니다. 사람이 없어 마음이 놓여서, 좋아하거든요."

"쓰바키 씨도 그 화장실을 썼는데 마주치지는 않았습니까?"

"예."

쓰바키가 그 화장실을 이용한 것은 5시 반이 다 되었을 때였다. 마주쳤을 리 없다는 것을 잘 알면서도 물어본 것이리라.

"우스이 국장님이 '자네는 범행을 저지를 기회가 있었겠군'이라고 판단해 그 자리에서 용의자가 되고 말았습니다. 우스이 국장님은 열 명 정도로 추려낼 수 있겠다고 말씀하셨는데, 빨리 진범을 찾아내주지 않으면 도무지 불안해서."

거기까지 추려낼 수 있다는 건 수사가 차근차근 풀리고 있다는 뜻이다. 쓰바키가 흥분했다.

"대단한데, 그 선글라스 재무국장! 그 용의자 열 명이라는 건 누구누구지?"

"자세한 이야기는 못 들었으니 직접 여쭤보십시오. 그 안에는 후부키 국장님과 유라 주사님도 계시니 마음이 든든합니다."

"시시한 농담은 됐어요." 후부키가 두 손으로 허리를 짚었다. "그보다 에가미 씨에게 여쭤볼까요. 이 방에 비디오테이프가 있다고 생각한다더니, 어디에 있다는 거죠? 보초대의 공테이프가 마음에 걸렸던 모양이니 그걸 먼저 확인해볼까요?"

"아니요. 여기서 봐도 단단히 포장되어 있는 줄 알겠으니 그럴 필요는 없습니다."

"그럼 어디죠? 물건을 감출 만한 장소는 없어 보이는데요."

"여러분이 보지 않으려 할 뿐입니다. 저기에 숨길 수 있습니다."

에가미 선배가 성스러운 동굴을 똑바로 가리키자, 후부키가 눈을 가늘게 떴다. 두 손은 여전히 허리에 대고 있었다.

"성스러운 동굴 안에 테이프를 감췄을 거라고 말씀하시는 거군요. 그런가요?"

"그런 말을 할 때가 아닙니다." 쓰바키가 말했다. "저도 에가미 씨가 지적할 때까지 무심코 놓치고 있었습니다. 맞아요, 이 동굴이 있었어. 범인은 두 개의 테이프를 품속에 넣고 관내를 돌아다닐 필요가 없었어요. 기계에서 꺼낸 다음, 저 동굴 안쪽에 숨기는 거로 충분했어요. 거기에 생각이 미치지 못했던 건 당신들이 저 동굴에 종교적인 의미를 덕지덕지 처발라서 불가침 성역이라고 했기 때문이오. 거기에 넘어가 우리까지 여기가 눈에 보이지 않았으니, 어이없는 일이로군."

쓰바키의 말이 백 번 천 번 맞다. 나도 성스러운 동굴이 눈에 들어오지 않았다. 눈앞에서 이렇게 입을 쩍 벌리고 있었는데.

"좋네요. 이거 점점 재미있어지네. 에가미 씨의 추리가 적중했는지 확인해봅시다. 보초대에 회중전등이 있었잖아요. 그걸 들고, 당장……."

손을 비벼대는 아라키에게 후부키가 날카롭게 외쳤다.

"안 됩니다! 저기에는 한 걸음도 들어갈 수 없어요. 누구도 들어간 적 없는 영역입니다."

"협회 여러분이 겁이 나서 잘 안 들어간다는 건 알고 있어요. 하지만 우리가 조사하는 건 문제없잖아요? 불상을 옮기거나 청소할 때 스님이 부처님 영혼을 미리 빼놓는 것처럼, 주문 같은 걸 외워주면 되겠네요."

"회원이든 아니든, 들어갈 수 없습니다. 저희 신앙의 뿌리와 얽힌 문제니 절대 허락할 수 없어요. 주사, 사람들을 불러와요."

새파랗게 질려 달려가려는 유라를 에가미 선배가 불러 세웠다.

"기다리십시오. 절대 허락할 수 없다고 하는데 강행돌파할 생각은 없습니다. 여러분께 두고두고 원망을 사고 싶지는 않으니까요. 그렇죠?"

마지막 질문은 쓰바키와 아라키에게 던지는 말이었다. 나하고도 눈이 마주쳐, 일단 고개를 끄덕였다. 적진 한복판에 있으니 신변의 안전을 위해서도 경거망동은 자제해야 한다.

"당신을 믿겠어요." 유라는 그렇게 말하더니 집게손가락을 들이대면서 방 가운데로 돌아왔다. 에가미 선배는 두 손을 들고 물었다.

"성스러운 동굴에 들어가는 건 절대 금기란 말이군요. 예외적인 경우는 없습니까?"

"없습니다. 국장님이 말씀하신 대로 신앙의 뿌리에 얽힌 금기입니다. 그러니 어처구니없는 말로 사람 놀라게 하지 마세요."

쓰바키는 아쉬운 기색으로 성스러운 동굴의 어둠을 바라보았다. 그런 그를 후부키가 날카로운 눈빛으로 감시했다. 불온한 행동을 하면 몸을 날릴 기세다. 에가미 선배는 앞만 바라보고 있는 남자에게도 물었다.

"여성 간부 두 분은 이렇게 말씀하시는데, 실제로도 그렇습니까? 이나코시 씨의 의견도 듣고 싶습니다. 신앙심이 굳건하지 않은 회원이라면 살짝 들어갔다가 나올 수도 있는 것 아닌가요?"

"국장님과 주사님 앞이라 이렇게 말하는 게 아니라, 사실이 그렇습니다. 그런 일은 있을 수 없습니다. 당신은 제 귀를 잡아 뜯어 먹으려 한 적이 있습니까? 그런 생각은 해본 적도 없겠지요? 그것과 똑같습니다. 여기 있는 사람이라면 감히 그런 생각은 하지도 못합니다."

이상한 비유를 하는 사람이다.

"폭탄 소동 때도 이곳에는 경찰의 출입을 허락하지 않았습니다." 후부키가 말했다. "우스이 국장이 몸을 던져 저지했어요. 만약 폭발하더라도 건물 전체에는 영향이 없을 거라고요. 수사원들은 폭발해도 자기들은 모른다고 하면서 물러났다고 합니다. 여러분도 들어갈 수 없어요."

에가미 선배가 세운 가설의 시비는 가릴 수 없겠다. 그래도 아쉬워서 나도 한마디 했다.

"이 본부에 있는 협회 직원들이 전부 굳건한 신앙심을 가지고 있다는 증거가 어디 있어요? 겉으로는 경건한 신자처럼 보여도, 그 내면까지는 알 길이 없잖아요?"

"억지로밖에 들리지 않는군요." 유라가 반박했다. "그건 당신 상상 속에서나 존재하는 사람이에요. 우리는 압니다. 그런 사람은 절대 없습니다."

내면까지 알 수는 없을 텐데. 유라는 거듭 말을 이었다.

"물리적으로는 성스러운 동굴에 출입할 수 있어도, 심리적으로는 불가능해요. 만약 테이프를 저 안에 숨긴 사람이 있다면 그건 저희 협회 직원이 아닙니다. 손님 여러분 가운데 누군가가 그랬다는 뜻이 됩니다."

얌전히 있던 쓰바키가 머리를 긁적이며 말했다.

"훌륭한 추리라고 생각했는데 아무래도 괜히 벌집만 쑤신 모양이야, 에가미 씨. 우리는 테이프를 숨길 기회가 없었으니 결백하다고 주장했는데, 형세가 불리해졌군. 테이프를 숨길 수 있는 곳이 성스러운 동굴뿐이라면, 우리 안에 범인이 있다는 뜻일세. 제 무덤을 파버렸어."

아라키가 덩달아 투덜거렸다.

"추리소설연구회 부장님이라 믿었더니만, 아무래도 빛 좋은 개살구였나 봅니다. 결과적으로 우리가 불리해졌어요. 앞으로는 손익도 고려해서 발언해주면 좋겠네요."

부장은 태연했다.

"손익을 고려하면 멀리 둘러가게 될지도 모릅니다. 게다가 제 발언 때문에 저희가 불리해졌다고 생각하지는 않습니다. 아리스가 말처럼, 신앙심을 거짓으로 가장한 직원이 있을지도 모르니까요. 하지만 협회 여러분은 그 가능성을 완강하게 부정하시겠지요. 피할 수 없는 견해차이니, 아무리 입씨름해봤자 제자리걸음일 뿐입니다."

에가미 선배를 엄호하기 위해 나도 고양이 펀치를 휘둘렀다.

"실제로 신앙심을 거짓으로 가장한 협회 직원이 있을지도 몰라요. 협회는 경비에 인력을 배치하고 비디오카메라까지 설치해가며 외부의 적을 막기 위한 대책을 세웠잖아요. 협회에 등을 돌린 예전 회원이나, 어쩌면 이미 지구에 왔을지 모를 사악한 외계인의 공격에 대비한 조치였죠. 적의 침입은 그렇게 막을 수 있을지도 모르지만, 상대가 내부에 바이러스를 퍼뜨리지 않았다고 누가 장담할 수 있겠어요? 직원 중 누군가가 세뇌당해 스파이가 되었을 가능성은 없나요?"

후부키는 끄떡도 하지 않았다.

"이단파 스파이가 있었다 해도 역시 성스러운 동굴에는 들어갈 수 없어요. 그들과 우리의 신앙은 한 뿌리에서 나왔으니까요. 들어가려고 해도 제동이 걸려 몸이 움직이지 않을 겁니다. 비합리적이고 어리석은 강박관념에 지나지 않는다고 생각하겠지만, 사실이 그렇습니다."

"스파이는 신앙심이 전혀 없을지도 모르잖아요. 가령 파괴공작원이나."

"그런 사람이 있다고 말씀하시려면 근거를 바탕으로 지적하세요. 그럴 수 있겠어요?"

"지금은 불가능합니다."

물러설 수밖에 없었다.

나는 무력감을 억누르며 하얀 선에 바싹 다가가 동굴 안을 노려보았다. 실내 불빛이 닿는 범위에는, 아무것도 없었다. 이 바람구멍에 테이프가 숨겨져 있다 해도 단순히 하얀 선 안쪽에서 휙 집어 던진 건 아니라는 뜻이다.

"이제 만족하셨겠죠? 그만 나갑시다. 이성을 잃은 분이 불경한 행동을 하기 전에. 자, 나가요."

이것은 국장 명령이었다. 새장에 갇혀 있다는 사실을 다시금 떠올렸다. 나는 순순히 하얀 선에서 물러났다. 뒤를 돌아보니 보초대에 우뚝 선 이나코시가 바로 옆에 있었지만, 그와 나의 시선이 마주치는 일은 없었다. 작은 나리는 여전히 싱글거리는 입매로 오로지 성스러운 동굴만 바라보고 있다. 처음으로 그 표정이 오싹하게 느껴졌다.

"여러분은 일단 방으로 돌아가시지요. 많이 늦었지만 저녁식사를 마련해놨을 겁니다. 아직 궁금한 점이 많을 테니 나중에 유라를 보내 우스이 국장의 조사결과를 설명해드리죠. 그럼 되겠습니까?"

되고 자시고, 거역할 수 있는 상황이 아니었다.

긴 복도로 나가자 앞뜰 쪽으로 난 창문이 하얬다. 어둠이 지워진 것이다. 안개다. 주위에 자욱하다.

탄식하는 쓰바키.

"세상에. 한 치 앞도 안 보이는군. 말 그대로 오리무중인가."

웃을 수 없는 농담이다.

7

손꼽아 기다렸던 소풍날 아침, 심술궂게 쏟아지는 비를 원망했다. 어째서 이럴 때 오는 거야.

"주운 자리에 돌려놓고 오너라." 아버지가 시키는 대로 강아지를 공원에 두고 돌아왔을 때, 갑자기 떨어지는 눈을 원망했다. 어째서 이런 밤에.

"이럴 때 안개라니. 가미쿠라 명물이라지만 기분이 좋지는 않네."

모치즈키가 창가에서 중얼거렸다.

동감이다. 어째서 이럴 때…….

"탑 그림자도 안 보여."

굳게 닫힌 '여왕국의 성'.

그 '성'을, 짙은 안개가 더욱 굳게 닫아버렸다.

제9장
스타십

1

VIP룸이라는 이름이 무색한 감옥으로 돌아가자 아오타 요시유키와 히로오카 시게야가 있었다. 모치즈키, 오다, 마리아와 커피를 마시며 험악한 분위기도 없이 이야기를 나누고 있다. 모두 비슷한 또래라 서클 친구가 담소를 나누는 것처럼 보이기도 했다. 왜건 위에 나와 에가미 선배 몫의 식사가 보자기로 덮여 있었다.

"어땠어요?"

모치즈키의 첫 마디. 에가미 선배는 짧게 대꾸했다. "밥부터." 많은 일이 있었다는 피로감과 함께, 나도 허기를 느꼈다. 이제 곧 9시다.

"밥 먹으면서 떠들지 않을 정도의 예절 교육은 받았지만, 오늘만큼은 잊겠어. 질문하고 싶을 때는 이야기가 끊길 때 잘 맞춰서 스마트하게 물어볼 것. 내 설명이 부족하면 아리스가 옆에서 보충해줘."

에가미 선배는 젓가락과 숟가락을 써가면서 이야기했다. 다행히 메뉴는 시모자와의 식사보다 나았다. 그래 봤자 학생식당 정식에 가까운 수준이었지만.

일동은 범인을 직접 찾아낼 때까지 경찰에는 신고하지 않겠다는 협회의 결단에 할 말을 잃었고, '성'이 봉쇄되었다는 사실에 분노했고, 비디오테이프의 행방이 문제가 되자 신음을 흘렸고, 탑에 올라갔다는 말을 하자 재미있어했고, 성스러운 동굴을 조사할 수 없다는 점을 아쉬워했다.

"허, 지금 상황이 그렇습니까? 큰일이네요."

가장 먼저 대답한 사람은 히로오카였다. 느긋한 말투에 가벼운 반감이 일었다. 마리아도 그런 모양이다.

"큰일이라니, 남의 일처럼 말씀하지 마세요. 협회의 비상식적인 판단을 직원인 히로오카 씨는 어떻게 생각하죠? 상사가 결정한 일이라는 말로 끝인가요?"

"예, '상사가 결정한 일'입니다. 조직의 일원이니 그렇게 받아들이는 게 옳아요. 개인적인 의견은 '경찰 신고가 늦어지면 일이 번거로워지겠군'입니다. 하지만 플러스와 마이너스를 저울에 달아 종합적으로 판단한 거겠지요. 제가 모르는 사정이 있을지도 모르고, 일단 지금은 상부를 믿을 수밖에 없습니다. 그렇지?"

옆자리의 아오타는 마리아의 눈치를 보면서 끄덕였다.

"그렇군요. 하지만 히로오카 씨나 아오타 씨에게는 상사라도, 외부인인 저희에게는 아니에요. 구속당하는 건 질색이에요. 이게 무슨 손님 대접이야."

두 사람은 잠자코 아가씨의 분노를 견뎌냈다. 그래, 실컷 말하게 가만히 있어라.

"조사 상황을 알려주겠다고는 했지만, 모처럼 이 자리에 히로오카 씨와 아오타 씨가 계시니 두 분이 아는 사실을 가르쳐주세요. 사건 당시 어디에 계셨죠?"

히로오카가 망설이지 않고 이야기해주었다.

"B동 연구실에 있었으니 알리바이는 완벽했지만 5시 전에 어슬렁어슬렁 동쪽 날개로 갔습니다. 우스이 국장님이 불렀거든요. 국장님 방에서 커피를 얻어 마시고, 5시 반 가까이 이야기를 나누었습니다. 용건은 외부 손님들께는 말씀드리기 어려운 경리 문제였습니다. 숨길수록 더 궁금하다면, 우스이 국장님께 여쭤보십시오. 그런 연유로 저와 국장님은 서로 알리바이를 증명할 수 있습니다."

우리도 그 말을 곧이곧대로 믿을 만큼 순박하지 않다.

"말씀 도중에 다른 사람이 들어오지는 않았나요?"

"음, 저와 국장님이 입을 맞춘 건 아닌가 의심하는 겁니까? 그렇게 말씀하시면 반박할 말이 없네요. 밀실에 단둘만 있었으니……. 어라, 이 표현은 뭔가 외설스럽네. 상대가 우스이 국장님이라 다행이군요."

아무래도 찜찜했지만 무턱대고 거짓말쟁이로 취급할 수도 없어 아오타에게 똑같은 질문을 해보았다.

"저는 4시 넘어서 이곳 객실 층을 청소하고, 5시 전에 메인동으로 내려갔습니다. 정시에 퇴근하는 사람에게 빌린 책을 돌려주려고요. 무슨 책이냐고요? 그런 것까지 묻다니, 독서 서클 분들이라 역시 다르군요. 필립 K. 딕의 《스캐너 다클리》입니다. 예, SF를 좋아하거든요. 특히 딕을. 아리마 씨도 좋아한다고요? 훌륭하죠. 음모가 소용돌이치는 그 세계관이 일품입니다."

이미지와 조금 다른 사람이었다.

"아오타 씨는 SF 팬이라서 회원이 되신 건가요?"

"SF는 순수한 오락거리로 읽을 뿐, 신앙과는 관계가 없습니다. 형사가 여가로 추리소설을 읽는 셈…… 그것하고는 또 다른가? 어쨌거나 SF 팬이라고 할 정도는 아닙니다. 딕 외에는 별로 읽지도 않고요."

"이 사람은." 히로오카가 엄지손가락으로 아오타를 가리켰다. "꽤 비극적인 경위로 입회했어요. 내가 비극적이라고 단정하는 건 실수인가. 미안."

"아니, 사과할 필요 없어. 천체 마니아인 자네처럼 우주나 UFO에 낭만적인 꿈을 품고 입회한 건 아니니까."

인류협회는 입회 동기에 따라 회원 타입이 나뉘는 모양이다. 세련된 유행에 끌려 다가오는 지지자를 제외하면 첫 번째 타입은 아오타의 표현을 빌리면 '우주나 UFO에 낭만적인 꿈을 품은' 사람들로, 대중문화로서의 오컬트 팬을 포함한다. 두 번째는 기존 종교에 만족하지 못한 사람들로, 새로운 종교를 오락가락하는 유일신 중독자가 많다. 세 번째는 노사카 미카게에게 매료된 사람들인데, 말할 것도 없이 가장 오래된 회원들이다. 회조의 예언을 의심 없이 믿고 숭배하는 것도 이 타입이다.

그런데 아오타의 비극적인 체험이란……

"좀 더 일찍 천명개시회에 들어갔으면 좋았을 텐데, 후회가 됩니다. 미카게 님께서 귀한 말씀을 해주셨는데, 아버지가 귀를 기울이지 않았어요. 처음부터 그 말씀을 따랐다면 어머니에게 검진을 권해 병도 조기에 발견해 올바른 치료법을 선택할 수 있었는데. 아버지를 원망해봤자 도리가 없습니다만……."

가네이시 겐조라는 영감님께 들었던 이야기를 떠올렸다. 천명개시회를 주재했던 미카게는 유독 불길한 예언을 쏟아내고 다녔다는데, 아오타의 어머니에게는 때 이른 죽음을 예언했던 것이다. 그것이 적중했다. 그는 열 살 나이에 어머니를 여의었다. 내가 볼 때는 우연일 뿐이지만 그는 통한스럽기 그지없는 아버지의 태만을 후회했고, 뒤늦게나마 인류협회에 입회한 것이다.

"가미쿠라는 어머니의 고향이었습니다. 어머니가 돌아가신 뒤, 아버지는 이곳에 정이 떨어져 저를 데리고 고향인 기후로 이사를 갔습니다. 거기서 작은아버지 회사를 도우며 가난하나

마 자리를 잡고 살았는데, 3년 전 교통사고로 타계했습니다. 지지리 복도 없는 분이셨죠."

안됐다. 고등학생이었던 그는 아버지도 잃고, 미카게의 예언을 경시한 것이 불행의 시작이라고 생각해 당장 인류협회에 들어갔다. 그리고 졸업 후 본부에서 일하고 싶다는 요청이 받아들여져 이곳으로 돌아왔다.

"가미쿠라가 고향이니 요청이 쉽게 통한 거겠죠. 처음으로 제 바람대로 되었습니다. 여기로 돌아올 수 있어 마음이 평온합니다."

슬픔은 치유된 걸까? 그렇다면 인류협회는 적어도 아오타 요시유키를 구원한 셈이다.

"그런데 히로오카 씨는 UFO 마니아였다고요?"

모치즈키가 물었다.

"UFO 자체에 큰 관심을 가진 적은 없습니다. 다른 별의 지적 생명체가 몰래 지구에 내려오는데 설마 불빛을 반짝거리면서 밤하늘을 날겠습니까? 여기서만 하는 얘기입니다. 하하. 하지만 외계인의 존재는 의심하지 않아요. 제 뿌리는 칼 세이건 박사가 감수한 텔레비전 프로그램 〈코스모스〉입니다. 그게 방송된 게 80년이었으니, 제가 열 살 때였죠." 다마즈카 마사미치가 밀실에서 죽은 이듬해다. "우주나 별 이야기라면 사족을 못 써서, 어린이답지 않은 지식이 있기는 했지만 역시 열 살 초등학생에게 최신 우주론은 어려웠죠. 그때는 참신했던 컴퓨터 그래픽을 구경하는 데 그쳤어요. 하지만 세이건 박사의 이 말을 잊을 수가 없었죠. 우주에 있는 항성의 수가 지상의 모든 모래알 숫자보다 훨씬 많다니! 졸도할 뻔했어요. 그리고 확신했죠. 아아, 그렇다면 외계인이 없을 리 없다. 지구보다 훨씬 진보한 문명이 우주 어딘가에 분명히 있다. 우리에게는 신에 가까운 생물도 분명 있을 것이다. 예, 그렇습니다. 저는 어렸을 때부터 신은 그런 존재라고 생각해왔습니다. 신은 인간의 나약함이 만들어낸 허구에 지나지 않지만, 그것을 대체할 다른 생물이 실재해도 이상할 것 없다고요. 패트 씨도 비슷한 생각을 갖고 있습니다."

"인간과 흡사한 외형을 가지고, 페리파리라고 이름을 밝혔다는 외계인 이야기도 믿습니까?"

"저는 회원이에요. 믿지 않는다면 여기 있지도 않지요."

어째서 그렇게 되지? 과학의 세기에도 범람하는 오컬트를 우려한 세이건 박사가 들으면 깊이 탄식할 것이다.

우스이와 후부키, 유라, 다른 회원들의 입회 경위도 물어보고 싶었지만 이쯤에서 제자리로 돌아가야겠다.

"어, 아오타 씨는 빌린 책을 돌려주고……."

"아뇨, 그게, 돌려주지 못했습니다. 상대가 감기 때문에 조퇴했거든요. 여기저기 찾아다니다가 복도에서 만난 유라 씨에게 그가 벌써 돌아갔다는 이야기를 듣고 다시 C동으로 올라갔습니다. 그게 답니다. 여기 있으면 외톨이라, 도이 씨가 살해당했다는 건 6시 반이 지나 혼조 씨에게 들을 때까지 전혀 몰랐습니다."

"그렇다면 알리바이는, 없다?"

"그런 셈이죠. 집무실을 둘러봤지만 책을 돌려줄 상대가 없어 문고본을 들고 동쪽 날개 끝자락까지 어슬렁댔으니까요."

"대기실에는 가지 않으셨나요?"

"지나가는 길에 가볍게 들를 곳이 아니니까요. 용건도 없는데 왜 들르겠습니까. 그 앞까지는 갔어요. 5시 1, 2분쯤이었을까. 보초 업무를 마치고 대기실에서 나온 마루오 씨가 저를 보고 여, 하고 말을 걸었습니다."

"그때 마루오 씨에게 뭔가 이상한 점은?"

"없었어요, 딱히. 평소와 똑같았어요. 어깨가 굳었는지 걸어가면서 자꾸 어깨를 주물렀지만요. 아까 에가미 씨가 말씀하신 비디오테이프 같은 건 갖고 있지 않았습니다."

"대기실 근처에서 뭔가 마음에 걸리는 일은 없었습니까?"

"없었습니다. 그런 터라, 아마 제 이름도 용의자 리스트에 올라가 있을 겁니다. C동에서 계속 청소나 하고 있을 걸 그랬어요. 진범을 잡기 전에는 리스트에서 이름을 지워주지 않겠지요."

등이 구부정하고 얼굴이 갸름한 남자가 처량한 표정을 지었다. 협회의 입장을 염려할 여유는 없어 보였다.

에가미 선배가 커피를 새로 끓이러 갔다. 전기포트로 컵에 뜨거운 물을 붓더니 그대로 벽에 몸을 기댔다. 한 손에 컵을 든 채로 협회 내부 사정을 넌지시 떠보려 했다.

"살해당한 게 도이 겐사쿠 씨였다는 사실에, 뭔가 떠오르는 점은 없으십니까? 원한을 살 만한 인물은 아니었다는 평가를 들었습니다만."

두 사람 다 짐작 가는 구석은 없는 것 같았다.

"도이 씨라서 살해당한 것 같지는 않아요." 히로오카가 말했다. "다툼이나 충돌과는 인연이 없는 사람이었거든요. 원한이 동기는 아닐 겁니다."

"원한이 아니면 뭘까요. 이해관계의 대립?"

"글쎄요. 여기 모인 사람들은 종교인들이고, 인류의 구원을 소망하는 사람들입니다. 세속적인 욕망은 버렸어요. 최대의 소망은 오로지 페리파리의 재림이니, 복잡한 이해관계는 없습니다."

"표면적으로만 그런 건 아닙니까?"

"아니요. 탐욕스러운 사람이라면 이런 산속 시설에 틀어박히진 않겠지요. 도시에서는 거품경제에 들떠서 모두 흥청망청하는데요."

"그런 사람만 있는 건 아니지만요. 아오타 씨도 같은 생각인지요? 하지만 속세를 등진 종교인의 모임에도 욕망이나 질투는 따라옵니다. 회조의 예언에 따르면 도이 씨는 협회의 미래를 짊어질 에이스였다던데요. 그 점을 불만스럽게 여긴 사람은 없습니까? 어째서 내가 아니라 저 녀석이, 하는 마음이 증오로 바뀌었는지도 모릅니다."

"천만의 말씀이라고 한사코 부정해야겠지만, 그런 회원이 절대로 없다고 단언할 수는 없겠지요. 하지만 어째서 도이 씨 같은 사람이, 라는 불평은 들어본 적이 없네요. 아니, 도이 씨만 그런 게 아닙니다. 회원들은 회조님이 지명한 사람들에게 경의를 표하고, 모두 존경하고 있어요."

"회조가 미래를 맡긴 회원은 전부 몇 명이고, 누구입니까? 비밀이 아니라면 말씀해주십시오."

아오타가 등을 구부리고 웅얼거렸다.

"비밀은 아니지만, 외부에 공표한 적도 없어서."

그래서 말할 수 없다고 거절하는 줄 알았더니, 그렇지도 않았다. 머뭇거리는 아오타 대신 히로오카가 대답해주었다.

"별지장도 없어 보이니 말씀드리겠습니다. 다섯 명입니다. 필두는 당연히 노사카 기미코 대표님이지요. 대표님을 보좌해 협회를 정상으로 인도할 사람이 시모자와 씨. 그다음이 유라 씨. 그리고 도이 씨, 마루오 씨. 이상입니다."

"노사카 대표 외에는 모두 만나본 분들이군요. 마루오 씨가 최연소 엘리트란 뜻인가요. 실례지만 마루오 씨가 들어 있다니 뜻밖이군요. 간부 후보가 정문 경비를 설 줄은 몰랐습니다. 조금 더 중책을 맡을 줄 알았는데."

"협회 업무는 전부 중책입니다. 게다가 마루오 씨는 성스러운 동굴의 보초 업무도 맡은 분입니다. 훌륭한 분이지요. 저 같은 건 보초대에 서지도 못하는걸요."

"보초대에 설 수 있는 사람이 부러우십니까?"

"각자 맡은 소임이 있으니 부러울 것도 없습니다. 그렇지?"

아오타가 아이처럼 끄덕거렸다.

"그랬던 도이 씨가 불우한 죽음을 맞이했습니다. 협회 입장에서는 심각한 사태겠군요. 아니면 다른 후보가 있습니까?"

"회조님은 예비 후보를 예언하지는 않으셨지만, 우수한 누군가가 올라가서 장래에 도이 씨에게 약속되었던 지위에 오르겠지요. 저는 관심 없습니다만."

"어째서입니까? 속세를 등진 종교인에게도 출세 욕구는 있을 텐데요. 자연스러운 일이라고 생각합니다."

"제게는 없어요. 페리파리가 재림해, 인류가 새로운 무대로 올라가는 순간을 지켜볼 수 있다면 그걸로 족합니다. 그 중요한 사건에 스태프로 관여하고 싶은 것뿐입니다."

"아오타 씨도 그렇습니까?"

"예. 저는 리더십이 없어서, 리더를 도울 수만 있다면 행복합니다. 제 분수는 제가 잘 압니다."

"도이 씨가 사망하면 누가 그 자리에 올라갈 것 같습니까?"

역시 이 질문에는 두 사람 다 대답을 꺼렸다. 이야기의 흐름으로 보아 그 인물이 의심을 사게 되면 곤란하다고 생각한 것이리라. 실제로 지금 이 시점에서는 누군지 예상하기 어려울

지도 모르지만.

아오타가 벽시계를 흘끔거렸다. 덩달아 그쪽을 본 히로오카가 팔꿈치로 동료를 쿡쿡 찔렀다.

"어이, 슬슬 돌아갈까? 생각보다 오래 있었네."

"그래, 가야지. 우리가 여기 있는 줄 모르고 누가 찾고 있을 수도 있고 남은 일도 있으니. 손님에게서 회수한 설문지가 쌓여서 빨리 집계해야 해."

"그런 자잘한 일은 서두를 필요 없잖아. 잡일로 기분전환하려고? 그럼 난 관내를 돌며 정보를 수집해볼까. 아무리 위에서 정한 일이라지만, 사람이 살해당했는데 경찰에 신고하지 않는 건 아리마 씨 말대로 문제가 될 것 같아. 그렇지?"

아오타가 입을 꾹 다물자 히로오카는 쓴웃음을 흘렸다.

"노코멘트야? 그럼 여러분 편히 쉬시라는 말도 이상하지만…… 뭐라고 말해야 될지 모르겠군요. 푹 주무시라는 말이면 되나? 그럼 이만."

9시 35분이었다.

2

두 사람이 나가자, 늦은 감은 있지만 옆자리의 오다에게 물어보았다.

"진짜 오래 있다 가네요. 저 사람들, 이 방에서 뭘 한 거예요?"

"저쪽 입장에서는 농땡이려나. 우리 입장에서는 정보수집이고. 말은 그렇지만 대기실 사건은 저 사람들도 아는 게 없어 보였으니, 11년 전에 있었던 수수께끼의 밀실 사건 이야기를 더 오래 했어."

"이렇게 바쁠 때 그런 얘기가 왜 나왔어요?"

"어쩌다 보니? 저 둘은 가미쿠라 사람이라 사건을 잘 알고 있더라고. 당시에는 초등학생이었던 데다, 쓰바키 씨에게 들은 이야기와 거의 똑같았지만."

"밀실은 나중에." 마리아가 선언했다. "그 문제는 '성'에서 나간 다음에 고민해요. 지금은 자유를 되찾는 게 먼저예요. 그걸 위해 범인을 찾아야죠."

"맞아. 하지만 큰 문제가 있어."

모치즈키가 단호하게 말하자 마리아가 두 손을 내밀어 발언권을 넘겼다.

"이런 상황에서 과연 범인을 찾아낼 수 있을까? 우리는 갇힌 상태야. 건물 안을 자유롭게 돌아다닐 수도, 관계자의 이야기를 들을 수도 없어. 들어오는 정보는 전부 협회를 경유한 내용이고, 그 진위 여부를 확인할 방법도 없어. 하나부터 열까지 엉터리일지도 모른다고. 엘러리 퀸이 여기 있어도 손수건으로 눈물을 훔치며 포기 선언을 하지 않을까?"

"데이터를 확인할 길이 없는 이상은……."

"토대 없이 집을 짓는 꼴일까요."

오다와 마리아는 잔뜩 풀이 죽은 모습이었다. 하지만 에가미 선배는 그런 나약한 마음을 단숨에 씻어주었다.

"손수건은 넣어둬. 협회가 제공해주는 정보는 일단 의심하는 게 무난하겠지만, 전부 새빨간 거짓말은 아닐 거야. 협회는 그들 나름대로 진지하게 범인을 찾고 있어. 우스이 국장이 용의자를 열 명으로 좁혔다는 말은 사실이겠지. 신빙성이 충분해. 잘 들어, 그들 입장에서 상황을 봐야 해. 시체를 발견했을 때 외부인이 셋이나 있었으니, 도이 겐사쿠가 살해당했다는 사실을 덮어버리지는 못해. 하지만 그다음은 새빨간 거짓말을 할 여지가 얼마든지 있었잖아. 그들이 가장 골머리를 앓고 있는 문제는 피해자뿐만 아니라 범인도 협회 직원일 공산이 크다는 점이야. 그 추문은 간단히 덮어버릴 수 있었어. 살인범은 본부 밖에서 들어와 밖으로 달아났다고 하면 그만이니까. 거짓말 한두 개면 끝날 문제야. 예를 들어 '뒷문 경비원이 습격을 당해 정신을 잃었는데, 비디오 감시를 소홀히 한 탓에 발견이 늦었다.' 이거면 끝나. 내 말이 틀려?"

그 말이 맞다.

"에가미 선배 말이 맞아요."

비관하고 있던 모치즈키가 시원스레 인정했다. 오다와 마리아도 고개를 끄덕거렸다.

"좋아, 이제 알겠지. 협회 사람들은 진지하게 범인을 찾고 있어. 다만 이해할 수 없는 점은 있어. 그들은 범인을 직접 찾아내 경찰에 자수하도록 만들겠다고 했지. 하지만 그런 노력이 결실을 맺어도, 본부 안에서 협회 직원이 직원을 살해했다는 초대형 스캔들을 무마할 수는 없어. 경찰에 늑장 신고를 했다는 것만으로도 사회의 비난을 받겠지. 협회 간부들이 그 정도도 모를 리는 없는데."

"패닉에 빠진 거예요." 오다가 말했다. "흥분이 가라앉으면 이대로는 불상사를 불상사로 덮는 꼴이라는 걸 깨닫지 않을까요?"

모치즈키는 회의적이었다.

"그럼 다행인데. 난 두 가지 면에서 걱정 돼. 첫 번째는 미카게 님과 UFO라면 사족을 못 쓰는 그들에게 애초부터 어른의 상식이 있을 것인가. 여기는 이상한 나라잖아."

"두 번째는?" 마리아가 물었다.

"협회에서 뭔가 위험한 문제를 숨기고 있는 걸지도 몰라. 굳이 단적인 표현을 쓴다면 가령 국가 전복을 노리는 대규모 테러라던가. 안티 인류협회를 표방하는 사람들 중에는 그들이 언젠가 세계정부 수립을 목표로 한 쿠데타를 일으킬 거라고 보는 견해도 있어. 이 본부에서 그 계획을 짜내고 있는 건지도 모르지. 그래서 경찰을 부르기를 거부하는 거야."

스케일이 거대한 망상이다. 아무리 그래도 설마 그건 아니겠지.

"아리스, 입이 근질근질한가본데."

"하아. 설마 국가 전복이라는 말이 튀어나올 줄은 몰라서요. ……현실성 있는 얘기예요?"

"없지는 않아." 오오, 자신감 넘치는데. "인류협회를 외계인이나 UFO를 장난감 삼아 노는 오타쿠 수준의 종교 서클이라고 우습게 보면 큰코다칠지도 몰라. 여기서 그들을 직접 만나 이야기를 나눠보고 평범한 사람이라고 생각했지만, 슬슬 민낯이 드러난 거지."

"폭파 예고 소동 때 경찰이 왔었잖아요. 국가 전복 계획을 짜고 있었다면 그때 발각됐겠죠. 유라 씨가 투덜거릴 정도로 철저히 수색했다던데."

"교묘하게 은폐한 거겠지. 너는 일단 수색을 거쳤으니 문제없을 거라고 하지만, 경찰이 이곳을 조사하려 했던 배경이 불분명하잖아. 사실은 장난전화 같은 건 없었고, 당국의 자작극일지도 모른다는 소문이 있지? 그 말이 맞을지도 몰라. 협회가 불온한 동향을 보여서 그걸 감지한 공안 경찰이 급습했을 가능성이 있지. 하지만 협회가 한 수 위라 꼬리를 쏙 감춘 거야. 그게 진실일지도. 여러분, 의견은?"

마리아가 떨떠름하게 웃었다.

"인류협회에는 아직 속을 알 수 없는 부분이 있어서 저도 주목하고 있지만, 세계정부 수립을 노린 쿠데타나 국가 전복 계획은 아무래도 좀. 그 정도 힘은 없을 테고, 착실하게 발전하고 있는 지금 그런 모험을 할 필요도 없어 보여요."

파트너인 오다는 더욱 신랄했다.

"맛이 갔네, 너. 제정신으로 하는 얘기면 앞으로의 교우를 재고해야겠어. UFO 오타쿠교가 무슨 테러 계획을 세우고 있다는 거야? 도쿄 역 화장실 휴지를 몽땅 훔칠까? 교토 고쇼* 벽에 낙서라도 할까?"

"센서가 반응할 테니 낙서는 어렵겠지. 난 농담하는 게 아니야. 그들에게는 뭔가 켕기는 구석이 있을 거야. 도이 겐사쿠가 살해당한 동기도 그것과 연관이 있겠지. 피해자는 음모에 가담하기를 거부해. 경찰을 찾아가려 했던 게 아닐까? 그래서 말살당한 거라면…… 으음, 끔찍해라. 그렇죠, 에가미 선배?"

부장은 입술에 집게손가락을 세우더니 수첩에 뭔가 적어 모치즈키에게 건넸다. 들여다보니 이렇게 적혀 있었다.

'말을 가려서 해. 도청기가 설치되어 있을지도 몰라.'

모치즈키는 "윽!" 하고 신음하더니 입을 틀어막았다. 하지만 이미 엎질러진 물. 의혹을 실컷 지적한 뒤였다. 괴로운 표정을 짓는 그에게 에가미 선배가 말했다.

"진심으로 그렇게 생각한다면 조심하라고 말하고 싶었던 것뿐인데. 모두 한 배를 타고 있으니까. 농담이라니까. 테러 계획도 도청기도, 있을 리 없어."

---

*헤이안 시대부터 1869년 도쿄로 천도할 때까지 약 500년간 천황이 기거하며 공무를 보던 궁.

"어떻게 알아요?"

"곧 알게 돼. 그런 게 있었으면 우리 모두 살해당할걸. 문 두드리는 소리와 함께 처형인이 들어오면, 네가 옳았다고 인정할게."

그러자 오다가 헛기침을 했다. 뭔가 보여줄 셈인가보다.

"도이라는 사람을 누가 죽였는지, 그런 걸 추리할 생각은 없어. 그건 경찰이 할 일이니까. 우리가 할 일은 여기에서 빠져나가 경찰에 신고하는 일이야. 범인을 찾느라 머리를 굴릴 여유가 있으면 '성'에서 탈주할 작전을 세우는 게 낫지 않을까?"

그러자 마리아가 물었다.

"하지만 어떻게요? 생각하는 기계라는 별명을 가진 반 두젠 교수*한테도 벽찰걸요."

"너희는 일일이 명탐정 이름을 들먹이지 않으면 말을 못해?"

나는 그런 대화를 한 귀로 흘려들으며 생각했다.

도이는 테러 계획을 폭로하려다가 입막음으로 살해당했다. 황당무계하지만 말은 되는데, 모치즈키는 한 가지 문제를 간과하고 있다. 협회는 어째서 '이틀 후'라는 말을 했을까? 그 정도면 진범을 알아낼 수 있다는 예측 외에 다른 이유가 있지 않을까? 기한을 정한다는 건 뭔가를 기다리고 있다는 뜻이다. 그

---

*미국 추리소설 작가 자크 푸트럴의 작품에 등장하는 명탐정. 과학적 조사와 논리적 해석을 활용한 추리가 특기.

건 무엇일까? 거대한 UFO가 머릿속 창공에 떠올랐지만 그런 것일 리는 없다. 답이 궁금하다. 타임머신이 있다면 월요일로 날아갈 텐데.

잠깐.

이틀 후에는 커다란 이벤트가 있지 않았나? 그들이 직접 말해주었다. 그렇다, 서쪽 탑에 틀어박혀 있는 노사카 기미코가 하계로 돌아온다. '여왕'이 돌아올 때까지 시간을 벌고 싶은 건지도 모른다. 그렇다면 그 이유는?

아직 정답에 다다를 수는 없었다. 그래도 손끝을 조금만 더 뻗으면 뭔가에 닿을 것 같았다. 아까 모치즈키의 이야기 속에 중요한 키워드가 있었던 것 같은데.

그러니까, 그건…….

똑똑, 노크 소리가 났다.

"설마…… 처형인?"

웃으려던 마리아의 얼굴이 굳었다. 에가미 선배가 "들어오세요"라고 대답하자 문이 열렸다.

선글라스를 낀 국장이 서 있었다. 그 뒤에 마루오 겐. 두 사람 다 뒷짐을 지고 심각한 표정을 짓고 있었다. 그들의 뒤에도 인기척이 있었다. 디저트를 가져온 건 아닌 듯하다.

우스이 이사오가 방에 들어오지 않고 말했다.

"마침 다 계시는군요. 시간을 좀 내주셨으면 합니다. 자, 이쪽으로."

딱딱한 목소리였다.

3

우스이가 커다란 유리창 앞에 섰다.

창밖에는 밤하늘이 펼쳐져 있을 것이다. 하지만 오늘 밤은 자욱한 안개가 창밖을 하얗게 뒤덮어, 추상화를 등지고 있는 것 같았다. 꿈틀꿈틀, 울렁거리는 추상화다. 아니면 전위 영화일까? 그 흐름을 보니 서쪽에서 동쪽으로 약하게 바람이 불고 있었다.

마루오는 우스이의 왼쪽에 어깨 폭만큼 다리를 벌린 채 떡 버티고 있었다. 우리를 찾아온 뒤로 한 번도 입을 열지 않았다. 다만 눈동자만 쉴 새 없이 굴려서 한 줄로 나란히 앉은 우리를 똑바로 관찰 혹은 감시하고 있었다. 그의 긴장이 우리에게도 느껴졌다. 우스이의 입술이 움직였다.

"날이 맑으면 별이 가득한 멋진 밤하늘이 보이는데, 오늘 밤은 아무것도 보이지 않는군요. 하늘도 슬퍼하는 거겠지요."

아무래도 상관없는 인사치레다. 좀 더 시간을 절약해 사무적으로 말하는 타입일 줄 알았는데.

"여러분께 한꺼번에 말씀드리려고 전망 라운지로 모셨습니다. 이 정도 인원이면 스위트룸이라도 의자가 모자라니까요."

우스이와 마루오가 서 있어도 된다면 의자는 충분했다. 쓰바키와 아라키를 VIP룸으로 부르면 간단했을 텐데, 갑갑한 게 싫었던 모양이다.

"여러분의 붙잡아두어 죄송하게 생각합니다. 이미 후부키 국장이 설명했듯이 저희는 도이를 살해한 범인을 직접 찾아내기로 했습니다. 그리 오래 걸리지 않을 테니 조금만 참아주십시오. 요구 사항에는 가급적 응하겠습니다. 다만 외부와의 연락은 삼가주셨으면 합니다. 화를 내셔도 달게 받아들이겠습니다. 여러분께 불이익이 생길 경우 나중에 성심껏 보상하겠습니다."

이 점에 대해 의논할 여지가 없는 것은 분명했다. 아까까지와는 딴판으로 정중한 말투였지만 번역하자면 이렇다. "이 새끼들, 나가려고 하면 가만 안 둔다." 떡 버티고 선 마루오가 승복하지 않는 자에 대한 폭력을 암시하고 있었다. 그렇지만 정말로 우스이가 폭력을 행사할 생각이었다면 훨씬 많은 수의 회원들을 데려왔을 것이다.

"이건 애브덕션(abduction)이야."

아라키는 불쾌한 기색이었다. 구금이 길어지자 적개심에 더욱 불이 붙은 것 같았다.

"당신들, 작작 좀 해요. 계시자 페리파리가 울겠습니다. 사악한 외계인처럼 선량한 지구인을 납치하려 하다니."

애브덕션이란 외계인에 의한 납치를 말한다. 인간을 UFO로 끌고 가 신체검사를 하거나, 관찰용 전자칩을 몸속에 집어넣기도 한다. 아라키다운 욕설이다.

"저희도 애브덕션에 대해 연구하고 있습니다. 하지만 1961년
에 미국 뉴햄프셔 주에서 있었던 힐 부부의 유명한 사례로 볼
때, 저희는 의심할 여지없는 사실로 인정하지는 않습니다. 소
위 UFO 신화의 영역에서 벗어나지 않는 거죠."

살인사건이 없었다면 나는 지금 어이가 없어 피식 웃었을 것
이다. 협회 간부가 '소위 UFO 신화의 영역에서 벗어나지 않는
다'라는 표현을 쓰다니. 저런 사람이 페리파리를 믿는 게 용하
다.

"안타깝지만 저는 불평을 들으러 온 게 아닙니다. 아무 정보
도 없으면 여러분도 참을 수 없을 것 같아 보고하러 왔습니다.
서로 상대방의 입장을 이해해, 마찰을 줄이도록 애쓰고 싶습
니다."

"일단 말씀을 들어볼까요."

옆에 있던 쓰바키가 말하자 아라키도 물러났다.

"고맙습니다." 고개를 꾸벅 숙이는 우스이의 시선이 부자연
스럽게 움직였다. 손목시계를 훔쳐본 것이다. 우리 상대로 시
간을 오래 낭비하고 싶지 않은 걸까? 그렇게 생각한 순간……

머리 위에서 커다란 소리가 났다. 뭔가가 터진 것 같았다. 그
리고 몇 차례, 꽝음이 울렸다.

마리아가 발딱 일어섰다.

"폭탄……?"

우스이는 안심시키려는 듯 미소를 지었다.

"불꽃놀이입니다."

화려한 꽃잎이 안개 낀 밤하늘에 펼쳐지는 정경이 머릿속에 떠올랐다. 갑자기 불꽃놀이가 시작된 건가 싶었더니 소리가 이어지지는 않았다. 밤의 정적에 여운만 길게 남았다.

"어떻게 된 일이죠?" 에가미 선배가 물었다. "10시 정각에 터졌습니다. 매일 밤 항례 이벤트인 불꽃놀이는 11시 17분이었을 텐데요."

"예, 맞습니다. 오늘 밤 불꽃놀이는 특별합니다."

"도이 씨의 죽음을 애도하기 위한 겁니까? 그런 풍습이 있는 줄은 몰랐습니다만."

"추모 폭죽이라. 당신들은 정말 불꽃놀이를 좋아하는군." 쓰바키가 말했다.

에가미 선배는 앉은 채로 우스이를 똑바로 쳐다보고 있었다. 반항적으로 볼 수도 있는 강한 눈매였다.

"도이 씨의 죽음을 애도하기 위한 거냐고 물었는데, 긍정도 부정도 하지 않으시는군요. 저희에게 꼬투리 잡힐 말은 하지 않고 아리송하게 남겨두고 싶은 거겠지요. 다시 말해 저건 추모 폭죽이 아니라는 말입니다. 살인사건을 숨기려는 협회에서 사람이 죽었다는 걸 폭죽으로 '성 밖'에 알릴 리 없겠지요."

선글라스에 가린 눈이 에가미 선배를 똑바로 쏘아보고 있을 것이다. 우스이는 당황하지 않고 온화하게 대답했다.

"당신 말대로 추모의 의미로 '특별'한 게 아닙니다. 관내에 계셔서 못 보셨겠지만 지금 쏘아 올린 것은 제사국이 개발하고 있는 '스타십'이라는 폭죽입니다. 크기는 3호. 지상 120미터 상공에 '하늘의 배'를 수놓을 것입니다. 가을 희천제 때 선보일 예정입니다. 아직 시제품 단계인데, 오늘 밤은 그걸 실험할 예정이었습니다. 총무국과 제사국에서 연락을 받았습니다."

"살인사건이 벌어졌는데 중단하지 않았던 겁니까?"

"오해하지 마세요. 이럴 때 폭죽 실험을 할 것 같습니까? 저희는 정해진 시각에 폭죽을 쏘아 올립니다만, 담당자가 매일 밤 도화선에 불을 붙이는 게 아니라 컴퓨터로 제어하는 전기 점화 방식입니다. 오늘 밤 예정되어 있던 실험도 사전에 프로그램되어 있었을 텐데, 예기치 못한 사건이 발생한 데다 안개가 자욱하게 깔렸어요. 당연히 실험을 할 상황이 아니지만 동요한 나머지 중단하는 걸 잊었던 거겠지요."

"그에 비해 우스이 국장님도 마루오 씨도 놀라는 기색이 없더군요. 표정이 태연했습니다. 마치 폭죽이 터지는 걸 알고 계셨던 것처럼."

"놀랐고말고요. 어라, 하는 정도로는 놀랐습니다. 마루오도 제사국 실험은 잊고 있었을 테지만 불꽃놀이에 워낙 익숙해 태연했던 거겠지요. 원래 담이 크거든요."

마루오는 꼼짝도 하지 않고 우뚝 서서 우리를 쏘아보고 있었다. 설마, 갑작스러운 불꽃놀이로 손님들이 얼마나 놀랄지 시험한 걸까? 그런 무의미한 실험을 할 것 같지는 않은데.

4

"도이가 불운하게 죽었는데 실험용 폭죽을 쏘아 올리다니. 흉한 꼴을 보여드렸지만 저희도 혼란스럽습니다. 용서해주시기 바랍니다. 밤도 깊었으니 핵심으로 들어가지요. 도이 겐사쿠를 살해한 범인을 알아내기 위해 사건 발생 당시 관내에 있던 사람들을 조사한 결과, 유감스럽기 짝이 없는 사실이 판명되었습니다. 누가 밖에서 침입한 흔적도 없거니와, 밖으로 달아난 흔적도 없었습니다. 범인은 이 관내에 머물고 있는 인물입니다. 그것만은 틀림없습니다."

참 빨리도 알려준다. 어차피 협회에 불리한 결론이니 굳이 꼬치꼬치 캐물을 필요는 없겠지.

우리는 잠자코 귀를 기울였지만 미지의 정보는 좀처럼 나오지 않았다. 도이 겐사쿠를 죽일 동기를 가진 인물은 없고, 도통 이해할 수 없는 사건이라는 탄식만 이어지자 참다못한 모치즈키가 끼어들었다.

"지금까지 하신 말씀은 전부 후부키 씨에게 이미 들었어요. 시간을 절약하기 위해 그냥 넘어가면 안 되겠습니까? 저희가 알고 싶은 건 용의자를 어디까지 추려냈나 하는 점입니다. 조사에 진척이 있다고 들었는데요."

우스이가 안경 브리지를 들어 선글라스를 고쳐 썼다.

"이야기가 중복되었군요, 실례했습니다. 그럼 보고 싶지 않은 현실을 직시하기로 하지요. 사건이 발생한 5시부터 5시 반 사이에 끔찍한 범행 현장이 되고 만 대기실에 출입할 수 있었던 사람은 우선 저, 우스이 이사요."

시작부터 히로오카의 말과 어긋났다. 그는 줄곧 우스이와 함께 있었다고 증언했는데. 모치즈키가 그 점을 말하자 국장이 미간을 찌푸렸다.

"그건 사실이 아닙니다. 이유는 대강 짐작이 갑니다. 히로오카는 제 곁에서 떨어지지 않았다고 위증을 해서 제게 알리바이를 만들어주려고 한 거겠지요. 괜한 오지랖을. 어쩌면 그렇게 제게 은혜를 베풀면서 자기도 날름 안전지대로 들어가려 했는지도 모르지요. 그러고도 남을 사람이니. 그는 15분쯤에 왔습니다."

두 사람은 5시 15분부터 5시 30분까지 함께 있었다. 연구국에서 자꾸 컴퓨터를 구입해달라고 요청하는데 정말 제대로 활용하고 있는지 확인하려고 우스이가 히로오카를 집무실로 불렀다고 했다.

"업무가 어느 정도 정리되면 제 방으로 오라고 미리 일러두었습니다. 연구국 사람들은 단결심이 강해서, 실제로는 어떠냐고 따져봐도 사실 그대로 말해준다는 보장은 없지만 막내인 히로오카는 유연한 구석이 있어 아직은 솔직하거든요. 그를 통해 실상을 확인하려다가 1인당 컴퓨터 한 대로는 도저히 부족하다고 오히려 설득당했습니다. 히로오카가 방에 오기 전까지 전 혼자 있었습니다. 그는 저를 만나기 전에 대기실에 들를 수 있었고요. 그것이 진실입니다."

모치즈키가 메모를 적기 시작했다. 용의자 리스트에 우선 우스이 이사오와 히로오카 시게야의 이름이 올랐다.

"여기 있는 마루오도 알리바이는 성립하지 않습니다. 그는 5시에 도이와 보초 업무를 교대하고 곧바로 대기실에서 나왔다고 했지만, 그걸 증명해줄 유일한 인물은 이 세상에 없습니다."

"5시 1, 2분쯤 복도에서 아오타 씨를 만났지요?" 모치즈키가 바로 눈앞에 서 있는 마루오에게 물었다. "아까 아오타 씨가 그러던데요, 사실입니까?"

마루오는 우스이에게 허락을 구하지 않고 자발적으로 대답했다.

"예, 만났습니다. 아오타는 문고본을 들고 어슬렁거리고 있었습니다. 인사 한마디 나누고 그대로 헤어진 게 다입니다만."

"마루오 씨는 보초를 교대할 때 도이 씨를 살해하고, 비디오테이프를 빼내서 빠져나갈 수 있었습니다. 아오타 씨도 마루오 씨와 헤어진 뒤 대기실로 들어가 범행을 저지를 수 있었다는 말이군요."

"바로 그렇습니다. 아오타는 제가 비디오테이프를 갖고 있지 않았다고 증언해주었지만 그것만으로는 결백을 증명할 수 없습니다. 그가 지나갈 때까지 기다렸다가 다시 대기실로 돌아갈 수도 있었으니까요."

"안타깝군요."

"그러게 말입니다."

모치즈키는 마루오 겐과 아오타 요시유키의 이름을 리스트에 더했다. 우스이가 말을 이었다.

"그 시간대에 후부키 국장은 줄곧 개인 집무실에 있었고 아무도 만나지 않았습니다. 도쿄 본부 사토 교무국장과 전화로 연락한 건 사실인 듯하지만 기껏해야 통화를 한 건 5분 남짓이었습니다. 유라 주사는 바삐 돌아다녔기 때문에 범행 기회가 있었을 것으로 보입니다. 다들 타이밍이 나빴어요. 사사키 선생님도 마찬가지입니다. 건강진단 때문에 회의를 하러 왔다가 볼일이 끝나고 나서도 관내에서 어슬렁거린 게 탈이었습니다. 5시 20분쯤 뒷문 초소에서 경비를 서고 있던 직원과 잠시 말을 나누었다지만 그 이전의 행동에 불분명한 구석이 있어요. 경비 담당자가 근무지를 벗어나지 않았다는 건 비디오카메라에 똑똑히 기록되어 있습니다."

"사사키 선생님은 이 본부에 상주하십니까?" 에가미 선배가 물었다.

"아니요. 평소에는 마을 진료소에 계십니다. 오늘은 토요일이라 오후 진료가 없었어요. 저녁 무렵 터덜터덜 회의를 하러 얼굴을 비춘 겁니다. 이나코시는 대기실 근처 자료실에 있었

습니다. 개인적인 관심사 때문에 오르곤 에너지나 생체파에
관한 문헌을 찾고 있었다고 합니다."

"오오, 오르곤 에너지!" 아라키가 반응했다. "혹시 이나코시
씨는 우주에서 날아오는 전자파를 분석해 외계 지적 생명체의
흔적을 탐사하는 SETI 계획의 실효성을 의심하는 건가요? 그
렇다면 말이 잘 통할 것 같은데. 저도 그건 별로 의미가 없다고
생각하거든요. 설사 의미 있는 전파를 수신해도 고작 빛의 속
도로는 답신을 보낼 수 없어요. 응답할 수단이 없는 거죠. 인류
협회에서 SETI를 초월한 발상을 퍼뜨려주시면 좋겠습니다."

아라키는 오타쿠 용어가 나온 순간 마음이 풀렸는지 눈을 반
짝였다. 부탁이니 삼천포로 빠지지 말았으면.

"말이 잘 통할 것 같다니, 그럼 이나코시하고 한번 말씀을 나
눠보시는 것도 좋겠군요. 다음으로 미국 지부에서 온 하가는
딱히 맡은 업무도 없어 명상관에서 수련을 마치고 5시 10분쯤
본부로 돌아와 관내를 돌아다녔습니다. 호기심 어린 얼굴로
복도를 돌아다니는 그를 본 사람이 몇 명 있지만, 알리바이는
못 됩니다."

용의자에 후부키 나오, 유라 히로코, 사사키 마사하루, 이나
코시 소스케, 패트릭 하가가 추가되었고, 리스트는 늘어났다.

"끝으로 한 사람 더. 쓰바키 씨와 아라키 씨를 안내해준 혼조
입니다. 그녀는 5시에 두 분을 맞이했지만, 업무 전화를 깜빡
해서 중간에 자리를 비웠습니다. 그 실수 때문에 알리바이를

잃고 만 거지요. 그런 전화를 걸었다는 사실은 확인했습니다."

혼조 가야의 이름으로 리스트가 완결되나 했는데……

"이런 말씀은 드리고 싶지 않지만, 이상 열 명이 협회 관계자에 해당하는 용의자입니다. 손님 여러분 일곱 명을 합하면 전부 열일곱 명. 불쾌하시겠지만 참아주십시오. 알리바이 유무만 문제로 삼는다면 여러분을 제외할 수는 없습니다. 쓰바키 씨가 화장실에 가는 바람에 본인과 아라키 씨가 혼자 행동할 수 있는 시간이 생겼고, 에가미 씨 일행은 단결해서 공모하면 범행이 가능했어요. 방금 전 제 알리바이가 불완전하다는 사실을 제 입으로 말씀드렸습니다. 엄밀하고도 공정하게 조사하려는 겁니다."

그들 중에도 도이를 살해할 표면적인 동기를 가진 사람이 없다면, 손님인 우리에게는 범행 동기가 없다고 주장해봤자 '엄밀하고도 공정한 조사' 앞에서는 기각당할 것이다.

질의응답 시간이 되자 마리아가 스타트를 끊었다.

"현장에서 사라진 비디오테이프는 아직 찾지 못했나요?"

"예. 이대로 가면 직원들 방까지 조사해야 할지도 모릅니다."

"그런 짓 해봤자 헛수고일 텐데요. 성스러운 동굴을 조사해야 하는 것 아닌가요?"

"불가능한 요구는 삼가주면 좋겠군요, 아가씨. 비디오 문제는 깊이 고민해도 소용없을지 모릅니다. 범행 후로 시간이 제법 흘렀으니 이미 재생할 수 없는 상태로 파손했을 것으로 보입니다."

나는 일지를 떠올리고 물어보았다.

"페리하가 무엇을 뜻하는지 아는 사람은 없었나요?"

우스이가 일언지하에 대답했다. "없었습니다. 뭔가요, 오다 씨?"

우리 얼굴과 이름은 전부 머릿속에 들어 있는 모양이다.

"어째서 밤이 깊었는데도 선글라스를 벗지 않으십니까?"

"상관 마." 무시무시한 목소리로 내뱉더니, 싱긋 웃는다. "실례. 야쿠자 같아서 인상이 나쁘다고 생각하셨는지도 모르지만 저는 눈에 가벼운 장애가 있어 빛에 약합니다. 그래서 잘 때를 제외하고는 이렇게 도수가 있는 선글라스를 쓰고 있습니다."

"그러셨나요. 저야말로 실례했습니다."

"천만에요. 쓰바키 씨, 말씀하시죠."

"흉기 출처는 알아냈습니까? 관내 어디서나 구할 수 있다고 하셨는데."

"총무국에서는 볼펜 하나까지 관리하지만 노끈이 몇 미터 남았는지 체크할 재간은 없습니다. 어디에 있던 걸 언제 가져갔는지 알아내기는 어렵습니다."

"내부 사람이라면 손쉽게 훔칠 수 있었다는 말씀이군요. 하지만 손님인 저희는 손에 넣기 어려웠습니다. 마을 잡화점에서 똑같은 끈을 샀을 거라고 말씀하시지는 않겠죠. 협회에서 어떤 끈을 쓰는지 저희는 모릅니다."

"우연히 일치한 걸지도 모르지요. 흉기를 단서로 범인을 추적하기는 어려울 것 같습니다. 에가미 씨가 손을 들었군요. 말씀하시죠."

부장은 발밑에 떨어뜨렸던 시선을 천천히 들더니 고개를 흔들어 얼굴을 가리는 앞머리를 넘겼다.

"굳이 확인할 필요도 없겠지만……. 지금까지 언급되지 않은 점으로 보아 동쪽 탑에서 명상 중인 시모자와 씨에게는 아무것도 여쭤보지 않았겠지요?"

나는 또다시 그의 존재를 잊고 있었다. 불경한 질문이었는지 마루오가 험상궂은 눈으로 쳐다보았지만 에가미 선배는 알아차리지 못했다. 우스이는 감정이 깃들지 않은 목소리로 대답했다.

"예. 명상을 방해하면 안 되니까요. 게다가 수행 중에는 말을 하면 안 되기 때문에 질문할 수 없습니다. 필담도 금지입니다. 하지만 탑 위에 있던 그에게 굳이 질문을 할 필요는 없겠지요."

"알겠습니다. 들었지?"

에가미 선배가 눈짓을 하자 모치즈키가 다시 수첩을 펼쳤다. 그리고 혼조 가야의 이름 밑에 시모자와 다카히토라고 적었다.

"여러분이 위험할 일은 없을 거라고 생각하지만, 혹시 모르니 방문은 꼭 잠그십시오."

그렇게 말하고 마무리할 줄 알았는데, 우스이는 에가미 선배에게 다가가 오른손을 내밀었다.

"죄송하지만 당분간 금연을 부탁드립니다. 라이터는 제가 맡도록 하겠습니다. 아라키 씨는 이미 주셨습니다."

부장은 이유도 묻지 않고 그 말을 따랐다.

5

SETI 계획이란 'Search for Extraterrestrial Intelligence'의 약자다. 외계 지적 생명체 탐사를 뜻한다.

인류 이외의 지적생명체가 이 우주 어딘가에 존재할지도 모른다. 만약 존재한다면 어떻게든 교류하고 싶다. 그런 생각에서 시작된 계획이다.

오늘날 사람들은 그런 생명체가 태양계 안에 있다는 말을 믿지 않지만, 과거에는 의외로 가까이 있을지도 모른다고 생각했다. 자기장의 단위 가우스는 독일 수학자이자 물리학자였던 칼 프리드리히 가우스의 이름에서 따왔는데, 그는 19세기 초, 몇 백 킬로미터의 시베리아 침엽수림 지대를 벌목하고 거대한 직각삼각형을 그리면 외계인에게 인류의 존재를 알릴 수 있다고 주장했다. 사하라 사막에 기하학적 모양의 대운하를 파서 등유를 채우고 밤에 불을 붙이자는 생각은 오스트리아 천문학자 J. J. 폰 리트로의 제안이었다. 거대한 거울로 태양광선을 반사시켜 화성에 쏘자는 건 프랑스 과학자 샤를르 그로의 제안.

다들 기백이 대단하지만, 너무나도 목가적이다.

소련이 세계 최초의 인공위성 스푸트니크 1호 발사에 성공해 우주 시대가 열린 1950년대 후반부터 전파를 이용한 성간통신법을 제창하게 되었다. 1960년은 하나의 분기점으로, 젊은 천문학자 프랭크 드레이크가 오즈마 계획을 입안했다. 오즈마란 《오즈의 마법사》에 등장하는 오즈의 여왕 이름이다. 그는 미국 국립전파천문대의 거대한 전파망원경을 사용해 고래자리 타우(τ)와 에리다누스자리 엡실론(ε)이라는 항성을 관측 범위로 잡고 문명이 쏘아내는 전파와 광학신호를 탐지하려 했지만 성과는 거두지 못했다.

참고로 드레이크 박사는 드레이크 방정식의 제창자로 유명하다. 은하계에 있는 별들 가운데 성간통신을 할 가능성이 있는 문명사회가 몇 개나 되는지 추정하기 위한 계산식이다. 은하계에서 1년 사이에 탄생하는 항성의 숫자·혹성계를 가진 항성의 확률·생명탄생에 적합한 혹성의 숫자·생명이 탄생할 혹성의 확률·생명이 지성을 획득할 확률·성간통신이 가능할 때까지 지적생명이 진화할 확률·그런 문명의 수명을 곱하는 방정식으로, 칼 세이건은 각각의 항목에 숫자를 대입해 1백만 개라는 숫자를 도출했다.

오즈마 계획이 실패로 끝날 무렵, 소련에서 태동한 것이 SETI 계획이었다. 소련 정부는 광대한 영토 각지에 전방향 안테나 기지를 설치해 우주에서 들려오는 문명의 목소리에 귀를 기울였다. 미국도 뒤따라 정부 차원에서 성간통신에 도전할 계획으로 100미터 구경의 파라볼라 안테나 1천 개를 뉴멕시코 사막에 설치하는 사이클로프스 계획을 고안했지만, 실현 가능성은 없었다. 그 무렵 아르메니아에서 세계 최초로 본격적인 SETI 심포지엄, 뷰라칸 회의가 열렸다.

외계의 목소리가 지구에 닿지 않는다면 편지를 보내자. 1972년 쏘아 올린 미국의 목성탐사선 파이어니어 10호에는 인간 남녀의 모습과 태양계 내 지구의 위치를 표기한 알루미늄 합금판을 탑재했다. 편지 다음은 호출이었다. 1974년 드레이크 박사는 푸에르토리코 아레시보 천문대에서 헤라클레스자리 구상성단 M13에 이진법을 이용한 통신문을 보냈다. 아득한 문명을 상대로 먼저 접촉을 꾀했지만 그것을 받아줄 이가 있는지 없는지도 모르는 채, 여전히 대답을 기다리고 있다.

정부기관과는 별개로 민간 차원의 접촉도 시작되었다. 최초의 본격적인 SETI 프로젝트인 세렌딥 계획이 1979년에 시작되었다. 나사(NASA)에 의한 대형 SETI 계획은 혹성협회 초대회장 칼 세이건의 설득에도 불구하고 미의회의 반대로 좌초되지만, 1985년에는 〈E. T.〉의 스티븐 스필버그 감독이 10만 달러를 기부한 META 계획이 실현되었다. 그러한 계획들은 기업이나 재단의 출자를 받아 대학이나 연구소가 수행한 프로젝트로, 전부 전파망원경으로 머나먼 지성이 보내는 메시지를 수신하려는 활동이다. 지금 이러고 있는 동안에도 수많은 연구자들이 데이터를 분석하고 있을 것이다.

만약 대망의 목소리가 하늘에서 내려온다면 우리는 어떻게 대답해야 할까? 전파 혹은 광파로 답신할 수밖에 없을 텐데, 그런 것들은 고작(?!) 초속 30만 킬로미터밖에 되지 않아 태양계 밖 어딘가에 있는 지성에게 메시지를 보내기 위한 수단으로는 너무 느리다. 운 좋게 그들이 신호를 수신하고, 성실한 상대방이 바로 답장을 보내준다 해도, 그것을 수신하는 것이 20만 년 후의 미래라면 인류는 또다시 크로마뇽인을 거쳐 네안데르탈인으로 퇴화해 있을지도 모른다.

성간통신에 전자파를 쓸 수 없다면 인류는 다른 지성과 교류할 방법을 잃게 된다. 무슨 수가 없을까? 대안으로 초광속통신의 가능성을 고려하게 되면서 공상에 가까운 아이디어들이 나왔다. 자기장 단위에 이름을 남긴 천재 발명가 니콜라 테슬라. 물리학자 토머스 비어든에 따르면 테슬라가 지구의 전기 구조를 연구하기 위해 사용한 고압, 고주파 전자 파동 에너지는 4차원에서는 통상과는 반대로 세로 형태의 전자파, 스칼라파가 되어 광속을 초월할 수 있다고 한다. UFO 반동력 추진설로 유명한 발명가 토머스 타운젠트 브라운처럼 광속을 초월한 중력파에 착안한 사람도 있다.

그보다 더 독특한 발상은 생명 에너지를 이용한 통신이다. 예일 대학교 해부학자 해럴드 S. 버 교수는 생명을 형성하는 눈에 보이지 않는 모형을 상정하고, 그 안에서는 생명정보가 광속의 5천 배 내지 5백만 배 속도로 전달된다는 라이프 필드 이론을 주창했다. 오스트리아 정신분석학자 빌헬름 라이히가 1930년대 말에 발견한 오르곤 에너지도 그중 하나로 본다. 그는 태양광선에서 생겨나는 이 에너지를 축적할 수 있는 저장기기도 고안했다.

로스앤젤레스 연구소에서 미사일 부품을 개발하던 전기공학기사 L. 조지 로렌스가 찾아낸 것은 식물을 이용한 통신법이었다. 환경변화를 예민하게 감지하는 식물의 능력에 관심이 있던 그는 화분에 심은 선인장이 가위를 가까이 가져가면 공포반응을 나타냈다는 리포트에 영향을 받아 생명파 통신의 실용화를 모색했다. 그가 만든 생물 감지기는 1971년, 발신지도 목적도 알 수 없는 신호를 우연히 수신했고, 그것을 녹음한 테이프는 과학사상 귀중한 가능성을 내포한 자료로 워싱턴 스미소니언 박물관에 보관되어 있다고 한다.

"그런 이유로."

아라키가 혀로 입술을 축였다.

"아직 SETI 계획은 이렇다 할 성과를 거두지 못했어요. 하지만 앞으로도 성간통신은 계속 시도하겠지요. 다음 달에는 프랑스에서 우주생물학 국제 심포지엄이 열릴 예정인데, SETI도 차지하는 비중이 큽니다. 약 15개국의 천문학자들이 모이는데 외계 지성이 보내는 전파신호를 수신할 경우의 대응법도 토론한대요. 거기서 뭔가 결론을 내고 의정서를 만들겠지요. 설레지 않습니까? 인류협회도 관심을 기울이고 있을 거예요."

강연을 마친 UFO 박사가 "영차" 하고 자리에서 일어났다.

"벌써 11시네. 잠깐 아래에 가봐야겠어요. 관내는 자유롭게 돌아다녀도 된다고 했죠? 혹시나 마당으로 나갈 수 있으면 불꽃놀이를 구경하고 와야지. 방에 들어가봤자 텔레비전도 없고 마음만 울적하니까요."

"인류협회를 좋아하시는군요."

"오해하면 곤란합니다."

모치즈키는 별 뜻 없이 말했지만, 아라키는 정색하며 뒷주머니에 넣어두었던 지갑에서 한 장의 사진을 꺼냈다.

"이건 비밀인데, 고백할게요. 자, 이걸 보세요. 저는 UFO 오타쿠에 오토바이 마니아지만, 이 사람의 열렬한 팬입니다. 아니, 연모하고 있어요. 사랑하는 UFO의 여왕을 슬쩍이라도 볼 수 있을지 모른다거나, 운이 좋으면 만날 수 있을지도 모른다는 기대는 하지도 않았습니다. 이분이 마셨던 공기를 똑같이 마실 수 있다면 좋겠다는 마음으로 가마쿠라에 온 것뿐입니다. 그럼, 편히 쉬세요."

아라키는 노사카 기미코의 사진을 조심스레 도로 넣더니, 아까보다 더 할 말을 잃은 우리를 전망 라운지에 남겨두고 떠났다.

제10장
C동의 밤

1

아라키 주지가 떠나고, 쓰바키 준이치가 방으로 돌아가자 마리아가 한숨을 쉬었다.

"아라키 씨 이야기가 너무 마니악해서 지쳐버렸어요. 목욕하고 나면 바로 곯아떨어질지도 모르겠어요. 만약에 정신 좀 차리면 방으로 찾아갈게요."

"무리하지 마. 잠 올 때 푹 쉬어. 깨어 있어 봤자 변변한 일도 없다."

에가미 선배의 말에 나른한 목소리로 "네"라고 대답하면서 고개를 숙였다. "일단은, 안녕히 주무세요."

우리도 방으로 돌아가 나이 순서대로 목욕을 하기로 했다. 에가미 선배가 "난 오래 씻을 거다"라고 했지만 상관없다. 밤은 길고, 어차피 할 일은 없다.

모치즈키가 1인용 의자에 앉아 수첩을 펼치기에 나는 이야

418

기하기 편하도록 소파 끝자락에 앉았다. 오다는 내 맞은편 소파에 드러누워 입을 다물었다. 자기에게는 말을 걸지 말았으면 하는 분위기였다.

"정보를 공개해주었다고는 해도, 이런 수준이래서야." 모치즈키가 탄식했다.

"범인 찾기는 턱도 없네요. 아라키 씨는 숨겨왔던 연심을 털어놓았지만, 우스이 국장은 중요한 데이터를 숨기고 있는지도 몰라요. 추리는 그만두죠."

"그만둘까? ……넌?"

"아까 그만뒀다." 모치즈키의 물음에 오다가 대답했다.

"아까도 말했잖아. 난 여기서 어떻게 탈출할지 궁리하고 있어. 범인을 찾아내서 문을 열어달라고? 그런 절차는 사양하겠어. 이 '성' 어딘가에 구멍이 있을 거야. 그걸 찾아내 탈출할 테다."

"〈대탈주〉*로군. 그 영화 요즘은 못 봤는데. 옛날에는 텔레비전에서 지겹도록 해줬는데 말이야. 연말이면 항상 방송하지 않았나?"

"맞아요." 내가 맞장구를 쳤다. "그러고 보니 연말에 2주에 걸쳐서 방송한 적이 많았네요. 12월의 단골. 꼭 〈주신구라〉**처

---

*1963년 존 스터지스 감독의 작품으로, 제2차 세계대전 당시 연합군 포로들의 탈출을 그린 영화.
**1702년 46인의 아코 번 무사가 주군의 원수를 갚은 사건을 소재로 한 가부키로, 영화와 드라마로도 만들어지는 등 오래도록 일본 국민의 사랑을 받는 작품.

럼요."

스티브 맥퀸, 진짜 멋지다, 누가 끝까지 살아남는지 알아?
하고 친구와 떠들어대곤 했다.

"치밀한 엔터테인먼트의 견본이지. 어렸을 때 그런 걸 잘 봐
둬야 자라서 괜찮은 어른이 되는데. 하지만 이 건물은 공중에
떠 있어. 그 영화처럼 굴을 팔 수는 없다고."

오다가 무심한 표정으로 말했다.

"굴이라면 이미 있어. 성스러운 동굴에 숨어들어서 아무 데
서나 구멍을 파면 밖으로 나갈 수 있을 텐데, 대기실에 보초가
서 있으니 그럴 수도 없고."

그러자 모치즈키가 반박했다. "가능하지 않을까? 일단 성스
러운 동굴에 들어가기만 하면 협회 사람들은 쫓아오지 못할 거
아냐. 문제는 구멍을 팔 도구가 없다는 거지."

"어쨌거나 굴은 안 돼. 다른 방도를 찾아야지. 하지만 그것도
귀찮네. 차라리 난동을 부려서 정문을 뚫고 갈까?"

"난동이라니, 최근에도 어디서 들었는데. 씩씩하고 위풍당
당한 말이잖아. 〈날뛰는 북〉*도 듣기만 해도 배에 힘이 들어가
지 않아?"

"배에 힘이 들어가는 말이 얼마나 많은데. 스키점프 최고 기
록이라거나."

*1987년 사카모토 후유미가 발표한 대중가요로, 북 연주가 반주로 들어간다.

"그것도 위풍당당하네. 아리스, 너도 한마디 해라."

"음…… 〈신칸센 대폭파〉."

"멍청아. 그런 건 위풍당당한 게 아니야. 네가 평소에 안 탄다고 막말하면 못써."

"영화 제목인데 저한테 왜 그래요?"

더는 못 듣겠다는 듯이 오다가 일어나 방에서 나가려 했다.

"왜 그래? 아리스도 반성하고 있는데."

"구멍을 찾으러 '성안'을 둘러보고 올게. 목욕은 맨 마지막에 하지 뭐."

가버렸다. 방이 조용해졌다. 모치즈키는 다시 수첩을 펼쳤지만 범인을 추리할 마음은 없는지, 손장난처럼 페이지를 뒤적거렸다. 그러더니…….

"우리는 밀실이라는 말만 들어도 와락 달려들지만 세상 사람들은 그렇지도 않은가봐. 안쪽에서 잠긴 방에서 사람이 살해당했다고? 어쩌다 문이 잠긴 거겠지, 그렇게 생각하는 걸까?"

"무슨 말이에요?"

"11년 전 밀실 사건 말이야. 너하고 에가미 선배가 아래에 내려가 있을 때, 히로오카 씨하고 아오타 씨에게 옛날 사건에 대해 물어봤다고 했잖아. 그 사람들 반응도 그렇고, 당시 마을 사람들 반응도 그랬어. '어쩌다 문이 잠긴 거겠지.' 별로 이상하게 여기지 않더라고."

"그게 현실인가봐요. 하지만 그건 그 밀실이 밋밋해서 그런 거예요. 은행 금고실 같은 밀실에서 벌어진 살인사건이 아니 잖아요. 체인이 걸려 있었고 문이 조금밖에 열리지 않았다, 그 정도로는 좀."

"그래도 밀실은 맞잖아. 어엿한 수수께끼지. 산이 높다고 훌륭한 게 아닌 것처럼,* 밀실도 견고하다고 굉장한 건 아니라고."

"물론 그럴지도 모르지만, 그래도 역시."

너무 냉담하게 굴면 슬퍼할 것 같아, 선배에게 서비스할 요량으로 물어보았다.

"히로오카 씨하고 아오타 씨에게 무슨 얘기를 들었어요? 쓰바키 씨 이야기에는 없었던 내용이 뭔지 가르쳐줘요."

모치즈키가 수첩의 해당 페이지를 펼쳤다.

"음, 일단, 죽은 다마즈카 마사미치에 대한 정보. 야쿠자이기는 했지만 아이들 눈에는 무섭게 보이지도 않았고, 오히려 독특해서 매력적이었다고 해. 보통 어른들에게는 없는 분위기가 신선했던 걸까? 아이들을 좋아하는 성격이었는지, 길에서 마주치면 먼저 말을 걸곤 했다더군. '싸우지 말고 사이좋게 놀아', '선생님 말씀 잘 들어야지' 이런 식으로. 그렇다고 아이들이 아이돌처럼 따랐던 건 아니야. 부모들이 다마즈카가 도쿄

---

*《실어교(實語教)》에 나오는 말로 산은 높이가 아니라 그곳에 나무가 있기 때문에 훌륭하다, 즉 겉모습이 아닌 내면의 중요성을 강조한 속담.

에서 조직폭력단에 들어갔다는 걸 알고 나서는 특히나. 아오타 씨 아버님은 그 녀석은 무서운 남자니 마을로 돌아와도 가까이 가지 말라고 타일렀다는군. 히로오카 씨도 다마즈카의 집에 놀러 갔다가 부모님께 혼난 적이 있다고 했어. 근처에서 술래잡기니 숨바꼭질을 하면서 놀고 있으려니 다마즈카의 어머니가 '선물 받은 과자가 있으니 먹고 가렴' 하고 불러서 갔던 것뿐인데."

마을 사람들 눈 밖에 나면, 그렇게 되나.

"하지만 그가 그런 식으로 미움을 받는 것도 아이들의 호기심을 자극했어. 조금 신경 쓰이는 동네 형이었겠지. 두 사람 다 무섭다고 생각한 적은 한 번도 없다고 했어. 내 느낌으로는 상당히 따랐던 것 같아. 히로오카 씨는 불량하고 강해 보이는 점에 끌렸을 테고, 아오타 씨는 어머니가 병에 걸려 힘들었을 때 그에게 조금 위로를 받았겠지. 그래, 그 두 사람보다 한 살 많은 마루오 씨도 다마즈카의 팬이었다더라. 아이들한테 인기가 상당했어."

"듣고 보니 왠지 좋은 사람 같은데요."

"좋은 사람인지 나쁜 사람인지는 본인을 만나보지 못했으니 뭐라 할 말이 없네. 여자들 반응도 나쁘지 않았대. 어느 선배는 큰 덩치로 터벅터벅 걷는 다마즈카를 '동화 속 곰돌이 같다'고 표현했다니까. 그 선배 여학생이 누굴 것 같아? 노사카 기미코야."

당연한 일인데, 지금까지 의식하지 못했다. 가미쿠라에서 자란 그들에게 과거 노사카 대표는 평범한 선배였던 것이다.

"재미있네요. 히로오카 씨도, 아오타 씨도, 마루오 씨도, 그 무렵에는 자기가 인류협회라는 UFO교에 들어갈 줄 몰랐을 테니. 하물며 노사카 기미코를 '여왕'처럼 받들 줄은 꿈에도 몰랐겠지요."

"아니, 기미코는 당시에도 천명개시회 교조의 질녀였잖아. 종교단체의 정점에 섰다고 놀랄 일이 뭐 있겠어?" 아아, 그런가. "그렇지만 천명개시회가 이 정도로 발전할 줄은 상상도 못했겠지. 노사카 기미코를 두고 히로오카 씨는 다른 세상에 사는 사람인 줄은 알았지만, 이렇게 아득한 존재가 될 줄은 몰랐다고 했어."

"아득한 존재로군요. 저희에게도 아득하죠. 얼굴 한 번 볼 수도 없으니."

"이렇게 가까이 있는데 말이지. 사람이 살해당했는데 보고도 받지 못하고, 탑 꼭대기에서 기도만 하다니. 만약 사건에 대해 알게 되면 어떻게 나올까?"

오다와는 다른 접근법이 떠올랐다. 어떻게든 서쪽 탑에 올라가 대표에게 직접 호소하면 어떨까? 수행을 방해하게 되겠지만 그녀에게 양식이 있다면 우스이나 후부키를 꾸짖고, 경찰에 신고해주지 않을까? 그렇게 생각했는데 모치즈키는 수긍해주지 않았다.

"대표가 어떤 반응을 보일지는 알 수 없는 일이야. 어쨌거나 서쪽 탑에 올라가는 건 불가능해. 서쪽 날개에는 가본 적이 없으니 안이 어떤지는 모르겠지만, 우리가 아무한테도 들키지 않고 엘리베이터를 타고 슬쩍 올라갈 수 있을 리 없어. '성'을 탈주하는 것만큼 어렵지 않을까? 게다가 대표는 조직을 지켜야 할 사명이 있으니 간부들보다 더 비상식적인 행동을 할지도 몰라."

"그렇게 포기하는 건 이르지 않을까요? 뭐하면 제가 정찰하고 올게요."

"아서라. 아니, 말리진 않겠지만 소용없을 거야. 가더라도 노부나가가 돌아올 때까진 기다려. 그 녀석이 관내를 한 바퀴 돌아보고 오겠지. 정말 돌 수 있다면."

"대표에게 전하고 싶은 말이 그것 말고도……."

바람을 가르는 소리가 났다.

우리는 반사적으로 창문을 쳐다보았다. 밤안개가 번쩍인다 싶더니 폭죽이 터지는 굉음이 울렸다. 두 발, 세 발, 몇 발이나. 소리만 들어도 화약 냄새가 풍겨오는 것 같다.

"이건 통상적인 불꽃놀이네요."

"정말 시간 한 번 요란하게 알려준다니까. 내 시계, 2분 늦네."

모치즈키는 투덜거리면서 손목시계의 시간을 맞추고 있다. 아라키는 지금 이 꽃불을 어디서 바라보았을까?

하늘을 찌르고 있던 빛기둥들이 일제히 사라졌다.

나는 어젯밤 11시 17분을 생각하고 있었다.

2

11년 전 사건으로 돌아왔다.

"가미쿠라 사람들에게는 밀실보다 구도 에쓰시가 어디로 사라졌는지가 더 신경 쓰이는 미스터리였어. 가미쿠라니까 귀신이 잡아간 게 아닐까. 이렇다 할 근거도 없이 죽은 사람 취급하는 모양이야. 다마즈카의 집을 지나 300미터쯤 가면 커다란 늪이 있어. 울타리도 없으니 발을 헛디뎌 빠졌을지 모른다는 소문도 있었대. 늪을 수색했냐고? 수고도 비용도 드는데, 경찰이 소문만 믿고 그렇게까지 하겠어?"

"늪 바닥에 가라앉은 게 아니라면 구도가 열심히 산을 넘어갔다는 뜻이 되겠네요. 그날은 천명개시회 집회가 있었다던데, 거기에 숨어들었을 가능성도 희박한 거죠?"

"경찰이 꼼꼼히 조사했대. 두 사람 다 수사를 직접 본 건 아니니까 '그런 일은 없었다더라'라는 말로 그쳤지만. 그보다 말인데, 아까 노부나가하고 멍청한 대화를 나누다가 사라진 구도 에쓰시의 행방에 대해 묘한 가능성이 떠올랐어. 사정이 있어 천명개시회가 구도를 성스러운 동굴에 숨겼다면, 어때?"

"설마요. 어떤 곳보다도 신성한 장소잖아요."

"표면적으로는. 하지만 사실은 유동적인 게 아닐까? 교조와 신도들은 구도를 성스러운 동굴에 숨겨 수사를 피했어. 경찰이 동굴 안까지 조사하게 해달라고 부탁해도, 성스러운 동굴이니 누구도 들어가선 안 된다고 버틸 수 있었으니까. 실제로 경찰이 거기까지 들쑤시려 하지는 않았겠지만."

"그럼 구도는 불씨가 꺼진 다음 성스러운 동굴에서 나와 몰래 마을을 떠난 거군요?"

"검증할 수 없는 가설이지만. 역설적으로 보면 과거에 그런 일이 있었기 때문에, 거짓을 진실로 바꾸려고 성스러운 동굴에 절대로 들어가서는 안 된다는 금기를 나중에 지어냈다고 생각해볼 수도 있지."

"혹은 구도 에쓰시가 지금도 성스러운 동굴 안에 살고 있을지도 모르겠네요. 협회 사람들이 주는 음식을 받아먹으며."

"소설도 정도껏 써라."

너무 우쭐했나.

"사건 당일 밤, 여관의…… 어, 아키코 씨의 연인이 마을에서 사라졌죠. 그 일하고 구도가 사라진 건 아무 연관 없을까요?"

"그 가능성은 쓰바키 씨가 단호하게 부정했잖아. 아키코 씨가 함께 달아나려 했던 상대의 신원은 확실해. 그가 구도의 도주를 도운 적도 없고. 그쪽 남자는 한밤중에 몰래 마을을 빠져나갔는데, 지인 몇 사람이 그를 봤지만 혼자였고 동행은 없었다고 해."

그 점에 있어서 수사의 누락은 없었으리라.

"그 남자하고 구도 사이에 뭔가 접점이……."

"없었어. 그는 구도가 무서워 달아났던 게 아니야. 게다가 그 사건 훨씬 전부터 함께 달아나자고 아키코 씨를 꼬드겼고."

"계획적이었군요. 그런데 정작 당일에 남자 혼자 마을을 떠 났다는 게 이해가 안 가요. 오늘 아침 식사 때 쓰바키 씨가 마 지막 순간에 아키코 씨가 겁을 먹었거나 남자가 배반해서 파국 에 이른 것 같다고 했는데, 남자가 배반해서 혼자 마을에서 달 아났다는 것도 이상한 얘기네요."

"아, 그건 쓰바키 씨의 정보가 부족했던 거야. 히로오카 씨와 아오타 씨 이야기는 달랐어."

아마노가와 여관은 협회 회원들의 귀중한 숙박 시설이고, 여관도 협회의 요구에 부응하려 애쓰기 때문에 둘의 관계는 상 당히 밀접하다고 한다. 때문에 아키코가 본부에 출입할 기회 도 드물지 않아 히로오카를 비롯한 협회 직원들과 잡담을 할 때도 있다.

"그럴 때 무심코 중요한 얘기가 튀어나오는 법이잖아. 어느 날, 달아난 연인에게 아직 미련이 있는지 다짜고짜 물어봤대. 아키코 씨도 한참 어린 상대가 그렇게 물으니 화도 나지 않았 는지, 아무한테도 말하지 않았던 속마음을 털어놓은 거지."

'나한테서 도망갔다고도, 나를 버렸다고도 생각하지 않았어. 이유는 모르겠지만, 그 사람은 사라졌어. 사소한 실수가 원인이겠지만 이미 주워 담을 수도 없고, 그게 뭐였는지 알고 싶지도 않아.'

"사소한 실수라니, 뭘까요?"

"함께 달아나기로 합의는 했지만 두 사람은 감시받는 처지라 만날 수가 없었어. 어려운 상황이었지. 양쪽 부모가 눈에 불을 켜고 전화 통화까지 막으려 하자 남자가 이런 제안을 했어."

'외부 사람들이 많이 들락거리는 교조 탄신제 날 밤에 달아나자. 친구 차를 빌려 마을 변두리에서 기다릴게. 시간과 장소는 거의 임박해서야 정할 수 있을 거야. 한밤중이 될지, 동 틀 무렵이 될지, 언제 마음대로 움직일 수 있을지 모르니 그날 알려줄게. 천명개시회 본부로 이어지는 길을 따라 호롱처럼 생긴 등롱이 설치될 거야. 그중 하나에 편지를 넣어둘게. 북동쪽 외진 모퉁이에 있는 등롱이야. 그거라면 못 알아볼 리 없어. 누름돌 대신 그 등롱 밑에 편지를 감춰둘게. 당신도 밤이 깊은 다음에야 여관에서 나올 수 있겠지. 하지만 10시까지는 반드시 편지를 남겨둘게.'

"누름돌 대신 쓸 수 있을 만큼 커다란 등롱이었던 거군요?"

"두 사람 말에 따르면 옆구리에 낄 수 있을 정도였다니까 그렇게 큰 건 아니야. 하지만 철제 받침대가 붙어 있었다니 문진으로 쓰기에는 알맞은 무게였겠지. 아련한 불빛이 길 한쪽에 똑같은 간격으로 늘어서 있어서 그윽한 분위기를 자아냈대."

"혹시 그 편지가……."

"그래, 없었어. 11시가 지나서야 겨우 여관에서 빠져온 아키코 씨는 남자가 가르쳐준 대로 마을 북동쪽 모퉁이에 있는 등롱 밑을 살펴봤지만 편지는 없었어. 어쩌면 장소를 잘못 안 게 아닐까, 내가 착각한 게 아닐까, 하고 주변의 등롱을 전부 들춰봤지만 어디에도 없었어. 어쩌면 좋을지 몰랐대."

"어쩌다 그런 일이?"

"글쎄다. 어딘가에 '사소한 실수'가 있었다는 말밖에는. 남자는 밤 12시가 지나자 차로 마을을 떠났어. 언제까지 기다려도 연인이 오지 않으니 그도 당황했겠지. 그렇다고 아키코 씨 상황을 살피러 갈 수도, 계획을 중단할 수도 없는 처지였어. 되돌릴 수 없는 계획이었던 거야."

"연락이 어긋났다고 단독으로 계획을 실행하다니…… 사랑의 도피가 아니잖아요."

"그래서야 그냥 가출이지. 남자는 복잡한 가정 사정에도 짜증이 나서 마을을 떠나고 싶었던 모양이야."

쓰바키의 이야기를 들었을 때 아라키는 "안타깝군요"라고 중얼거렸다. 확실히, 안타깝다.

"인간은 꼭 실수를 하네요. 인생이 걸린 그런 중요한 순간에 어린애 같은 실수를 저지르다니."

"그러게. 하지만 당사자 둘 다 자기가 실수했다고 생각하질 않아. 아키코 씨는 '나는 착각하지 않았고, 혹시 몰라서 근처

등롱도 살펴봤다'고 말하고 있고, 상대 남자도 '말한 대로 편지를 숨겨두었다, 아키코가 허둥거리다 착각했다'고 믿고 있대. 이제 와서는 진상도 영원히 수수께끼로 남은 거지."

세상에는 그런 작은 수수께끼가 무수히 깔려 있다. 사람과 사람이 인연을 맺는 한 수수께끼는 끝없이 태어난다. 우리는 풀리지 않는 수수께끼의 바다에서 헤엄치고 있는 것이다.

"어라?" 퍼뜩 생각이 났다. "마을 북동쪽 모퉁이라면, 다마즈카 마사미치의 집으로 이어지는 샛길 부근 아니에요?"

"맞아. 어제도 오늘도 그 근처를 지났어. 11년 전은 지금하고 분위기도 영 딴판이었겠지."

"역시 그랬군요. 모치 선배 이야기를 듣고 있자니 아키코 씨가 어둠 속에서 등롱을 몰래 들춰보는 광경이 떠올랐는데, 그렇다면 경찰 수사원이 주위에 잔뜩 있지 않았을까요?"

"아니. 아키코 씨가 몰래 찾아갔을 무렵에는 수사원도 모두 돌아간 뒤였어. 쓰바키 씨도 말했잖아. 밤에는 현장에도 사람이 없었다고."

"아아, 그래서 방화 소동이 있었죠. 그것도 영문을 모르겠어요."

"영문을 왜 몰라. 범인이 증거를 은멸하려고 그런 거겠지."

"어떤 증거요?"

"몰라. 현장에 남은 지문을 지우려고 했을지도."

"설마요, 그런 건 이미 채취했겠죠. 아무리 그날 수사원이 부족했다고 해도."

"경찰이 조사하지 않을 특이한 곳, 가령 천장에 손자국을 낸 걸 기억해내고 당황했을지도 모르잖아. 아니면 굉장히 작은 물건을 흘렸을지도 몰라. 콘택트렌즈를 떨어뜨렸다거나, 현장에서 무심코 침을 뱉었다거나, 셔츠 단추가 떨어진 걸 뒤늦게 깨닫고 불안해졌다거나."

"그 정도 물건이라도 현장에 있었다면 경찰이 찾아냈을 거예요."

"그럼 어째서 별채에 불을 질렀지? 비밀의 문이나 통로는 없었다는데."

"저한테 물은들 무슨 소용이에요."

창문을 보니 안개가 걷히고 있었다. 그래도 우리는 여전히 '성'의 품속에 있었다. 한 치 앞도 보이지 않는다.

"그 사건으로 히로오카 씨와 아오타 씨도 불쾌한 일을 겪었던 모양이야."

두 사람 다 아홉 살 어린이였다. 경찰이 의심했을 리는 없는데.

"사건 현장인 별채에 들어간 적이 있으니까, 이튿날 지문을 채취해갔대. 사건과 상관없는 사람들의 지문을 수집해야 상관 있는 사람의 지문을 구별해낼 수 있으니 협조해달라고 설명했다는데, 아이로서는 충격이 컸겠지. 그 두 사람을 조사했을 정도니, 다른 아이들과 어른들 지문도 열 손가락 다 채취했다는

군. 아마노가와 여관 사람들도, 후부키 나오, 유라 히로코, 마루오 겐, 이나코시 소스케, 사사키 마사하루…… 노사카 기미코도. 다마즈카 마사미치나 그 부모에게 차 한 잔 얻어마셨거나 별채에 들어간 적이 있다는 것만으로 말이야."

별채에 들어간 적이 있다는 것만으로 노사카 기미코도 손가락에 잉크를 묻혔나. 지금이라면 '여왕 폐하'께 무엄하다고 할 것 같다.

"후부키, 유라, 이나코시, 마루오, 전부 이 동네 주민일 줄은 몰랐네요."

"닥터 사사키도 이곳 출신이야. 다만 사건 당시에는 후쿠이 현에서 월급쟁이 의사로 일하고 있었대. 협회 중추에 가미쿠라 출신이 많은 줄은 알고 있었지만, 그 사람 경우는 좀 특이해. 고향이 도쿄인 아내가 먼저 입회해서 끌려오게 된 부창부수야. 그런 경우도 꽤 있대. 부부 회원은 대개 어느 한쪽이 전도하는데, 회원끼리는 거의 결혼을 하지 않는……."

모치즈키가 말을 끊고 욕실 쪽을 돌아보았다. 드라이어 소리에 반응한 것이다.

"정말 오래 씻었네. 부장은 머리카락 말리는 데도 시간이 오래 걸리는데."

에가미 선배에 비하면 별것 아니지만 모치즈키도 게으름과 이발비 절약 때문에 머리카락이 제법 길 때가 있었다. 지난달 부터는 조금 이미지가 바뀌었다.

"모치 선배, 꽤 짧게 잘랐네요."

"그야 당연하지. 취업 준비생이니까."

"고향으로 돌아간다면서요, 어쩌실 거예요? 지금부터 공무원 시험을 노릴 건 아니잖아요."

그의 고향은 와카야마 현 미나베. 기이 수도*에 접한 작은 마을로 매화나무숲이 유명하다. 큰 기업은 없다. 고향에서는 어머니가 홀로 잡화점을 꾸려나가고 있다. 1학년 때, 아직 입부하지 않았던 마리아를 제외한 멤버들끼리 놀러 간 적이 있다. 다정하고 고운 어머니였다.

"공직만 일이 아냐. 경영 수완을 총동원해 우리 가게를 일본에서 제일가는 슈퍼마켓으로 발전시켜볼까? 목표는 인류협회에 버금가는 대성공. 넌 작가가 될 거지? 미스터리를 쓰는 짬짬이 내 일대기도 좀 써봐라."

"진심이에요? 가업을 잇겠다니, 금시초문인데요." 그 작은 잡화점을 슈퍼마켓으로? "왠지 현실도피 같아요."

"신랄한 녀석이네. 뭐, 뜨끔하긴 해. 너니까 하는 얘긴데, 최근에 실연했거든. 다 될 대로 되라는 심정이야."

순간 할 말을 잃었다. 무슨 말이라도 해야 할 텐데. 혀가 움직이는 대로 주절거렸다.

"4학년 봄인데 뭘 하고 있는 거예요? 실연은 취업에 성공한

---

*와카야마 현과 시코쿠의 도쿠시마 현, 효고 현 아와지 섬으로 둘러싸인 해역.

뒤에 천천히 경험하면 될 텐데. 정말 최악이잖아요. 미스터리는 논리적이어야 한다고 그랬으면서, 정말 대책이 없네요. 모치 선배는 제가 경애하는 선배지만 그런 점은 고쳐야 해요."

"이 녀석, 죽은 사람한테 채찍질을 하네. 내가 한심해 보인다면 선배가 몸소 보여준 교훈에 감사나 해라. 자기 마음을 솔직하게 받아들이고, 기회가 오면 놓치지 마. 알겠어?"

진지한 눈으로 말하는 모치즈키에게 "네"라고 대답했다.

3

목욕한 뒤에 마실 맥주라도 있다면 금상첨화겠지만 인류협회의 서비스가 그 정도로 좋지는 않았다. 운동복 상하의로 갈아입고 나타난 에가미 선배는 컵에 수돗물을 따라 단숨에 들이켰다.

"담배가 그리운 것 아니에요? 갑자기 금연령이 떨어졌네요."

부장은 태연한 표정이다.

"어쩔 수 없지."

"왜요?"

"이 정도 설비라면 화재경보기도 잔뜩 설치되어 있을 거야. 경보기에 장난을 못 치도록 한 거겠지. 그건 소방서로 바로 연결되어 있으니 해제도 못 해."

"적은 거기까지 내다본 건가요?"

우스이의 철두철미한 성격을 깨달았다.

"노부나가는?" 에가미 선배가 묻기에 설명했다. 밤 11시 50분이 다 되어가는데 아직 돌아오지 않았다.

"어디서 붙들려서 잔소리나 듣지 않으면 다행인데. 설마 단독으로 탈주하지는 않겠죠?"

"모를 일이지." 에가미 선배는 소파 등받이에 몸을 기댔다. "감시가 허술한 틈을 타 혼자 달아났을지도. 민중을 이끌고 바스티유 감옥을 해방하러 와주면 좋겠는데."

"그럴 리 없어요. 이 성채 밖은 파리가 아니라 UFO 신자가 들끓는 '도시'니까요. 경솔하게 도움을 요청했다가는 마을 사람들이 협회에 알릴지도 몰라요. ……그렇게 생각하니 무서운데."

"노부나가도 그 정도는 조심하지 않겠어? 여관으로 돌아가 자동차로 가미쿠라에서 달아나야지."

굳이 그럴 것 없이 여관 전화를 빌려 경찰에 신고하면 그만 아닌가? 설마 협회가 전화선을 자르지는 않겠지. 지나치게 반사회적으로 굴면 사건이 해결된 뒤가 골치다.

"모치하고 무슨 얘기를 했어?"

"또 하나의 가미쿠라 사건에 대해서요."

방금 들었던 이야기를 설명했다. 에가미 선배는 잠자코 듣고 있었다. 관심이 있는 건지 없는 건지 모르겠다. 시간이 흘러 날짜가 바뀌었다. 살인사건이 어제 일이 되었다.

"11년 전 사건으로 추리게임을 해봤자야." 이윽고 부장이 말했다. "당면 과제는 지금의 심각한 상황에서 어떻게 빠져나갈 것인가."

"노부나가 선배는 난동도 무릅쓰겠다고 했어요."

"우리는 일곱 명. 일치단결해서 봉기하면 관내 어딘가에 있을 전화를 1분쯤은 점령할 수 있을지도 모르지. 하지만 너무 거친 행동은 피하고 싶어. 어느 한쪽에 부상자가 나올 것 같아."

"정면충돌은 두렵지 않습니다."

"위풍당당하네." 날뛰는 북, 스키점프 최고 기록. "사실 따져보면 내가 이런 곳에 온 게 시초야. 손가락 하나라도 너희를 다치게 할 수는 없어."

"다정한 말씀 고마워요. 살인사건은 에가미 선배하고 아무 상관없으니 괜히 책임감 느끼지 마세요. 아니면……."

도이 겐사쿠의 죽음과 에가미 선배의 가미쿠라 방문 사이에 연관성이 있는 걸까? 혹시, 하는 표정을 지었더니 부장이 쓴웃음을 흘렸다.

"걱정 말라니까. 나는 범인이 아니야."

"알아요, 줄곧 함께 행동했으니까요. 그게 아니라…… 에가미 선배가 여기 왔기 때문에 협회 내부에 어떤 변화가 생겼을 가능성은 없나요? '내가 이런 곳에 온 게 시초야'라는 말은 해석하기에 따라서는 의미심장한데요."

부장은 어깨를 덮은 축축한 머리카락 끝을 만지작거렸다. 시선은 테이블 모서리를 향하고 있었다.

"짐작 가는 건 없어. 하지만 네 말처럼 내가 왔다는 사실이 협회에 어떤 영향을 주었을 가능성도 제로라고 할 수는 없겠지. 어디서 무엇이 어떻게 연결되어 있는지 모르겠어. 인과관계라는 건 무색투명해서 눈에 보이지 않거든."

"에가미 선배가 여기에 온 목적, 저희가 물었던가요?"

"물었잖아. 몇 번이나 말했어."

"졸업논문 자료 수집. 그 말은 사실이죠?"

"그래. 나하고 졸업논문이 어지간히 어울리지 않는가보네."

"그런 건 아닌데. 졸업한 다음에는 어쩌실 거예요?"

"글쎄. 너보다 한발 먼저 소설가나 되어볼까?"

부장은 《적사관 살인사건》이라는 대작 미스터리를 쓰고 있다. 하지만 한 줄도 보여준 적이 없어, 우리 부원들은 허풍이 아닐까 슬슬 의심하고 있다.

"소설가요?"

"소설가나, 라는 표현은 오만한가. 작가 지망생인 네게 결례를 범했구나. 글쓰기처럼 끈기가 필요한 일은 내게 어울리지도 않고."

꼭 그렇지도 않다. 에가미 지로라는 사람은 몹시 유연한 인상을 가진 한편, 끝을 알 수 없는 강인함도 지녔다. 잔혹하리만치 단조로운 작업을, 태연한 얼굴로 끝없이 지속할 수 있는 강함이다. 내게는 둘 다 없다.

"긴다이치 코스케처럼 정처 없이 미국에나 가버릴까? 칫, 또 이러네. '나'라는 말을 너무 많이 하는군."

"전쟁 전 세대도 아니고, 요즘 세상에 정처 없이 미국이 뭐예요? 할인항공권으로 쉽게 갈 수 있잖아요. 어차피 갈 거면 좀 더 생소하고 미스터리어스한 곳에 가셔야죠."

"티베트, 네팔, 인도. 중동이나 아프리카도 괜찮지. 사하라 사막의 열풍을 향해 달려가는 거야."

"겉멋이 심한데요."

장난으로 시작한 말인데 사실이 되어버릴 것 같았다. 괜히 부추겨서는 안 된다. 에가미 선배는 창밖을 바라보고 있었다.

"어딘가 자리를 잡으면 너희에게 편지를 써야지. 우표에 낯선 글자가 찍혀 있는 편지야. 봉투를 뜯으면 모래알이 몇 개 떨어지겠지."

"우와, 시인이네요. 어디에 가도 상관없지만, 하다못해 10년에 한 번 꼴로는 귀국해주세요. 다 함께 모여 동창회를 열 수 있도록. 어때요?"

"좋아. 다 함께 공항으로 마중 나와. 점점 일본어가 어설퍼지겠지만 그 점은 눈감아줘. 대신 낯선 말로 인사를 해주지."

"설레는데요. 수염도 길러주세요, 수염."

시시한 농담이었지만 이번에는 마음이 놓였다. 에가미 선배는 서른 살이 되기 전에 학생인 채로 죽는다는 예언에 얽매여

왔다. 그런 사람이 몇 십 년 후의 일을 기약해주었다는 사실이 기뻤다. 장난에 관대한 한밤중이라는 시간이 그의 입을 가볍게 만들었다고 해도.

하지만…… 내가 '졸업한 다음에는 어쩌실 거예요?'라고 물은 것은 '뭘 하실 거예요?'라는 의미지, '어디에 가실 거예요?'라는 의미는 아니다. 에가미 선배는 답을 얼버무린 것이다.

4

이럭저럭하는 사이 오다가 돌아왔다. 한 시간 가까이 '성안'을 어슬렁거린 것이다. 탈주에 실패해 주먹질에 발길질을 당한 흔적은 없었지만, 역시 피곤하긴 했는지 내 옆에 철퍼덕 앉았다.

"어땠어요?"

"어떻긴. 어찌나 삼엄한지 물 샐 틈도 없더라. 개미 한 마리 얼씬거릴 틈도 없어. 아니, 개미 한 마리 알짱거릴 틈도 없다였나?"

"'얼씬'이 맞아요. 문지기가 문을 지키고 있어 철책을 넘을 수가 없는 거군요?"

"그래. 밤이니 당연하지만 출입구는 전부 셔터로 닫혀 있었어. 마루오 겐이 경비대장인지 뒷문에서 나를 보자마자 '손님께서는 일찍 주무십시오'라고 공손히 위협하더라. 나이도 비슷하면서 건방지기는. 언젠가 혼쭐을 내주고 싶다니까."

모치즈키가 욕실에서 나왔다. 유난히 혈색이 좋아 뺨이 장밋빛이다. "드디어 돌아왔냐?" 오다에게 성과를 묻는다.

"정면승부는 소용없겠어. 내가 괜한 짓을 했나봐. 전면항복하고 고분고분한 태도를 가장해 방심하도록 유도하는 게 현명했는데. 상대에게 경계심만 품게 했어."

"서쪽 날개에는 가봤어?"

"얼씬도 못 해. 현관에 세 명 정도 있는데, 손님들이 서쪽 날개에 못 들어가도록 감시하고 있어. 동쪽 날개는 자유롭게 돌아다닐 수 있었지만 전화가 있는 방은 꼭꼭 잠갔더라고. 그 녀석들, 빈틈이 없어."

"그럼 서쪽 탑에 올라가는 건 턱도 없겠네요."

"서쪽 탑에 올라가서 어쩌려고, 아리스? 노사카 대표한테 직접 말하려고? 당연히 헛수고지. 컬트 교단의 우두머리라고."

완전히 사이비 종교 취급이다.

"아까 모치 선배한테 말하려고 했는데." 정시에 터지는 꽃불이 훼방을 놓았다. "설득할 수 있을지도 몰라요. 어째서 협회 간부가 경찰에 신고하지 않는지, 이틀의 유예가 필요한지. 그 이유를 생각해보다가 문득 떠올랐어요. 모치 선배는 협회가 국가 전복을 노린 테러를 계획하고 있어서 그런다고 했죠. 의외로 그것과 비슷할지도 몰라요."

"허."

그렇게 말한 당사자, 목욕을 마치고 나온 선배가 가장 놀라고 있다.

"이 '성'에는 음모의 냄새가 풀풀 나요. 간부들은 뭔가 꿍꿍이속이 있어요. 국가 전복은 이 협회에게는 너무 벅차고, 조직 내부의 쿠데타겠죠."

모치즈키와 오다가 예상대로 합창을 했다. "쿠데타?"

"예, 그래요. 우스이, 후부키 두 국장이 주모한 현 체재의 전복 계획. 유라 씨나 이나코시 씨, 마루오 씨가 알고 있는지는 모르겠지만 일이 술술 풀리고 있는 걸 보면 다 알고 있을지도 몰라요. 어때요, 그렇게 생각하면 막힌 코가 뻥 뚫리는 것 같지 않아요? 경찰 신고를 이틀만 참아달라고 끈질기게 매달릴 만도 하죠. 그들은 대표가 서쪽 탑에 틀어박혀 부재중일 때 체제를 뒤집어엎을 계획을 추진하고 있으니까. 어디까지나 가설이고, 이 자리에서 진위 여부는 판단할 수 없지만…… 어때요?"

오다가 느릿하게 입을 열었다.

"약해."

"그런가요?"

"내부 쿠데타가 진행되고 있다는 발상은 재미있지만 현실성이 부족해. 원래 노사카 대표는 협회의 상징적인 존재지, 강력한 통치 능력이 있는 건 아니잖아. 나이도 젊고, 지금 지위에 오른 지 얼마 되지도 않았어. 강경 수단으로 전복하지 않아도 간부들은 쉽게 제어할 수 있을 거야. 협회를 차지하고 싶다면 노사카 기미코는 이상적인 꼭두각시잖아."

"노부나가 말도 일리는 있어." 모치즈키는 일단 그렇게 인정했다. "하지만 쿠데타 설을 버리는 건 섣부른 짓일지도 몰라. 내 생각에 노사카 대표는 철두철미하게 제삼자 취급이야. 아무것도 모르는 채로 서쪽 탑 위에서 우주를 향해 기도를 하고 있지. 그런 천진하고 힘없는 대표가 자리를 비운 틈에 간부들 사이에서 권력 투쟁이 벌어진 거겠지. 우스이, 후부키는 당연히 한 패야. 그 두 사람과 추종자들이 다른 간부를 실각시킬 작정인 거야. 그걸 순진한 '여왕님'에게 보이기 싫어서 이틀의 유예가 필요한 게 아닐까?"

"그거, 그럴듯한데요."

내 가설을 그럴싸하게 수정해준 셈이니 얼른 편승했다. 과녁 한복판에 명중시킨 것 같아 흥분했다. 에가미 선배의 반응은……

"아직 약해."

"……약한가요?"

"노사카 대표가 보지 못하는 곳에서 권력 투쟁을 한다는 견해는 성립한다 쳐도, 그게 경찰 개입을 거부할 정도의 사안일까? 계획을 연기할 수도 있잖아. 반드시 이 이틀 안에 쿠데타를 결행해야만 하는 사정이 있을까?"

"있을지도 몰라요."

"'있을지도'지."

"어쩔 수 없잖아요. 새장 속의 새가 하는 추측이니."

"화내지 마." 화난 건 아니다. "머리 한구석에 넣어둘게. 어쨌거나 알현은 어려울 것 같군. 만약 쿠데타 계획의 가능성을 알린다 해도 대표가 뭘 할 수 있는지도 모르잖아. 당황해서 '어쩌죠?' 하고 매달리면 답이 없어."

비관적인 말밖에 해주지 않는다. 어떻게 하면 상황을 바꿀 수 있을지 보이지 않았다.

"그나저나 오래 돌아다녔네요. 어디서 협회 사람하고 충돌해 몸싸움이라도 벌인 줄 알았어요."

오다가 씨익 웃었다.

"그 정도로 호걸은 아니야. 가야하고 밀회를 하느라 시간이 걸렸어."

"밀회라는 건 농담일 테지만, 갑자기 이름을 부르는 게 걸리는데요."

"여기서 귀여운 구석이 있는 건 그 안경 아가씨뿐이잖아."

"유라 씨가 취향인 줄 알았는데."

"유라 히로코? 그런 보스 캐릭터를 무슨. 그냥 광신도야."

그녀가 광신도라면 혼조 가야도 마찬가지 아닌가? 그보다 혼조와 뭘 하고 있었는지 들어봐야겠다.

"동쪽 날개를 어슬렁거리다가 딱 마주쳤어. 오늘 밤은 밤새 일하는 사람이 많아서 야식을 만들어 돌리고 있었다더라. 복도에 서서 한참 이야기를 나누었는데 성스러운 동굴에서 사악한 존재가 기어 나와 관내를 배회하는 게 아닌지 걱정하더군. 무섭다고 하면서도 주먹밥에 차를 나르다니, 고생스럽겠더라."

"이상한 수작을 건 건 아니겠죠?"

"이런 곳에서 수작을 걸어서 어쩌라고? '함께 주먹밥을 만듭시다. 제가 김을 말겠습니다' 이럴까? 당연히 사건 이야기를 했지. 어제 오후 5시에 쓰바키 씨하고 아라키 씨가 견학하러 온다는 사실을 누가 알고 있었는지 궁금했거든."

"그게 왜요?"

"범인 입장에서 생각해봐. 5시에 손님이 와서 성스러운 동굴까지 견학한다는 걸 알고 있었다면, 굳이 그 시간대에 보초를 서는 사람을 죽이려고 할까? 너무 위험 요소가 크잖아. 협회 직원이라면 도이 겐사쿠를 살해할 기회가 얼마든지 있었을 텐데, 굳이 위험을 무릅쓰는 건 너무 부자연스러워. 즉 범인은 5시에 견학 신청자가 온다는 사실을 몰랐던 게 아닐까?"

"오호라. 그래서 누구였어요?"

"용의자 중에서 후부키, 유라, 아오타, 마루오는 확실히 알고 있었어. 다만 견학 신청자는 관내를 한 바퀴 돌고 마지막으로 성스러운 동굴을 구경한다는 규칙도 알고 있었을 테니, 그렇다면 도이 씨가 보초로 교대한 5시 직후에 범행을 마치면 된다고 생각했을지도 몰라."

"그렇다면…… 알았거나 말거나 결과는 똑같다는 뜻이에요?"

"노골적으로 낙담하지 마. 그렇긴 하지만, 범인이 어제 5시 이후에 범행을 저지른 이유는 추리할 때 중요한 포인트가 되지 않을까?"

"그 문제는 깊이 생각해본 적이 없었네요."

"그렇지? 거기에 사건을 해결할 열쇠가 있을지도 몰라."

범인 찾기에 소극적인 줄 알았는데, 대탈주론자도 여러모로 고민하고 있었던 것이다. 하지만 밤도 깊었고 두뇌 피로도 한계에 달했다. 평소 같으면 덥석 물고 늘어졌을 모치즈키도 매정하게 한마디 했다.

"그보다, 목욕."

오다가 돌아왔으니 당초 계획대로 나이순으로 하고, 내가 마지막에 씻기로 했다. 일찌감치 어제의 땀을 씻어낸 두 사람은 졸린 기색이었다. 정신 좀 차리면 방으로 찾아오겠다던 마리아도 올 기미가 없다. 벌써 침대에 들어갔겠지. "잘까?" 모치즈키가 그렇게 말하며 일어나자 에가미 선배도 하품을 삼켰다.

"라운지에 좀 다녀올게요."

내가 말하자 갈아입을 옷을 들고 욕실로 들어가던 오다가 돌아보았다.

"너무 싸돌아다니지 마. 협회 놈들하고 마주치면 귀찮아."

"알아요." 방에서 나왔다. 정찰을 갈 기력은 없고, 전망 라운지에서 멍하니 한숨 돌리고 싶었을 뿐이다.

기둥 뒤에서 말소리가 들렸다. 먼저 온 손님이 있나 보다. 낙담하면서 귀를 기울이자, 남자 목소리를 상대로 대답하고 있는 것은 마리아였다.

"이 '성' 안에서 무슨 일이 벌어지고 있는지, 전 알아요."

《여왕국의 성》 2권에서 계속됩니다.

옮긴이 **김선영**

한국 외국어 대학교 일본어과를 졸업했다. 다양한 매체에서 전문 번역가로 활동했으며 특히 일본 미스터리 문학에서 왕성한 활동을 하고 있다. 옮긴 책으로 학생 아리스 시리즈 《월광 게임》《외딴섬 퍼즐》《쌍두의 악마》를 비롯하여 《문신 살인사건》《인형은 왜 살해되는가》《살아 있는 시체의 죽음》《고백》《리버스》《왕과 서커스》《야경》《흑사관 살인 사건》 등이 있다.

여왕국의 성 1

2016년 11월 18일 초판 1쇄 인쇄
2016년 11월 24일 초판 1쇄 발행

지은이 | 아리스가와 아리스
옮긴이 | 김선영
발행인 | 이원주
책임편집 | 박윤희
책임마케팅 | 임슬기

발행처 | (주)시공사
출판등록 | 1989년 5월 10일(제3-248호)

주소 | 서울 서초구 사임당로 82(우편번호 06641)
전화 | 편집 (02)2046-2852 · 마케팅 (02)2046-2800
팩스 | 편집 · 마케팅 (02)585-1755
홈페이지 | www.sigongsa.com

ISBN 978-89-527-7725-6(04830)
      978-89-527-5060-0(set)